사랑은
잠들지
못한다

사랑은
잠들지
못한다

함돈균 평론집

창비

불면이라는 사랑의 형식

　사랑하는 이들은 잠들지 못한다. 우주의 어떤 특별한 에너지가 그들을 같은 차원에 가두고 그들을 서로 깨어 있게 한다. 연인들에게 불면(不眠)은 불가피하다. 그것은 병증(病症)이 아니다. 불면은 그들의 고유한 존재 형식이다. 왜 잠을 못 이루는가. 곁에 머물기 때문이다. 그들은 서로를 향해 사로잡혀 있다. 이 사로잡힘이 서로를 깨어 있게 한다.

　다른 곳에 있어도 그들은 서로 만질 수 있다. 촉감은 고도로 예민하고 따뜻하고 부드럽기도, 지나치게 격렬하고 차가우며 딱딱하기도 하다. 느낌은 살로도 물기로도 공기의 형태로도 변하고 전달된다. 하지만 서로를 향한 '만짐'은 휘발되지 않는다. 그들은 같은 우주 안에서 서로에게 열리고 날카롭게 파고들며 깊숙하게 스민다. 때로는 아프게 찌르고 찔린다. 촉촉함은 생명을 잉태하는 물일 수도 죽음의 피일 수도 있다. 어떤 경우든 그들은 잠들 수 없다. 새벽은 그래서 그들의 고유한, 유일한 시간이 된다. 새벽에 잠 못 드는 것이 아니라, 잠들지 못하기에 사랑하는 이들에게 모든 시간은 새벽이 된다.

　'인생은 짧고 예술은 길다'라는 잘 알려진 문장이 있다. 예술에 영원성을 부여하는 이 말이 참이라면, 문학도 '불멸(不滅)'하리라. 그러나 문학이 불멸의 형식일까. 문학은 불멸의 어떤 것이 아니라, 차라리 '불면'의 존재 형식이라 해야 하지 않을까. 어떤 의미에서 이 둘은 통한다. 존재는 잠들지 못하는 한에서만, 시간의 유한성을 영원의 차원으로 연장하고 보존하는 것이 아닌가. 세간의 오해와는 달리 이 특이한 불면 형식에서 작가는 저 자신의 글쓰기를 통제할 수 없다. '객관화'는 불가능하다. 그는 사로잡혀 있기 때문이다. 그는 무언가에 매달려 있고 붙잡혀 있다. 그는 '쓰는' 게 아니라 무언가에 이끌려 '쓰게 된다'. 타인들의 눈에 그 무언가는 보이지 않는다. 그는 노동과 규율이 지배하는 세상의 낮이 아니라 다른 시간에, 미망과 미몽에 붙들린 새벽의 존재처럼 보인다. 세인(世人)들의 시간—낮에 목격하는 새벽의 환영, 이것이 문학—작가라는 기이한 유령이다.

하지만 그는 잠 깨지 못한 존재가 아니라, 오히려 단 한번도 잠들지 못하는 존재라고 해야 한다. 그는 눈뜬 채 불면에 시달린다. 불면은 달뜬 상태처럼 보이기도 하고, 극도의 통증을 수반하기도 한다. 달콤한 유희처럼 보이기도 하며, 끔찍한 노동처럼 존재하기도 한다. '사회'를 아랑곳하지 않는다는 점에서 그는 이때 완강한 근본주의적 혁명가처럼 보이기도 한다. 대체 어디에, 어떤 시간에, 그리고 무엇에 사로잡힌 것일까. 은밀성을 수반하는 그의 행위는 전복적이고 열정적이며 고통스럽고 은밀하면서도 과감하며 격렬하고 불온한 존재 양상을 보인다. '사회'라는 이름의 한계를 돌파하는 그 불면의 에너지는 육체의 모든 것을 탕진해버리는 '사랑'이라는 이름의 무용한 사건과 다른 것이 아니다.

1964년 김수영은 "적을 형제로 만드는 실증"(「현대식 교량」)을 보여주는 사랑의 실험자로서 당대 시인의 임무를 규정했다. 1981년 최승자는 시인으로서 제 역할을 "죽음이 죽음을 따르는/이 시대의 무서운 사랑"(「이 시대의 사랑」)을 '풀어내는' 일이라고 보았다. 그들은 비극적인 시대를 살았으나, 시인의 사랑이 아직 당도하지 못한 만인의 사랑의 축제를 위해 먼저 뿌려지는 희생제의라는 것을 의심하지 않았다.

그러나 시인의 사랑은 '언제나 아직 당도하지 않은' 시간을 향한 영원한 약속일 뿐일까. 2016년 우리 시대의 사랑은 적을 형제로 만들지도 못한 채 오히려 형제를 적으로 만드는 세계에서 불행하게 흐느끼고 있다. "죽음이 죽음을 따르는" 시대를 해원(解冤)하는 굿이 되지 못한 채, 시의 사랑은 여전히 만인의 사랑의 현실로 개화하지 못한다. 이 평론집에 있는 글들이 씌어진 시기에 시인들은 세상의 죄를 대속(代贖)하는 존재라는 시인의 고전적 운명으로 회귀한 듯했다. 그들의 사랑은 불면의 형식을 취하고 있으나, 그들의 우주는 실낱같은 구원의 가능성도 보이지 않는 '연옥'에 갇힌 듯하다. 한국 현대문학의 새로운 기점이 된 1990년대 이후, 시인의 사랑이 이렇게 처절한 '기도'의 양상을 띠는 경우는 없었다. 사랑의 연가가 연옥에서 바치는 기도로 드러나는 시대에, 불면의 새벽에 거주하는 시인들이 수도자의 모습으로 나타나는 일은 어쩔 수 없는 것이다. 설령 도시의 댄디처럼 옷을 걸치고 있다 하더라도, 그들의 육체가 가장 에로틱한 모습으로 드러난다 하더라도, 내면의 헐벗고 궁핍하며 절박한 양상은 피할 수 없다. 지금의 한국시가 2000년대 초중반의 한국시와 구별되는 가장 증후적(證候的)인 지점이 바로 이것이다.

그럼에도 연옥의 사랑조차 해방의 시간을 언뜻 도래하게 할 수 있다는 데에 시의 신비가 있다. 그것은 가능하지 않은 시간에 미리 임재한 '가능한 시간'이다. 이 시기의 한 시인은 "고문받는 몸뚱이" "나무"가 "바람의 포승을 끊고" 서로에게 침투하고 스미며 끝내 이루는 "숲"을 본다. "나무들은 나무들에게로 가버렸다 모두 서로에게로, 깊이깊이 사라져버렸다"(이영광 「나무는 간다」). 시대의 불면 속에서도 시의 신비는 "이 세상에 태어나 한번도 어둠을 맞아본 적 없는 그곳에서/지금 막 태어난 아기가 첫 눈 뜨고 마주한 찬란한 첫 빛/커다랗고 커다란 편지"(김혜순 「백야 — 닷새」)처럼 깃든다. 이 신비는 사랑의 신비와 다른 것이 아니다.

2016년 여름 함돈균

차례

제1부

'레미제라블' 또는 시의 천사

◆

세계문학과 한국문학

몸과 뼈의 안에서

톰 후퍼 감독의 「레미제라블」은 올겨울 한국에서 상업적으로 가장 성공한 영화인 동시에 평단의 상찬을 가장 많이 받은 영화이기도 하다. 뮤지컬 영화가 좀처럼 성공하지 못하는 한국 문화 풍토에서 이 글을 쓰는 시점을 기준으로 600만 가까운 관객을 동원하며 역대 외화 박스오피스 10위에 오른 이 영화의 성공 요인으로는 여러가지가 지적되고 있다. 작품 자체가 일단 흠잡을 데가 별로 없을 정도로 훌륭하다고 하지만, 한국에서의 이례적인 성공 요인과 관련하여 가장 설득력 있는 해석 중 하나는 아마도 이 영화가 개봉된 시점과 연관된 정치적 해석일 듯하다. 대중들 스스로가 이 영화를 대선 패배의 충격을 경험한 48퍼센트 국민을 위한 '힐링 무비(healing movie)'라고 말하고 있는 현상보다 이 영화의 외적 성공 요인을 더 잘 설명하는 해석이 있을까.

빅또르 위고의 대작 소설을 원작으로 한 이 영화의 정치·사회적 배경은 잘 알려져 있듯이 프랑스대혁명으로 붕괴된 앙시앵 레짐(Ancien

Régime) 이후 전개된, 내전에 가까운 크고 작은 혁명·반혁명의 과정이다. 특히 영화에서는 1830년 전후의 인민봉기 과정에 초점이 맞추어져 있다. 원작 소설이 정치체제의 억압과 이에 맞선 인민봉기와 그 좌절의 이야기를 담고 있으니, 이를 바탕으로 제작된 영화가 한국의 정치 국면과 맞물려 간절히 정치·사회적 변화를 바라던 시민들의 충격적인 좌절감이 감정이입되었다는 해석은 지극히 상식적이면서도 설득력 있는 이야기가 아닐 수 없다.

그러나 사실 원작은 물론이고 뮤지컬로 각색된 영화 「레미제라블」의 몇몇 가사를 통해서도 확인할 수 있는 더 근본적인 정치적·문학적 질문은 따로 있다고 해야 할 것이다. 이 질문과 관련하여 이 영화의 역사적인 배경보다 주목되는 것은 자베르 경감의 가사에서 드러나는 법권력 특유의 시각이다. 공권력의 집행자인 자베르의 가사는 물리적으로나 이데올로기적으로나 헤게모니를 쥔 지배계급이 (하층) 인민을 바라보는 통상적 시각을 전형적으로 반영하는 대사라고 봐도 무방하다. 굶주리는 조카를 위해서 빵 한조각을 훔친 죄로 19년 동안 옥살이를 한 장발장을 가석방이 된 후에도 자베르가 강박증적일 만큼 집요하게 추적하는 이유는 대체 무엇인가. 영화에서 자신의 과거를 숨기고서 선량하고 능력 있는 시장으로 살아가던 장발장의 정체를 알게 된 자베르가 그와 맞서 노래 부르는 장면은 시사적이다.

> **자베르** 수년간 너를 찾아다녔지. 너 같은 인간은 절대 변하지 않아. 너 같은 인간은.(I've hunted you across the years. A man like you can never change. A man as you.)
>
> **장발장** 나를 믿어주시오.(Believe of me what you will.)
>
> **자베르** 나 같은 사람도 결코 변하지 않지.(Man like me can never change.)

장발장　당신은 내 인생에 대해 아무것도 모르지 않소.(You know nothing of my life.)

자베르　아니, 24601번!(No, 24601!)

장발장　난 단지 빵을 조금 훔쳤을 뿐인데.(All I did was steal some bread.)

자베르　나는 법과 관련된 일을 하지.(My duty's to the law.)

장발장　당신은 세상에 대해 아무것도 모르지 않소.(You know nothing of the world.)

자베르　너에게는 권리가 없어.(You have no rights.)

장발장　당신은 곧 내가 죽는 걸 보게 될 거요.(You would sooner see me dead.)

공권력의 화신인 자베르는 이 작품에서 결코 부패하거나 타락한 '나쁜 개인'으로 등장하지 않는다. 중요한 것은 그럼에도 그가 사회 도처에서 발생하는 범법자들이 실은 법과 사회 자체에 내재한 구조적 폭력에서 비롯됨을 알지 못한다는 사실이다. 죄(罪)의 원천을 "세상"의 차원과 연결 짓지 못하고 "너 같은 인간", 즉 '순수한 인간성'에서만 찾는다는 점에서 그는 지배구조에 갇힌 '닫힌 도덕주의자'라고 할 수 있다. 대체로 이런 유형의 닫힌 도덕주의에는 자베르의 가사에서 암시되는 것 같은 두가지 특징이 관찰된다.

첫째, 인간(성)을 일종의 유전적 요인(DNA)으로 이해함으로써 인간성은 변화할 수 없다고 생각하는 것이다. 여기에서 죄는 도덕의 문제로 이해되며, 도덕은 다시 생물학적이고 개별적 인간성이라는 심성의 차원으로 이해됨으로써 죄와 도덕의 문제는 공동체 차원의 윤리(ethos)의 관점으로 사유되지 못한다. 도덕과 죄는 말하자면 엄격한 자연질서 아래 있는 것으로서, 여기에서 변화하지 않는 것은 '죄인'뿐만이 아니라 죄를 다

스리는 법의 집행자, 곧 국가권력과 지배계급이 지닌 순수한 위상이다. 자베르로 대변되는 법권력·지배계급은 이런 식으로 신분의 차이를 선악의 차이와 동일시한다.

둘째, 자베르가 구현하는 법권력은 범법자에 대해 엄격하게 형벌을 가하고 집요하게 법을 집행하지만, 법권력 자체가 지닐 수 있는 죄의 가능성은 결코 질문하지 않는다. 이것은 법권력의 시각에서 볼 때 법 자체가 '합리적인' 권력 행사이기 때문이다. 장발장에 대한 자베르의 강박증적 집착은 오점과 얼룩과 어떠한 여지도 남기지 않으려는 합리적 권력 행사에 대한 신념과 욕망에서 비롯된다. 그는 제아무리 합리적인 것에 기초한다 할지라도, 인민의 관점에서 보면 그러한 권력 행사가 기존 계급구조와 지배질서를 방어하는 잔인한 억압 행위에 불과하다는 사실을 자각하지 못한다. 구조주의자들의 관점을 차용하자면, 여기에서 사회체−구조의 포로가 되어 있는 것은 장발장만이 아니다. 자베르 역시 노예이지 제 삶의 살아 있는 주인이 아니다. 그 또한 억압적 사회체를 유지하기 위해 작동되는 지배기계의 일부일 뿐이다.

『장자』 내편(內篇) 「덕충부(德充符)」에는 자베르와 장발장의 상황을 상기시키는 유사한 이야기가 실려 있다. 형벌을 받아 발뒤꿈치를 잘린 전과자 신도가(申徒嘉)와 정(鄭)나라 재상 자산(子産)의 논쟁이 그것이다. 둘은 백혼무인(伯昏無人)을 스승으로 삼은 문하생이다. 자산은 공자도 겸손하고 성실하며 훌륭한 행정가라고 칭찬했던 정치가였지만, 재상인 자기가 형벌을 받은 전과자인 신도가와 같은 공간에 평등하게 앉아 스승의 강론을 듣는 것이 늘 불만이었다. 자산이 어느날 이런 이유로 신도가에게 불만을 토로하자 신도가는 자산에게 다음과 같은 말로 반박한다.

선생님의 문하에 진실로 재상이라는 것이 있어서 이와 같이 해야 하는가? 자네는 자네의 재상 됨을 기뻐하여 남을 무시하는 사람일세. 거울이 맑으면 티끌과 때가 앉지 않고, 티끌과 때가 앉으면 거울이 맑지 않으니, 어진 사람과 함께 오래 있으면, 허물이 없게 된다는 말을 들었네. 이제 자네가 크게 여기는 분은 선생님이신데, 아직도 말하는 것이 이와 같으니 어찌 허물이 아니겠는가? (…) 나는 발끈하고 성을 내다가도 선생님께서 계신 곳에 가면 성이 풀리어 돌아오게 되네. 선생님께서 착함으로 나를 씻어주시는 것인지 모르겠네. 선생님과 더불어 19년 동안 노닐면서 나는 일찍이 내가 절름발이임을 알지 못하였네. 이제 자네는 몸과 뼈의 안에서 나로 더불어 노닐고자 하면서 몸과 뼈의 밖에서 나를 찾으니 어찌 잘못이 아니겠는가?[1]

이 장면에서 특히 눈여겨볼 표현은 "몸과 뼈의 안(形骸之內)"과 "몸과 뼈의 밖(形骸之外)"이라는 말이다. 재상과 죄인, 지배자와 피지배 인민을 구분하는 자산의 시각은 "몸과 뼈의 밖"에서 존재를 이해하는 관점이다. 그는 지배질서의 관점에서는 성실하고 합리적인 행정가이지만, 그의 시각은 철저히 지배구조에 종속되어 있다. 그는 존재의 온전한 모습인 "몸과 뼈의 안"이 아니라, 존재 바깥의 조건인 법과 이데올로기와 물질적 이익의 차원에서 존재를 재단한다. 그러나 "몸과 뼈의 안", 존재의 온전한 처소에 자리 잡을 때 재상과 죄인, 지배자와 피지배자라는 구분은 무의미해진다. 합법과 불법, 죄와 죄 아닌 것, 지배하는 자의 정당성과 지배받는 자로서의 맹목적 의무가 기준에 따라 얼마든지 달라질 수 있기 때문이다. 그러므로 신도가가 말하는 "몸과 뼈의 안"이란 존재의 온전한 모습을 은폐하고 왜곡하는 사물화된 사회체제와 억압적 국가기계의 종속에서 벗어나 이데올로기를 돌파함으로써 사물의 진상에 접근하려는 관점이다. 신도가는 이것이 바로 우리가 모시고 노는 "선생님"(백혼무인)이라고 말한다. 『장자』 전체의 차원에서 볼 때, 이 "몸과 뼈의 안", 그들이 스승 삼은

---

1 김인환 『비평의 원리』, 나남출판 1994, 144~45면. 인용 글은 김인환의 번역임.

"선생님"이야말로 곧 '도(道)'의 다른 이름일 것이다. 『장자』의 이 '도'를 중략 부분과 관련하여 이해할 때, 단지 어떤 추상적이고 형이상학적인 차원의 고답적 개념이라고 읽는 것은 피상적인 독해이다. 중략된 부분에서 전과자가 된 자신을 비난하는 자산의 말에 대해, 신도가는 발뒤꿈치가 잘린 형벌을 받아 자기처럼 전과자로 낙인찍힌 인민들이 이러한 형벌의 정당성에 동의하지 않는다고 반박한다. 스승의 가르침, 도(道)의 관점에서 볼 때도 국가가 내세우는 형벌과 법 집행의 근거가 합리적 명분 그 자체로 정당화되는 것은 아니라는 사실을 비판하고 있는 것이다.[2]

낮은 곳에 임하시는 소리가 있어

시인은 경감 자베르와 재상 자산이 구현하는 '합리적' 법권력이 자각하지 못하는 영토에서 저 자신의 나라를 발견한다. 그의 영토는 19년의 옥살이를 하고도 여전히 쫓기는 신세에 있는 장발장이 말하듯 자베르가 잘 모르는 "세상"과 "인간"의 저편이며, 발뒤꿈치가 잘린 신도가의 스승이 거처하는 자리인 "몸과 뼈의 안"쪽이다. 거기에서 시인은 무엇을 보는가.

세계문학사에서 가장 아름다운 연가(戀歌) 중 하나로 평가되는 『노래의 책』(1827)을 막 출간했던 하이네는 당대 독일 정부의 역사 반동적인 분위기를 견디지 못하고 정치적 탄압을 피해 「레미제라블」의 배경이 된 1830년 직후 인민의 피로 흥건히 젖어 있던 빠리로 이주했다. 그는 쌩시몽주의자로서 자신의 정체성을 재확립하면서 빅또르 위고, 오노레 드 발자끄, 조르주 쌍드, 카를 맑스와 교유했으며, 다음과 같은 시를 쓰기도 했다.

---

2 이 부분에 대한 해석은 김인환의 앞의 책, 같은 부분을 참조하였다.

나는 불신의 토마스이기 때문에
물론 천국 따위는 믿지 않습니다
로마나 예루살렘의
종지(宗旨)가 약속한 것 따위는

그러나 천사가 있으리라는 것은
한번도 의심한 적이 없습니다
조금도 나무랄 데 없는 빛의 자식들이
이 지상에서 걸어다니고 있음을

그렇다고 그 천사들에게
날개 따위가 있는 것은 아닙니다
있는 것은 날개 없는 천사입니다
이 눈으로 나는 보고 있습니다

그 하얀 손으로 상냥하게
그 맑은 눈으로 부드럽게
인간을 보호해주고 있습니다
재앙을 피하도록 해주고 있습니다

사랑과 은총을 쏟아
그 천사는 만인을 위로해주지만
특이 이 이중의 고뇌를 짊어진
시인 된 자를 더욱 잘 위무해줍니다

——하인리히 하이네 「천사」 전문[3]

시인은 "불신의 토마스"이므로 "로마나 예루살렘의/종지"를 믿지 않는다. 그에게는 신도 천국도 존재하지 않는다. 그러나 "천사가 있으리라는 것은/한번도 의심한 적이 없"다. 그는 "이 눈으로" "보고 있"다. 하지만 이 천사는 "날개 없는 천사"이다. 날개가 없으니, 이 천사의 거처는 하늘이 아니라 지상에 있을 것이다. 그러나 날개가 없어 아마도 땅으로 추락했을 가능성이 큰 이 '추락천사'를 시인은 오히려 "빛의 자식들"이라고 말한다. 시인의 눈에는 "이 지상에서 걸어다니고 있"는 천사들이야말로 "인간을 보호해주고" "재앙을 피하도록 해주"는 존재이기 때문이다. 시인이란 누구인가. 추락천사로부터 "위무"를 받고 추락천사를 "빛의 자식들", 즉 그 자신 시의 메시아로 여기는 존재이다. 지상의 도처에 억압이 만연해 있으므로, 그들은 억압받는 각기 다른 존재 형상으로 "걸어다니고 있"을 것이다. 그러나 그들이 "빛의 자식들"임을 알아볼 수 있는 이는 거의 없다.

생애 후반기 '천사' 그림에 몰두한 화가 파울 클레는 그의 그림에 대해 벤야민이 붙인 '역사의 새로운 천사'라는 비평적 명명으로 더욱 유명해졌다. 그러나 그의 그림 속 천사는 '역사의 천사'이기 전에 예술의 천사, 시의 천사였다. 파울 클레는 하이네와 거의 동일한 맥락에서 그의 유명한 묘비명이 된 말년의 일기에 "나는 이 세상의 언어로만 이해되지 않을 것이다. 나는 죽은 자와도 아직 태어나지 않은 자와도 행복하게 살 수 있기 때문이다. 나는 창조의 핵심에 가까워지긴 했으나, 아직 충분하다고는 말할 수 없다"라고 썼다. 파울 클레가 행복하게 어울린 "죽은 자"와 "아직 태어나지 않은 자", 그리하여 산 자의 권리를 가지지 못한 그들이 바로 하이네의 추락천사요, 시의 천사이다. 그들의 영토는 하늘이 아니라 지상, 사물화된 지배체제의 영역이 아니라 존재의 온전한 처소인 "몸과 뼈의 안"에 있다. 화가는 그들과 행복하고, 시인은 그들에게서 위무를 얻는다.

---

3 『아침저녁으로 읽기 위하여』, 김남주 옮김, 푸른숲 1995, 111면.

화가와 시인에게 그들은 메시아이다.

그러나 이 "빛의 자식들"은 자베르와 자산의 시각에서 보면 '죄인'일 것이다. 그들은 장발장처럼 정치공동체에서 권리를 가지지 못한 자, 신도가처럼 발뒤꿈치를 잘린 자이기 때문이다. 하지만 주의하자. 그것은 합법적이고 이데올로기적인 방식으로 말과 사물의 기제들을 독점하고 있는 지배계급과 정치권력의 시각이라고만은 할 수 없기 때문이다. '우리'도이 말―사물 체제의 일원이 아닌가. 추락천사가 "빛의 자식들"임을 보지 못하는 것은 우리도 마찬가지이다. 그래서 데뷔 초에 쓰인 단편소설 「나는 편의점에 간다」에서 김애란(金愛爛)은 다음과 같은 문장을 남겼다.

> 하루에도 몇번씩 편의점에서 오가는, 내가 한번쯤 만났을 수도 그렇지 않았을 수도 있는 사람들. 그중에는 조금 전 비디오방에서 쎅스를 한 뒤 같이 컵라면을 나눠 먹는 어린 연인도 있을 테고, 근처 병원에서 아이를 지운 뒤 목이 말라 우유를 사러 온 여자, 아버지께 꾸중 듣고 담배를 사러 온 백수 총각, 얼굴을 공개한 적 없는 예술가나, 실직자, 간첩, 심지어는 걸인으로 위장한 예수조차 있을지 모른다.
> ― 김애란 「나는 편의점에 간다」(『달려라, 아비』, 창비 2005), 33면

최근에 등단한 한 시인은 다음과 같은 시를 썼다.

> 성가대에 들어간 것은 중학교 때였다
> 일요일 오후엔 찬양 연습했다
> 끌어내리듯 부르는 것이 나의 문제라고
>
> 노래 부르는 것을 좋아하지 않았다
> 기도하는 것을 좋아하지 않았다

나무로 된 긴 의자와 거기 울리는 소리가 좋았다

말씀을 처음 배운 것은 말을 익히기 전의 일이었다
그것을 배우며
하나님의 목소리는 무엇일까 생각했다

연습이 진행되는 동안
목소리가 커졌다 잦아들었다

공간이 울고 있었다

낮은 곳에 임하시는 소리가 있어
계속
눈앞에서 타오르는 푸른 나무만 바라보았다

끌어내리듯 부르지 말라는 말을 들었다

마음이 어려서 신을 믿지 못했다
　　　　— 황인찬 「낮은 목소리」(『구관조 씻기기』, 민음사 2012) 전문

　언젠가 한 평론가는 선(禪)과 가톨릭은 한국시의 무덤이라고 말한 적
이 있다. 시는 해탈한 자들의 것이 아니라는 뜻이다. 시가 지상에 속한 것
이라는 뜻이기도 하다. 그렇다면 '일요일의 찬양 연습'과 "하나님의 목소
리"를 모티프로 삼은 이 젊은 시인의 시는 어떤가. 의심의 여지 없이 종교
적인 분위기를 내포하고 있지만 전적으로 종교의 편에만 있지 않다는 점

에서 이 시는 한국시의 무덤가에 있지 않다. 아니 정확히 말해, 종교와 시가 그 본질에서 하나로 만나는 자리를 묵상하고 있다는 점에서 이 시는 종교적이면서도 시적이다.

성가대의 지휘자는 왜 "끌어내리듯 부르는 것이 나의 문제"라고 말할까. 아니, 거꾸로 물어보자. "일요일 오후엔 찬양 연습"에서 왜 화자는 "찬양"을 "끌어내리듯 부"를까. "나"는 "하나님의 목소리"가 "낮은 곳에 임하시는 소리"라고 생각하기 때문이다. "하나님"은 세속 (교회), 그러므로 '우리들'의 말과 사물의 질서에 속한 "노래"와 "기도"와 "말"들에 임재하지 않는다. 하지만 세속 교회는 그것을 모른다. 그래서 하이네가 "로마나 예루살렘의/종지"를 믿지 않듯이, 이 시의 화자도 "노래 부르는 것을 좋아하지 않았다/기도하는 것을 좋아하지 않았다". 그는 진정으로 "말씀을 처음 배운 것은 말을 익히기 전의 일"이라고 말한다.

『장자』의 신도가라면 "말을 익히기 전"의 이 온전한 "말씀"을 "몸과 뼈의 안"에 속한 "선생님"(백혼무인)의 가르침(道)이라고 했을 것이다. "말씀"의 처소는 권력과 이익이 결탁하고, 신분의 높낮이를 선악의 차이와 동일시하는 억압적이고 사물화된 지배 세계에 있지 않다. "하나님의 목소리"는 "낮은 곳에 임하시는 소리"이다. 인민의 피가 마르지 않은 혁명의 도시에서 맑스와 교유했던 하이네는 그 "낮은 곳에"서 들리는 추락천사들—발뒤꿈치가 잘린 '불쌍한 사람들(Les Misérables, 레미제라블)'의 신음 소리가 "빛의 자식들"이 내지르는 울음소리, 곧 "하나님의 목소리"임을 의심하지 않았다. 그러나 궁극적인 차원에서 모든 시인에게 이 "낮은 곳에 임하시는 소리"는 단지 연대기적 역사 속의 인민—'레미제라블'을 의미하는 것만은 아니다. 그것은 이데올로기적인 말과 사물의 질서, 순응적 감각 체계에 노예가 되어 있는 교란되고 착란된 언어, 질식되고 망각된 채 우리들 내면 저 '낮은 자리'에 눌려 있어 반성되거나 자각되지 못한 '약한 소리들'을 뜻하는 것이기도 하다.

클레는 자신의 천사가 "죽은 자"와 "아직 태어나지 않은 자"에 속한다고 말했지만, 그가 품었던 믿음은 실은 정반대였다. 그는 자신의 천사가 부활하는 날, 현행 세계시간 속에서 살아 있다고 믿었던 삶이 사실은 죽은 삶이며, 목숨과 권리를 주장하지 못하는 "죽은 자"와 "아직 태어나지 않은 자"가 실은 참으로 산 존재였음을 그제야 비로소 우리가 자각하게 될 것이라고 믿었다.

하이네와 마찬가지로 맑스를 사사했던 벤야민은 "죽은 자"와 "아직 태어나지 않은 자"에 속한 클레의 이 천사를 '역사의 새로운 천사'라고 불렀다. 그러나 그는 역사의 천사이기 전에 예술의 천사, 시의 천사이다.

—『문예중앙』 2013년 봄호

불가능한 몸이 말하기
세월호 시대의 '시적 기억'

◆

한강의 소설과 이영광의 시

기록이 없다

기억은 사라지지만, 기록은 영원하다. 한 사무기기 제조사가 내세운 인상적인 광고 문구다. 그러나 남길 수 있는 기록 자체가 부재하다면, 혹은 도저히 기록을 신뢰할 수 없다면 기록의 만세유전(萬歲遺傳)을 확신하는 저 문구는 유효한가. '공식적 기록'이 기록의 생성 단계에서부터 왜곡되거나 은폐되거나 망실되는 세계에서 '기억'은 비상하고 절박하며 특별한 지위를 강제적으로 떠맡게 된다. 한 사건에 대한 개인들의 경험, 그런 주관적 기억만이 유일하게 신뢰할 수 있는 가능성을 갖게 될 때, 우리가 할 수 있는 일은 ('사실'이 아니라) '기억을 기억'하고, 그 '기억을 기록'하는 수밖에 없기 때문이다. 그렇다면 이 상황에서 개인들의 머릿속에 담긴 불완전한 기억은 주관적 경험을 넘어서 객관적 '사실'이 되어야 한다는 불가능한 요구에 직면하게 되는 것은 아닌가.

사실과 진실과 허구, 객관과 주관 사이의 모호한 경계에 대한 기이한 언설로 독자를 미궁에 빠지게 했던 작가 보르헤스 이야기가 아니다.

2014년 4월 16일 이후 현재 500일에 이르고 있는 '세월호사건'의 현황이다. 사건 발생 직후부터 지금까지 종래 대형사건과 달리 이 사건이 던지고 있는 특별한 화두는 기억이다. '기억하라'라는 슬로건은 이 일이 '사고'가 아니라 '사건'으로 인식되기 시작한 최초 순간부터 지금까지 명료하고 일관되게 선언된 시민들의 제1 행동강령이자 윤리적 태도였다. 그런점에서 기억하라는 말은 (온전히 칸트적인 의미에서) 세월호사건의 '시민 정언명령'이었다고 할 수 있지 않을까. 문제는 이 시민 정언명령조차매우 벗어나기 힘든 '기억의 딜레마'에 처해 있다는 사실이다.

전쟁 상황조차 전지구적으로 실시간 영상이 전달되는 요즘 배가 가라앉는 그 순간 텔레비전 화면은 정지영상만을 내보냈다. 그렇게 많은 이들이 조난당한 긴박한 현장 화면은 왜 생중계로 전송되지 않았으며, 어떻게 이런 완벽한 방송 통제가 가능했는가. 모든 방송은 그 정지화면 속에서 사상 최대의 구조 작전이 벌어지고 있으며 '승객 전원 구조'라는 메시지로 국민을 안심시켰으나, 선체 안으로 진입하는 구조는 이루어지지 않았으며 304명이 배와 함께 그대로 물속으로 가라앉았다. 21세기에 어떻게이런 완벽한 오보와 국민 기만이 가능했는가. 더 놀라운 것은 해경과 해병대와 해군 UDT가 출동하여 '곁에' 있었으나 민간구조업체와 맺은 이해하기 힘든 계약과 '구조수칙'에 의해 공권력에 의한 긴급재난구조 자체가 '저지'되었다는 믿을 수 없는 정황이다. 그 계약의 실체는 무엇이며, 그배의 실소유주는 누구인가. 정부와 언론에 의해 갑작스럽게 '범인'(?)으로 지목된 사람은 도대체 누구이며, 그 사람은 왜 영문도 모를 곳에서 얼굴도 확인할 수 없는 해골로 발견되었는가. 그 해골은 정말 그의 사체인가. 조작된 정황이 짙은 지역관제센터의 메시지들은 무엇인가. 국가의 재난컨트롤센터는 존재했는가, 왜 그들은 '방관'했는가.

정상적인 이성을 지닌 시민이라면 누구나가 다음과 같은 합리적인 의심에 이를 것이다. 이 사건과 관련하여 나온 그 어떤 정보도 진술도 메시지도 발표도 해석도 믿을 수 없다! 이 사건의 가장 특이한 본질은 사건과 관계된 1차 정보 상당수가 증발되거나 은폐되었으며 정부에 의해 공개된 정보에 조작 혐의가 짙다는 사실, 그리하여 그로부터 파생되는 정부 공식 발표와 언론보도, 심지어는 '안전 전문가'를 자처하는 이들의 해석조차도 '허구'가 될 가능성이 높다는 사실, 바로 그것이다. 무엇을, 누가, 왜 숨기는가. 국민을 죽이는 정치권력은 있었지만 집단 조난 상황에서 국민을 죽게 내버려두는 정부는 없었던 정치사에서 이 사건은 "국가가 국민을 구조하지 않은" 사건으로 규정되었다(박민규 「눈먼 자들의 국가」, 『문학동네』 2014년 가을호). 그리고 여전히 우리를 계속 놀라게 하는 것은, 500일이 지난 시점에서도 사건의 실체에 대해서 '아무것도' 추가로 알려진 게 없다는 사실이다. 진상 조사를 위해 법률적 근거에 의해 만든 세월호진상조사특별위원회는 이 시각까지 단 1원의 예산조차 배정받지 못함으로써 가동조차 하지 못하고 있다. 그러므로 사실 규명 문제와 관련하여 다시 이렇게 반복하여 정리할 수 있겠다. 이 사건에서 지금까지 밝혀진 유일하게 확실한 사실은, 우리가 이 사건과 관련하여 정확히 알고 있는 것은 생각보다 별로 없다는 사실뿐이라고. 우리는 어떠한 믿을 수 있는 '공식적 기록'을 아직까지도 별로 확보하지 못하고 있는 것이다. '기억하라'는 시민 정언명령은 기억해야 하는 내용이 분명히 무엇인지 모른 채 기억해야 한다는 딜레마에 빠져 있다.

불가능한 목소리가 온다

반복하건대, 이 사건에서 '기억'은 기록을 대신하여 사실의 '복원'에 안간힘을 써야 하는 과잉 임무를 부여받는다. 시민들의 주관적 기억의 합을 통해서라도 객관적 사실의 구성에 이르러야 한다는 불가능한 작전에 호출된다. 세월호유가족협의회에서 시민사회와 힘을 합쳐 만든 '4·16기억 저장소' 같은 특이한 이름이 붙은 기구의 출현은 이 과제의 엄중하면서도 웃지 못할 아이러니를 드러내고 있다. 기록을 저장하는 것이 아니라 '기억을 저장'하는 기구가 사실 규명의 공식 기구가 된다는 것은 무엇을 말하는가. 기록과 기억, 사실과 진실과 허구 사이의 전도와 경계 무화는 보르헤스의 소설이 아니라 2015년 지금 실재하는 현실이 되고 있는 것이다.

이것은 바로 '세월호 시대'의 작가적 상황이기도 하다. 이 상황이 부득이하게 문학의 창작론에도 당혹스러운 영향을 미치고 있기 때문이다. 예컨대 이 사건과 관련하여 '있을 법한 허구'라는 소설적 개연성을 소설가는 어떻게 구성해야 하는가. '국가란 무엇인가' 하는 발본적인 질문에 우리 모두를 맞닥뜨리게 한 이 사건은 우리 시대 문학이 피해갈 수 없는 테마가 되었으나, 작가적으로 해석되거나 규정되기 어렵다. 문학적 해석을 통한 진실 재현의 길이 애당초 원천봉쇄되어 있기 때문이다. 이 수상한 1차 정보 증발 상황에서 작가는 해석과 재현을 시도할 수 있는 믿을 만한 공식 기록, 즉 '사실'이라는 이름의 텍스트를 갖고 있지 못하다. 1차 정보의 총체적인 은폐·왜곡·조작·망실 상황에서 작가는 정보 자체를 '발견'하고 '증언'해야 하는 괴상한 상황에 놓인다. 우리 시대 작가들은 직접 겪어보지 못한 사건의 '원천 정보'를 갖지 못한 채 '말할 수 없는 것을 말해야 하는' 역할을 부여받게 된 것은 아닌가. 여기에서 작가는 사실의 해석이나 재현을 사후적으로 구성하는 3인칭 관찰자가 아니라, 누구에게도 알려지지 않은 사건 현장의 1인칭 '나'로서 그 사건을 '직접' 발화해야 하는 '주인공' '증언자' '목격자'가 되어야 하는 불가능한 위치에 놓인 것은 아닌가.

이러한 '증언'은 가능한가. 만일 이 불가능에 가까운 발화가 가능하다면, 이 발화는 우리 문학에 종래 '사실주의' 기율과는 다른 차원의 세계를 도입할 수밖에 없지 않을까. 예컨대 나는 '세월호 시대'라고 부를 만한 이즈음 우리 시대의 근본적 정치 퇴행 상황이 촉발시켰다고 믿는 한 문학적 '기억의 회귀'에서 이런 불가능한 발화를 확인한다.[1] 이 논의의 이해를 돕기 위해 결론부터 말하자면, 나는 이 발화는 소설 문장의 외관을 두르고 있지만, 실은 지극히 '시적인 발화'라고 이야기하고 싶다.

우리들의 몸은 열십자로 겹겹이 포개져 있었어.

내 배 위에 모르는 아저씨의 몸이 다시 구십도로 가로질러 놓였고, 아저씨의 배 위에 모르는 형의 몸이 다시 구십도로 가로질러 놓였어. 내 얼굴에 그 형의 머리카락이 닿았어. 그 형의 오금이 내 맨발에 걸쳐졌어. 그 모든 걸 내가 볼 수 있었던 건, 내 몸 곁에 바싹 붙어 어른거리고 있었기 때문이야.

(…) 이상하게도 나는 혼자였어. 그러니까 혼들은 만날 수 없는 거였어. 지척에 혼들이 아무리 많아도, 우린 서로를 볼 수도 느낄 수도 없었어. 저세상에서 만나자는 말 따윈 의미없는 거였어.

내 몸은 다른 몸들과 함께 묵묵히 흔들리며 트럭에 실려갔어. 피를 너무 쏟아내 심장이 멈췄고, 심장이 멈춘 뒤로도 계속 피를 쏟아낸 내 얼굴은 습자지같이 얇고 투명했어. 눈을 감은 내 얼굴을 본 건 처음이라 더 낯설게 보였어.

(…) 똑같은 죽은 몸인데, 누군가의 손길이 남아 있는 그 몸이 한없이 고귀해 보여서 나는 이상한 슬픔과 질투를 느꼈어. 몸들의 높은 탑 아래 짐승처럼 끼여 있는 내 몸이 부끄럽고 증오스러웠어.

그래, 그 순간부터 내 몸을 증오하게 되었어. 고깃덩어리처럼 던져지고

---

1 필자는 '세월호 시대'를 '세월호사건'으로 상징되는 이즈음의 한국정치 퇴행 상황 전반을 가리키는 시의적 용어로 다소 폭넓게 사용한다. 따라서 '세월호 시대의 문학'은 세월호사건을 직접 다루지 않았더라도, 이 사건이 극적으로 환기하는 이즈음의 민주주의 위기 상황에 대한 한국문학의 대응을 포괄적으로 지칭하는 용어이다.

쌓아올려진 우리들의 몸을. 햇빛 속에 악취를 뿜으며 썩어간 더러운 얼굴들을.

— 한강『소년이 온다』, 46~47, 53면

한강(韓江)의 장편『소년이 온다』(창비 2014)는 세월호에 '관한' 소설이 아니다. 엄밀히 말해 2014년 4월 세월호와 1980년 5월 광주는 아무런 관련이 없다. 그럼에도 5월 광주를 다룬 이 소설은 '세월호 시대'에 출현한 가장 뛰어난 문학 중 하나임에 틀림없다. 내가 이상하다고 여기는 것은 35년이나 지난 사건이 왜 하필 지금 이러한 문학적 형상으로 '돌아왔는가' 하는 것이다.[2] 작가가 유년시절에 간접 체험했던 5·18의 기억을 소환한 이 소설은 독자로 하여금 어딘지 닮아 있는 '5월 광주'와 '4월 세월호' 사이의 유사성을 직관적으로 감지하게 함으로써 두 사건을 공히 특수한 역사적 국면에서 보편적 층위로 상승시킨다. 4·16의 입장에서 보면 4·16은 어딘지 5·18의 기시감을 환기시키는데, 이 기시감은 21세기 광화문광장을 늘 점거하고 있는 경찰 병력이 연출하는 억압적 도시 풍경, 말할 권리와 공정한 언로가 왜곡된 시대 상황, 제도정치권과 퇴행적 사이비 시민사회 전반에서 연출되고 있는 인간 존엄성에 대한 이 시대의 지독한 모욕감이 1980년대의 정치 상황과 겹쳐지면서 자연스럽게 증폭되고 강화된다. 그렇다면 이 시점에 나타난 소설 속 소년의 회귀('온다')가 세월호를 사고가 아니라 '사건'으로 만든 이 시대의 강력한 정치적 억압·퇴행과도 매우 밀접한 관련이 있다고 말할 수 있지 않을까.

텍스트 내적 관점에서만 보면 두 사건은 모두 강력한 정치적 억압과 왜곡에 의해 사실이 은폐·왜곡·조작·망실되었다는 공통점을 지닌다. 끝내 열리지 못한 세월호 선실 내부가 일단 물속으로 가라앉은 후에는 그 현장

---

2 한강의 이 소설은 2014년 5월 19일에 출간되었다.

의 증언자가 존재하지 않게 된 것처럼, 80년 광주의 어떤 참혹한 민간인 살해 현장 역시 소문으로만 전해질 뿐 정확하게 증언되지 못한다. 그에 비해 바다에서 수습된 주검들 속에서 발견된 휴대폰 영상으로 선실 내부를 엿볼 수 있다는 비극적 상황을 '다행'이라고 해야 할까. 그럼에도 세월호가 구조를 기다리며 물속에 가라앉은 이후 '암전'의 시간은 아직도 인양되지 못한 현장과 더불어 가라앉아 있다는 사실을 상기해야 한다. 우리는 30년이 지나도록 생존자도 목격자도 증언자도 존재하지 않았고 공식적 기록을 통해 묘사될 수 없었던 5·18의 어떤 순간과 세월호의 선실 내부 사이에서 모종의 유사성을 감지한다. 소설의 재현이 아무리 공식적 정치·사회·역사의 기록 형식과는 다르다고 하더라도, 이와 같은 목격자 부재의 현장은 소설의 묘사에도 불가지적(不可知的) 현장에 선 듯 난제를 던진다. 세월호가 그런 것처럼 35년 전 광주에서도 '기억'은 화두였다. 공식적 기록이 조작되고 은폐되었으므로 사건의 전모는 아주 오랜 시간 아귀가 맞지 않는 퍼즐처럼 괴상한 모양을 한 채 인식론적 어둠에 휩싸여 있었다. 여기에서도 역시 기억은 기록의 부재를 메우는 불가능한 요구에 시달리고 있었다. 진실의 영토는 상당 기간 주관적 기억들의 합과 전승으로만 간신히 알려질 수 있었다. 기억은 '카더라' 수준의 풍문의 외관을 띨 수밖에 없었으며, 풍문은 그것을 옮기거나 듣는 이들 모두에게 공포와 증오의 에너지를 동반할 수밖에 없었다.

 하지만 어떻게 하든 기억 중에는 기억할 수 없는 종류의 기억이 있다. 정확한 재현이 불가능한 기억이 있다. 전언의 형태로는 정확히 옮길 수 없는 기억이 있다. 타자에 '대한' 기억이 아니라, 사라진 타자 '의' 기억이 그것이다. 목적어로서의 기억이 아니라 주어로서의 기억. 내가 체험할 수 없었던 그의 고유한 기억. 그러나 기억과 체험의 주체가 더이상 세상에 존재하지 않는다면 그 기억은 어떻게 되는 것인가. 그 체험에 '사실성'을 부여할 타자의 타자, 증언자·목격자로서의 타자가 아예 존재하지 않는다면 어쩔 것인가. 목격자 없는 기억, 증언자 없는 기억, 생존자가 없기에 '죽음/죽임'의 당사자 자체가 존재하지 않는 것으로 되어 있는 사건의 기억. 체험적 주체로서 1인칭, 그 곁을 지키는 2인칭, 장면을 증언하거나 전승할 매개자로서 3인칭 모두의 부재. 여기에서 타자의 체험, 타자의 기억은 존재하지 않았던 것은 아니나, 증언될 수 없으므로 존재의 지위를 부여받지 못한다. 사실이 '무(無)'가 되는, '있음'이 드러날 수 없음으로 인해 존재 자체가 기각되는 상태. 망각의 대상과 주체 모두가 삭제되었으므로 망각의 조건 자체가 성립될 수 없는 인식론적 불가지의 지대. 없는 것이 아니었으나 '있지는 않은' 존재.

인용된 장면은 '죽은 자'의 시점이라는 점에서 어떤 형태의 '기억의 정치'도, 정확한 문학적 묘사도 무력해지는 현장이다. 지금까지 줄곧 소문은 무성하지만 믿을 수 있는 공식적 기록이 부재하고, 트럭에 실려간 사람들 중에 아무도 살아 돌아온 자가 없으므로 그 장면을 증언할 수 없는 산속의 시체더미. 여기에서 어떤 서사가 가능한가. 어떤 재현이 가능한가. 이 장면의 본질은 '보여주기(showing)'가 아니라 '장면 스스로 말하기(telling)'라는 사실에 있다. '나'가 말하는 이 순간은 누구에게도 알려지지 않았으며 누구도 증언할 수 없었던 순간이라는 점에서 '다시 나타남(재-현)'이 아니다. 주검은 말할 수 있는 '몸뚱이-입'을 가지고 있지 않으므로, '나'를 문장의 인격적 발화자이자 1인칭 주어라고 할 수도 없다. 그저 '목소리'라고 말하자. 이 순간을 '실재'가 스스로 말하고 자기를 현시하는 방식이라고 얘기할 수 있지 않을까. 한국문학사를 통틀어 가장 전율감이 느껴질 독백 중 하나가 될 이 목소리는 최근 수년간 한국소설에서 눈에 띄는 현상이었던 묵시록 소설의 좀비나 '산 주검(the undead)'이 아니다. 이 목소리의 출현 시점은 미래의 어떤 가상 시점이 아니다. 이 목소리는 명백히 방금까지 '사람이었던' 것이며, 역사의 '실재'를 구성했던 존재라는 점에서 '낯선 것(the uncanny)'이라고 부를 수 없다. 목소리의 발화처가 분명하다는 점에서 이 장면의 전율은 확인되지 않은 모종의 것이 환기하는 (철학적) '불안'과도 다르다. 다만 이 목소리는 절대적인 고립 속에 내던져져 있다. 생존자도 목격자도 증언자도, 그러므로 전승도 기억의 가능성도 가지고 있지 못한 이 목소리는 복원도 재현도 불가능하다. 이 불가능한 목소리는 어떻게 왜 '지금' 나타난 것일까.

어떻게 말해도 설명에 잉여가 남을 수밖에 없는 이 목소리를 차라리 '시적 발화'라고 말하는 것은 어떨까. 세상에 알려져 있지 않은 시적 발화의 내밀한 신비 중 하나는 작가가 문장의 '나'를 '실시간으로' 겪는다는 체험의 '직접성' '현사실성'이다. 이 장면은 '소년의 목소리'가 작가의 모종의 정신 영역에 '깃들고', 그것이 문장의 '나'로 (재현이 아니라) '나타난' 것이다. 어디론가 실려가 아무도 살아 돌아오지 않은 시체더미의 세계, 죽음을 체험한 주체와 목격자·증언자 모두가 존재하지 않는 그 상황을 작가는 문장의 1인칭 주어가 되어 '겪는다'. 불가능한 정신의 지점으로 넘어가는 세계의 어떤 경계에는 '신비적' 도약이 불가피한 경우가 있다. '신비체험'은 신앙에만 있는 것이 아니다. 목숨을 건 정신의 기투는 전쟁터에만 있지 않다. 매우 예민한 독자라면 이 체험이 작가가 쓴 '나'를 통해 '소년이 온' 것이라는 '사실'을 감지할 수 있을 것이다. 적어도 이 장면에 한정해서 보자면 『소년이 온다』의 가장 놀라운 성취 중 하나는 소설의 영역에서 지극히 내밀하고 낯선 시적 영역을 개방했다는 사실에도 있다. 소설가 한강에 시인 한강이 겹치는 이 영역에서, 작가는 소설 속 '나'와 '너'뿐 아니라 작가와 등장인물, 주체와 타자, 삶과 죽음, 사실과 허구, 역사와 이야기, 과거와 현재 사이의 경계를 무화하면서, 증언할 수 없는 장면이 스스로 말하는 지점을 드러낸다. 이러한 시적 체험에서 우리는 '말할 수 없는 것을 말하는' '불가능한 것을 말하는' '기각되고 망각된 것이 스스로 발화하는' 문학적 전율과 조우하게 된다. 이 전율이야말로 믿을 수 있는 기록의 부재로 인해 미궁에 빠진 세월호 시대의 문학에 이 작품이 주는 낯설지만 깊은 상동성을 지닌 '시적 암시'가 아닐까.

더이상 죽지 않는 것: 메시아적 기억에 관하여

망각의 조건으로서 기억 자체의 성립을 불가능하게 하는 사실의 불가지론적 영역, 더이상 돌파될 수 없는 문학적 '사실주의'의 한계선이자, 우리 시대 정치 부조리와 파탄을 압축적으로 상징하는 세월호 선체 내부로 침투하려는 다음과 같은 대담하고도 위태로운 시적 시도는 그래서 특별한 주목을 요한다. 일종의 '시적 빙의'처럼 보이는 이 장면은 시적 체험의 현재성, 시인이 몸 전체로 겪는 '시간의 현재성' '존재의 포개짐'과 깊은 관련이 있다.

    4. 16. 11:18—
    아니요…… 끝나지 않았습니다
    아니요…… 이제 시작입니다 우리는 여기, 있습니다
    아니요…… 죽임이 나타났습니다 사선 뒤의 사선이 나타났습니다
    뉴스가 꺼지고,
    카톡이 안되는 시간입니다
    스마트폰이 숨 거둔 시간입니다
    기다려라 기다려나 봐라 기다려버려라, 없어진
    우리는 천천히 오그라듭니다
    고통이 너무 많이 천천히, 천천히 옵니다
    우리는 천천히, 천천히, 천천히 죽임이 옵니다
    우리는 천천히, 천천히, 천천히 죽임이 만집니다
    우리는 천천히, 천천히 죽임이 알아봅니다

우리는 다급히…… 죽음을 모릅니다

헤어지지 않습니다, 버려졌으니까 네 손과 내 손을

묶습니다 정말 없어질지도 몰라, 입 맞춥니다

젖은 몸을 안습니다 젖었으니까 안습니다 웁니다

그칩니다 웁니다 어둡습니다

무섭습니다

미끄러지고 뒹굴고 떨어지고 부딪히고 처박힙니다

떱니다

찢어지고 흘립니다 움켜쥐고 끊어지고 긁습니다

부러집니다 꺾입니다 그리고……

어둡습니다

우리는 너무 많이 숨을 안 쉽니다

우리는 너무 자꾸 피에 젖습니다

모면하고 모면하고 모면합니다 실낱같이

가혹해집니다 희미하게 희미하게, 살아집니다

고통이 너무 많이 번개처럼 옵니다

고통이 너무 많이 번개처럼 옵니다

살고 싶어요를……죽고 싶어요를 눌러 죽이는 시간입니다

아픕니다 아팠습니다 아팠던 것 같습니다

아프고 있습니다

끝났습니까 끝났습니다 끝났습니까 끝났습니까……

4. 17-

아니요…… 아무것도 끝나지 않았습니다

아니요…… 끝없는 끝이 왔습니다 죽임 뒤의 큰 죽임이 왔습니다

아니요…… 끝나고 싶습니다 뭉개지고 부서지고 흩날리고 싶습니다

다른 것이 돼버리고 있습니다

흐르지 않는 이 시간의 급소와 통점은 무엇입니까

숨결을 갈가리 뜯어 먹는 이 캄캄한 짐승의 엄니는 무엇입니까

어느 하느님의 적들이 보냈습니까

어느 사랑의 원수들이 길길이 풀어놓았습니까

아무도 오지 않았는데 이것은 어떻게 왔습니까

이것이 왔는데, 왜 아무도 오지 않습니까

내가 왜 이것에게, 있습니까 나는

칼을 숨 쉬었습니다 나는, 몸이 벌렸습니다 나는

물에 끓고 있습니다 암전되었습니다

그렇다면 이 암전 뒤의 암전은 무엇입니까

암전 뒤의 암선 뒤의 이 암전들은 또 무엇입니까

(…)

4. 18—

아니요…… 아무것도 끝나지 않았습니다

아니요…… 다른 것이 되었습니다

아니요…… 몸이라는 헛것을, 헛것을 빼앗겼을 뿐입니다

우리는 왜 이유가 없습니까

이유란 대체 무엇입니까

우리는 왜 우리 몸에서 쫓겨났습니까 터져나왔습니까

봄꽃이 봄에 피는 것 같은 대답은 어디 있습니까

가을에 가을 잎이 지는 것 같은 이유는 어디 있습니까

이 외롭고 무서운 삶은 무엇입니까 죽었는데,

우리는 왜 말을 합니까

난 살아 있습니다 하지만 날 닮은 이,

조용한 아이는 누굽니까 손톱이 빠졌습니다

친구들도 살아 있습니다 하지만 친구들과 똑같이 생긴

이 아이들은 누굽니까 손가락이 부러졌습니다

말을 안합니다 엄마, 아빠, 나는 누구세요?

우리는 도대체 누구세요?

죽었는데, 우리는 왜 자꾸 말을 합니까?

이, 이상한 형체를 보아주세요

이, 불가능한 몸을 만져주세요

타오르는 진짜들을 느껴주세요

우리는 더이상 죽지 않는 것이고 말았습니다

고통을 모르는 고통입니다

오직 삶이라는 것만을 아는 것이 되어버렸습니다

나타날 수 없는 것이 돼버렸습니다

　　──이영광「수학여행 다녀올게요 ── 유령 6」(『현대시학』 2014년 11월호) 부분

　　4월 16일 세월호 선실에서는 어떤 일이 벌어졌는가. 17일, 18일 선실에는 어떤 일이 "끝나지 않"고 계속되고 있었는가. 여전히 지금 이 시각까지 "아무것도 끝나지 않"은 존재의 추이를 산 자인 우리는 어떻게 '알 수' 있는가. 그것은 불가능하다. 유일한 길은 시적 화자 '우리─나'를 매개로 작가가 그 시각의 선체로 진입하는 일뿐이다. 이 진입의 순간 시적 화자 '우리─나'에 깃드는 것은 작가의 '정신'만이 아니다. 깃드는 것은 그 시각의 존재들이다. 죽음에 임박한, 죽음에 먹히는, 그리하여 "다른 것이 되"고 "몸이라는 헛것을, 헛것을 빼앗"긴 존재들과의 접선은 과거와 현재, 작가와 시적 화자, 주체와 대상, 사실과 허구, 삶과 죽음이라는 존재 경계를 지운다. 이와 같은 문학적 도약은 일반인에게는 낯선 것일 뿐 아니라, 모든 시인이 시도하거나 시도한다고 넘어갈 수 있는 경계라고 하기도 어렵다.

그러나 시의 역사에서 이러한 시도는 강력한 시적 정신들이 반복적으로 감행해온 모험이기도 하다.

어떤 착란 상태에 자기를 내던짐으로써 '사실'의 영역을 한번에 뛰어넘어 '실재'의 영토와 조우하는 이러한 위태로운 시도는 기억의 타자화, 사실의 '객관화', 접선하는 대상과의 '거리'를 용납하지 않는다. 시인은 이미 '지금 여기'에서 존재와 '하나로' 살고 있기 때문이다. 우리가 만난 적 없는 존재, 우리가 가보지 않은 영토, 우리가 경험해보지 않은 시간 이후의 시간과 만나는 순간이 이러한 시적 체험에 의해 극히 드물게 가능해진다. 여기에서 기억은 전통적 서정의 영토와는 달리 '회고'되거나 '회상'되지 않는다. 이런 종류의 기억은 활성화되어 있으므로 기억은 '현재형'으로 체험되기 때문이다. 다시 말해 회고적 시간으로서의 과거를 통해서는 이 목소리와 조우할 수 없다. 이 선체 내부로 진입할 수 없다. 여러개의 시간이 하나로 만날 수 있는 시적 비의가 그래서 가능하다. 시를 쓰는 이는 시인이고, 엄밀히 말해 기억은 시인의 기억처럼 보이지만, 시의 내부 논리에서 기억의 주체는 시 바깥에서 생활하는 자로서의 시인이 아니다. 시인은 시적 화자를 매개로 선체의 시각을 현재 시간으로 만난다. 이 시적 화자는 4월 16일 선체 내부에 있던 존재인 동시에 '지금 여기' 시의 시간에 존재하는 '우리-나'다. 그리고 이러한 '시적 빙의' '존재 접선'에서 기억은 현재의 '사실'이 된다. 적어도 시의 내부에서, 시인에게는 그렇다. 시적 발화는 그래서 '보여주기'나 '전언'이 아니라 '존재가 스스로 말하는 것'이 된다. 이 존재는 '대상'이 아니다. '나-우리-시인'이 함께 공동시간 속에 '살고' 있기 때문이다. 그러므로 이를 대상에 '대한' 지각이라고 해서도 안된다. 좀더 정확하게 말해 이것은 존재 '의' 발화다. 존재가 (스스로) 말한다.

벤야민이 역사의 메시아가 열고 들어오는 '좁은 문'이라고 이야기했던 것을 충분히 이해하지 못하고 있다면, 이런 시적 순간을 살펴보라. 벤야민에게 역사의 메시아는 과거가 아니라 현재 시간을 뒤흔드는 '살아 있는 시간' '활성화된 기억'이었다. 이러한 기억에서 시간은 크로노스(chronos, 연속적·객관적 시간)적이지 않고 카이로스(kairos, 순간적·주관적 시간)적이다. 그가 메시아적 시간을 기억의 문제와 관련하여 이야기하면서도, '지금 여기(Jetztzeit)'라는 수수께끼 현재를 통해 강조하려고 했던 것 역시 이런 시적 신비의 차원에서 묵상되어야 한다. 벤야민의 '메시아적 좁은 문'이 '기억' '지금 여기'(현재)와 공존할뿐더러 나아가 아직 도래하지 않은 시간(미래)까지 담보할 수 있는 것도 이런 시적 순간과 관련이 있다. 이런 시적 기억에서 '기억'은 한 시대가 비참과 굴종과 부정의(不正義)와 노예의 시간에 예속되어 있음을 현재 시간으로 길어올려 예속된 정신을 각성하고 활성화한다. 이 각성과 활성화는 다른 방식으로 말해, 비극적 역사와 굴종의 노예 상황에 의해 억압되고 망각된 것, 목소리를 가지지 못한 것, 지워진 것, "죽임"당한 것, "나타날 수 없는 것"이 "아니요……아무것도 끝나지 않았습니다"라고 항변하며 스스로 제 존재를 '증언'하는 '회귀'의 시간이 도래하는 것을 의미한다. 그럼으로써 이 기억은 우리에게 현행 세계시간이 여전히 '아직 오지 않은 시간' 속에 있으며, 비극의 시간과 굴종의 기억을 '도래할(도래해야 할)' 해방적 시간의 한 역사적 과정으로 이해하게 한다. 아직 메시아의 시간은 오지 않았으므로 그 시간은 곧, 반드시 임재(臨在)해야만 한다! 메시아의 시간이란 상투화된 제도종교에서 이미지화한 천국의 도래가 아니라, 히브리 신앙 속의 예언자적 전승의 시간, 즉 현행 세계를 뒤덮고 있는 죄의 시간이 중단되는 시간이다. 그 시간은 천국을 임재하게 하는 것이 아니라 '메시아적 폭력'을 임재하게 한다. 이 메시아적 폭력은 현행 세계시간에 내재한 죄의 질서, '법권력적 폭력'을 중지시킴으로써 억압된 존재를 자유롭게 하고, 지워진 존재를 나타나게 하는 '해방적' 시간과 다른 것이 아니다.

세월호의 선체로 진입하여 그 선체에 있던 주체들이 '지금' 스스로 말하게 하는 이런 시는 세월호에 '대한' 시가 아니라 세월호 '의' 시이다. 여기에서 '세월호'는 사유와 문장의 목적어가 아니라 말하는 주어이며, 사유하는 존재 그 자체이다. 여기에서 세월호는 기억되지만 회상되지 않으며, 과거는 과거에 죽은 것으로서 갇혀 있지 않고 현재 속에 살아 있으며, 이 현재는 미래 시간을 담지한다. 시의 기억은 현재 시간 속에서 특수성을 넘어 역사의 보편적 기억, 문학적 진실의 차원에서 '사실'이 된다. 이 '(문학적) 사실'은 보편성을 담지함으로써 미래의 약속을 함축한다.

이영광(李永光)의 시적 목소리 역시 한강 소설의 '시적 발화'가 그러하듯이, 종래 문학의 '사실주의'라는 기율을 가로질러 우리에게 지금까지 알려진 시의 영토에서 더 멀고 낯설고 깊숙한 정신의 사막으로 이행하는 과정에서 '만난' 목소리이다. 이런 시적 이행에 "아니요…… 아무것도 끝나지 않았습니다"라는 목소리는 난파선 속 익명의 개인들이 처한 절대적 어둠에서 건져져 보편적인 역사의 바다로 옮겨진다. 이 목소리는 '죽임'에 대한 존재의 저항을 통해 "암전 뒤의 암전 뒤의 이 암전들" 뒤에도, "죽임"과 죽임 이후에도 끝나지 않는 시간이 존재함을 증언한다. "더이상 죽지 않는 것" "오직 삶이라는 것만을 아는 것" "불가능한 몸"은 시의 현재화된 기억을 통해, 현행 세계시간이 죄의 시간이라는 것을 고지하는 동시에 죄의 시간이 중단되어야 함을 알린다. 이 고지는 과거를 회고하게 하지 않는다. 이 목소리는 아직 오지 않은 시간, 도래할(도래해야 할) 역사를 우리에게 요구한다. 이런 방식으로 위태로운 시적 기억은 하나의 목소리에 과거와 현재와 미래를 살아 있는 '지금 여기'에 임재하게 한다. "불가능한 몸"은 우리 시대에 '불가능한 것', 억압과 굴종과 노예적 금기로부터의 해방을 요구한다. 이 요구는 벤야민의 '역사의 천사'가 그러했던 것처럼 "이상한 형체"를 하고 있지만 명확한 방향을 지시하고 있다. "오직 삶이라는 것만을 아는 것"은 우리 시대에 죽음의 논리의 중단, 죽임의 질서의 종식을 요구한다. "오직 삶이라는 것만을", 그러한 생명의 질서만을 요구한다. 목소리의 방향은 바로 이 요구의 방향이다.

한강의 경우에서나 이영광의 경우에서나 '시적 목소리'들은 역사의 악몽을 동반하는 '현재화된 기억'이다. 주의할 것은 이 '기억'은 난파당한 세월호 시대의 '생존자'인 우리가 선택할 수 없는 종류의 것이라는 사실이다. 억압된 것은 반드시 회귀한다고 했던 프로이트의 직관처럼, 시대의 죄, 시대의 비명은 공식적 기록이 삭제해도 반드시 돌아온다. 소년이 오듯이, 아무것도 끝나지 않듯이.

우리는 이 목소리가 역사의 메시아, 문학의 메시아가 깃드는 '좁은 문'임을 알고 있다. '좁은 문'에 깃드는 메시아는 단지 '오는' 게 아니라, 적그리스도(Anti-christ)를 극복하면서 온다. 기독교 성서의 여러 장면은 적그리스도를 극복하는 메시아의 방식이 '강한 것'이 지배하는 현행 세계질서를 폐지하고 중단시킴으로써 '약한 것'을 해방시키는 방식임을 암시하고 있다. 문학의 메시아, 시적인 것이 깃드는 '좁은 문'에서도 마찬가지이다. '(시의/시적인) 기억'은 현행 세계시간 속 '(공식적) 기록'을 이긴다. 이 기억 자체가 "더이상 죽지 않는 것" "불가능한 몸"이기 때문이다.

—『창작과비평』 2015년 가을호

연옥에서 기도하는 시인들

◆

이원·김행숙·박진성의 시

무슨 웅덩이들이 가로막았기에, 무슨 사슬을 만났기에,
나아가는 길에서 그렇게 희망을 버려야 했나요.
— 단떼 알리기에리 『신곡 — 연옥편』 중에서

'기도'라는 연옥의 존재 형식

단떼의 『신곡』에서 연옥은 깔때기 모양으로 지하로 내려 뻗은 아홉개 지옥 끝에 나온다. 오만, 시기, 분노, 나태, 탐식, 탐욕, 음란 등의 죄를 환속하는 일곱개의 연옥은 생전의 악덕을 정화하는 수행의 장소이다. 고행을 통한 실낱같은 구원의 가능성이 완전히 봉쇄되어 있지 않다는 점에서 연옥은 어둠과 빛의 경계에 위치한다. 눈여겨볼 것은 연옥의 망자들을 기억하는 산 자들의 기도가 죄의 탕감에 큰 영향을 미친다는 사실이다. 문학적 차원에서 이 기도의 중요한 의미는 죽은 이들에 대한 단순한 애도가 아닐 것이다. 어떻게 나의 기도가 타인의 죽음을 구원할 수 있단 말인가. 우리 자신이 메시아가 아닌 이상 대속(代贖)은 불가능하다. 이 기도의 가장 깊은 차원은 아마 타인의 죄와 나의 죄를 연결짓고, 세상의 죄에서 나의 죄를 발견하는 자기참회와 연관되어 있을 것이다. 여기에서 죄는 망자뿐만 아니라 산 자의 세계를 포괄하는 자기구원, 나와 타인의 구별을 넘어서 공동(체)의 문제가 된다. 여기에서 죄－죽음의 문제는 기도의 자리가 실은 참회와 정화를 수행해야 할 '연옥'이라는 사실을 역으로 묵상하게 한다. 더불어 죄의 탕감과 구원의 가능성을 매개한다는 점에서 기도의 존재 자체가 이 세계를 지옥과 구별짓는 가능성이라는 점을 기억하는 일은 중요하다.

최근 수년간 문단의 뜨거운 논쟁이 되었던 '시의(와) 정치'를 '문학적 기도'의 일종이라고 보아도 무방하지 않을까. 이 '기도'는 2000년대 중반 이후 급격히 진행된 우리 정치공동체의 퇴행, 특히 공권력과 법의 폭력에 의한 '사회'의 몰락과 시민적인 것의 게토화 현상에 대한 항의의 성격을 띠었다. 이 항의에서 개인과 공권력, 법 폭력과 시민권 간의 충돌이 첨예한 문제가 되었던 것은 당연하다. 시의(와) 정치가 담론의 차원에서뿐만 아니라 정치 사안에 대한 작가의 직접적이고 적극적인 참여와 연관되고, 작가로서의 시인과 시민으로서의 시인 사이에 정체성 분열이 여기에서 화두가 되었던 것도 이와 관련이 있다. 시민적 자유주의자 김수영(金洙暎)이 이 논쟁에서 유력한 근거로 자주 소환되었던 것은 이해할 만한 일이다. 하지만 우리는 이제야 알게 되었다. 그러한 항의조차도 법과 시민권, 허위와 사실 사이 폭력의 경계가 분명했던 시간에 이루어졌던 일이라는 사실을.

'4·16'이라는 숫자는 우리 시대 현재 시간이 전혀 다른 차원에 놓여 있음을 각성하게 하는 효과를 발휘하고 있다. '4·16 이후'라는 말은 허구다. 4·16은 사건 이전과 이후를 가르는 발생의 경계면이 아니라 이미 당도한 시간을 확인시키는 시계이기 때문이다. 바다로 가라앉은 배를 보며 '국가의 침몰'을 확인했다는 말은 진실이 아니다. 우리가 확인하는 것은 벌거벗은 임금님에 대한 지적의 해석처럼 애초부터 침몰할 것이 없었던 '부재' 그 자체이며, 실체적 사실의 해석 가능성을 무화시키는 텍스트의 전면적 증발이라는 현상이다. 4·16 이후 공동공간 내 모든 텍스트는 진위 여부를 따질 수 없는 것이 되어버렸다. 어떤 기록도, 교신도, 공식적 문서도, 증언도, 보도도, 국가의 발표도 진위를 명백히 확인할 수 없다. 가라앉은 주검, 사라진 주검은 어떠한가. 얼굴의 형체를 알 수 없는 것은 바다로 가라앉은 존재들만이 아니다. 사건의 열쇠로 지목받은 이의 얼굴도 알 수 없다. 형체를 알 수 없는 주검―텍스트의 증발이라는 사태는 의미심장하다.

시인은 이제 '항의'하거나 '선언'의 방식으로는 기도할 수 없다. 타락과 몰락의 대상, 항의해야 할 텍스트 자체가 부재하며, 어둠의 예감은 전면적이기 때문이다. 현대성은 모든 것을 흔적 없는 공기 속으로 녹여버린다는 맑스의 전언처럼, 증발되는 텍스트와 더불어 죄의 연루는 이 시대 공동공간에서 경계를 무화시키며 도처에 퍼져 있다. 죄의 탕감은 가능한가. "타락한 어느 목회자의 일요일 아침과도 같"이 "누가 누구에게 감히 용서라는 말로"(황병승 「목마른말로(末路) 1」, 『육체쇼와 전집』, 문학과지성사 2013) 죄를 탕감한단 말인가.

지구의(地球儀)는 무신론자의 꿈속이다

시인은 이제 어떻게 문학적 기도를 수행할 수 있는가. '무신론자의 기도'가 등장하는 것은 당연해 보인다. 그러나 이러한 종류의 기도는 이미 '사건 이전'부터 시작되었다. 공동체의 현 시간이 신과의 접속 가능성이 끊긴 전면적 죄의 시간임을 인지하는 것은 최근 한국시에서 보이는 예사롭지 않은 예감이다.

박수 소리가 들린다.

무신론자의 꿈속에 두 무릎으로 기어들어가 나는 기도를 한다. 주여. 저는 울고 싶습니다. 울고 싶은 마음으로 0에다가 0을 더하며 어깨를 들먹인다. 아멘.

그렇다면 그건 사실 지구에 작별을 고하는 건데.

*

나는 머리를 든다.

산산조각이 난 지구의들이 더미를 이루고 있다. 국경이 무너져 있다. 물이 새고 있다. 나의 무릎이 젖고 있다.

(…)

발이 저린다. 손가락에 침을 묻혀 코에 바르며 나는 나의 역할을 맡을 신자의 마음으로 우러러 하늘을 본다. 저는 벌을 받고 있는 겁니까.

앞으로 받게 됩니까.

그렇다면 그건 이미
실물 크기의 지구의에 무릎을 꿇고 있다는 건데.
— 신해욱 「복제지구의 어린양」(『syzygy』, 문학과지성사 2014) 부분

'지구의'가 한국시에서 의미 있는 메타포로 등장한 최초의 사례는 1930년대 이상(李箱)의 「건축무한육면각체: AU MAGASIN DE NOUVEAUTES」에서였다. 이상에게 그것은 자신이 속한 공동체의 '짝퉁성'에 대한 모더니스트다운 직관이었으며, 여기에는 정치와 문화가 얽

혀 만들어낸 '멋진 신세계'의 허구성에 대한 전면적인 의심이 자리하고 있다. 그에게 '지구의'는 '의심'이라는 직감 형식 외에는 자기 시대를 정확하게 조망하는 인식론적 방법을 가지고 있지 않은 자의 한계를 담은 예감의 오브제였다. 2014년의 한국시에 다시 등장한 이 '지구의'는 단지 의심이 아니라 공동공간 속 희망의 가능성을 전면으로 부정하는 시니컬한 오브제이다. "무신론자의 꿈속"에서 행하는 "기도"란 모순어법을 이중으로 강화한다. 무신론자의 기도라는 말이 모순일진대, 그가 꾸는 꿈속의 기도란 또 무엇이란 말인가.

물론 이것을 무신론자의 무의식에서나마 존재하는 일말의 신("주여"), 희망의 마지막 근거를 향한 절박한 호소라고 보는 거꾸로 된 해석도 충분히 가능하다. 오죽하면 "무신론자의 꿈속에 두 무릎으로 기어들어가" 울면서 기도를 하겠는가. 유신론자의 신이야말로 더 믿을 수 없다는 제도 신앙에 대한 광범위한 냉소와 뿌리 깊은 불신은 우리 시대 공동공간을 규정짓는 중요한 특징이다. "산산조각이 난 지구의들"의 "더미" 위, 차라리 무신론자의 꿈속에서 "주"를 찾는 이에게 '예수 지옥, 불신 천국'이라는 세간의 전도 용어는 키치가 되고 만다. 이런 세계에서는 클리셰가 된 신에 대한 '불신'이야말로 역설적인 진리감각이 되기 때문이다.

"물이 새고" "무릎이 젖"는 이 침수된 지구의 위에서 기도는 "0에다가 0을 더하"는 일처럼 부질없는 일이 된다(왜 하필 이 시는 '침수/침몰'의 모티프를 사용하는가). 이것의 최종적인 결과는 '기도'조차 가능하지 않게 된다는 사실이다. 허위가 일상이 된 세계에서는 구원을 향한 호소마저도 짝퉁이 되어버린다. "발이 저린다. 손가락에 침을 묻혀 코에 바르며 나는 나의 역할을 맡을 신자의 마음으로 우러러 하늘을 본다"는 저 기도 장면이 삶의 키치성, 신을 향한 호소마저 허위가 되어버린 '지구의'에 대한 야유라는 점은 쉽게 짐작할 수 있다. 여기에서는 침몰하는 지구의 위에서의 가장 절박한 구조 요청조차 전시성 제스처가 된다. 지구의 위에서 "저는 벌을 받고 있는 겁니까" "앞으로 받게 됩니까" 하고 묻고 있는 결과는 그래서 역시 아이러니하다. "*그렇다면 그건 이미/실물 크기의 지구의에 무릎을 꿇고 있다는*" 증거가 되기 때문이다. 처벌의 요구와 그에 대한 응답으로서의 처벌 역시 역할 놀이의 일종이 된다. 신과 기도가 키치가 되는 곳에서 어떻게 죄의 탕감을 매개하는 진정한 '벌'이 가능하겠는가. 속죄를 위한 참된 '벌'이 가능하지 않은 지구의는 단테의 세 세계 중 어디에 속하는가.

사도 바울의 전언을 좇아서 벤야민은 '지금 여기(Jetztzeit)' 메시아가 깃드는 역사적 시간을 각성하라고 말했다. 하지만 우리 시대 시인들이 '지금 여기'에서 느끼는 근본기분 중 하나는 공동의 역사적 공간을 전면적으로 뒤덮고 있는 기이하고 적나라한 키치성이다. 벤야민에 따르면 키치는 신의 아우라가 휘발된 세계에 남는 모조(模造)의 형식이다. 기도조차 키치가 된 지금 시간에서 시인의 기도는 이미 가버린 신과 아직 오지 않은 신 사이에서 기도의 신성함을 고수했던 횔덜린의 형식이 아니라, 모조 세계의 모조성을 드러내는 '무신론자'의 역할극을 자진해서 수행한다.

종려주일은 없으므로

이 시대의 시인들 중에는 기도를 공동체의 현 시간에 대한 예감의 형식으로 미리 하는 이들이 있다. 시인은 늘 먼저, 끝까지 기도하는 이들이다. 시인은 타자와 공동으로 거주하는 세계시간 속에 만연한 죄의 불감성을 먼저 지각하고 대면하면서, 종종 미래의 죄를 미리 '기억'하고 예감하기도 한다. 한 시인에게 얼굴을 확인할 수 없는 기이한 공동 주검의 시간은 이미 이렇게 해변에 밀려와 있었다.

발목과 손목을 해변의 모래에 파묻은 아이들이 무엇인가를 찾고 있다

하늘이 길고 넓은 천처럼 내려왔다 펄럭이기 직전이다 색이 자꾸 바뀌었다

아이들은 모래에 말굽자석처럼 척추뼈를 말아넣고 있다
아이들의 몸에 원무가 들어 있다 떠밀려온 지 얼마 되지 않았다

파도도 파도 소리도 검다
허공은 각각 다른 소리를 내는 중
모래도 검다

억울하게 죽은 영혼들은 바람에 씻긴 말들이 데리고 오나

안간힘으로 달빛을 밀어내주고 있을 것이다
물 밑을 열며 올라오는 손이 있을 것이다

아이들은 검은 모래에 가느다란 손목과 발목을 파묻고 있다
물이 들어오는 해변에 아이들이 있다

신이여 아이들을 버리소서
세상이 이미 아이들을 버렸습니다
못 박힐 순결한 손이 필요 없나이다

집채만 한 파도가 아이들을 삼켰다 어둠이 하는 일을 어둠은 끝내 알지 못하므로

당분간 종려주일은 없을 것이므로

— 이원 「검은 모래」(『POSITION』 2013년 여름호) 전문

"발목과 손목을 해변의 모래에 파묻은 아이들" "모래에 말굽자석처럼 척추뼈를 말아넣고 있"는 아이들은 산 아이들인가 이미 죽은 아이들인가. "떠밀려온 지 얼마 되지 않았다"는 정황에 의해 아이들이 지닌 삶과 죽음의 경계는 모호해진다. "검은 모래" 공간은 과거와 현재와 미래 시간 전부를 공존시키며 환영 같은 아이들의 놀이와 "집채만 한 파도"라는 비현실적인 죽음, 그리하여 "세상이 이미 아이들을 버"린 공동공간의 실제 시간성을 드러낸다. (이미) "떠밀려"왔고, "검은 모래에 가느다란 손목과 발목을 파묻고 있"으며, "집채만 한 파도가 아이들을 삼"키는 중이고, "물 밑을 열며 올라오는 손이 있을 것"이다. 이 시제 공존의 참된 의미는 '검은 시간'의 전면성에 있다. "떠밀려온" "아이들의 몸에 원무가 들어 있다"고 할 때, 이를 '둥근 춤'이라는 뜻의 원무(圓舞)가 아니라 '원통한 몸짓'이라는 뜻의 '원무(怨舞)'로 읽는 일은 그래서 자연스럽다. 모래와 파도와 파도 소리 모두가 검은 해변에서 '검은 죽음'은 지상의 마지막 순결성의 상징인 아이들마저 삼켜버린다.

'아이들'이란 누구인가. 니체가 짐승으로부터 진화한 인간성의 궁극적 표상으로, 예수가 천국에 갈 수 있는 근거를 가진 정체성으로 지목한 존재가 아닌가. 아이들이 천국의 통로 열쇠를 쥔 "순결한 손"을 가지고 있다는 점에서, "집채만 한 파도가 아이들을 삼"킨 상황은 구원의 문제와 관련하여서도 모든 여지를 현 시간에서 소거해버린다. "어둠이 하는 일을 어둠은 끝내 알지 못하"는 검은 모래사장에서 "세상이 이미 아이들을 버"린 죄는 부활절을 예비한 "종려주일"을 갖지 못한다. "어둠은 끝내 알지 못하"는 자각되지 않은 죄의 상황에서 엄밀한 의미의 '죽음'은 발견되지 못하며, '속죄'는 불가능하기 때문이다. '파도에 삼켜진 아이들'이라는 신체

는 대속을 담보하는 제의적 성물이 되지 못한 채 바닷속 심연으로 가라앉아버린다. 죄의 탕감, 속죄를 통한 정화가 불가능한 검은 모래사장은 '연옥'의 가능성마저 탕진해버린다.

그러므로 어쩌면 검은 모래 위에서 "억울하게 죽은 영혼들"을 보는 것은 시인뿐일지도 모른다. 이 말은 결코 과장이 아니다. 그렇지 않다면 이 시가 4·16이라는 '사건 이전'에 먼저 당도한 텍스트라는 것을 어찌 이해할 수 있겠는가. 시간을 당겨 볼 수 있다는 점에서 시인(詩人)은 시인(時人)이다. 어떻게 이런 일이 가능한가. 시인이 현재의 공동시간을 시민적 항의와는 다른 방식의 기도로 '살기' 때문이다. 최근에 시인은 다음 시를 발표했다.

젖은 비둘기를 안고 낮에 아이가 찾아왔다

억지로 물에 넣었냐고 했다

아이는 나만 뚫어져라 쳐다보았다

해질녘에 산양을 안고 아이가 찾아왔다

다리를 다쳤다고 했다

누구 다리냐고 물을 수 없었다

한밤에 까마귀를 머리에 얹고 아이가 찾아왔다

살아 있다

새어나오는 목소리가 있었다
　　　　　　　— 이원 「애플스토어 4」(『문학동네』 2014년 여름호) 전문

「검은 모래」에서 검은 모래사장 검은 파도가 삼킨 아이들은 "젖은 비둘기를 안고" 이렇게 시인의 시 속으로 다시 찾아왔다. 혹시 희망이었을지도 모를 "물 밑을 열며 올라오는 손이 있을 것이다"는 시인의 예감은 역설적으로 실현되었다. 이 "손"은 수천길 심해 속으로 가라앉아도 영원히 가둘 수 없는 죄−주검의 회귀로 확인된 것은 아닌가. 「검은 모래」에서 "세상이 이미 아이들을 버렸"다는 시인의 직관은 이 시에서 "나만 뚫어져라 쳐다보"며 "억지로 물에 넣었냐"는 아이의 추궁을 통해 미래에서 확인된다. "한밤에 까마귀를 머리에 얹고" 찾아온 아이는 우리 시대가 이제 "억울하게 죽은 영혼들"과의 대면을 회피할 수 없으며, 죄의 공동성을 물으며 회귀하는 주검들의 책임 추궁에 갇혀버렸다는 것을 뜻한다. 죄를 탕감받고 정화되어야 할 장소로서 '연옥'은 '젖은 아이'의 세계인가, 아니면 아이의 방문을 받고 있는 지상의 검은 모래사장인가.

　주목할 것은 죽음을 상징하는 표상인 "까마귀를 머리에 얹"은 아이의 방문에서 "살아 있"는 "새어나오는 목소리"를 듣는 '나'가 '시인'이라는 사실이다. 주검의 방문을 받는 것도, 주검의 호소를 듣는 것도, 은밀하게 "새어나오는 목소리"를 감지하는 것도 시인이다. 기도하는 시인이 다른 시간을 살고 있기 때문이 아닐까. 이 기도 시간에 시인은 아이의 목소리를 듣는 일 외에 아무 말도 하지 않는다. 이 기도는 '침묵'이 아니라 '묵상'이다. 말할 수 없어 말하지 않는 것이 아니라, 대속의 가능성이 사라진 검은 모래사장 위로 다시 찾아온 주검들과의 대면을 위해서는 산 자들이 만들어놓은 말들의 허위와 단절하는 것이 최소도덕이기 때문이다.

모르는 얼굴들과 사는 기도들

　입술들의 물결, 어떤 입술은 높고 어떤 입술은 낮아서 안개 속의 도시 같
고, 어떤 가슴은 크고 어떤 가슴은 작아서 멍하니 바라보는 창밖의 풍경 같
고, 끝 모를 장례행렬, 어떤 눈동자는 진흙처럼 어둡고 어떤 눈동자는 촛불
처럼 붉어서 노을에 젖은 회색 구름의 띠 같고, 어떤 손짓은 멀리 떠나보내
느라 흔들리고 어떤 손짓은 어서 돌아오라고 흔들려서 검은 새떼들이 저물
녘 허공에 펼치는 어지러운 군무 같고, 어떤 얼굴은 처음 보는 것 같고 어
떤 얼굴은 꿈에서 보는 것 같고 어떤 얼굴은 영원히 보게 될 것 같아서 너
의 마지막 얼굴 같고, 아, 하고 입을 벌리면 아, 하고 입을 벌리는 것 같아서
살아 있는 얼굴 같고,

── 김행숙 「에코의 초상」(『현대시』 2014년 6월호) 전문

　"안개 속의 도시" 같은 입술들이 보이고, "멍하니 바라보는 창밖의 풍
경" 같은 가슴들이 있다. "진흙처럼" 어두운 눈동자가 있는가 하면 "노을
에 젖은 회색 구름의 띠" 같은 눈동자도 있다. "처음 보는 것 같고" "꿈에
서 보는 것 같고" "영원히 보게 될 것 같"은 이 "마지막 얼굴"들은 익명의
풍경에서 제각각 개별적인 존재들로 제 '입을 벌리며' 차마 죽지 못하고
되살아 돌아오는 낱낱의 얼굴들의 풍경이 된다. "멀리 떠나보내느라 흔들
리고" "어서 돌아오라고 흔들"리는 이 손짓들에서 시인은 "끝 모를 장례
행렬"과 "검은 새떼들"의 군무를 본다. 안개처럼 깔린 아우성치는 입술들
과 크고 작은 가슴들은 멍하니 바라보는 무중력의 시점 안에서 이 풍경이
'공동(체)의 무덤'이라는 사실을 암시하고 있다.
　"끝 모를 장례행렬" 속 얼굴들의 개별성과 대면하고, 그 얼굴들의 영원
회귀("어떤 얼굴은 영원히 보게 될 것 같아서")를 수락하는 것은 시인들
에게만 허락된 특별한 은총이자 고통스러운 비의이다. 이 얼굴들은 기도

하는 자의 영토에서만 제 풍경을 드러내기 때문이다. 이 시는 공동체의
불행한 시간과 깊이 삼투된 무의식을 통해 장례행렬에 끼인 "어떤 얼굴"
과 접속하고 있다는 점에서 '기도'의 층위에 있다. 절박하기는 하지만 산
자들의 공동체에서 교환되는 말들의 형식과 이 기도의 형식 사이에는 간
극이 있다. '(얼굴들을) 잊지 않겠습니다'라는 공동체의 말에는 망각에
대한 공포, 기억은 시간을 이길 수 없다는 강박이 엿보인다. 그러나 적어
도 시인에게 이 초상은 처음 보는 것처럼 낯설지만 꿈처럼 반복되며 영원
히 돌아올 것이다. 이것은 그에게는 비극적 악몽이기도 한데, 시인은 얼굴
들을 '잊지 않는' 자가 아니라, 얼굴들과 더불어 '이미 늘 살고 있는' 자이
기 때문이다.

　　네가, 너 몰래 열어놓은 문틈으로
　　네가, 네 몸을 씻는 지금,

　　벗은 눈이 벗은 문틈을 열고
　　알몸의 물이 알몸의 소리와 섞이는 지금,

　　모르는 슬픔이 나 몰래 옷을 벗는다

　　물의 손이 뚝, 잘려
　　저 공중은 물의 피를 네 몸에 퍼붓는 것일 텐데

　　늪지대를 보고,
　　늪지대에 저 혼자 서 있는 키 큰 식물을 보고,
　　물의 정부(情婦)가 키우는 몰랫자식이라고 쓴 적이 있었는데

다 벗은 너는 지금, 다 벗은 늪의 식물 같다

다음 생이 있어 물에게도 다음 생이 있어
나는 네 몸에 닿는 지금의 물이 될 텐데

어린 물이 네 하초에 매달려 걸어오는 지금,
나 몰래 열어놓은 슬픔으로
눈동자에 맺힌 어린 물을 닦는 지금으로

아무도 모르는 늪지대에서 처음 만나는 식물들처럼
지금,

—박진성 「물의 나라」(『식물의 밤』, 문학과지성사 2014) 전문

박진성(朴鎭星)에게서 현재 시간이 "물의 피"를 퍼붓는 '물의 나라'로
나타나는 것은 우연인가, 필연인가. 이는 시인이 속한 재난의 공동시간
에 대한 메타포인가, 단순한 물질적 예감의 이미지인가. 하지만 그러한 것
은 중요하지 않다. 더 중요한 것은 이 시가 "모르는 슬픔"에 관한 기도라
는 사실이다. 예수가 기도를 광장이 아니라 골방에 가서 하라는 말은 무
슨 뜻인가. 가장 깊은 곳에서 기도는 아무것도 입지 않은 채 기도가 만나
려는 존재와 "알몸"으로 조우할 것이다. 거기에서 기도는 누군가의 시선
에 '전시'되지 않으며, 심지어는 내 시선으로부터도 발견되지 못하는 '모
르는 기도'가 된다. 기도는 기도의 대상을 '시선'으로 '기억'하고 파악하
는 주체 의지의 소산이 아니다. 기도는 이미 "나 몰래 열어놓은 슬픔"으로
"눈동자에 맺힌 어린 물을 닦는 지금" 시간을 살고 있는 진정한 '공동시
간' 속 실존의 한 형식이다. "네가, 너 몰래 열어놓은 문틈으로" "나 몰래
열어놓은 슬픔으로" "아무도 모르는 늪지대에서 처음 만나는 식물들처

럼/지금"을 사는 이 시간은 슬픔들이 조우하는 층위에서 과거와 현재와 미래라는 직선적 시간 구획을 지운다. 시간의 구체성이 거세된 무시간성이나 초시간성이 아니라, 의식적 시간의 마디를 지운 '비시간성의 슬픔'으로 "알몸의 물이 알몸의 소리와 섞이는 지금"을 사는 시간이다. 이 시에서 "지금"이라는 시간이 일곱번이나 반복된다는 것은 의미심장하다. 순정한 슬픔은 망각됨 없이 혹은 미리 예감된 것으로 늘 "지금" 시간을 생생하게 살기 때문이다. 시인의 기도가 거주하는 자리도 거기다.

"그것이 있던 곳에 내가 존재한다(Wo es war, soll Ich werden)"라는 프로이트의 수수께끼 같은 존재론을 라깡은 왜 '그것이 있던 곳에 내가 있어야 한다(나는 가야 한다)'라는 주체의 당위론, 윤리의 철학으로 바꿔 읽었는가. '그것이 있던 곳'이 주체에게 알려지지 않은 곳, "나 몰래 열어놓은 슬픔"의 자리이기 때문이다. 시의 기도는 그 자리에서만이 슬픔의 동정(sympathy)이 아니라 공감(empathy)의 실존이 가능하며, 공동공간의 진정한 공동성이 개방된다는 사실을 예감한다. 산 자들의 시간 구획을 모르는 그 자리는 자아 이전 혹은 주체 이전의 존재 형식으로 '늘 지금'이라는 시간성을 이미 살고 있다. 거기에서 "물의 피를 네 몸에 퍼붓는" 공중은 "나는 네 몸에 닿는 지금의 물"과 구별되지 않으며, "아무도 모르는 늪지대에서 처음 만나는 식물들처럼/지금"은 슬픔이 "알몸의 물"의 몸으로 서로 섞이는 시간이다.

새에게는 자기만의 공기가 있다.
다친 여자의 다친 부위로 들어가리라.

죽은 물은 없다. 죽은 소리는 없다. 죽은 벽은 없다. 미쳐서 다친, 다쳐서 미친 이 여자가 나의 벽이었다. 여자가 주운 붉은 돌이 심장에 박히는 소리를 들었다. 느낄 수 있을 뿐 만져볼 수 없는 약속이었다.

슬픔의 방향을 몰라 벽은 계속 자랐다. 여자의 상처는 붉은 벽의 날을 불태웠다.

어두운 물소리와 긴 구멍, 거기서 나는 불타는 말과 놀았다. 모든 말이 재가 될 때까지 놀았다.

—박진성 「어떤 붉은 이야기」(『식물의 밤』) 부분

그러므로 "죽은 물은 없다. 죽은 소리는 없다. 죽은 벽은 없다". '그것이 있던 곳'은 나도 모르는 사이에 이미 "다친 여자의 다친 부위에 들어가" 있는 기도이며, 그 시간에 시인은 "붉은 돌이 심장에 박히는 소리"를 듣는다. 내 심장이 된 붉은 돌에서 돌의 소리와 내 소리는 구분되지 않는다. 내 심장이 된 "붉은 돌"은 내가 죽지 않는 한 늘 생생한 박동 소리로 뛰고 있으며 살아 있다. 그것은 산 자들의 공동체에 제출된 안티고네의 '죽은 자들을 위한 씌어지지 않은 법'처럼 "느낄 수 있을 뿐 만져볼 수 없는 약속"의 형식으로 영원히 왼쪽 가슴에 깃든다.

"모르는 슬픔"이므로 "슬픔의 방향"을 모르는 것은 당연하다. 내밀한 곳에서 닿은 슬픔들 간의 깊은 조우는 '아프지 않은 세계'의 '의미/방향'('sens'는 '의미'와 '방향'이라는 두가지 뜻을 모두 가지고 있다)과는 다른 지점에서 만난다. 상처받은 존재의 깊은 지점 "어두운 물소리와 긴 구멍"에서 이 조우의 형식은 공명하는 에로티시즘의 형식을 통해 다른 차원으로 내밀하게 열린 기도의 존재 형식을 완성한다. "불타는 말" "모든 말이 재가 될 때까지 놀았다"라는 말을 성적인 연상으로 읽는 일은 자연스럽다. 중요한 것은 이 에로티시즘의 층위가 존재의 깊은 상처와 공명하면서 성(性)을 성(聖)으로 승화시키는 시적 기도의 존재론을 만들고 있다는 사실이다. 배설물이 나오는 자리에서 아이가 태어난다는 사실, 죽음과 공존하면서 죽음을 이기는 생명, 고통을 공유하는 몸들의 이면에서 발산되는 향유, 속됨과 성스러움의 극단적인 공존이야말로 에로티시즘의 가장 내밀한 본질이다.

　"어두운 물소리와 긴긴 구멍" 안에서 "모든 말이 재가" 되는, 그리하여 "슬픔의 방향"마저 탕진시키는 이 '붉은 상처의 언어'야말로 시적인 기도, 문학적 에로티시즘의 고유한 형식이 아닐까. '어두운 구멍' 안의 깊은 공명은 공동공간 속 산 사람들의 논리("말")를 '재'로 태워버린다. 시인의 기도는 그 메마름의 끝에 가서야 겨우 슬픔과 조우하는 '말 없는 말'이다. 한 시인이 어디에선가 "기도는 말이 없다/언제나 경악보다 먼저 와서,/두려움보다 슬픔보다 분노보다 먼저 와서/두 손을 모으려 하는 나를/무슨 말을 떠올리려 하는 나를/단숨에 찔러버린다"(이영광 「기도」, 『나무는 간다』, 창비 2013)고 한 것도 같은 이유에서다. 왜 시인의 기도는 "말이 없"는가. 왜 그의 기도는 "무슨 말을 떠올리려 하는 나를/단숨에 찔러버"리는가. 기도하는 그 자리가 산 자들의 공동공간이 지어낸 말과 사물의 질서 이전, 저 자신도 알몸으로만 상처와 슬픔의 얼굴들과 겨우 조우할 수 있는 헤테로피아이기 때문이다. 역설적으로 이곳이야말로 '연옥'이 된다. 연옥의 진정한 가능성은 죄의 정화와 탕감이 아니다. 연옥은 공동의 현재 시간이야말로 '어두운 기도'가 필요한 "검은 모래" 위 "끝 모를 장례행렬"이라는 각성을 통해 신과 만날 수 있는 가능성이다. 그러므로 연옥은 지옥의 부정이 아니라, 지옥을 긍정하는 데에서 나오는 죄의 변증법이다.

　'무신론자'마저도 신을 향해 무릎을 꿇고 호소하지 않으면 안되는 속죄의 시간이 도래했음을 각성하는 자리에서 진정한 기도가 탄생한다. 죄 있는 인간이 신을 만날 수 있는 유일한 시간이 기도의 시간이라는 것을 누가 부인할 수 있겠는가. 우리 시대 어떤 시인들은 이미 그 기도를 살고 있다. 지금 시간, 여기가 시인의 연옥이다.

──『문학과사회』 2014년 가을호

시는 누구에게 고개를 숙일까

◆

김수영·황인찬·김행숙·이원·송승언·최문자의 시

사람이 아닌 평범한 것에

시를 쓰는 사람이 누구인가라는 질문은 성립될 수 있는가. 이러한 질문은 지나치게 자명해서 난센스로 보이기까지 한다. 시를 쓰는 이가 '시인'이 아니라면 대체 누구란 말인가. 그런데 이러한 질문은 막상 '시인'이 누구인가 정색을 하고 뚱딴지처럼 따져 묻기 시작하면, 그렇게 자명하지도 않으며 대답하기도 쉽지 않은 질문이라는 것을 알게 된다. 이 질문은 시를 쓰는 상태의 한 인간은 누구인가, 아니 '무엇'인가, '시적인 상태'에 젖어 있다고 할 때 그 고양된 정신 상태는 어디를 떠돌면서 자신의 정체성을 '시인' 된 자로서 구성하는가라는 것을 묻고 있다. 이런 질문을 특별히 촉발시키는 시인 중의 한 사람이 김수영(金洙暎)이며, 그때 이 시인은 가열한 목소리의 투사가 아니라, 알 듯 모를 듯 독백조로 이 시처럼 읊조릴 때가 있다.

　　누구한테 머리를 숙일까

사람이 아닌 평범한 것에
많이는 아니고 조금
벼를 터는 마당에서 바람도 안 부는데
옥수수 잎이 흔들리듯 그렇게 조금

바람의 고개는 자기가 일어서는 줄
모르고 자기가 가닿는 언덕을
모르고 거룩한 산에 가닿기
전에는 즐거움을 모르고 조금
안 즐거움이 꽃으로 되어도
그저 조금 꺼졌다 깨어나고

언뜻 보기엔 임종의 생명 같고
바위를 뭉개고 떨어져내릴
한잎의 꽃잎 같고
혁명 같고
먼저 떨어져내린 큰 바위 같고
나중에 떨어진 작은 꽃잎 같고

나중에 떨어져내린 작은 꽃잎 같고
　　　　　— 김수영 「꽃잎 1」(『김수영 전집 1 — 시』, 민음사 1981) 전문

　1920년생 김수영은 1910년생 이상(李箱) 같은 부류의 시인이 아니다. 문법적 주체로서 1인칭 '나'의 정상성을 흔들어놓고서야 개방되는 이상 같은 식의 시적 착란은 김수영 시의 일반적 방식은 아니다. 그럼에도 김수영의 정신이 가장 '시인답게' 되는 순간 그는 '여기'에 없다. 그의 정신

은 떠돈다. 이것을 '떠돎'이라고 말하는 까닭은 그 시에서 시인으로 짐작되는 '말하는 자'가 "자기기 일어서는 줄/모르고" "자기가 가닿는 언덕을/모르"기 때문이다. 그는 혁명의 시인이었지만 이 순간에 시정신은 어떤 명백한 정치 이념을 지향하지 않는다(못한다)는 점에서 '리얼리즘'의 기율과는 다른 영토에 놓여 있다. '모르는' 화자는 슬로건을 내걸지 않으며, 슬로건을 향해 실천에 나서지도 못한다. 이 시정신은 어떤 낭만적 감성이나 멜랑꼴리를 차단한다는 점에서 전형적인 '서정시'의 영토에도 거주하지 않는다. 이 시정신은 그러므로 이념적이지도 않지만 유희적이지도 않다.

하지만 이 정신은 어떤 영토에 닿아 있다. 모르면서 "바람의 고개"는 일어서며, 모르면서 "거룩한 산에 가닿"는다. 화자도 '모르고 닿는' 거룩한 시의 산은 어디일까. 이때 그는 산의 등고선을 살피기보다 '무지'에 자신의 몸을 열어놓음으로써 자신의 정신을 시적인 위치로 고양시킨다. 이 고양의 역설은 주체를 드높이는 것이 아니라 거꾸로 "사람이 아닌 평범한 것에" "머리를 숙"이는 방법이라는 사실이다. 이 숙임은 의식적으로 이루어지지 않는다. "많이는 아니고 조금" "벼를 터는 마당에서 바람도 안 부는데/옥수수 잎이 흔들리듯 그렇게 조금". 바람이 없는데 일어나는 이 "조금"의 흔들림은 의식되지 않는 공기처럼 다만 "평범한 것에" 닿고 스민다.

"임종의 생명"은 한없이 착하다. 순진하고 기만 없는 이 '머리 숙임'을 김수영은 "바위를 뭉개고 떨어져내릴/한잎의 꽃잎 같고/혁명 같"다고 느낀다. "뭉개고 떨어져내릴"이라는 말은 복합적이다. '뭉개진다'는 말은 꽃의 연약함과 강함을 동시에 내포하고 있다. 꽃이 뭉개질 때 바위도 뭉개지기 때문이다. 거룩한 산에 닿는 바람 같은 무지의 움직임, 평범한 것에 가닿는 정신의 자발적 감각을 그는 시인이 사유할 "혁명"이라고 보았다. 꽃잎처럼 부드럽고 약하지만 바위처럼 강건하며, 나아가 바위 같은 세계를 뭉갤 수 있는 에너지도 이 시적인 '무지의 감각'에 얼마나 몸을 맡길 수 있는가와 관련이 있다.

가장 낮은 계급을 만드는 일

성가대에 들어간 것은 중학교 때였다
일요일 오후엔 찬양 연습했다
끌어내리듯 부르는 것이 나의 문제라고

노래 부르는 것을 좋아하지 않았다
기도하는 것을 좋아하지 않았다

나무로 된 긴 의자와 거기 울리는 소리가 좋았다

말씀을 처음 배운 것은 말을 익히기 전의 일이었다
그것을 배우며
하나님의 목소리는 무엇일까 생각했다

연습이 진행되는 동안
목소리가 커졌다 잦아들었다

공간이 울고 있었다

낮은 곳에 임하시는 소리가 있어
계속

눈앞에서 타오르는 푸른 나무만 바라보았다

끌어내리듯 부르지 말라는 말을 들었다

마음이 어려서 신을 믿지 못했다
— 황인찬 「낮은 목소리」(『구관조 씻기기』, 민음사 2012) 전문

기독교를 한국시의 무덤이라고 평한 이가 있었다. 그러나 문제는 기독교라기보다는 신에 대한 명백한 표상이다. 무한자인 '신'을 유한자인 인간이 '표상'하려 하는 것이 문제다. 그려질 수 없는 존재가 그려지는 것이 문제다. 가둘 수 없는 무한한 존재가 유한한 존재에 의해 규정되는 것이 문제다. 기독교가 한국시의 무덤이 되는 불행한 순간, 시는 신앙의 대상을 드러내는 것이 아니라 실은 인간의 편견을 드러낸다. 사람의 말이 사람의 말을 넘어서 거룩한 것에 닿는 것이 본래 시의 변증법이었다면, 여기에서 일어나는 일은 시의 그 본래성을 거꾸로 추락시킨다. 신앙인이 된 시인은 그의 시가 신을 드러내고 있다고 생각하지만, 거기서 '신'은 실은 은폐된다. 사람의 말을 사람 너머의 것으로 만드는 경계에서 시가 탄생했지만, 여기에서 '너머'는 다시 말들의 영토로 포획되었기 때문이다. '거룩한 말'은 '거룩하다'는 기호적 표현에 갇힐 수 없다. 기호는 '진리'를 죽이고서야 인간에게 장악될 수 있는 사물들의 표면일 뿐이기 때문이다.

높고 거룩한 정신은 어떻게 드러나는가. 존재의 '거룩한 산'에 우리는 어떻게 닿을 수 있는가. 이 '산'은 '인식'될 수 없다. 무한자는 유한자에 의해 규정되거나 포괄되거나 조망될 수 없으므로. 거룩한 존재를 둘러싼 이 성가대의 풍경은 특정한 종교에 관한 이야기가 아니다. 거룩한 것, 무한자에 가닿는 방식에 관한 우화이다. 성가대의 지휘자는 명백히 '신을 드러내는 노래'를 '알고 있다'고 생각한다. 그가 지휘하는 악보 속 "찬양"

은 무한자의 목소리, 신의 표상에 관한 메타포이다.

그러나 시적 화자는 "마음이 어려서 신을 믿지 못했다". 이 회의는 신앙의 대상에 대한 회의가 아니라 신앙의 표상에 대한 회의라고 봐야 한다. 악보지에 명백히 그려진 "찬양"의 노래는 거룩한 것에 대해 알고 있다고 생각하는, 그러므로 거룩한 것을 '소유'하고 있다고 생각하는 인간화된 표상의 일종이 아닌가. "말씀"은 '(인간적) 말'의 세계에는 존재하지 않는다. "말씀을 처음 배운 것은 말을 익히기 전의 일"이다. 그러므로 화자는 거룩한 것의 영토에 이르는 길이 "노래 부르는 것" "기도하는 것"에 있지 않다고 생각한다. 대신 "나무로 된 긴 의자와 거기 울리는 소리"를 듣는다. 찬양 연습이 진행되는 동안 그는 사람의 목소리를 내기보다는 "목소리가 커졌다 잦아들"게 한다. 이 잦아드는 목소리는 나무의 소리와 공명하면서 말을 지우는 대신 사물 그 자체의 소리를 들려준다. 그러나 이 소리마저도 들리지 않는다.

화자가 지휘자에게 지적받는 "끌어내리듯 부르는" 노래에 주목하자. 왜 그렇게 노래 부를까. 그것은 일부러 그러는 것이 아니라 '저절로' 낮아진 소리이다. 항상 "하나님의 목소리는 무엇일까 생각했"기 때문에. 거룩한 무한자를 그릴 수는 없으나 "낮은 곳"에 있다고는 '느꼈기' 때문에.

"끌어내리듯 부르는" 노래는 저도 모르게 "낮은 곳에 임하시는 소리"를 닮는다. 그 방향으로 '떠도는' 소리이므로. 목표를 모르고 스스로도 인지하지 못하는 이 목소리의 자발성은 그 방향으로 흘러가 그곳의 공기를 감각한다. 한없이 낮아질 때 이 소리는 침묵이 되고, 그는 노래하지 않으면서도 "낮은 곳"에서 늘 노래하는 자가 된다. 그 자리에서 사람의 말은 "말씀"이 된다. 그 "낮은 곳"이 "말씀"과 닿는 자리이기 때문이다. 이 말 없는, 말 너머 말씀의 자리는 말-인식의 주체가 의식적으로 가닿을 수 없으며 명백히 표상할 수 없는 진리의 처소이다. 사람의 말 너머 이 낮은 처소는 마치 김수영의 "사람이 아닌 평범한 것"에 고개를 숙이는 바람의 방식처럼 겸손하며, "자기가 일어서는 줄/모르고 자기가 가닿는 언덕을/모르고 거룩한 산에 가닿"는 바람처럼 무의식적이다. '낮은 곳'은 명백한 논리를 구성함으로써 이데올로기가 되기 쉬운 완강한 말과 억압적 생각들의 가장 멀고 낯설고 깊숙한 층위에 있다. 그렇다면 여기야말로 모세가 "눈앞에서 타오르는 푸른 나무"를 만나 무한자와 계약을 맺은 자리가 아닌가. 유한자가 무한자와 만나 맺은 이 계약이 '말씀'이 아니라면 또 무엇이겠는가. 사람의 말을 하는 존재가 '말씀'에 닿을 때에 그는 비로소 '시인'이 된다.

가장 낮은 몸을 만드는 것이다

으르렁거리는 개 앞에 엎드려 착하지, 착하지, 하고 울먹이는 것이다

가장 낮은 계급을 만드는 것이다, 이제 일어서려는데 피가 부족해서 어지러워지는 것이다

현기증이 감정처럼 울렁여서 흐느낌이 되는 것이다, 파도는 어떻게 돌아오는가

사람은 사라지고 검은 튜브만 돌아온 모래사장에…… *점점 흘려 쓰는 필기체처럼*

몸을 눕히면, 서서히 등이 축축해지는 것이다

눈을 감지 않으면, 공중에서 굉음을 내는 것이 오늘의 첫번째 별인 듯이 짐작되는 것이다

눈을 감으면, 이제 눈을 감았다고 다독이는 것이다

그리고 2절과 같이 되돌아오는 것이다
— 김행숙 「저녁의 감정」(『에코의 초상』, 문학과지성사 2014) 전문

한 인간이 "개 앞에 엎드려 착하지, 착하지, 하고 울먹이는" 이 풍경은 '말'들의 풍경이 아니다. "착하지, 착하지"는 부모가 아이를 다독이는 말이 아니며, 선생이 학생을 훈화하는 말도 아니다. "착하지, 착하지"는 부지불식간 나온다. "울먹이는 것"은 주체가 제 목소리를 제어하지 못한다는 뜻이다. 나에 관한 것이건 세계에 관한 것이건, 몸과 목소리가 분리되지 않는, 주체가 스스로의 몸−목소리를 제어하지 못하는 이 시간, 세상의 규율과 이념과 공통감각 너머가 개방된다. 울먹이는 소리는 한 인간이 가장 약해질 때 나는 소리이다. 아이들은 어른보다 자주 울먹인다. 어른의 '말을 배우기 전' 무방비의 몸−목소리가 울먹임이기 때문이다. 무장 해제된 모든 "흐느낌"은 그래서 사람의 몸뚱이에서 나오는 가장 약하고 '착한 말'이다. 그 말은 마치 '꽃잎'같이 연약하게 입에서, 몸에서 '떨어져 내린다'.

착한 말은 착한 자리에서 나온다. 울먹임의 착한 처소는 '낮은 곳'이다. 얼마만큼 낮은 곳인가. 사람이 사람 앞에 엎드리는 것이 아니라, "개 앞에 엎드려" 울먹인다. "으르렁거리는" 노여운 짐승 앞에 엎드릴 정도가 되어야 "가장 낮은 몸"이다. 그 정도가 되어야 "가장 낮은 계급"이 되는 것이다. 울먹임이 개방하는 저 '말'은 그 정도가 되어야 선(善)에 관한 상투성을 깨뜨리고 도덕의 이데올로기를 가로지르면서 정말 '착한 말'이 된다. 성난 짐승을 인간의 말이 다독일 수 있는 기적도 그 지점에 이르러서야 겨우 가능하다. 그 정도로 "가장 낮은 몸" "가장 낮은 계급"이 되어야

유한자의 말은 만상을 껴안고 다독일 수 있는 무한자의 노래, '말씀'이 될 수 있다. 여기 "사람은 사라지고 검은 튜브만 돌아온 모래사장"에서 화자는 '이제는' 사람이 아니게 된 존재와의 마주침을 감지한다. 이 모래사장에서 "으르렁거리는 개"는 "검은 튜브"에서 사람의 죄를 감지하는 존재의 노여움을 드러낸다. "검은 튜브"는 단지 사라진 사람의 흔적이 아니라 "2절과 같이 되돌아오는" 끔찍한 인간의 죄, 시대의 죄, 거대한 죄의식의 회귀를 암시한다. 그 회귀 앞에서 무엇을 할 수 있을 것인가.

그러나 김행숙(金杏淑)의 시는 무엇을 '하자'는 것이 아니라 "가장 낮은 몸을 만드는 것", 즉 "현기증이 감정처럼 울렁여서 흐느"끼는 모습을 보여준다. 이 흐느낌은 주장도 아니고 호소도 아니다. 그냥 몸의 소리통이 저절로 '외부'에 열린 것이다. 어디로 열렸나. 개에게, 사라진 사람에게 "가장 낮은 몸"으로 "가장 낮은 계급"에게 고개를 숙인 이 존재의 울먹임은 "*점점 흘려 쓰는 필기체*"처럼 몸을 눕힌다. 꽃잎처럼 떨어지고 피처럼 '흘려' 쓰는 이 연약한 '필기체'는 '말을 배우기 전의 말', 가장 착한 말이 된다. 적어도 2014년 이후 김행숙은 그 필기체의 꼴로밖에 시를 쓸 수 없다고 생각하고 있다.

희망에는 좀더 울음이 필요하다

시가 스스로를 시라고 '생각'하지 않는 경우가 있다. 주체가 저 자신을 반성하는 자리에서 '생각'이 완성되는 것과는 달리, 어떤 종류의 시는 반성적 사유가 제어하지 않는 자리에서 발생한다. 내가 지금 이야기하려는 것은 어떤 '초현실주의'에 관한 이론적 이야기가 아니다. 일상인이 '시인'이 되는 자리가 있다. 지식에 의해서도 아니고, 공교로운 손기술에 의해서도 아니다. 근래 사례 중에는 생활인의 무의식에 삼투되었던 시대의 불행한 기억이 일상의 물질과 만나는 순간 예기치 않게 촉발되는 경우가 있다.

검은 냄비 속에 검은 홍합이 가득하다
켜켜로 쌓인 홍합은 입을 꼭 다물고 있다
홍합과 홍합의 틈바구니에
소리가 묻혔다

냄비에는 찬물이 들어 있고
홍합은 바다에서 왔다

한번도 물에 들어간 적이 없어요
한번도 물에 빠져본 적이 없어요

옷을 입고

가스불에 올려졌다
불꽃은 새파랗고

추워
저절로 부딪치던 이를 넣고 입이 닫혔다
추워
파도를 입고 입고 입고
단단해졌다
갇혔다

— 이원 「검은 홍합」(『시로여는세상』 2015년 봄호) 부분

'시'를 쓰려고 작정해서 '시'를 썼던가. '시인'이 책상에 앉아 있었던가. 한명의 '일상인'이 홍합을 다듬는다. 그 순간 "검은 냄비" 틈 사이로 "한번도 물에 들어간 적이 없어요" "한번도 물에 빠져본 적이 없어요"라는 비명들이 틈입한다. 가스불에 올려진 홍합들이 "추워" 덜그럭거리는 소리를 내며 입을 닫는다. 하나의 사물을 '효과적으로' 표현하기 위해 시인이 그 사물을 다른 사물로 대체할 때 '비유'가 성립한다. 이 유사물에 의한 대체 과정은 '의식적'이다. 그러나 「검은 홍합」에서 한 사물은 주체에 의해 또다른 한 사물로 대체되는 것이 아니라, 한 사물 내부로 '난입'한다. 문장을 쓰는 시인이 비유를 사용한다기보다는, 한 '일상인'이 사물의 난입 속에서 착란을 겪는다. 이때 정신은 '여기'에서 '다른 것'을 본다. 이 착란 속에서 언뜻 드러난 다른 사물 세계는 우리 시대가 겪고 있는 정치·사회적 불행을 단적으로 환기한다. 그러나 이러한 착란은 하나의 정치·사회적 사건에 대한 기억만을 드러내지 않는다는 사실을 알아야 한다. 홍합을 삶는 개인의 시간에 착란의 형태로 느닷없이 난입한 이 시대의 불행은 그 자체로 일상적 생활세계가 지옥으로 바뀔 수도 있는 시대의 일상화된 공포와 불안의 보편성을 동시에 환기한다. 고고한 '시인'이 시를 쓰는 것이 아니라, 트라우마를 지닌 개인들의 상처가 시대의 불행과 심각하게 조우하면서 한 개인을 '시인' 된 자로 바꿀 수도 있다는 아이러니를 환기하는 데에 이런 텍스트의 의미가 있다.

그러나 시대의 집단 트라우마를 겪고 있는 누구나가 모두 '시인'이 될 수 있는 것은 아니다. 착란적 정신의 시적 이행은 '무지의 감각'이라 할 만한 것에 의존한다. 생활의 감각과는 다른 방식으로 자신도 모르는 '무지' 상태에서 그 정신이 늘 여기 아닌 곳을 '떠돌고' 있어야 한다는 말이다. '검은 홍합'은 물에 빠진 아이들의 목소리를 소환하고 있다. 그러므로 사물에 난입한 이 아이들이 있는 자리가 시인의 정신이 늘 '모르고 가닿은 시의 언덕'이었다고 추측해볼 수 있지 않을까. "사람이 아닌 평범한 것에" 저도 모르게 '고개 숙이고' 있었다고 할 수 있지 않을까. 그 무지 속 트라우마가 맛있는 시간을 끔찍한 죄의식의 지옥으로 바꾸었지만, 우리 시대에 시의 거룩한 언덕은 '천국'이 아니라 이런 곳에서 발견되는 경우가 적지 않다.

빈터에서 꽃들이 자란다 빈터를 밀어내며 빈터에서 꽃들은 자란다 지워지는 빈터에서
꽃 같은 것들이 자라고 있다 꽃이 아닌 것들이 빈터에서 자라고 있다 꽃이 아닐 꽃들이 웃고 있다 꽃은 아닌 얼굴들이 빈터에서
웃고 있다 얼굴은 절대 아닌 것들이 빈터에 들어차 있다 빈터에서 그것들이 자라고 있다 그것들이 함께 웃는다 함께 깔깔거린다 함께 이글거린다 함께 일그러진다 빈터에서
　　　　　—송승언 「환희가 금지됨」(『철과 오크』, 문학과지성사 2015) 부분

여기선 휘파람이 나오지 않는다

희망엔 좀더 울음이 필요한데
열무처럼 푸르면 그냥 희망이라 믿었다

푸른빛의 열무야 거짓말아
푸른 건 푸르게 쏟아지는 재앙일지 몰라 가끔 우는 것 가끔 죽는 것 가끔 아픈 것 가끔 무섭고 서러운 것도 기막히게 푸르다
　　　　　—최문자 「열무의 세계」(『파의 목소리』, 문학동네 2015) 부분

이창동(李滄東)의 영화 「시(詩)」는 일상인 양미자 씨가 '시인'이 되려고 시 수업을 듣고 한편의 시를 '완성하는' 이야기이다. 영화의 도입부에는

시 수업을 신청하는 양미자 씨가 왜 시를 쓰려고 하느냐는 딸의 질문에, "내가 시인 기질이 좀 있잖아. 꽃도 좋아하고, 이상한 소리도 잘하고"라고 대답하는 장면이 나온다. 시와 시인에 대한 전통적 사고를 반영하고 있는 이 대사는 한편으로는 시를 '꽃을 좋아하는 시' '이상한 소리 하는 시'로 나누어서 사고하는 문학이론의 상투성을 비꼬고 있기도 하다. 이른바 '서정시'와 '모더니즘' 같은 식의 문학사적 분류 관행 같은 것 말이다. 그러나 '말'이 '말씀' 되는 자리, 바람이 거룩한 언덕에 닿는 자리에서 '시'는 '꽃'과 '이상한 소리'를 분리하지 않는다. 그것은 서로 삼투되어 시의 몸과 정신을 이루는데, 우리 시대에 이렇게 삼투된 시의 거룩한 언덕에서 꽃은 대체로 저 인용시들과 같은 얼굴을 하고 있다.

송승언(宋昇彦)의 '빈터'에서 자라는 건 "꽃 같은 것들"이지 "꽃"이 아니다. 그것은 "꽃이 아닌 것들" "꽃이 아닐 꽃들"이다. 빈터에서 "함께 깔깔거"리고 "함께 이글거"리는 이것들은 무엇인가. 빈터를 채우는 그것들은 어떻게 삶을 기만하며, 우리는 어떻게 기만당하는가. 최문자(崔文子)의 '열무'도 마찬가지이다. 시인은 "푸른빛의 열무"에서 "거짓말"을 본다. "푸른 건 푸르게 쏟아지는 재앙일지" 모른다고 말한다. "꽃 같은 것들" "꽃이 아닌 것들"을 '꽃'이라고 인식하는 세계에서, "푸른빛의 열무"를 "그냥 희망"이라고 주장하는 세계에서 시인은 '환희가 금지'된 세계를 보고, "여기선 휘파람이 나오지 않는다"고 말한다. 이들의 직관은 시인이 희망을 말할 권리가 있는 자가 아니라, 다만 어떤 절망도 수락하지 않는 자라는 사실을 환기한다.

공동공간을 규제하는 완강한 공통감각을 균열시키는 이런 말들은 '이상한 말'로 꽃들의 세계를 다른 방식으로 직관한다. 시인이 투사였고 선각자였고, 그리하여 시의 말이 명백한 '시의 모양'을 갖추었던 시대와는 달리, 우리 시대의 '좋은 시'들에서 이 직관은 명확한 인지적 형식으로 주어지지 않는다. 시인은 그의 정신이 닿은 거룩한 언덕이 어디에 있는지,

어떤 방법으로 갈 수 있는지 확신하지 못한다. 다만 이 모든 시에서 발견되는 공통의 윤리가 있다는 사실만은 기억하자. 그 윤리는 이 시대의 불행을 깊이 자기 것으로 내면화하며, "사람이 아닌 평범한 것"에 고개를 숙이는 "낮은 곳"에서 저 시에서처럼 다음과 같이 발화된다. 이 꽃잎처럼 착한 목소리에서 '말'은 '말씀'이 된다. 꽃잎이 바위를 이긴다.

"희망엔 좀더 울음이 필요한데".

──『현대문학』 2015년 10월호

'최소-인간', 전위인가 복고인가

◆

이우성·성동혁·황인찬·송승언의 시

호명은 시와 비평의 운명이다

일전에 씌어진 몇편의 평론에서 나는 2009년에 등단한 신인들을 기점으로 일군의 젊은 시인들에 의해 주도되어 2000년대를 뜨겁게 달구었던 한국시의 미적 혁신의 기조가 변하고 있다는 진단을 내린 바 있다(「2000년대 '서정'의 한 행방」, 『서정시학』 2010년 겨울호; 「최소-인간: 모멘트의 탄생」, 『문학과사회』 2011년 가을호). 당시에 내가 다루었던 텍스트는 2009년, 2010년에 등단하여 등단 연차가 1~2년에 불과해서 첫 시집이 나오지 않은 신인들이었는데, 올해 한국 문단의 주목할 만한 특징 중 하나는 드디어 이들의 첫 시집이 차례로 발간되면서 이들의 특징이 더 선명히 눈에 들어오기 시작했고, 이 텍스트들이 세대론적인 차원에서나 미학적인 차원에서 이슈가 되기 시작했다는 사실이다. 그런데 이 글이 짧은 글이기는 하지만 이 이야기를 본격적으로 하기 전에 간단하게나마 생각해볼 일이 하나 있다. 그것은 이 신인들에 대한 관심을 다소 이른 시기에 본격적인 평론의 텍스트로 다루었던 그때나 지금이나 이 세대에 대한 비평적 관심이 문단 한편에서는 상당한 냉소의 대상이 되고 있기도 하다는 사실이다. 이러한 비평적 냉소는 이 글에서 이 텍스트들을 정당하게 이해하고 '옹호'하기 위해서라도 잠시 언급해야 할 필요가 있어 보인다.

여기에서 냉소는 대체로 세 방향의 불신을 품고 있는 것으로 보인다. 첫째, 출판 시장에 대한 불신이다. 새로운 시장을 창출해야 하는 자본의 메커니즘이 한동안 이른바 '미래파'를 상품화하다가 이제 수요의 한계에 이르렀고, 새로운 시장을 창출해야 하는 시점에 이들을 새 상품으로 낙점했다는 시각이다. 둘째, 이러한 불신에는 2000년대의 격렬했던 시적 변혁과 함께 호흡한 2000년대 비평에 대한 문단 일각의 불신이 내포되어 있는 것으로 보인다. 소위 비평과 시장의 '공모' 논리가 그것이다. 2000년대 비평에 대한 비판적 시각 중에는 비평이 개별 작품들에 대한 호명을 통해 작품과 작가들을 카테고리화하는 '폭력'을 행사했다는 관점도 있다. 요약하자면, '미래파' '뉴웨이브' '다른 서정' 같은 호명놀이로 재미를 본 2000년대 비평이 자신들의 비평적 입지를 선점하기 위해 2009년 이후의 신인들을 세대론적으로 가르고 분리하여 호명하려는 또다른 새로움에 대한 강박과 선정성을 보여주고 있는 게 아니냐는 의심이다. 셋째, 이 두 방향의 냉소는 무엇보다도 이 신인들이 가지고 있는 밑천이 별로 없다는 불신이 은연중 전제됨으로써 더 강화되는 측면이 있다.

나는 이러한 비평적 불신에 생각해볼 만한 측면이 적지 않다고 판단하면서도, 한편으로는 이러한 견해는 항상 존재해왔던 것이기도 하다는 점에서 현시점의 비평이 자기점검을 하면서 신발끈을 다시 제대로 조여 맬 필요가 있다고 생각한다. 이러한 불신에 대해 비평이 귀를 열어놓고 자기 자신을 점검의 대상으로 삼는 동시에, 새로운 텍스트들에 대해서도 항상 비평적 시선을 개방해놓아야 한다는 뜻이다. 비판을 무시하는 것도 문제이지만, 새로 출현하고 있는 텍스트는 열심히 따라 읽지 않으면서 '외곽에서' 비판만 반복하는 일도 비평적 생산성의 측면에서나 성실성의 측면에서 그리 바람직한 일은 아니라고 생각하기 때문이다. 이러한 비판 중에는 비평가가 스스로를 부정하는 다소 자가당착적인 논리도 있다. 예컨대 텍스트에 대한 호명 자체를 폭력이라고 보는 관점이 그러하다. 하지만 '호명'은 2000년대 비평만의 특이한 폭력성이 아니라, 모든 비평의 '운명'이라고 해야 한다. 낭만주의니 상징주의니 표현주의니 리얼리즘이니 모더니즘이니 하는 것들 역시 비평적 호명의 일종이다. 문제는 호명 자체가 아니라, 호명의 적절성이라고 해야 할 것이다. 역설적으로, 적절한 호명을 위해서라도 새로움의 기미에 대한 관심과 감지는 비평에 절대적으로 요구된다. 좋은 비평적 호명은 시장의 수요를 창출하기 위해 새 상품을 생산하려는 강박이나 개별 텍스트들의 구체성을 무자비하게 패키지화하는 폭력 행위가 아니라, 이전의 텍스트와 이후의 텍스트 사이의 차이를 찾아내고 드러내려는 개별성과 구체성에 대한 관심이며, 이전의 텍스트와 이후의 텍스트가 분기되는 지점에 대한 주목을 통해 한 시대의 미세한 변화, 쉽게 감지되지 않는 무의식의 흐름이나 증후, 단층을 포착하고자 하는 인식론적 노력이다. 그러므로 새로운 세대, 신인들이 비평적 관심의 대상이 되는 것은 비단 2000년대 비평만의 폭력적인 특징이나 강박이 아니라 모든 예술 비평의 특징이라고 해야 할 것이다. '신인'의 등장이란 새로운 무의식, 새로운 변화의 증후이자 척도이기 때문이다.

다만 나 자신도 포함된 2000년대 비평의 최근 몇년간을 상기해볼 때 개인적으로 유감스러운 점은, 2000년대 비평이 이 증후의 의미를 미시적으로 읽어내고 그것을 이론화하는 데에는 어떤 비평 세대에도 뒤지지 않을 만큼 상당한 역량을 발휘했으나, 상대적으로 그 무의식의 흐름이나 변화의 의미를 문학사의 거대한 압력이나 선배 세대와의 계통적 흐름 속에서 읽어내는 데에는 현저한 역량 부족을 드러냈다는 사실이다. 새로움의 가시적인 측면인 '단절'을 읽어내는 데에는 발군의 역량을 발휘한 2000년대 비평은 그 새로움의 보이지 않는 측면이자 원천적인 힘일 수도 있는 근간의 연속성이나 거시적 흐름을 읽어내는 데에는 상대적으로 역부족이었다고 생각한다. 이러한 비평적 반성의 기조 위에서 이제 막 비평적 스포트라이트를 받기 시작한 최근의 첫 시집들과 근래 등장한 신인들을 읽어내려는 시도가 이루어질 때, 종전의 비평적 시도들이 지닌 성과와 한계를 뛰어넘는 중층적인 문학적 시야의 확보가 가능할 것이다.

'최소-인간'과 미적 전위의 계보

이러한 관점에서 나는 2009년을 전후로 해서 등단한 신인들의 텍스트가 충분한 관심의 대상이 될 만하다고 생각하고 있으며, 실제로 이들이 등단하던 시점부터 꾸준히 관심을 가져왔다. 개인적 경험에 비추어볼 때 한 사람의 비평가로서 이 텍스트들의 특징을 차별적으로 읽어내는 일은 바로 이전 세대의 텍스트들을 읽어내는 일보다 오히려 상대적으로 어렵다. 왜냐하면 이들의 특징이 무엇인지 '가시적으로' 잘 드러나지 않기 때문이다. 이 특징의 '비가시성'이 비평 일각에서 밑천이 없는 세대에 대해 다시 한번 일군의 비평가와 메이저 출판사들이 공모하여 상업적 관심을 부여하려는 게 아니냐는 냉소를 낳고 있는 이유이기도 하다. 그러나 나는 이전의 평론에서 이러한 비가시성이 이들이 특징이 없는 세대이거나 텍스트적 역량이 부족해서가 아니라, 자신의 정념이나 관점을 선명하게 혹은 큰 목소리로 드러내지 않는 '조용한' 방법론에서 비롯되는 게 아닌가 하는 견해를 피력했고, 이러한 견해에 근거해서 잠정적이나마 이 세대의 텍스트들을 '최소-인간(the minimum-human)'이라고 불렀다. 나는 왜 이들을 '최소-인간'이라고 부르나?

이 세대의 시들에는 들끓는 정념을 엽기만화적 행동으로 발산하던 김민정(金珉延)의 '나나' 같은 주인공이 없으며, 역시 격렬한 정념과 정치적 고뇌, 자기모멸의 회한에 휩싸여 있는 장석원(張錫原)과 같은 지식인 주체, 문명과 자연의 불일치를 거대하고 유장한 호흡으로 노래하는 조연호(趙燕湖)와 같은 스케일의 음유시인, 강정(姜正)과 같은 우주괴물이 없다. 황병승(黃炳承)과 같은 소년 서사가 김승일(金昇一)에게 있고 그런 점에서 김승일은 명백히 황병승의 계보에 있지만(함돈균 「도롱뇽 공동체의 탄생」, 김승일 시집 『에듀케이션』 해설 참조), 김승일의 소년 서사는 황병승의 괴로운 정념과는 전혀 다르게 '쿨'한 것이다. 진은영(陳恩英)의 첫번째 시집(2003)이나 김행숙(金杏淑)의 첫번째(2003), 두번째 시집(2007)에서 우리를 어리둥절하게 하고 불안하게 했던 세계의 불면과 모호하고 기인한 얼룩은 이 세대의 텍스트들에서는 거의 지워졌다. 황병승의 시코쿠적인 선언적 주체나 행동형 주체들도 마찬가지로 사라졌다. 그 대신 오랫동안 한 지점(대상)을 응시하는 주체, 감각의 최저음부에 닿아 미세한 소리를 감지하는 주체가 등장하고 있다. 이들 시의 이미지 중에는 작고 가볍고 연하고 드라이한 것들이 크고 무겁고 강하고 단단하고 뜨거운 것들을 해체하고 뚫고 날아가는 이미지들도 눈에 띈다. 형식적으로 이것은 2000년대 전위시들의 주요 특징이었던 산문성의 현저한 축소로 나타나며, 이를 대신하여 외형적 행갈이의 규칙성이 도드라지고, 여백과 음악성의 증폭, 분위기상의 단정함과 고요함이나 침묵이 증대하고 있으며, 그리하여 표면적으로는 대체로 '서정성'의 강화로 보일 만한 요소들이 두드러진다. '최소-인간'은 대체로 2009년 이후 신인들의 텍스트에서 나타나는 이러한 시적 현상들에 대한 잠정적 호명이다.

그러나 이러한 '최소-인간'의 등장을 전통적 서정으로의 복귀나 복고라고 이해하는 것은 곤란하다는 것이 나의 생각이다. 최근 한국 시단에 하나의 비평적 이슈가 되고 있는 호명 중에 '극서정시'라고 하는 현상이 있다. 논의의 진행을 살펴보건대, 아마 여기서 '극'이란 '극단적인'이라는 의미를 내포하고 있는 듯하다. '최소-인간'들의 등장은 큰 틀에서 볼 때 한국 시단의 주류(전통) 서정시 계보에서 '극서정시'라는 형태가 등장하는 현상과 시기적으로나 분위기상으로, 어떤 면에서는 문화적 무의식의 미세한 층위에서도 일정하게 연동하는 측면이 없지 않아 보인다. 하지만 새로운 세대의 이 현상을 전통적 서정으로의 복귀나 극서정시처럼 전통 서정시의 계보에서 일어나는 현상이라고 보기는 어렵다. 오히려 이 현상은 2000년대, 더 나아가 그보다 좀더 앞선 선배 세대의 시적 전위에 대한 반동이자 연대라는 이중적 계승의 의미를 띠고 있는 것으로 보인다. 이 글에서 이 이중적 차원의 계승의 의미를 논의하는 것은 불가능하다. 다만 강조하고 싶은 것은, 이러한 현상을 미적 전위의 차원에서 이해한다고 할 때에도 문학사의 연속성과 불연속성의 단층이 혼재한다는 사실을 동시에 보아야 한다는 사실이다. 예컨대 최근의 신인들 중에서 일찌감치 기대주로 손꼽혔던 김승일의 소년 서사는 명백히 황병승, 더 나아가 그 앞선 선배인 장정일(蔣正一)과 닿아 있다. 유계영(庾桂瑛)의 유희적 소녀가 반짝하고 드러내는 4차원적 이미지에는 이원(李源)의 어떤 시작 방법론이 감지되기도 한다. 첫 시집의 표지에서 확인할 수 있듯이 자타가 공인하는 현역 최고의 '후까시 소년' 이이체(李異體)의 첫 시집 앞에 김경주(金經株)의 시집을 놓는 일은 전혀 어색하지 않다. 한참을 무언가 물끄러미 응시하는 황인찬(黃仁燦)의 시선과 그것이 만드는 시의 시간이나 여백은, 조금 주변을 경유하기는 해야겠지만 이장욱(李章旭)의 호흡이 무의식적인 영향을 주고 있다고 해야 한다. 이우성(李宇成)의 이미지 연상과 호흡은 이수명과 김행숙과 하재연(河在姸)의 어떤 지점들과 계보적으로 연결되어 있다. 이러한 관점을 전제로 이 시기에 눈에 띄는 몇편의 텍스트를 간단히 살펴보자.

비행기와 무릎을 뚫고 쏟아지는 것들

꽃, 꽃잎, 동그란 사과, 동그라미, 입, 하늘, 분말소화기, 로켓, 부러진 비스킷, 통로, 무지개, 양치질, 문, 구름, 물, 피아노, 굴뚝, 향기, 차가운 귤, 바다, 나무, 풍선, 비행기, 새들, 날개, 산, 에어플레인. 이우성의 첫 시집『나는 미남이 사는 나라에서 왔어』(문학과지성사 2012)에 가장 빈번하게 등장하는 시적 오브제들의 목록이다. 열고, 굴러간다, 날아간다, 쏟아져나온다, 들어온다, 부서지기 쉬운, 나가려고, 두드린다, 가벼운, 흐른다. 역시 이 시집에서 가장 자주 나오는 동사와 형용사들이다. 이우성의 시적 특징들에 대한 중요하고 적확한, 그러면서도 가장 이른 시기에 이루어진 이원의 논의를 참조한다면, 이우성의 텍스트는 이런 식으로 가볍고 연하고 작은 것들이 무겁고 단단하고 강하고 센 것들을 뚫고 해체하며 날아가는 어휘들로 가득하다(이원「무기교의 기교」,『시와반시』 2010년 가을호). 이미지만으로 보건대, 확실히 이 첫 시집의 무게는 중력을 이기고 하늘로 날아오를 만큼 매우 '가볍다'. 이 시집은 앞선 선배들의 경우처럼 정념이 넘치고 끓어서 온도의 임계점을 넘어 기화하는 시집이 아니라, 연하고 가벼워서 날아가며 열리고 흐르는 시집이다. 예컨대 이런 식이다.

풍선이 비행기를 뜯고 쏟아져나온다
벌써 알고 있구나 세상의 색들은
비행기를 싣고 높이
하늘은 왜 셀 수 없지

하나와 하늘

집 안에 풍선이 가득했어요 나는 내가 무거웠다고 생각해요 다리가 길

어져서 침대에 누울 수가 없었어요 꽃병을 막았어야 하는데

입은 하늘로 열린 통로

멀리와 로켓
부러진 비스킷과 쉬운

동그라미라는 수

화살표를 따라 분말소화기는 문에 더 가까워지고
달리기를 멈춘 감정이 그곳이 어딘지 알았을까
나는 무지개가 아니지만 멀고 가만 보면 일곱개보다 많은 색이고 양치
질하는 오후야

오후야
너도 점심을 먹니

문을 열고 구름이 들어온다
머리와 사과에 적고 싶은 말

—이우성 「날아간다」 부분

　"비행기"는 단단하고 무겁고 강하지만, 이 시에서 "비행기를 뜯고 쏟
아져나"오는 것은 가볍고 부드럽고 부피가 작고 터지기도 쉬운 "풍선"이
다. 이 이미지는 실현된 이미지라기보다는 미래의 시간 속에서 실현될 이
미지, 정확히 말해서 시적 화자가 실현되기를 바라는 이미지라고 해야 할
것이다. 그렇다고 해서 이 이미지를 공상이라고 할 수는 없다. 그것은 경

험에서 비롯된 가상이자 열망이 미리 가닿은 시간 속의 시적 예감이기 때문이다.

"나는 내가 무거웠다고 생각해요"라는 시적 화자의 진술에서, 단단하고 무거운 "비행기"가 화자를 옥죄고 있는 "집 안"의 억압과 관련이 있는 오브제라는 사실을 짐작할 수 있다. 이우성의 시에서 이 "비행기"는 "진부하고 지겨"운 "집보다 무거운 문"(「과일의 안」)과 등가(等價)다. 바꿔 말하면, 시적 화자의 현재 시간은 "비행기" 안과 "집 안"에 갇혀 있다. 이 억압의 시간을 어떻게 개방할 수 있을까. 어떻게 "문을 열고 구름이 들어"올 수 있을까.

우리가 문학을 통해 확인할 수 있는 신비는, 억압의 경험은 이미 억압의 너머를 예감하고 있고, 그 너머를 개방하는 방법 역시 감각적으로 알고 있다는 사실이다. "달리기를 멈춘 감정"은 억압에 의해 멈춰선 벽 앞에서의 감정이지만 그 "감정"은 "하늘" "그곳이 어딘지 알"고 있다. "풍선"은 단지 날아가고 싶다는 열망만을 은유하는 오브제가 아니다. 단단하고 무겁고 큰 것, 그래서 억압적인 것을 개방하는 것은 작고 가볍고 부드럽고 말랑말랑한 "풍선" 같은 것이라는 사실을 부지불식간 이미 시적 화자가 알고 있다는 표지이다. "일곱개보다 많은 색"의 "무지개"처럼 그것은 "셀 수 없"는 "하늘로 열린 통로"이자 "입"이다. "동그라미" "분말소화기" "양치질" 역시 가볍고 수많은 거품의 이미지로 하늘을 향해 날아오르려 한다. 이우성의 이 이미지들은 강력하고 단단하고 참을 수 없을 만큼 무거운 억압의 경험에서 기원하지만, 주체에게 어떻게 이 억압의 문을 개방하고 그 너머로 날아갈 수 있는지에 대한 예감을 선사하는 이미지이기도 하다. 황병승이라면 "떠나기 전, 집 담장을 도끼로 두번 찍었"(「주치의 h」, 『여장남자 시코쿠』, 랜덤하우스중앙 2005)겠지만, 이우성에게 "문을 열고 구름이 들어"오게 하는 힘은 "풍선" "동그라미" "사과" "무지개" 같은 것들에 내재해 있다. "무릎을 열고 꽃들이 나가"(「물」)는 일도 그렇게 해서 가능하다. 대체로 이 힘들은 뜨거워서 기화하기보다는 드라이하고 가벼워서 날아오른다.

물을 마실 때마다 새가 날아가는 소리가 들린다

아이들은 죽어서 그곳에 묻힌다

아이들이 어깨를 맞대고 커져간 움집을 파낸다 아이들은 죽어서 그곳에 묻히지만 나는 살아서 모종삽을 가지고 그곳으로 간다 아이들의 발톱에 모종삽이 닿을 때 나는 삽 끝으로 아이들의 심장 소리를 듣는다 모종삽 모종삽 그곳을 파낸다 아이들의 발이 드러난다 발이 많다 그곳이 뛴다

— 성동혁 「반도네온」(『시와사상』 2012년 봄호) 부분

누가 내 꿈을 훼손했는지

하얀 붕대를 풀며 날아가는 새떼, 물을 마실 때마다 새가 날아가는 소리가 들린다

그림자의 명치를 밟고 함께 주저앉는 일 함께 멸망하고픈 것들

그녀가 나무를 심으러 나갔다 나무가 되어 있다

가지 굵은 바람이 후드득 머리카락에 숨어 있던 아이들을 흔든다 푸르게 떨어지는 아이들

정적이 무성한 여름 정원, 머무른다고 착각할 법한 지름, 계절들이 간략해진다

나는 이어폰을 끼고 정원에 있다 슬프고 기쁜 걸 청각이 결정하는 일이라니 차라리 눈을 감고도 슬플 수 있는 이유다

정원에 고이 잠든 꿈을 누가 훼손했는지 알 수 없다 눈이 마주친 가을이 담을 넘지도, 돌아가지도 못하고 걸쳐 있다

구름이 굵어지는 소리 당신이 땅을 훑고 가는 소리
우리는 간헐적으로 살아 있는 것 같다
— 성동혁 「여름 정원」(『세계의문학』 2011년 봄호) 전문

2011년에 등단한 성동혁(成東嚇)의 시에서 특이한 점은 대체로 두가지다. 첫째, 지금까지 발표된 시들을 살펴보면 그의 시에는 상대적으로 "아이들"이 자주 등장한다. 그런데 이 아이들은 2000년대 한국 시단을 질풍노도로 질주하던 그 아이들이 아니다. 이 아이들은 "트랙과 들판의 별"을 좇아 "눈보라 속을 날"던 황병승의 아이들도, 아빠의 뇌수를 세탁기에 넣어 탈탈 돌려대던 김민정의 어린 '나나'도, 몸의 "눈(眼)"과 자연의 "눈(雪)"과 문명의 "눈"(디지털 화소)이 일체를 이루던 유형진(劉炯珍)의 모니터킨트도 아니다. 이 아이들은 폭우 속에서 주술적 함성을 지르며 땅이 꺼져라 발구르기를 해대던 이원의 아이들도 아니며, 그렇다고 이층 복도를 대걸레를 밀며 내달리거나 "어떤 것에도 놀라지 않는" 김행숙의 사춘기 소녀라고 할 수도 없다. 성동혁의 "아이들"은 정념이 거세되어 있다고 할 만큼 조용하며, 운동하지 않는다고 할 만큼 정적이다. 「반도네온」에서 "죽어서 그곳에 묻"힌 "아이들"은 이 아이들의 성격이 극단화된 형태의

대상으로 등장하는 경우라고 할 수 있다.

둘째, 이 아이들은 감각기관 중에 청각이 유난히 발달했다. 성동혁의 아이들은 아주 작은 소리를 듣는다. 심지어 이 소리는 공간적으로는 이 자리에서 들리지 않는 소리라서 언뜻 보면 환청에 가까운 것처럼 여겨지는 경우가 적지 않다. 「여름 정원」에서 "물을 마실 때마다 새가 날아가는 소리가 들린다"고 할 때, 이것은 실제적인 것인가, 아니면 환청인가. 이 시는 "가지 굵은 바람이 후드득" "푸르게 떨어지는 아이들" "구름이 굵어지는 소리" "당신이 땅을 훑고 가는 소리" 등 실제와 환청을 오가는 매우 미세하고 작은 소리들 자체를 모티프로 삼고 있으며, 심지어는 "슬프고 기쁜 걸 청각이 결정하는 일"일 정도로 청각이라는 지각경험의 형식 자체가 시의 전반적 정서에 결정적인 영향을 미치고 있다. 이런 예민한 청각은 이 시적 화자가 감각의 최저음부에 닿아 있는 주체라는 뜻이며, 역설적으로 이러한 지각(감각) 현상에 의해서 시의 전체적인 분위기는 더욱 고요해지고 정적인 것이 된다. 시의 형식적 구조에서 이러한 정적인 분위기는 행갈이의 규칙성, 여백의 증대, 산문성의 축소라는 형식과 호응하면서 증폭된다.

성동혁 시의 이러한 특징은 바로 앞선 2000년대 시단의 동적이고 뜨거우며 산문적인 에너지와는 전혀 다른 차원의 것이다. 그의 시적 에너지는 텍스트의 행간을 보건대 시인 개인의 실존적 경험과 밀접한 관련이 있는 듯이 보이지만, 최근 신인들의 텍스트가 전반적으로 보이는 시적 경향과도 대체로 호응하는 면이 있다. 다만 오해하지 말아야 할 것은, 이런 정적인 시적 이미지들이 시적 화자의 생의 에너지 자체의 축소를 뜻하는 표징은 아니라는 사실이다. 오히려 반대라고 해야 하지 않을까.

「반도네온」에서 죽은 아이들이 묻힌 곳을 "모종삽"으로 파내는 "나는 삽 끝으로 아이들의 심장 소리를 듣는다". 죽은 "아이들의 발"에서 화자는 "그곳이 뛴다"는 소리를 감지한다. 그것은 (표면적으로) 죽음의 형체에서 삶의 소리를 듣는 행위이며, 주검의 처소에서 죽음을 넘어서는 생명의 소리를 소망하는 자의 간절한 감각이다. 「여름 정원」에서도 마찬가지이다. 시적 화자가 "물을 마실 때마다 새가 날아가는 소리"를 듣는다고 할 때, 이 새들은 "하얀 붕대를 풀며 날아가는 새떼"다. "하얀 붕대를" 푼다는 것이나, "물을 마"신다는 행위나 모두 시적 화자의 무의식에 생을 향한 간절한 에너지가 깃들어 있음을 짐작할 수 있는 언술이다. 그러므로 이 매우 정적인 이미지들과 최저음부에 닿아 있는 청각은 오히려 간절하고 단단한 생의 열망을 내포하고 있다고 해야 할 것이다. 이런 면에서 성동혁의 시적 에너지는 이우성의 시적 에너지와 실은 비슷한 에너지를 품고 있다고 해석해볼 수 있다. "풍선이 비행기를 뜯고 쏟아져나"오고 "무릎을 열고 꽃들이 나가"는 이우성 시의 이미지나 "하얀 붕대를 풀며 날아가는 새떼", 죽은 "이이들의 발톱"에 닿은 "삽 끝으로 아이들의 심장 소리를 듣는" 성동혁 시의 이미지는 공히 미세한 감각세포로 이루어져 있으며, 작고 연약해 보이는 것들 속에 강렬한 생의 박동 소리를 담고 있기 때문이다.

나를 보는 개와 계속되는 종려나무

골목에 개 한마리가 서 있다
개는 귀신을 본다고 한다
지금은 날 본다

골목에 개 한마리가 서 있다
내가 보는 것은 개가 아니지만
개가 그곳에 있다

그것은 꼬리를 흔들지 않고

짖지 않고

골목에 서 있다

골목은 길게 이어져 있고

개는 귀신을 본다고 하는데

지금은 나를 보고 있다

— 황인찬 「구조」(『현대시』 2011년 10월호) 전문

2009년 이후 신인들의 특징을 가장 잘 보여주는 시인 중의 하나가 황인찬이다. 황인찬은 근래 가장 활발한 활동을 보여주는 시인이기도 하다. 그의 텍스트가 지닌 특징에 대해서는 일전의 평론에서 자세히 언급한 바 있다(「최소-인간: 모멘트의 탄생」). 황인찬 시의 특징은 한국시 전체의 판도에서 보아도 조금은 특이한 응시의 시선과 그것이 빚어내는 독특한 시간성과 공간감의 차원에서 나온다. 그의 시선은 대개 명확하게 한 지점을 오래 응시하는데, 「구조」에서 보듯이 특이하게도 이 시선은 집요하기보다는 '물끄러미'의 차원이다. 황인찬의 시선이 '물끄러미'의 성격을 지니고 있다는 것은 이것이 정념이 휘발되거나 표백된 시선이라는 뜻이다. 정념이 휘발되거나 표백된 응시이기 때문에 이 응시는 정확히 한 지점을 향하여 집중되는 시선이고, 등단작 「단 하나의 백자가 있는 방」에서처럼 때로 오랜 시간 집중되는 응시의 성격을 띠는 경우에서조차 주체가 대상을 거머쥐는 표상적 시선이라고 말하기 어렵다.

이런 시선의 의미가 무엇인지, 왜 이런 시가 씌어지는지에 대해 이야기하려면 좀더 본격적인 지면이 필요할 것이다. 다만 이 글의 목적상 주목하고자 하는 바는 "골목에 개 한마리가 서 있다"는 '사실' 명제가 뜻하

는 바가 실은 골목 전체에서 시선의 소실점에 정확히 "개 한마리"가 위치해 있다는 뜻이라는 것이며, 그럼에도 이 응시에서 정념의 열도가 느껴지지 않는다는 특이한 사실에 관한 것이다. 이는 "개"가 "지금은 날 본다"는 식으로 시선의 주체와 대상이 전도되는 언술들 때문에 생기는 현상이기도 하다. 이 사실은 다음과 같은 기이한 결과를 우리에게 암시하는 것은 아닌가. 풍경의 소실점은 있으나, 소실점을 관할하는 시선의 주체는 모호하거나 최소화되어 있다? 이 시선은 정확히 대상에 날아가 꽂히는 시선이지만, 그 시선 자체가 대상의 역응시에 의해 대상화되는 시선이기도 하다. 시선의 전도와 교차는 시선의 주체가 존재한다는 사실 자체는 부인하지 않지만, 그 시선의 열도 자체는 휘발시킨다. 이 시선의 교차와 전도는 산문성이 현저히 축소된 극히 짧은 운문적 공간, 넓은 행간적 여백을 통해 이루어지며, 여기에서 황인찬 시의 묘한 정적인 시간성과 공간감이 생겨난다. 하지만 이 '구조'에서 생겨나는 시간성과 공간감은 실은 "길게 이어져 있"는 "골목"을 압축하고 있다는 점에서, 분위기는 정적이고 부피는 최소한이되 비가시적인 차원에서의 밀도는 높은 것이라고 해야 한다.

　　며칠간 여러 생각에 빠져 지냈는데

　　걷다보니 시내였다
　　계속되는 종려나무

　　열매들이 빛에 잠겨 있었다

　　보도 쪼는 일에 골몰하며
　　보도의 틈을 벌리는 새도 아닌데

걷다 멈추다 걷다 생각하다
멈췄다

간격을 허물며 사라지는
종려나무
열매에 손 뻗는데

— 송승언 「위법」(『열린시학』 2012년 봄호) 부분

　이런 점에서 2011년에 등단한 송승언(宋昇彦)의 시는 황인찬의 시작법이나 시적 효과와 조응하는 면이 있다. 여기에서 주된 시적 대상으로 등장하는 것은 사실상 "종려나무" 하나다. 그러나 "계속되는 종려나무" 간격을 허물며 사라지는/종려나무"는 "걷다 멈추다 걷다 생각하다" 하는 "며칠간 여러 생각"의 과정과 연관되는 이미지라는 점에서 시간성을 압축하고 있는 사물이다. "며칠간"은 "보도 쪼는 일"로 표현될 만큼 길고 복잡하며 지난한 "여러 생각"의 과정을 의미하는 시간이지만, 이 시는 이를 "계속되는 종려나무"로 간단히 압축한다. 한 사물에 시간을 포개고, 짧은 언술들로 이루어진 몇개의 연에 공간을 압축시킨 최소화 전략이 이 시의 특징이다. 포개어지고 압축된 이 시공간 속에 시적 주체의 행위도 들어가 있음은 물론이다. 내용을 실제로 뜯어보면 주체의 심리적·물리적 동선은 간단치 않지만, 그것의 언어적 형식은 감정어를 철저히 배제하고 있으며 탈색된 정념과 정적인 분위기로 이루어졌다는 점이 두드러지게 눈에 띈다.
　송승언이나 황인찬의 텍스트는 대체로 담박한 이미지와 짧고 간결한 언술 구조를 가지고 있으며, 앞선 선배들과 비교해서는 상대적으로 두드러질 만큼 행갈이와 호흡이 규칙적이며 행간의 여백이 넓다. 주체의 시선이 만들어내는 '풍경'이 있고 이 풍경에 소실점이 있으니 여기에는 주체의 분열도 없다고 해야 할 것이다. 2000년대 선배들과 비교한다면 없는 것

은 그뿐만이 아니다. 이우성이나 성동혁의 경우처럼 황인찬과 송승언의 시에도 그로테스크한 정념의 표출이나 과격한 행동주의는 휘발되어 있다. 대체로, 그리고 종종 그들의 시는 놀랄 만큼 정적이다. 그리고 이 탈색된 정적, 휘발된 정념, 뜨겁지 않은 온도, 비행동주의('반행동주의'가 아니다) 텍스트들이야말로 내가 잠정적으로 '최소-인간'의 텍스트라고 부르는 것이다.

앞서 언급했듯이, 적어도 이들을 '전통적 서정'의 계보에서 이야기하거나 그것으로의 복귀·복고라고 설명하는 일은 난센스이다. '최소-인간'은 전통적 서정이 포괄하지 못하고 비껴나가는 특이한 지각 형식(전도와 극한성)과 시공간감의 자장에 있는 듯이 보이기 때문이다. 그런 차원에서 그들의 존재는 바로 앞선 2000년대 선배들의 존재감을 오히려 역설적으로 부각시키는 측면이 있다. 이제 막 비평적 관심의 영역 안에 들어오기 시작한 그들에게서 확인되는 것은 척력과 인력, 단절과 연대, 불연속과 연속성이라는 이율배반적 운동성을 통해 지속되는 한국문학사의 특기할 만한 압력이다.

—『현대시』 2012년 8월호

제2부

놀이는 어떻게 거룩한 긍정이 되는가
문학과 놀이에 대하여

◆

세계문학, 김혜순과 황병승의 시

사회라는 이름의 연극 놀이

"이 모든 일이 갑자기 바보 같은 아이들 놀이 같았다." 이스라엘 작가 아모스 오즈의 소설 『나의 미카엘』에서 주인공 미카엘이 던지는 삶의 일상성에 대한 질문은 "바보 같은 아이들 놀이"의 이미지로 나타난다. 사막이 시작되는 동네 어귀에서 놀고 있는 아이들은 줄을 서서 차례로 벽에다 공을 던지고는 뒤로 가서 다시 줄을 선다. 두번째 줄에 선 아이도, 세번째 줄의 아이도 자기 차례가 되면 공을 던지고는 뒤로 가서 줄을 선다. 결국 차례는 다시 돌아올 것이다. 삶에 깊숙이 똬리를 틀고 있는 허무와 권태가 "바보 같은 아이들 놀이"(의미 맥락으로 볼 때 정확한 번역은 '아이들의 바보 같은 놀이'여야 할 것이다)로 나타난다는 점에서 이 '놀이' 이미지는 흥미롭다.

여기에서 '놀이'는 놀이에 대한 일반적 통념을 이용하여 인생의 본질에 대한 주인공의 각성을 드러내는 성찰적 메타포로 나아간다. 이 장면에서 놀이는 아이들의 것이며, 대체로 그것은 '바보 같은' 속성을 지니고 있다는 통념 속에서 확인된다. 놀이는 별다른 의미도 모른 채(각성되지 못한 채) 그것을 반복하는 아이들의 것이다. '맹목성(무목적성)'이라고 할 만한 이 놀이의 '바보 같은' 성격은 사막의 입구라는 배경을 통해 생의 본질을 언뜻 훔쳐본 이의 기분을 드러내는 메타포로 확장된다. 아이들 놀이의 맹목성과 반복성은 어떤 이정표도 없는 사막, 그러므로 무한한 우주에 우연히 내던져진 삶의 유한성과 찰나성에 대한 형이상학적 이미지를 제공한다. 이 이미지는 사막의 모래들처럼 마침내는 흔적 없이 사라질 존재들의 것이다.

행동하는 지식인이었던 알베르 까뮈는 오즈의 놀이 이미지가 제공하는 형이상학에 공감하면서도, 이 문제를 공동체(사회)의 본질이라는 관점에서 사색했다. 까뮈는 사회의 본질을 '역할 놀이'라고 생각한다. 뛰어난 극작가이기도 했던 그에게 놀이는 일종의 드라마(drama)다. 드라마는 특정한 무대, 즉 제한된 공간을 상정한다. 대본이 있으며, 배우는 대본을 '연기'한다. 대본은 모든 놀이가 지닌 본질적 성격인 규칙을 상징하며, 페르소나(persona)라고 불리는 '가면' 역시 무대 위 규칙의 일부이다. 『호모루덴스』의 저자 하위징아가 '~인 체하기'라고 부른 놀이의 '동화적(identification)' 성격을 까뮈는 '페르소나'라는 연극적 요소로 사색한다. 그에 따르면 사회는 놀이(play)로서의 연극 무대에 서서 페르소나를 '연기(play)'하는 것이다. 페르소나의 정당성은 대본의 숙지, 즉 규칙과 법의 (맹목적) 준수에 의해 획득된다. 페르소나가 '인격'이라는 뜻을 갖고 있는 것은 까뮈에게 당연한 것으로 보였다.

소설 『이방인』에서 까뮈는 주인공 뫼르소가 사형선고를 받은 것은 사회에서 부여받은 페르소나(배역-인격)를 거부했기 때문이라고 이해한다. 놀이에서는 규칙 준수가 필수적이다. 사회라는 놀이 무대에서 이 규칙은 흔히 윤리와 법이라고 불리는 범주에 속한다. 윤리(ethos)는 어원상 공동체의 관습이라는 의미를 지니고 있다. 뫼르소는 엄마 장례식에서 눈물을 '보이지' 않았다는 배심원들의 '증언'에 따라 결정적으로 사형선고를 받는다. 그것은 규칙(관습) 위반이다.

규칙 위반에는 두가지가 있다. 첫째는 '범죄'다. 이 단어는 규칙을 어겼다는 뜻이다. 하지만 정확히 말해 범죄자는 규칙을 거부하는 사람이라기보다는 몰래 규칙을 '속인' 사람이다. 이 속임에는 여전히 규칙이 실행되는 무대(놀이)에 대한 '존중'이 전제되어 있다는 역설이 성립한다. 그래서 하위징아는 사회는 범죄자를 차라리 귀찮아할지언정 무서워하지는 않는다고 말한다. 사회가 두려워해서 훨씬 더 가혹한 처벌을 내리는 규칙 위반은 따로 있다. 놀이의 규칙 자체를 거부하는 일이다. 뫼르소는 규칙을 어긴 자라기보다는 규칙을 '모르거나' '무시하거나' '거부하는' 자에 더 가깝다. 그는 연극 대본을 인정하지 않는 자다. 이것의 효과는 단순히 한 개인이 놀이판에서 퇴장되는(play out) 것에 그치지 않는다. 여기에서 폭로되는 것은 이 세계가 실은 연극 무대, 대본으로 이루어진 '놀이'라는 '사실'이다. 궁극적으로 벗겨지는 것은 배우의 가면이 아니라, 사회라는 베일이다. 까뮈는 뫼르소가 맡아야 했으며, 우리 모두가 감당해야만 하는 원치 않는 놀이의 배역을 '부조리(absurde)'라는 이름의 '기분'으로 느꼈다.

아이는 놀이의 비밀을 알고 있다

하지만 냉정하면서도 열정적인 우리 시대의 '그루' 슬라보예 지젝은 까뮈에게 조금은 냉소적인 이의를 제기할 것이 분명하다. 까뮈에게서 다소 비극적인 색조를 띤 사회의 역할 놀이는 어떻게 작동하는가. 지젝은 연극 무대에서 배우는 대본과의 관계에 있어서 일방적이고 수세적인 위치에 있는 것이 아니라고 말한다. 오히려 대본은 배우들의 '동의(공모)'에 의해 비로소 '플레이(play)' 된다. 대본을 완성하는 것은 대본 자체가 아니라 배우다. 배우의 행위가 없다면 드라마는 무대에서 상연되지 못한다. 각본은 연극의 한 요소이지 연극 자체는 아니다. 만일 오즈의 소설에서처럼 삶—일상이 맹목성에 의해 추동되는 반복적 놀이라면, 여기에서 맹목성과 반복성은 일상의 본질이 아니라 일상을 '연기'하는 주체들의 속성이라고 해야 할 것이다.

이 지점에서 놀이에 대한 하위징아의 관점을 참조해보자. 놀이에서 놀이의 주체들은 놀이에 몰입한다. 어느 순간 놀이는 참여 주체들에게 유일한 현실이 된다. 그럼에도 놀이의 주체들은 그 현실이 진짜 현실이 아니라 '놀이'라는 것을 알고 있기에 어느 시점에 놀이를 멈춘다. 주체들은 '~인 체하기'에 몰입하여 놀이 속에서 새로운 현실을 살지만, '가상 현실'을 언제고 바로 중단시킬 수 있는 것이 바로 놀이의 근본 특징이다(『호모루덴스』).

지젝은 하위징아의 통찰에 이데올로기적 문제의식을 더하여 다음과 같이 묻는다. 벌거벗은 임금님은 무엇에 관한 우화인가. 여기에서 진정한 주인공은 누구인가. 지젝은 이 이야기가 사회라는 연극 놀이가 어떻게 작동하는가에 대한 우화라고 해석한다. 그에 따르면 이 놀이의 진정한 주인공은 왕이 아니다. 여기에서 연극을 상연하는 주인공과 그것을 전체적으로 조율하는 연출가는 하나가 되는데, 그는 바로 왕을 지켜보고 있는 군중이다. 왕의 권위는 어떻게 획득되는가. 군중은 왕이 벌거벗었다는 '사실'을 '모르지 않는다'. 그러나 군중은 '마치' 실제로 옷을 입고 있는 왕을 '보는 것처럼'('~인 체하기') 행동한다(연기한다). 그것은 사실에 관한 수용이 아니라 실은 '각본'에 관한 '연기'다. 사회라는 각본에 내재한 치명적 외상을 목격하면서도, 배우들은 모두 거기에 숭고한 위상을 부여함으로써 이 연극은 계속 '플레이' 된다. 하위징아의 경우와는 달리 놀이의 가상적 성격은 그런 방식으로 은폐되며, 중단되지 않는 연극 무대를 통해 '사회'는 실재 현실이 된다.

의미심장한 점은 이 우화에서 무대의 가상성을 폭로하고 놀이를 중단시키는 존재는 바로 오즈가 말한 '바보 같은 아이'라는 사실이다. 여기서 아이는 각본을 못 외우는 아이가 아니라, 각본을 '모르는' 아이이다. 흔히들 '바보 같다'고 말하는 아이의 맹목성('눈이 멀었다'는 뜻이다)이 궁극적으로 벗겨낸 것은 왕의 옷이 아니라, 실은 '우리'가 페르소나를 쓴 '배우'였다는 사실이다. 연기자는 우리이며, 그럼으로써 '사회'는 실재가 된다. 바꿔 말해 아직 페르소나를 쓰지 '못한(않는)' 존재로서 아이만이 놀이를 중단시킬 수 있다. 그것은 엄밀히 말해서 무대의 '비밀'을 드러냄으로써 이 현실이 '중단될 수 있는 놀이'라는 사실을 환기하고, 놀이에 놀이의 본질을 되돌려주는 것이다. 최근 개봉된 영화 「설국열차」에서 그것은 각 열차 칸이 일정한 역할극을 부여받은 배우라는 사실을 환기하는 방식으로 표현되었다. 이 영화에서 열차는 사회라는 거대한 무대의 메타포이다. 열차가 '플레이' 되는 것은 열차의 창문을 깨면 안된다는 '암묵적' 전제를 승객들이 수용한 결과이기도 하다. 지젝이 사회적 역할 놀이에 할당된 배역을 거부하는 존재로서 벌거벗은 임금님 이야기에서 지목한 아이의 '바보 같음'을 문학은 '천진성'이라고도 부르고, '견자'의 무엇이라고도 부른다. '좋은' 문학작품의 무대에는 이 아이 같은 시선과 기분을 지닌 주인공과 화자가 등장하곤 한다.

말놀이(시)는 드라마를 어떻게 수정하는가

아버지가 허수아비를 만드신다
어머니 저고리에 할아버지 잠방이를
꿰어서 허수아비를 만드신다
아버지가 가을 한낮에 허수아빌 만드신다

낡아빠진 군모에 구멍 뚫린 워카를
꿰어서 녹슨 메달을 매다신다
아버지가 허수아빌 세우신다,
넓고 넓은 가을 들판에
아버지가 허수아빌 세우시고
넝마들에게 준엄하게 이르신다
황산벌에 계백 장군 임하시듯
늠름하게 쫓아뿌라, 잉

황산벌에 계백 장군 펄럭인다
장검 대신 깡통 차고 늠름하게 펄럭인다
단칼에 베어버린 처자식은
논두렁 자갈 되어 굴러 있고
단칼에 흩어버린 신라 경계는
세월이 지워버렸는데
계백 장군 홀로 남아 나이롱 저고리 입고
혼자서 흔들린다
그 뒤편에 전쟁보다 더 무서운
입 다물고 귀 막은 적막강산이
호올로 큰 눈 뜨고 있다

— 김혜순 「아버지가 세운 허수아비」
(『아버지가 세운 허수아비』, 문학과지성사 1985) 전문

　　사회를 유무형의 엄격한 규칙이 할당된 역할극, 노동의 사회적 분할을
암묵적으로 수행하는 연극 놀이로 보는 견해를 수용한다면, "낡아빠진 군
모에 구멍 뚫린 워카를" 신긴 "허수아비"는 기존 무대의 대본을 수정한

새로운 페르소나이다. "아버지"란 배역은 "허수아비"와 동일시되며, 그것은 역사극의 주인공인 "계백 장군"이기도 하다. 이 시의 무대에서 남성에게만 주인공을 배당했던 비장한 역사극(He-story)은 "장검 대신 깡통 차고 늠름하게 펄럭"이는 '희극'으로 변형된다. 비극의 외양을 두른 주인공의 '숭고함'에 내재한 폭력성, 그리하여 다시 희극적(숭고한 것이 사라졌다는 점에서) 위치로 추락하는 역사의 위인은 순식간에 '벌거벗은 임금님'이 되어버린다. 이러한 '캐릭터 수정'은 역사의 알몸을 드러냄으로써 실재라고 여겼던 것의 가상성, 따라서 벌거벗은 임금님의 허위를 폭로하는 아이의 천진성과 다른 것이 아니다.

사회라는 무대가 엄격한 대본을 따라야 하는 역할극, 그러나 그 자신의 가상성을 은폐하며 거기에 참여한 배우들의 '암묵적 동의'에 의해 작동되는 놀이라고 한다면('가상(illusion)'의 어원은 '놀이 속에 있다(in play)'는 뜻이다), 문학의 놀이는 그와는 반대로 진행되는 놀이라고 할 수 있다. 문학은 실재로 둔갑한 가상, 그러므로 놀이를 '현실'이라고 강변하는 사회적 역할극의 대본을 '수정하는 놀이'이다. 따라서 작가를 수정극의 연출가로, 작품에 등장하는 화자와 주인공을 벌거벗은 임금님에 나오는 아이와 같은 캐릭터를 연기하는 배우라고 할 수도 있겠다. 사회적으로 승인된 '숭고함'의 페르소나를 벗기면서, 작가는 종래의 숭고미를 골계미로, 비극적 캐릭터를 희극적 캐릭터로 수정한다. 이 수정의 대상은 총체적 현실 자체이다. 그러므로 문학의 말놀이(pun)는 놀이를 텍스트로 삼아 그것을 '다시 쓰는 놀이'라고 할 수 있다.

선생님,
이곳에선 모두 죽었죠
믿어서 죽고
못 믿어서 죽고

아빠 하고 부르면

우선 배가 고프고

아빠 하고 부르면

아빠는 없고

아빠라는 믿음으로

개 돼지를 잡아먹는

먼 나라의 아빠 숭배자들처럼

먹어도 먹어도 먹은 것 같지 않은 아빠를……

― 황병승 「아빠」(『트랙과 들판의 별』, 문학과지성사 2007) 부분

"이빠"(아버지)는 있는가, 없는가. 이 질문은 '임금님은 옷을 입었는가, 벗었는가'라는 질문과 같다. "아빠"라는 "믿음"을 둘러싼 화자의 질문은, 그러므로 신앙과 가치와 관습과 법의 주인으로서 "이곳"에 군림하는 아빠, 그리고 이 글의 논리대로라면 아빠에 대한 우리의 믿음에 근거하여 플레이 되는 "이곳"의 연극적(가상적) 성격에 대한 물음이다. 영화감독 워쇼스키라면 주인공 네오의 손에 빨간약을 쥐여주면서 '아빠'는 '매트릭스'가 아닌가라고 질문할지도 모른다. 이 물음 자체가 (현실이라는) 놀이에 대해 되묻는 '다시 쓰는 놀이'이다. 이 '되묻는 말놀이'를 우리는 시라고도 하고, 문학이라고도 하며, 예술이라고도 한다.

아기의 놀이는 유토피아를 담고 있다

그러나 모든 '말놀이'가 놀이의 가상성에 대해 신랄한 것은 아니다. 이렇게 주장하려면 여기에는 중요한 전제가 있어야 한다. 문학적(예술적)

말놀이가 되묻는 것은 놀이를 실재라고 강변하는 문화에 내재한 허위의 메커니즘이다. 사회가 사회의 놀이(연극)적 성격을 은폐하면서 스스로를 '실재'로 각인시키려고 애쓰는 반면, 가장 '놀이다운 천진한 (말)놀이'는 스스로 이것이 '놀이'라는 것을 '인정'하면서(하위징아에 따르면 놀이의 맹목성은 몰입인 동시에 그것이 놀이적 현실임을 '안다'는 뜻이다) 현실의 결핍과 허약함을 환기시키고, 한편으로는 특유의 방식으로 부재하는 것을 '아름다운 가상' 속에서 현현시킨다. 프로이트가 한살배기 손자의 맹목적이고 반복적인 '실패 놀이'에서 '(말)놀이'에 관한 특별한 이미지를 얻는 장면은 매우 인상적이다.

엄마가 외출한 방에 남은 한살짜리 갓난아기가 겨우 움직이는 작은 손으로 실패를 멀리 던졌다가 다시 잡아당기는 '실패 놀이'를 반복한다. 멀리 던지면서 아기는 "Fort"를 외치고, 잡아당기면서는 "Da"를 외친다. 독일어로 'Fort'는 '저기', 'Da'는 '여기'라는 뜻이다. 프로이트의 에피소드 중에서도 가장 드라마틱한 이미지를 선사하는 이 장면에 대해서는 수많은 해석들이 있었다. 그러나 별다른 이론의 여지가 없이 받아들여지는 것은 프로이트 스스로가 행한 유명한 해석이다.

프로이트는 이 장면을 아기가 엄마가 사라진 현실을 놀이를 통해 대체하는 것으로 해석한다. 여기에서 '대체'라는 말은 매우 복합적인 함의를 지닌다. 아기는 실패를 멀리 던지며 "저기"(저기로 가버렸다)라고 외치면서, 엄마가 현실에 부재하다는 상황을 '재현'한다. 그리고 실패를 당기며 "여기"(여기로 와)라고 외치면서, 부재하는 엄마가 이 현실에 다시 나타나기를 소망한다. 실패 놀이의 반복은 아기의 소망의 반복(강조)을 뜻하기도 하지만, 프로이트는 부재의 현실을 반복해서 재현하는 것 자체만으로도 아기로 하여금 현실의 결핍을 견딜 수 있게 하는 효과를 발생시킨다고 해석한다. 아기는 실패를 던지면서 엄마의 부재라는 현실을 능동적으로 재현하고, 이것은 아기를 엄마에게 버려진 객체가 아니라 스스로 엄마를 '보내는' 능동적 주체로 변형시킨다는 것이다. 여기에서 놀이는 'Fort−Da'라고 하는 말놀이와 병행되면서 엄마의 부재라는 현실의 결핍을 능동적으로 대면하고, 다시 그 현실에 부재하는 것을 눈앞에 현현시키는 주체의 소망 행위를 더욱 극명한 방식으로 드러낸다.

'아무것도 모르는', 그러므로 맹목적이라고밖에 할 수 없는 이 놀이는 '사회적 놀이'와는 다른 모습을 보인다. 이 놀이는 갓난아기의 놀이라는 점에서 모든 놀이의 원장면이라고 할 만하다. 오즈의 아이들이 보여준 '바보 같은' 맹목성과 반복성이 여기에 원형적인 모습으로 나타난다. 사회라는 이름의 놀이가 현실의 결핍을 은폐하면서 연극적 성격을 실재로 둔갑시키는 것에 비해, 아기의 실패 놀이는 "이곳"의 결핍을 분명하게 드러내는 방식으로 소망의 이미지를 현현시킨다. "여기"(Da)로 불린 '가상'은 둔갑된 '가짜 현실'이 아니다. 아기에게 그것은 '없는 현실'이지만, 마땅히 이 자리에 나타나야만 하는 행복의 이미지이다. 이 놀이는 현실을 현실 그대로 보여주는 방식으로, 결핍을 결핍 그대로 환기시키는 방식으로 '여기에는 없는 세계'라는 이름의 유토피아(u-topos)를 이 자리로 불러온다. 놀이를 실재라고 강변하는 사회적 가상으로서의 놀이를 '이데올로기'라고 말할 수 있다면, 삶에 내재한 결핍과 부재를 있는 그대로 대면하게 하면서, 아직 도래하지 않은 시간 속의 행복의 가상적 이미지를 이 자리로 생생하게 불러내는 놀이를 시와 예술이라고 할 수 있지 않을까.

춤추는 소녀들, 놀이는 거룩한 긍정이다

춤을 멈추지 말라, 사랑스러운 소녀들이여! 나는 사악한 눈초리로 놀이를 망치는 자도 소녀들의 적도 아니다.

나는 중력의 영(靈)인 악마 앞에서 신을 대변하는 자다. 그대들 경쾌한 소녀들이여, 내가 어찌 신성한 춤에 적의를 품겠느냐? 그것도 아름다운 복사뼈를 지닌 소녀들의 발에?

나는 어두운 나무들의 숲이며 밤일지도 모른다. 하지만 나의 어둠을 두려워하지 않는 자는 나의 측백나무 아래에서 장미 비탈도 발견하리라.

그리고 그자는 소녀들이 사랑해 마지않는 조그만 신도 발견할지 모른다. 샘물 곁에서 눈을 감고 조용히 누워 있는 신도.

정말이지 빈둥빈둥 노는 이 신은 밝은 대낮에 잠이 든 모양이다! 나비를 잡으려고 너무 많이 뛰어다닌 걸까?

그대들 춤추는 아름다운 소녀들이여, 내가 이 조그만 신을 조금 꾸짖더라도 내게 화내지 마라! 그는 소리 내어 울지도 모르지. 하지만 그의 우는 모습마저 웃음을 자아내지 않는가?

그런데 이 신이 눈물이 그렁한 눈으로 그대들에게 춤을 청하면 나 자신도 그의 춤에 맞춰 노래를 부르리라.

— 니체『차라투스트라는 이렇게 말했다』

니체는 전통적 '지혜'에 대한 저주와 사회(대중)에 대한 독설 때문에 '망치를 든 철학자'로 불린다. 그러나 그에게 덧씌워진 난폭과 광기의 이미지와는 달리, 그는 일생 동안 일관되게 춤과 노래와 웃음을 예찬했으며, 가볍게 노래하는 소녀들을 사랑하는 '행복의 철학자'였다. 그에게 춤과 노래와 웃음은 '놀이'이며, 노래하는 소녀들은 놀이하는 아이들이었다. "나는 중력의 영(靈)인 악마 앞에서 신을 대변하는 자"는, 도덕적 의무와 나태가 지배하는 '인간적인 너무도 인간적인' 사회의 중력에서 해방되어, 창조적 영감으로 살아가는 자유로운 영혼들의 벗이 되고 싶다는 그의 바람을 표현한 것이다. 니체의 차라투스트라는 '신의 죽음'을 선포했지만, 그에게 신(神)이 없었던 것은 아니다. "샘물 곁에서 눈을 감고 조용히 누워 있는" 신, "빈둥빈둥 노는" 신, "나비를 잡으려고 너무 많이 뛰어다"니는 신이 그것이다.

니체의 차라투스트라는 저 유명한 인간의 진화에 대한 가르침에서 인간이 만일 신의 모습을 닮는다면, 즉 '스스로를 극복한 자(Übermensch)'가 된다면 그 모습은 '놀이하는 신'을 닮았을 것이라고 말한다. 차라투스트라에 따르면, 인간 세상에서 그 신은 "춤추는 아름다운 소녀들"이거나 해변의 모래사장에서 모래성 쌓기와 부수기를 반복하는 '아이'들이다. 오즈는 벽에 공던지기를 반복하며 다시 제 차례를 기다리는 아이들의 맹목적 놀이에서 생의 덧없음과 시간의 찰나성을 직관하며 우울해진다. 하지만 니체는 거기에서 매순간 자기에게 당도한 생의 현재를 즐거워하며 능동성을 발휘하는 '거룩한 긍정'을 본다. 그것은 매순간에 대한 긍정이며, 운명에 대한 사랑이다. 시간의 매순간을 사랑하는 이는 거기에서 행복의 이미지를 발견하고, 창조한다. '주사위 놀이'를 사랑했던 그에게 '우연'은 인간이 신에게 버림받았다는 표징이 아니라, 과거로부터의 구속에도 미래를 향한 목적에도 예속됨 없이 항상 '자유롭다'는 뜻이다.

아이는 대본을 받아든 연극배우처럼 배역을 사는 것이 아니라, 오직 즐거움(행복)에 따라 자기 시간을 산다. 즐거우면 놀고, 즐겁지 않으면 즉시 중단되는 것이 아이의 놀이이다. 그러므로 놀이하는 아이의 행복감에는 거짓이 없다. 이 놀이 속의 행복은 과거를 고려하지도 않으며, 미래를 위해 현재를 희생하지도 않는다. '네 운명을 사랑하라(Amor fati)'는 니체의 가르침은 운명에 대한 체념이 아니다. 자기에게 당도한 시간을 늘 생생한 현재로 마주하면서 그것을 능동적으로 느끼고 살며 창조하라는 이야기이다.

이 거룩한 긍정, 거룩한 놀이, 행복에 대한 이 맹목적 약속의 이미지를 니체는 '예술'이라고 불렀다.

──서울예술대학 교지 『예장』 34호, 2014

은폐하는 사물, 발기하는 사물, 되돌아오는 사물
'사물'은 시에 무엇인가

눈앞으로 불러세웠으나… 은폐하는 사물

우리가 살고 있는 '새로운 시간(Neuzeit/modern, 현대)'이 '사물'에 대한 매우 특별한 규정 형식과 태도, 그 규정을 가능하게 한 방법(method)으로부터 출현했다는 것은 널리 알려진 사실이다. 설령 이 사실을 '알지(인지하지)' 못한다 하더라도 문제는 되지 않는다. 어떤 종류의 인지(認知)는 하나의 '기분(Stimmung)'이 되어 이미 이 세계에 근본기분(Grundstimmung)으로 스며 있으니까. 갓난아기는 말을 하기도 전에 세계의 근본기분에 젖는다. 아기를 돌보며 맞추는 엄마의 눈길, 자장가가 흘러나오는 엄마의 입, 아기 등을 토닥거리는 엄마의 선량하고 따뜻한 손길을 통해서 그 기분은 엄마로부터 아기에게 자연스럽고 완강하게 전달된다. 그 '기분'은 온전한 인지능력을 갖기도 전의 아기가 이미 갖게 된 사물에 대한 인지 형식이며, 태도이고, 방법이다. 기분, 누구도 빠져나갈 수 없으므로 근본적이라고밖에 말할 수 없는 사물에 대한 독특한 근본기분, 그것은 우리 시대 모든 사물과 인간이 만나는 방식에 관한 것이며, 그것이 사물이 무엇인가를 규정하고, 우리에게 사물의 실체를 알려준다.

사물은 무엇인가. 데까르뜨에게 이 질문은 자기 시내와의 대결의식 속에서 제출된 일생일대의 질문이었다. 그는 이 질문을 '사물을 사물로 존재하게 하는 그것은 무엇인가'라는 질문으로 전환하여 인식론의 문제를 사물의 존재 근거에 대한 물음, '형이상학'으로 바꾸었다. 근거를 묻기 위해 그는 사물의 바닥으로 침잠하여 사물을 늘 그 사물로 유지하게 하는 무엇을 찾아야 했다. '실체(sub-stance)'란 사물의 바닥을 지지하는 무엇, 즉 사물의 본질을 말한다. 데까르뜨에게 실체는 한 사물이 채우고 있는 특정한 공간의 양과 관련이 있는 문제였다. 예컨대 질량, 부피, 길이, 밀도 등등. 그것은 지각을 구성하는 오감 중에서도 그가 사실상 시각만을 믿었다는 뜻이다. 그는 맛, 냄새, 차가움 같은 촉각은 자의적인 것이라 여겼다. 내가 느끼는 음식 맛을 어떤 사람이 동일하게 느끼기 어려우며, 찬 바람을 맞다가 집으로 들어온 사람은 미지근한 집 안 기운도 따뜻하게 느낄 수 있다. 일체의 가변성을 배제하고 한 사물을 항상 그것으로 유지시키고 인지하게 만드는 그것이 바로 사물의 실체이며, 실체로 규정된 그것이 바로 그 사물이다![1]

이러한 '명석 판명한(clear and distinct)' 인식론은 인류에게 유례 없는 성공을 가져다주었다. 사물의 임의성은 사라졌고, 모호함은 지워졌으며, 그림자는 걷혔다. 사물은 어둠에서 걸어나와 인식의 빛으로 밝혀졌으며, 군더더기 없이 일정하게 '같은 것(the same)'으로 나타났다. 일정한 공간을 점유한 사물은 양으로 계산될 수 있으며, 전체는 부분으로 쪼개질 수 있다. 쪼개질 수 있는 사물은 더 부분적인 요소들로 나누어지는 것이 가능하며, 가능한 한 더 잘게 나누어지고 그림자 없이 밝혀진 부분적 요소는 인간의 필요에 따라 재배치되고 조합되고 다시 묶일 수 있다. 훤하게

---

1 르네 데카르트 『성찰』, 이현복 옮김, 문예출판사 1997 참조.

밝혀진 사물 세계는 두려움이 사라진 세계였으며, 계산된 세계는 인간에게 모든 사물에 대해 모든 기획이 가능하다는 용기를 심어주었다. 그 기획을 통해 세계는 인간의 필요와 용도에 따라 구성된 인공적 세계로 완성된다. 사물의 세계는 인간의 쓸모를 위한 거대한 도구 세계이며, 아직 도구가 되지 못한 자연은 도구가 되기 위해 인간의 현실적 요청을 기다리면서 질료—부품—저장고가 된다. 하이데거는 이런 식으로 훤하게 밝혀진 사물들의 세계, 존재하는 모든 것이 인간의 현실적 요청을 기다리는 질료—부품—저장고로 존재하는 세계를 '기술시대'라고 불렀다.

존재하는 모든 사물이 기술적 대상으로 전환되는 기술시대는 사물을 어떻게 바라보는가. 하이데거는 데까르뜨의 예에서 기술시대의 사물 인식론은 시대의 '근본기분'이 되며, 필연적으로 독특한 형이상학을 낳는다고 말한다. 인간은 가변성을 제거하고 그림자를 지움으로써 명석 판명하게 밝혀진 사물의 실체를 확보하기 위해 멀리 있는 사물을 내 눈앞에 (vor-) 불러세운다(-stellen). 그렇게 불러세워진 사물은 내 앞에 '마주—서게' 됨으로써 '대상(對象, Gegen-stand)'이 된다. 확실성을 확보하기 위해 인간은 사물을 눈앞에 세우고 샅샅이 뒤져본다. 기본적으로 이 태도는 수색하는 태도이고, 의심하는 태도이다. 데까르뜨의 '방법적 의심'은 이것을 말한다. '의심'은 사물의 실체를 파악하는 방법론이자 기분이다. '표상 (Vorstellung)'[2]이라고 불리는 사물에 대한 인식론적 인상은 그 자체로 사물이 되는데, 이렇게 인간에 의해 규정된 사물의 실체를 인간은 이제 '진리(truth)'라고 부른다. 사물에 대한 인간의 인식 자체가 사물 그것이 되는 것이다. 인간의 현실적 요청에 따라 필연적이고 잠재적으로 기술적 대상으로 전락한 사물들을 명명하고, 그것이 무엇인지를 사물들에게 알려

---

2 '표상'은 사물이 지각되고 인식됨으로써 맺히게 된 사물에 대한 상(像) 또는 관념이라고 볼 수 있다.

주며 사물들에게 존재의 지위를 부여하는 자, 그는 진리를 호명하는 자이다. 그가 바로 인간이며, 그 인간의 기분은 '의심'에 젖어 있다. 인간은 사물의 '바닥에 던져져 있는 것'이 무엇인지를 알려주고 규명하여 그것을 호명하는 자, 즉 '주체(sub-ject, 바닥에 던져진 것)'가 된다. 주체의 시대, 이 '새-시대(Neu-zeit)'가 우리 시대, '현대(Neuzeit/modern)'이다.[3]

그러므로 '모든 것이 가까워졌다'는 사실은 우리 시대를 규정하는 가장 중요한 특징 중 하나가 된다. 모든 '간격'이 축소되고 있다. 지구 저편의 삶과 저편의 목소리와 저편의 얼굴이 텔레비전 수신기를 통해, 또는 인터넷으로 실시간 중계되고 SNS를 통해 올라온다. 먼 여행지는 더이상 존재하지 않는다. 아마존 밀림의 식물, 사막의 곤충, 검은 대륙의 벌거벗은 삶도 더이상 희귀한 것이 되지 못한다. 시간은 짧아지고, 공간은 좁아졌으며, 모든 것은 카메라 렌즈를 통해 눈앞으로 당겨지고 불러세워져 클로즈업된다. 이런 유례 없는 총체적 '가까움'으로 우리 눈앞으로 호출된 모든 것, 그것이 바로 '사물(事物)'이다.

우리 시대 사물의 '가까움'은 무엇을 의미하는가. 간격의 축소, 아니 간격의 무화, 거리의 제거는 무슨 뜻인가. 그 가까움은 친근함인가, 다사로움인가. '가까움'은 호출된 사물에 대해 우리가 더 잘 알게 되었다는 것을 뜻하는가. 이 극단적인 사물의 가까움, 마음만 먹으면 눈앞으로 그것을 끌어들일 수 있는 거리 소멸에 대해 우리가 깨닫는 직관적인 느낌은 어떤 것인가. 모든 사물이 단 하나의 사물처럼 무차별적인 것이 되었다는 사실, 그것이 아닌가.[4] '사물들'은 '사물'이 되었으며, 다른 하나의 사물은 늘 보았던 그 사물처럼 우리 앞에 불러세워진다. 사물들은 납작해지고 평평해졌으며, 더이상 아무것도 우리에게 말하지 않는다. 사물들은 더이상 이야기

---

3 마르틴 하이데거, 「기술에 대한 물음」, 『강연과 논문』, 이기상·신상희·박찬국 옮김, 이학사 2008 참조.
4 마르틴 하이데거, 「사물」, 앞의 책 참조.

를 들려주지 않는다. 그 모든 사물은 단 하나의 사물, '도구'로 전환되었기 때문이다. 부품(Be-stand, 옆에 계속 서 있는 것), 쓸모의 잠재적 저장고이기 때문이다. 사물을 보자마자 즉각적으로 그것을 잠재적 도구로 전환하여 인식하는 기술시대에서 사물들은 이제 그림자와 이면과 깊이를 감춘다. 사물을 '움켜쥐었(grasp/catch/take, 이해)'으나, 사물은 손아귀에서 빠져 나간다. 극단적인 가까움 속에서 사물은 물러나고 스스로를 은폐한다. 데 까르뜨의 방법론적 기획은 주체에게 사물에 대한 인식을 제공하나, 거기 에서 사물은 극히 인간적인 방식으로만 모습을 나타내며 동시에 감춘다.

발기하는 사물, 비어 있는 사물

흥미로운 것은 기술시대의 존재론을 매우 당연한 것으로 수용한 한 논 자의 견해이다. 그는 사물이 도구이며, 사물은 주체들로부터 출현한 '물 건'이라는 것을 당연한 사실로 여긴다. 그는 우리 모두가 기술시대를 살 고 있다는 점을 부정하지 않으며, 그 전제하에서 사물을 사유한다. 그에게 사물은 주체들의 세계인 사회에 속한다. 사물-물건을 출현시킨 것이 주 체들의 노동이며, 사물의 거주지가 곧 주체들의 거주지인 사회다. 사물은 사회 속에서 탄생하고 유통된다. 사물은 노동의 대상이자 노동의 결과물 이다. '주체-사회' 바깥을 무의미하게 여기는 그의 사유 체계에서 하이 데거의 기술시대는, 기술의 대상이자 산물인 사물들을 화폐적 척도로 표 현하고, 표현된 사물들의 가치를 등가교환함으로써 유지되는 '자본주의' 와 구별될 수 없었다. 기술시대의 전형적 '주체'인 맑스에게 사회는 주체 들의 노동으로 태어난 사물들로 구성되며, 사물들은 다른 사물들과 교환 되고, 신체의 피처럼 사회 곳곳으로 흘러가 유통된다. 사물은 그 사물의 쓸모를 필요로 하는 적절한 주체를 만나 '사용-소모'된다. 사회 바깥을 상정하지 않는 현대인 맑스에게 사물은 도구이며, 도구의 본질은 '쓸모'이다. 사물의 쓸모를 표현하는 것이 곧 '사용가치(use-value)'이다.

사용가치의 실체(substance)를 이루는 것은 무엇인가. 이 질문은 사용가치를 창조하는 것은 무엇인가라는 질문과 같다. 그에 따르면 그것은 바로 주체들의 '노동'이다. 그런데 맑스는 여기에서 사물에 특이한 일이 발생한다고 말한다. 사물이 사회에서 다른 사물과 등가교환되고 교환의 네크워크가 형성되어 유통되는 순간, 즉 사물이 '상품'이 되는 순간, 사물은 자신의 가치척도를 표현하던 쓸모가 아니라, 한 사물이 다른 사물과 교환되는 비율, 화폐적 척도인 교환가치(exchange-value)로 주체들에게 이해된다. 사물을 생산하던 주체의 노동력이 담지하던 사회적 관계는 은폐되고, 사물은 화폐적 척도로 둔갑하여 나타나는 것이다. 사회의 모든 사물을 교환할 수 있는 단 하나의 사물, 모든 사물의 비율을 잴 수 있는 기준이 되는 사물들 중의 사물, 사물들의 가치를 압축하는 사물들의 왕, 그것이 바로 화폐이다. 그러므로 주체들은 자기들의 노동의 표현이었던 사물들에서 자기의 얼굴을 잊고, 사물들 자체가 운동하는 것으로 오인하며, 사물들의 교환척도에 불과한 사물인 화폐를 우상화하기 시작한다. 상품이 된 사물들은 남근처럼 발기하며, 남근 중의 남근인 화폐는 모든 사물을 잉태하고 출산하며 성장시키는 '신'으로서 이해되고 숭배되며 주체들 위에 군림한다. 이것의 가장 놀라운 점은 다양한 사물들의 질적인 차이 — 그 안에는 사회적 노동이 깃들어 있다 — 를 동일한 척도로 규정함으로써 사물들의 다채로운 내용을 완전히 추상적인 형식으로 바꾸어놓는다는 데에 있다.[5]

맑스에 따르면 오늘날 사회에서 사물의 존재 형식은 상품이며, 화폐는 모든 사물—상품의 질적 특징을 추상화하면서 사물들의 권능이 극단적으로 응축된 신적인 사물, 물신(物神, fetish)이다. 사물들을 낳은 실체

---

5 카를 마르크스 『자본 1-1』, 강신준 옮김, 도서출판 길 2008 참조.

인 주체들의 노동은 은폐되고, 그것을 전도시키면서 오히려 상품―사물이 주체들 위에 군림하는 메커니즘을 그는 '환상'이라고 부른다. 그런데 정신분석에 따르면 이러면 환상의 메커니즘은 화폐 관계가 매개되는 자본주의만의 문제가 아니다. '오인된 사실―환상(fantasy)'은 인간 현실을 보편적으로 구성하는 주체의 경험 형식이다. 여기서도 문제는 '사물(the thing)'이다.

정신분석에서 사물은 단독으로 존재하지 않고 늘 주체와 마주하는 것으로 나타나기 때문에 '대상(objet)'이라고 불린다. 그런데 대상으로서의 사물은 엄밀히 말하면 존재하지 않는 것이다. 대상으로서의 사물은 주체에게 하나의 '환상'이기 때문이다. 그것은 사물이 주체에게 만족의 대상으로서 나타난다는 뜻이다. 대상으로서의 사물은 매우 다양하며, 주체가 살면서 마주할 수 있는 모든 것이다. 사물은 주체에게 충족을 약속한다. 실제로 그것은 잠시나마 '마치' 주체의 욕구를 완성시키는 것 같은 착각을 불러일으킨다. 그래서 사물은 남근이다. 주체는 사물에 사로잡히는 것이다. 그러나 발기된 남근(phallus)은 단어의 음성학적 유사성에서 암시되는 것처럼 운명적으로 '실패(failure)'를 내포하고 있다. 사정된 남근처럼 그것의 운명은 '비어' 있다. 하지만 사물에 대한 오인이 인간 현실을 구성하며 주체를 운동하게 하는 실천 동인이 된다. 그렇다면 주체의 드라마에서 주인공은 주체가 아니라 실은 사물이다. 주체는 무대 위의 배우이지만, 대본을 쓰는 것은 사물이다. 주체는 사물로부터 의미를 얻고, 사물에게 실망하며 허탈감을 느끼지만, 또다른 사물이 이전 사물을 대체하므로, 사물을 움켜쥐려고 하는 주체의 드라마는 죽음의 순간에 이르기까지 끝나지 않는다. 이 만족의 환영은 주체의 동일시 대상이 되므로 사물은 드라마의 국면에서 주체와 포개져 있다. 사물에 의해 추동되는 운동의 드라마 ― '욕망'이라고 부르는 ― 가 끝나지 않는다는 사실, 사물이 또다른 사물로 계속 대체된다는 사실은 세계가 환상으로 구성되어 있다는 뜻이며, 세계가 '비어' 있다는 사실, 온전히 채워질 수 있는 완전체가 아니라는 사실(pas tout/not whole·all)을 암시한다.[6]

되돌아오는 것과 경험의 불가능성

햄릿   (…) 맹세하라.
유령   (땅 밑에서) 맹세하라.

(그들이 맹세한다)

햄릿   쉬어라 쉬어, 불안한 혼령아. 그럼,
내 모든 사랑으로 자네들에게 날 맡기네.
그리고 햄릿처럼 가난한 사람이
사랑과 우정을 표할 길은, 신이 원하면,
부족하진 않을 걸세. 같이 들어가지.
또한 항상 손가락을 입술에, 부탁이야.
뒤틀린 세월. 아, 저주스런 낭패로다,
그걸 바로잡으려고 내가 태어나다니.
아니, 자, 우리 같이 가세.[7]

셰익스피어의 비극 『햄릿』은 '유령'에 관한 드라마이다. 유령은 수시로 출몰한다. 햄릿은 유령에 신들려 있다. 이 장면에서 햄릿은 유령과 맹세로

6 페터 비트머 『욕망의 전복』, 홍준기·이승미 옮김, 한울아카데미 1998 참조.
7 셰익스피어 『햄릿』, 최종철 옮김, 민음사 1998, 51~52면.

연결되어 있다. 그들은 '함께' 맹세한다. 햄릿-유령은 '함께 존재'("우리 같이 가세")한다. 본래 유령은 '땅 밑'에 있다. '땅 밑'은 유령의 근거지이지만, 맹세를 공유하는 것은 햄릿도 마찬가지이므로 햄릿의 근거 역시 땅 밑이다. 그러나 생각해보라. 땅은 모든 사람이 발 딛고 있는 근거가 아닌가. 이 장면은 산 사람의 지반이 죽음에 근거해 있음을 보여주는 것이기도 하다. 그런데 유령이란 무엇인가. 땅 위에서 땅 밑으로 갔으나, 다시 땅 밑에서 땅 위로 올라오는 존재이다. 유령은 '되돌아오는 것(revenant)'이다. 그것은 죽은 자들의 세계로 온전히 떠나가 눈감지 못한다. 왜인가? 되돌아올 수밖에 없는, 그러므로 되돌아와야만 하는 이유가 있기 때문이다. 되돌아올 수밖에 없다는 '사실'의 문제가 '되돌아와야만 하는' 당위로 전환된다. 존재의 문제는 윤리의 문제를 내포한다. '시간이 이음매에서 어긋나 있기(The time is out of joint)' 때문이다. '이음매에서 어긋난 시간'을 바로잡는 것, 어긋남을 정상으로 복귀시키는 것, 시간을 시간의 본래 궤도로 귀환시키는 것. 햄릿은 "그걸 바로잡으려고 내가 태어"났다고 말한다. 유령은 '그걸 바로잡기 위해' 되돌아온다. 햄릿-유령에게 '시간의 귀환'은 소명으로서의 윤리이다. 주목할 점은 햄릿이 그것을 "사랑과 우정"의 윤리, 신이 원하는 것이라고 말한다는 사실이다.

신이 원하는 사랑과 우정의 윤리, 신적인 시간의 복귀 또는 정상으로 전환되는 시간이란 곧 메시아적인 시간이다. 그러나 이것은 유령에 의해 암시되고, 유령에 신들린 자의 것이기에 현실에서 (쉽게) 수락될 수 없는 시간이다. 세계시간이란 산 자들의 시간이기 때문이다. 데리다에 따르면, 이 유령은 뼈와 살이 없으므로 보이지 않는다. 존재하지만 지각되지 않고, 산 것도 죽은 것도, 있는 것도 없는 것도 아닌 그것을 그저 '어떤 것(-thing)' '사물(thing)'이라는 말 외에 무엇으로 표현할 수 있으랴. 셰익스피어의 드라마에서 유령은 사람들에게 줄곧 '-것/사물(thing)'로 불린다(미셸러스: 어, 그게 오늘밤에도 다시 나타났어?(What, ha's this thing?) 바나도: 아무것도 보지 못했어.(I haue seene **nothing**.)]. 그러나 지각되지 않는 '이 사물(this thing)'은 사라지지 않는다. 앞에서도 이야기했듯이, 시간이 이음매에서 어긋나 있기 때문이다. 햄릿은 시간의 어긋남을 바로잡도록 태어난 자신의 운명을 저주하면서, '지금 여기' 시간의 왜곡을 '시간의 올바름(être-droit)' '올바른 길' '곧은길'과 명료하게 대립시킨다. 이 탄식은 역사·세계·시간·시대가 자신의 정당한 규칙에 따라 곧바로, 올바르게, 법(droit)을 따라 나갈 수 있게 애쓰도록 운명지어진 자기 운명을 저주한다. 이 저주는 시간의 '올바른' 전환이 이루어지지 않는 한 사라지지 않는 것으로서, 사물(유령)의 저주이며, 땅 위에서는 함께할 수 없는 지하의 사물(유령)과 함께하기를 지속하려는('함께 맹세') "사랑과 우정"이다. 그러므로 현전의 세계시간에서는 지각되지 않지만, 우리와 함께히는 이런 사물이 있는 것이다. 되돌아오는 사물, 운명을 운명으로 수락하는 사물, 함께 할 수 없는 것과 "우리"가 되어 '함께 존재'를 맹세하는 사물, 현전하지 않으나 도래할 시간을 암시하는 사물. 현전의 시간 너머, 지금 여기에 망령처럼 틈입하면서 지금 여기를 초과하는 사물.[8]

벤야민은 오래전에 다음과 같은 수수께끼 메모를 남긴 적이 있다.

아이들은 건축, 정원일 혹은 가사일, 재단이나 목공일에서 생기는 폐기물에 끌린다. 바로 이폐기물에서 아이들은 사물의 세계가 바로 자신들을 향해, 오로지 자신들에게만 보여주는 얼굴을 알아본다. 폐기물을 가지고 아이들은 어른의 작품을 모방하기보다는 아주 이질적인 재료들로 무언가를 만들어내는 놀이를 통해 그 재료들을 어떤 새롭고 비약적인 관계 안에 집어넣는다.[9]

---

8 자크 데리다『마르크스의 유령들』, 진태원 옮김, 이제이북스 2007 참조.
9 발터 벤야민, 『일방통행로·사유이미지』, 김영옥·윤미애·최성만 옮김, 도서출판 길 2007, 81면.

여기서 관건이 되는 것은 아이들의 사물이 "폐기물"이라는 것이다. 뒤집어 말한다면 폐기물이라는 사물에 홀리고 "그 재료들을 어떤 새롭고 비약적인 관계 안에 집어넣는" 존재가 "아이들"이다. '폐기물－아이들' 짝패는 '유령－햄릿' 짝패를 연상시킨다. 이 짝패들은 현행 세계시간에 자체적으로는 존립 불가능한 '－것/사물'이기 때문이다. 짝패라는 점에서 폐기물－사물을 가지고 노는 아이들도 역시 '사물'이다. 폐기된 사물들, 그것은 망각된 기억이다. 망각된 것은 현전하지 않으나 '없지는 않은' 경험의 형식이다. 폐기된 사물들도 사물로서 현전하던 시간이 있었을 것이며, 거기에는 사물의 꿈이 새겨져 있을 것이다. 도구－사물이 출현하는 순간 도구－사물에는 첨예한 인간의 꿈이 깃든다는 점에서 그것은 인간에 의해 나타났으나 인간 너머에 있다. 폐기된 것들의 꿈도 그러했을 것이다. 폐기된 시간을 품고 있다는 점에서 거기에는 아주 오래된 깊은 꿈이 깃들어 있을지도 모른다. 아이들이 홀리는 폐기물은 이 꿈과 경험의 원초성을 암시한다.

벤야민은 사물에서 맑스가 이야기한 인간의 노동을 보았지만, 그렇다고 현전하는 사회의 상품으로서 사물이 전적인 물신의 대상만은 아니라고 생각했다. 그는 또 프로이트가 말한 환상의 메커니즘(fetish)이 사물에 존재한다는 사실을 잘 알고 있었지만, 사물의 욕망에서 공허만을 보지도 않았다. 다만 그 사물은 어른들에게 버려지고 망각되었으나 아이들이 홀리고 반기는 폐기물 같은 사물이었다. 벤야민에게 아이들의 사물은 꿈과 경험이 깃든 무엇이었다. 유년기의 꿈과 경험, 거기에는 인류의 어떤 원초적 간구, 간절한 시간과 역사가 있다. 어른들의 시간에서 휘발된 것은 이 간구, 참된 경험, 기계적이고 물리적인 시간이 아닌 카이로스적 역사이다. 벤야민은 복고주의자가 아니었으나, 사물에 깃든 이 오래된 꿈과 경험을 '지금 여기' 메시아적인 시간으로 불러내야 한다고 믿었다. 그것은 사물에 대한 데까르뜨적인 현대적 경험으로는 가능하지 않다. 사물에 대한 진정한 경험은 '주체(subject)' 또는 '자아(ego)'의 영역에 속하는 것이 아니기 때문이다. '그것이 있는 곳에 내가 있다(Wo es war, soll ich werden)'는 프로이트의 말은 '그것(es)'에 '나'를 귀속시킨다. 주체의 경험을 '그것' '사물'에 결부시킨 것이다. 경험이란 주체의 것이 아니라는 말이다. 기술 시대에 극단적으로 좁혀진 사물의 거리, '가까움'이 삭제시킨 것도 바로 '그것'이며, 햄릿이 '함께 존재'가 되었던 그의 짝패 '되돌아오는 것/유령(revenant)'이 거주하는 시간도 '거기'이다.

아감벤은 현대시를 역설적으로 출현시킨 것이 사물에 대한 '경험의 위기'였다고 말한다. 데까르뜨 이후 평평해지고 납작해진 사물들은 주체들에게 어떤 경험의 형식도 부여하지 못한다. 보들레르 이후 현대시는 새로운 경험이 아니라, 어떠한 경험도 이젠 할 수 없다는 경험 자체의 부재라는 조건에 근거하여 시를 쓸 수밖에 없다. 상품의 물신과 위조로 가득 찬 세계에서 보들레르는 오히려 거기에 매료되었다. 그 시에 핀 '악의 꽃'은 도시의 일상 사물들을 시로 흡수함으로써 지각에 충격을 주었으며, 이것을 그는 현대라고 여겼다. 이 충격은 어떤 경험도 가능하지 않은 사물들로 둘러싸인 세계에 대한 아이러니를 노출하는 것이었으며, 이는 극에 다다른 경험 불가능성에 대한 역설적 매혹이었다(벤야민에게도 아이들의 "폐기물"은 더이상 가능하지 않은 어른들의 세계시간의 경험 부재라는 조건을 역설적으로 드러내는 사물이다). '충격'이란 경험을 통해 지각에 보호막을 갖지 못한 상황을 말하므로, 현대시의 충격은 사물에 대한 경험 불가능성을 조건으로 삼아 경험의 부재 자체를 표현한 산물이라고 할 수 있다. 그러므로 현대시가 '일상'이라고 불리는 '평범한' 사물들의 세계, '공통'의 사물들이 놓인 장소로 나아가는 것은 불가피한 일이었다. 새로움은 가능하지 않으므로, "진부한 것(공통 장소)을 창조하는 것, 그것은 천재의 일(créer un poncif, c'est le génie)"[10]이기 때문이다.

현대시는 현대의 조건이 무엇인가에 대한 질문에서 탄생했다. '현대'는 '사물'이 무엇인가, 사물과 주체 사이에는 무슨 일이 일어나고 있는가라는 질문이었다. 결국 현대시는 '사물의 조건'에 대한 물음이다. 그렇다면 22세기의 시는? 역시 사물, '그것'이 있는 곳으로 (22세기의 시인은) 가야 한다.

—『22세기 시인』 창간호, 장롱 2015

---

10 조르조 아감벤 「유아기와 역사: 경험의 파괴에 관한 시론」, 『유아기와 역사』, 조효원 옮김, 새물결 2010, 81면.

공동체(共同體)인가 공동체(空同體)인가
아무것도 공유하지 않는 자들의 공동체와 현대 민주주의에 대하여

◆

정현종·고은·황동규·이성부의 시

1. 공유할 수 없는 것을 공유하는 공동체(空同體)

'사회'라는 이름의 널리 알려진 공동체와는 다른 것을 상상하려면, 우리는 '같은 것'들의 지반 위에 서 있다는 뜻을 지닌 공동체(共同體)라는 이름 자체의 가능성 또는 불가능성을 질문하는 최초의 지점으로 돌아가야만 한다. 그것은 과연 '나'라는 개체가 너, 서로의 '타자'를 원하는가 하는 원초적인 문제와도 밀접한 관련이 있다. 또 이는 우리는 정말 무언가를 '공유'할 수 있는가 하는 질문과도 연관이 있다. 이러한 질문은 지금까지 존재해온 거의 모든 역사 공동체로서 '사회'라는 개념을 무위로 돌리는 위험성을 내포한다. 그러나 이러한 질문은 불가피하다.

모리스 블랑쇼의 도발적인 질문을 하나의 출발점으로 삼아보자. '인간다움(仁)'의 규정을 사회윤리와 분리하지 않았던 공자나, '좋은 삶'을 실현하기 위해 인간에게 어떤 공동의 자장 안에서 이루어지는 국가(공동체)의 불가피성을 역설하면서 인간을 '정치적인' 존재로 규정했던 아리스토텔레스의 규정과는 달리, 블랑쇼는 "결핍된 인간 존재는 온전한 실체를 이루기 위해 타자와 결합되기를 원하지 않는"[1]다는 직관에서 출발한다. 그런데 이러한 존재의 근원적 자기 결핍은 역설을 불러일으킨다. '결핍'에 대한 자기인식은 자기부인을 뜻하며, 자기를 부인해줄 하나의 타자를 상정하게 한다. 결핍에 대한 자기인식은 불가피하게 타자를 '요청'한다. 이러한 사실에서 인간 존재는 전통적 공동체관과는 전혀 다른 차원에서 어떤 공동체를 요청한다.[2]

그러나 이 공동체는 '사회'와는 전혀 다르다. 인간 존재의 절대적 결핍에 근거한 타자와 그 타자에 기초한 블랑쇼적 '공동체'는 타자(들)에게 어떤 결합이나 유대나 연합 따위를 요구하지 않는다. 절대적 결핍은 해소될 수 없으므로, "결핍은 결핍을 해소시킬 수 있는 것을 찾지 않으며 오히려 초과를, 채워질수록 심해지는 결핍의 초과를 추구한다. 의심할 바 없이 결핍은 (나에 대한 타자의) 이의 제기를 요청한다. 이의 제기는 고립된 나로 인해 생겨난다."[3] 이것은 사실상 '분리'를 뜻한다. 분리되기 위해서도 '나'는 타자를 필요로 한다. 블랑쇼에 따르면 이 분리는 "결핍에 대한 권리를 보존하면서 스스로 충만해지는 방법이고, 따라서 지나치게 가치가 부여된 자신 앞에서 스스로 낮아지는 것일 뿐이다."[4]

이러한 결핍은 충족되지 않는 것으로서 존재의 유한성에 관한 표지이다. 그 유한성의 궁극은 죽음이다. 만일 나와 타자에게 허용된 유일한 공통성, 그러므로 공동체의 유일한 근거가 있다면 나와 타자는 유한성에 속한 존재, 죽을 수밖에 없는 존재라는 사실뿐이다. 유한성에 관한 인식, 죽음에 관한 인식은 '여기'의 권위와 단일성에 대립하여 '바깥'을 상정하고

---

1 모리스 블랑쇼 「밝힐 수 없는 공동체」, 모리스 블랑쇼·장뤽 낭시 『밝힐 수 없는 공동체, 마주한 공동체』, 박준상 옮김, 문학과지성사 2005, 17면.
2 같은 글 17~19면 참조.
3 같은 글 22면.
4 같은 글 22면.

'바깥'을 은밀하게 체험하게 한다. 이때 유한성의 체험을 절대적으로 각
성하면서 무한성의 은밀한 체험으로 나아가는 은밀성을 공유하는 새로운
공동체가 형성되는데, 이 공동체는 '사회'라는 이름의 표준 공리에 반하
는 '외재성'을 지시한다.

그 하나의 강렬한 예가 '연인들의 공동체'이다. 연인들의 공동체가 존
재하는 유일한 목적은 '사회'를 붕괴시키는 데에 있다. '연인들의 공동체'
는 우리가 알고 있는 '사회'로부터 '공동체'가 얼마나 멀리 떨어져 있는가
에 대한 하나의 영감을 제시한다. 연인들은 물리적으로 사회에 속해 있으
나, '사회'라는 익히 알려진 공동체가 아닌 것을 통해서만이 비로소 그들
서로가 다른 차원의 세계에 진입해 있음을 확인할 수 있다. '공동체'는 그
안에 속한 자들에게 계약서를 요구하지 않으며, 목적도 효용도 갖지 않으
며, 다만 그 안에 속한 자들을 서로 '이해'하게 할 뿐이다. '공동체'는 우
리의 오해와는 달리 흔히 '구성원'으로 불리는 자들의 소멸에 기반한다.
어떤 집합적 요소들에 붙은 이름이라 할 수 있는 '구성원'은 공동체에 없
다. 그러므로 공동체는 '실체' 같은 개념으로 묶일 수 없다. 공동체는 통상
적으로 '사회'라 불리는 것의 부재, 그것에 반하는 모종의 외재성을 지시
하는 곳에 자리한다.

이런 종류의 공동체는 '내용'의 차원에서는 아무것도 공유하지 않는다.
그것은 같은 것을 소유한 존재들의 집합이 아니다. 공동체에서 보존되는
것은 '같음'이 아니라 대체 불가능한 개별성이며, 그 지평 위에 선 개체들
의 존재론적 고독이다. 그럼에도 불구하고 절대적인 개별성은 타자를 필
요로 한다. 타자는 개별성의 해소가 아니라 내적 경험의 은밀함을 오히려
보존하기 위해서 필요하다. 나눌 수 없는 은밀성의 나눔, 전달될 수 없는
것의 전달, 공유할 수 없는 것을 공유하는 타자가 출현하는 사건, 그것이
바로 '공동체'라는 '사건'이다.[5]

블랑쇼의 수수께끼 같은 견해를 '정치적인 것'으로서 전유하는 일, 특

히 '민주주의'에 대한 '이론'으로 이어가는 일은 그 자체로는 쉽지 않다. 블랑쇼적 공동체의 '은밀성'과 사회이론으로서의 민주주의론 사이에는 생각보다 해소하기 어려운 논리적 결락이 있다. 그러나 이러한 관점은 민주주의, 특히 '현대 민주주의'가 처한 위기와 새로운 도전 상황과 관련하여 깊은 인상과 영감을 주는 면이 있다. 오늘날 일군의 민주주의 이론가들은 전통적인 공동체는 물론이고 '현대 공동체'로서 민주주의적 사회에도 커다란 변화가 일어나고 있으며, 철학적 차원에서는 신 또는 자연에 놓인 전통적 토대를 대체하려던 인간 이성의 시도가 실패함으로써 사회와 민주주의가 '근본적 불확실성'에 놓이게 되었다고 요약한다. 그에 따르면 니체적 직관의 위대함은 신의 죽음과 휴머니즘의 위기가 분리될 수 없다는 것을 선언한 데에서도 나온다.[6]

흔히 '급진적·다원적 민주주의'라고 일컬어지는 일련의 현대 민주주의론에서는 전체적인 차원에서든 요소적인 차원에서든 일관되게 '본질주의' 일체를 부인한다. 인간에 대한 아주 오래된 규정 또는 현대적(근대적) 규정뿐만 아니라 인간들의 연합으로서 구성된 '사회'라는 이름의 공동체에 어떤 유형의 고정된 정체성도 부정함으로써 전체나 요소적인 부분 모두를 우연적이고 계기적인 접합으로 간주한다. 보편성과 합리성을 가능하게 하는 요소들과 전제를 수락하지 않음으로써, 또는 그것을 현대적 조건으로 이해함으로써 '사회'는 '가치의 다원성' 위에 존재하게 되며, 여기에서 유일하게 항구불변한 사실이 있다면 갈등과 적대일 뿐이다. 이러한 관점에서 보면 갈등은 불행하게도 제거할 수 없는 방해물이나, 조화의 '완전한' 실현을 불가능하게 하는 경험적인 장애물로 간주되지 않는다. 주체들은 합리적이고 보편적인 자아와 결코 완전히 일치하는 일이 없기

---

5 같은 글 78~85면 참조.
6 샹탈 무페 『정치적인 것의 귀환』, 이보경 옮김, 후마니타스 2007, 27면 참조.

때문이다. 여기에서는 하버마스가 그려낸 것처럼 자유롭고 제약받지 않는 소통이라는 규제적 이상조차도 바람직한 것으로 이해되지 않는다. 어떤 공통된 것의 공유를 통한 갈등의 최종적 해결이 궁극적으로 가능하다고 믿는 확신은 민주주의의 기획에 필수적인 지평을 제공하기는커녕 그것을 위태롭게 하는 무엇이다.[7]

그러나 이러한 견해는 '공동체' 자체의 불가능성을 이야기하거나 어떤 허무주의적 정치학으로의 귀결을 뜻하는 것과는 구별되어야 한다. 무페는 칸트의 보편성에 대항하여 아리스토텔레스의 '프로네시스(phronesis)' 개념이 재검토되는 정치철학의 현재 상황을 환기한다. 그것은 계몽주의의 추상적 보편주의에 대항하여 공동체의 실천적(윤리적) 지식을 문화적이고 역사적인 조건들, 즉 상대적이고 우연적이며 가변적인 감각 속에서 이해하게 한다. 비트겐슈타인과 한나 아렌트를 거치면서 가다머적 '전통'에 대한 무페의 논의는 보편 판단과 선험적 공통 지반의 공유 불가능성을 지적하는 논의로 전환된다. 로티의 말처럼 이러한 관점에서 제기되는 민주주의론은 "우리의 문화, 우리의 목표나 제도들이 대화의 방식이 아니면 지탱될 수 없다고 생각하는 사람들과 다른 방식으로 지탱되기를 여전히 희망하는 사람들 사이에 있"음을 지적한다.[8]

'문학의 공동체'에 관한 이 글의 본론과 관련하여 무페의 논의에서 특히 눈에 띄는 점은, 이러한 논의 전제 속에서 정치 행위를 '친숙성의 추구'로 보는 마이클 오크쇼트의 견해에 대한 관심과 전유이다. 여기에서 정치는 충동적 욕망이나 일반적 원리에 의해 배치되고 조직되는 것이 아니라, 실제로 존재하는 행동 전통들 자체에서 솟아나며, 정치적 활동 형식은 배치 내에 있는 '친숙한 것'을 탐사하고 추구함으로써 실제 존재하는

---

7 같은 책 21면 참조.
8 같은 책 30~32면 참조.

배치들을 수정한다. '자유'와 '평등'의 확장을 시대의 행동 전통으로 간주한다면, 그를 위한 투쟁의 과정을 전개하는 것이 사람들에게 '친숙성'의 추구로 이해될 수 있다. 이러한 의미에서의 '친숙성의 추구'는 선험적 공통성(공동성)이나 추상적 보편성을 전제하지 않으면서 정치 행위가 지닌 '공감'의 과정을 암시하며, 정치 행위는 충분하게 나타나 있지 않은 것에 대한 공감을 탐색하고 추구하고 확산하는 행위가 된다. 정치적 활동은 '지금'이 바로 그 공감을 인정할 적절한 계기임을 확신시키는 입증이다.[9]

이 글은 블랑쇼의 공동체론과 무페가 검토하는 민주주의론을 염두에 두면서, '사회'라는 이름의 전통적 공동체가 아닌 '문학의 공동체', 특히 '시의 공동체'를 '공동체(空同體)'라는 이름으로 생각해보려고 한다. 공동체(共同體)가 어떤 물리적 실체를 공유한다는 점에서 '공(共)' 자를 사용하는 것과는 달리, '공동체(空同體)'는 비어 있다는 뜻의 '공(空)' 자를 사용한다. 그것은 섞일 수 없는 개별성의 영역, 공유할 수 없는 존재론적 결핍을 전제하면서, '나'와 '너'의 인칭적 비대칭성을 불가피한 사실로 수락한다. '나'와 '너'는 섞일 수 없으며 결코 같아질 수 없다. 그러나 '공동체(空同體)'는 이 인칭적 비대칭성을 타자 부정으로 여기지 않으며, 오히려 타자의 불가피성, 나아가 타자의 요청으로 확인한다. 물리적인 내용을 공유하지 않지만 타자의 불가피성과 타자의 요청이 그 자체로 타자와의 공존의 필요를 암시한다. '사회'라는 이름의 오래된 공동체가 어떤 물리적 '내용'의 공유를 요구하는 것과는 달리, '공동체'는 공존의 불가피성에서 연유하는, 그것으로 나아가기 위해 필요한 공감의 원리, '친숙성'에 추구와 확산이라는 과정 자체만을 '공유'한다. 물리적 내용이 아니라 '과정'의 공유는 공감의 '형식'에 대한 공유가 아닌가. '내용'을 공유하지 않는다는 것은, '지금' 확정된 실체에 관해서는 아무것도 공유하지 않으며, 굳이 공

---

9 같은 책 34~35면 참조.

유하는 것이 있다면 현재 시간이 아니라 '너머 시간'을 공유한다는 것이고, '과정'을 공유하기에 어떤 공동적인 것을 '향한' '운동성'만을 지지한다는 뜻은 아닌가. 다시 무페의 말을 인용하자면, 이는 "도달될 수 없는 한에서만 좋은 것으로 존재하는 어떤 좋음(a good)" "그 완전한 실현을 가능하게 하는 조건인 동시에 불가능하게 하는 조건이므로, 이런 식의 다원주의적 민주주의는 항상 '도래해야 할' 하나의 민주주의일 것"[10]이라는 이야기와 관련하여 어떤 영감의 유대를 갖게 하는 것은 아닌가.

2. 나눌 수 없지만 고통은 존재한다

> 나는 그 여자가 혼자
> 있을 때도 울지 말았으면 좋겠다
> 나는 내가 혼자 있을 때 그 여자의
> 울음을 생각하지 말았으면 좋겠다
> 그 여자의 울음은 끝까지
> 자기의 것이고 자기의 왕국임을 나는
> 알고 있다
> 나는 그러나 그 여자의 울음을 듣는
> 내 귀를 사랑한다.
> ─정현종 「그 여자의 울음은 내 귀를 지나서도 변함없이 울음의 왕국에 있다」
> (『사물의 꿈』, 민음사 1972) 전문

제도적 차원에서 '사회'와 같은 공동체를 이야기하는 것이 아니라고 한

---

10 같은 책 21면.

들, 이 시에서 "나"와 "그 여자"의 관계를 '공동체'로 볼 수 있을 것인지는 의문이다. 상식적 규정에서 보면 '아니다'라고 해야 할 것이다. 이 시에서 그녀의 울음은 어떠한 '내용'도 지니고 있지 않다. 시는 이 울음의 '의미'를 노출하지 않고 있으며, '나' 역시 그 여자의 울음의 의미를 모른다. "나"와 "그 여자"는 특정한 울타리에 함께 속해 있지 않으며, 어떤 공통의 것을 소유하거나 공통의 것으로 묶여 있지도 않다. 어떤 시간에 특정한 체험을 함께한 사이도 아닌 것 같다. 그녀의 울음을 그치게 할 수 있는 능력도 내게는 없다는 점에서, 이 짧은 시는 그녀와 나 사이에는 사실상 나눌 수 있는 것이 아무것도 없다는 것을 확인하는 시라고 할 수도 있다.

"그 여자의 울음은 끝까지/자기의 것이고 자기의 왕국임을 나는/알고 있다"는 말은 이러한 해석에 정황적 근거를 제시하는 중요한 진술이다. 이 진술은 둘 사이 관계의 무매개성을 객관적으로 환기하는 정황 진술일 뿐만 아니라 모든 슬픔이 궁극적으로 지닌 개별성, 실존적 감각의 대체 불가성을 암시한다. 지상의 존재는 모두 개별적인 몸뚱이를 가졌고, 누구나 슬픔의 밤에 "혼자"라는 고립의 정황에 휩싸이며, 결국 저마다 "혼자" 슬픔의 몫을 감당할 수밖에 없다. 그런 점에서 "울음은 끝까지/자기의 것이고 자기의 왕국"이라는 진술은 타인의 울음을 나눌 수 있다고 생각하는 일반적 사고를 다시 생각하게 한다. 이익을 나눌 수 있는 것은 물론이고, 타인에 대한 이해와 감정의 공유까지 가능한 깊숙한 유대가 '쉽게' 가능하다는 통상적 사고를 재고하게 한다. 깊은 슬픔은 공유되지 못하며, 개별적인 것이고, 따라서 "그 여자"는 "나"와 복수의 타자들이 구성하는 세계에서 고립되어 있다.

이 진술은 감정이 실려 있지 않다는 점에서 '냉정(冷情)'한 것이 아니라 '비정(非情)'한 객관 진술일 뿐이다. 그런데 오히려 이 진술은 세계의 정황에 대해 주체로 하여금 하나의 진실을 대면하게 한다는 점에서 '윤리적'이다. 실존적 감각의 대체 불가능성에 대한 인식과 인정으로 인해 타인의 슬픔은 주체의 '자선'의 대상이 되지 못하며, 타인은 동정과 연민의 감정적 대상으로 격하되지도 않는다. 타인과 "끝까지" 만날 수 없다는 사실에 대해 우리가 자주 오해하고 있다는 점에서 감정의 공유는 세인(世人), 곧 '사회'의 상식을 이룬다. 그러나 이 시는 오히려 그러한 '상식'에 대한 엄정한 복기를 나와 타인의 '관계'의 진정한 출발점으로 여긴다. "나는 그 여자가 혼자/있을 때도 울지 말았으면 좋겠다"는 진술은 내가 그녀의 개별적 슬픔을 위로하거나 동정하지 않고 그 '정황'에 대해 '기도'하고 있다는 것을 나타낸다. "~말았으면 좋겠다"는 완곡한 진술은 "나"와 "그 여자"를 이해와 감정을 매개로 공동 지반으로 묶어내기보다는, 나와 다른 타인이 선 지반의 차이에 대한 인식을 전제로 그의 존재 상황의 변화를 바라는 겸손하고 간절한 서원을 담고 있다. 시인은 내가 타인을 이해하고 있으므로 우리는 '하나'로 묶여 있다고 생각하기보다는, 나와 타인 사이에 놓인 이해 불가능성, 충족될 수 없고 환원 불가능하며 비대칭적인 세계의 존재 결핍을 인정하고, 이 인식론적 지반 위에서 곡진한 기도, 성의가 담긴 서원을 그치지 않는 것이야말로 시의 내적 윤리라고 생각한다. 여기에서 나와 타자의 거리는 '일단' 유지된다. 그래서 '그 여자의 울음을 사랑한다'는 감정의 과잉이나 호소를 자제하는 대신, "나는 그러나 그 여자의 울음을 듣는/내 귀를 사랑한다"는 자기 윤리로 끝나는 것이다. 여기에서 "내 귀"에 대한 사랑은 독선적인 나르시시즘이 아니다. 이것은 타자의 울음에 내재한 고통 그 자체를 공유할 수는 없으되 슬픔이 존재한다는 정황, 그러한 정황을 가능하게 하는 세계의 부조리와 억압에 귀 기울이는 청종(聽從)의 윤리이다. 그러나 다시 생각해보면, 이 청종의 태도 자체가 내용을 공유하지는 않지만(공유할 수 없지만), 공유된 이해를 가지고 있지는 않지만, 어떤 지향성을 통해 나와 그녀를 최소한의 공동 지반에 위치시키는 것은 아닌가. 이 지반에서 매개되는 것은 울음의 내용이나 의미가 아니라, "그 여자의 울음을 듣는/내 귀" 그 자체이다. 그것을 우리는

'친숙성의 추구'라고 이야기할 수도 있지 않을까.

3. 떠도는 곳에만 있는 '우리'

우리가 이름을 부르며 떠도는 것은
떠도는 곳에만 우리가 있을지라도
또한 금빛 저녁 바다 위에도 있다.
그렇다. 우연은 어느날보다 잉잉거린다.
거리가 우연으로 모여서
몸속의 어둠으로 떠도는 것은
저녁 바다에 이르러
다음 날 모든 금빛을 걷어버리려 함!
우연이란 몇 만 개의 우연인 하나와
또 하나의 그리운 벗들아
우리가 우렛소리를 먹어도
앞서서 쓰러지지 않고
저녁 바다의 번개를 불러서 운다.
우리가 떠돌지 않을 때
누가 구층 십층 밑에서 우리로서 떠돌겠는가.
　　　　　 ― 고은 「청진동에서」(『문의 마을에 가서』, 민음사 1974) 전문

이 시의 시상 전개는 연속적이라기보다는 단속적이다. 문장을 되새겨 읽을 필요가 있겠고, 드러나지 않은 행간을 염두에 두고 보충하며 읽을 필요가 있겠다. 그러나 어떻게 해도 첫 행의 "우리가 이름을 부르며 떠도는 것"에서 "것"의 의미는 애매하여 확정하기 쉽지 않다. 3행의 서술어

"있다"에 어떤 주어가 호응하는가를 추측해보는 것이 우선 필요하다. "있다"가 1행의 "떠도는 것"에 호응한다고 보면 "떠도는 것"이 "또한 금빛 저녁 바다에도 있다"가 되어, "떠도는 것"은 "우리가 이름을 부르"는 어떤 갈구의 대상이 된다. "있다"에 호응하는 주어를 2행의 "우리"로 본다면, 1행과 2행과 3행은 의미상 "우리가 어떤 것의 이름을 부르며 떠돌 때, 떠도는 곳에만 우리가 있다 해도, 우리는 또한 금빛 저녁 바다 위에도 있"는 것이라고 해석될 수 있다.[11]

그러나 사실 더 좋은 해석은 이 시적 모호함이 두 방향의 의미를 모두 의도하거나 결과적으로 포함하고 있다고 보는 것이다. 갈구의 대상이든, 갈구의 주체이든 간에 어떤 간절한 기도가 그 개별적 대상과 주체가 서 있는 한정된 영역을 뛰어넘어서 "또한 금빛 저녁 바다 위에도 있"게 하는 기적, 개별성과 특수성이 보편성의 지점으로 전화하는 어떤 시적 신비를 이야기하고 있는 것이 바로 이 시의 핵심이다. 여기에서 눈여겨볼 것은 또 있다. "떠도는 것"의 내용이 무엇인지 구체적으로 한정되어 있지 않으며, "우리"라는 명칭은 마치 유럽어의 비인칭 주어처럼 특정한 인칭 규정이라고 부르기 모호한 어떤 것으로 지칭되고 있다는 사실이다. 이 시에서 간구의 대상과 주체는 무규정적이거나 모호하다는 점에서 공통성에 근거한 내용을 갖추었다기보다는 하나의 '형식'처럼 비어 있다. 다시 말해 우리는 무엇이든 자신의 실존 상황에서 제 나름의 것을 간구할 수 있으며, 그것을 간구하는 존재가 '우리'다. "또 하나의 그리운 벗들"은 "우렛소리를 먹"고 "저녁 바다의 번개를 불러서" 우는 세상의 존재들, 그리움의 개별적 내용이 무엇이든 간에 그리움을 찾아 떠돌아다니는 존재이자 그리움의 대상 모두이며, 그것이 곧 "우리"를 이룬다. 여기에서 "우리"라는 공

---

11 황현산의 고은론은 이런 점에서 이 글의 해석과 맥을 같이한다. 황현산 「역사의 어둠과 어둠의 역사 — 고은론」, 『말과 시간의 깊이』, 문학과지성사 2002, 49면 참조.

동주체적 규정은 개별 내용에 갇히지 않는다는 점에서 무규정적이며 비실체적이다. 그리움의 운동에 참여하는 모든 과정적 존재를 포함한다는 점에서 "우리"는 동적이며 보편적인 형식으로 내용은 '(비어) 있다'. 어떤 의미에서 "우리"가 가능해지는 지점은 그리움의 내용이라기보다는 그리워한다는 사실, 그리움의 운동성 그 자체라는 점에서 "우리"가 공유하는 것은 내용이 아니라 형식이다. 이 "우리"라는 공동주체적 규정을 종래의 '공동체(共同體)'가 아니라 '공동체(空同體)'라고 할 수도 있지 않을까. 공유의 구체적 내용을 가지지 않지만, 그래서 공유할 수 있는 것이 없지만, 공유의 지향성, 공유라는 형식 자체를 공유하는 '비어 있는 공동체'라는 뜻에서 말이다.

그리움의 내용이 아니라 그리움의 운동 과정 자체를 공유하는 공동체는 필연적으로 지금 여기에 외재적인 것을 암시한다. 지금 확정된 것, 이미 규정된 것이 아닌 '운동'의 과정, 그리움의 '지향'이란 현존하는 것 '너머'에 있기 때문이다. 동시에 이 그리움의 운동 과정은 현존하는 구체적 내용으로 규정되지 않으므로, 이 운동에 참여하는 개별적이고 복수적인 타자들을 모두 포함할 수 있다. 개별적인 서원들을 '우리'로 포함하는 이 시적 너그러움은 지극한 개별성들이 '사회'라는 것을 뚫고 넘어서서 닿는 어떤 '친숙한 것'의 영토와 관련된다. 무페의 관점을 빌려 그것을 아직 실현되지 않고 탐색되지 못하였기에 밝혀지고 도달해야 할 어떤 '친숙함의 추구'와 같은 것이라고 할 수 있지 않을까. 그러므로 "우리가 떠돌지 않을 때/누가 구층 십층 밑에서 우리로서 떠돌겠는가"라는 진술은 의미심장하다. 그것은 그리움으로 떠도는 동안만, 다시 말해 그리움의 운동 과정 속에서 지속되는 순간에 그 형식을 공유하는 동안만 '우리'라는 뜻이며, 내용의 동질성이 확정되는 순간에는 오히려 멈춘다는 역설이 가능하다. 어떤 고착화된 동질적 내용이 아니라, 너머의 시간을 염원하는 운동의 형식으로만 순수하게 존재하는 그때, '우리'는 하늘에 닿은 높은 기도를 하고 있는 존재가 된다. "거리의 우연으로 모"인 '우리'의 개별성은 그 개별성을 보존하면서, 아직 밝혀지지 않고 담색되어야 할 친숙함의 영토로 이끄는 동안에만 '우리'로 보존되고 운동하며, 공동의 서원이 깃든 탑 위에 거주하는 공동 존재가 된다.

4. 꿈꾸는 아이들, '사회'가 아닌 곳

서서 잠드는 아이들,
우리는 서서 잠드는 아이들,
달빛 속에 어는 들판을 질러 올 때
말없이 우리를 이루는 아이들
서로 깊은 생각에 잠겨
시내를 건널 때
얼음이 든든한가 두드려보지 않았다
약속이 두드려지지 않았다.
손, 발, 발가락, 달고 있는 것들이 모두 얼었다
앞산에 산불이 인다
옆의 아이가 잠자며 노래 부른다
다른 아이는 잠 속에서 소리 없이 웃는다
꿈에서 함께 놓여나며
우리는 그 웃음이 노랫소리임을 알아맞힌다
우리는 서서 잠드는 아이들,
서서 노래와 울음을 끝내는 아이들,
끝내지 않으려고
함께 서 있는 아이들,

앞산에 산불이 인다

그대 나를 신나게 벗고

내 탈 벗고

흔적 없이 그대를 벗을 때까지

옷과 함께 얼굴도 벗고 춤의 탈도 벗고

춤의 핏줄이 보일 때까지

우리는 서서 잠드는 아이들,

앞산에 산불이 인다.

— 황동규「서서 잠드는 아이들」

(『나는 바퀴를 보면 굴리고 싶어진다』, 문학과지성사 1978) 전문

　왜 아이들은 서서 잠드는가. 잠이 드는 일반적 정황에 반하는 그로테스크한 상황 자체가 이 텍스트의 빛나는 시적 진술을 이룬다. 모두가 '누워서 자는' 세계, 그것의 이름이 바로 '사회'이기 때문이다. 현실에서 사회라는 공간의 '실체적' 주인은 누구인가. '어른'이다. 그렇다면 '왜 아이들은 서서 잠드는가'라는 질문은 거꾸로 주체에 관한 물음으로 바뀌어야만 한다. '서서 잠드는 자는 누구인가'. 바로 "아이"다. 이 시는 이상(李箱)의 「오감도 — 시 제1호」와 거의 비슷한 시적 영감 속에서 창작되었다고 해야 할 것이다. 독자들은 그 어리둥절한 시에서 '왜 도로를 질주하는 아이들은 무섭다고 하는가'라는 질문을 하기 쉽지만, 시적 문제의식은 거꾸로다. '도로를 무섭다고 하는 그들은 누구인가'. 바로 '아이'다. 도로를 무서워하거나 서서 잠들거나, 이러한 텍스트들에서 아이는 이중의 의미에서 '사회'에서 일탈해 있다. 우선 '아이'는 사회적으로 합의된 의미인 사전적 정의로 규정되지 않는다. 아이는 사회의 실체(실세)로 인식되는 '어른'의 상식·관행·기분·의미망으로부터 벗어난다. 아이들은 어른들이 무서워하지 않는 도로를 무섭다고 하고, 모두 누워서 잠드는 밤에 서서 잠든다. 바

꿔 말하면 아이들은 어른들이 지각하는 것 이상의 불안을 감지하며 '다른' 기분에 젖어 있다. 그들은 사회 내부에 있으나 사회에 속하지 않으며, 사회를 공유하지 않는다. 아이는 어른의 하위 분류가 아니며, 학교가 통제하는 미성년자도 아니고, 국가가 권리를 제한하는 비선거권자도 아니며, 기업이 계산하는 노동력의 산술 단위도 아니다. 이런 텍스트들에서 아이는 사회의 구성원이 아니며, 어떤 실체로서 환원되지 않는 사회의 기이한 외재성이다.

"우리"라는 공동주체적 규정은 그러므로 이 시에서 "말없이" 이루어질 수밖에 없다. 말과 말들이 거느리는 관념과 도덕과 관행과 상식은 사회의 것이기 때문이다. '돌다리도 두들겨보며 건너라'는 속담은 세상의 관행에 속한다. 모든 속담은 그런 집단의 경험을 지혜로, 그 지혜를 사회의 관행과 상식으로, 그리하여 교과서에 등재하는 '진리'로 승격시켜 학생들에게 가르친다. 이 교과서의 세계 자체가 '하나의' 세계이며, '공통의' 사고를 형성하여 공동공간 구성원의 '정체성'을 형성한다. 정체성(identity)이란 말이 '같음(동일성)'이라는 뜻을 포함하고 있는 것도 이 때문이다. '어른'은 이 공동공간의 낮에 노동의 의무를 다하고 향유의 권리를 보장받으며, 그 보답으로 밤에 편안한 잠자리를 제공받는다. 어른들에게 편안한 밤은 사회라는 공동동간이 보장하는 휴식이며, 사회를 내일에도 지속시키는 낮의 연장선에 있다.

그러나 경험의 지혜, 진리로 승격된 교과서, 사회라는 공동공간이 존재의 실감을 무디게 하고 진리를 억압하는 일이 또한 얼마나 많은가. 이 시에서 "아이들"은 '학생'이 아니기에 교과서를 승인하지 않으며, 관행이 된 전승적 지혜인 속담을 신뢰하지 않는다. 돌다리도 두들겨보고 건너는 것이 아니라 "시내를 건널 때/얼음이 든든한가 두드려보지 않았다". 얼음도 두드리지 않는데 '약속'을 의심할 리가 없다("약속이 두드려지지 않았다"). 아이들은 약속을 약속으로 '믿는다.' 약속을 두드리는 것, 그것은 정확히 말해 '계약'의 세계, 즉 사회에 속하는 방식이기 때문이다.

아이들은 사회적 낮의 연장선에 있는 밤을 어른들처럼 향유하지 않는 다(못한다). 사회에 외재한 것은 공간만이 아니라 시간도 마찬가지이다. 아이들은 밤에 '서서 잠든다'. 단순히 말해 그것은 편안히 잠들지 않은 상 태에 관한 메타포일 수도 있지만, 여기에서 더 중요한 것은 그들이 '다른 방식으로' 잠이 든다는 뜻이 동시에 포함되어 있다는 사실이다. 아이들의 잠과 어른들의 잠 사이에 가장 큰 차이는 아이들은 '꿈꾼다'는 사실에 있 다. 그것은 어떤 다른 세계, 공통적인 것으로 구성원들을 묶고 있는 이곳 의 내용이 아니다. "서로 깊은 생각에 잠겨" "손, 발, 발가락, 달고 있는 것 들이 모두 얼었"을 때, 그들은 이미 사회라는 이름으로 실체화될 수 없는 곳을 향해 공동의 꿈꾸기 운동을 한다. "옆의 아이가 잠자며 노래 부"를 때, "다른 아이는 잠 속에서 소리 없이 웃는다". 개별적 몸뚱이를 지닌 존 재들의 꿈은 개별적인 것이며, 그것은 공유될 수 없는 것이다. 그러나 "꿈 에서 함께 놓여나며/우리는 그 웃음이 노랫소리임을 알아맞힌다". 어떻 게 이런 신비가 가능한가.

꿈은 사회의 교과서가 통제할 수 없으며, 전승된 사회의 지혜에 의해 '구성된' '개인'이라는 정체성, 그것에 의해 영향받는 주체성이라는 이름 의 '나'가 제어할 수 없는 영역이다. '서서 잠드는 아이들의 꿈'에서 노래 와 웃음은 사회뿐만 아니라 '나' 자신으로부터도 먼 곳, 주체성의 타자들 이 억압에서 풀려나는 곳이다. 꿈이 거주하는 외재적 자리는 사회와 낮의 시간일 뿐만 아니라 나의 주체성이기도 하다. 이 먼 자리에서 익숙한 것, 억압된 것에서 풀려난 타자들은 그 풀림의 형식 자체에 의해 공동의 세계 에 거주하게 된다. "옷과 함께 얼굴도 벗고 춤의 탈도 벗"는 이 노래와 울 음의 형식이 바로 시다. 시는 내용 없이 해방적이며, 목적 없이 건설적이 다. "서서" 비참의 "노래와 울음을 끝내는 아이들"은 내내 이 노래와 울음 을 "끝내지 않으려고/함께 서 있는 아이들"이기도 하다. 아리스토텔레스는『정치학』에서 국가(사회)라는 것을 '잘 살기 위해' 만든 물리적 공동공간이라고 규정하고 있지만, 그 물리적 공동공간의 존속은 생동하는 삶의 실감을 응고시키고, 패배할 수 없는 삶의 정황과 어떤 부조리, 인간적 비참과 억압을 제도화함으로써 가능하게 된 면이 없지 않다.

'시'라는 이름의 "노래"와 "웃음"과 "울음"은 이 비극적 인간 정황을 살피고 기억하려는 목소리이며, 그 살핌과 기억을 "끝내지 않으려"는 노력 자체가 곧 그 비극적 정황을 "끝내는" 노력임을 알고 있는 '얼굴 없는 얼굴' '얼굴과 탈을 벗은 뒤의 진짜 얼굴'이다. 시의 노래를 부르는 아이들은 사회가 누워서 잠든 밤에도 "앞산에 산불이 인다"는 것을 본다. 여기에서 '산불'은 존재 변이에 대한 알레고리로 이해될 수 있다.[12] 어른들은 그것을 환각이라고 말하겠지만, 내가 나비의 꿈을 꾸는 것이 아니라 나비가 내가 되어 현실을 살고 있는 것인지도 모른다. 아이들의 꿈—노래—시는 환각이 아니다. 시의 아이들은 모두가 안온한 잠에 취해 망각한 세계의 원형을 기억하거나, 아직 오지 않았으나 도래할 시간을 먼저 당겨서 본다. "함께 서 있는 아이들", 그들은 지금 여기 '사회'에 없으나, 이미 같은 자리 '공동체'에 있다. 그 자리는 지금 여기 응고되고 규정된 내용으로 공유된 세계가 아니라, 꿈과 예감의 형식으로만 엿볼 수 있는 아직 도래하지 않은 시간 속의 무규정적인 자리라는 점에서 공동체(共同體)가 아니라 공동체(空同體)이다.

시를 쓰는 마음은 다른 마음과는 다르다고
사랑하는 사람들 다른 사람들과 다르다고
우리는 배웠어 교과서에서.

---

12 이 시의 '산불'은 김수영의 초기 시 「토끼」(1949)에 나오는 '산화(山火)'를 연상하게 한다. 김수영의 이 시에서 '산화'는 어떤 존재 변이에 대한 알레고리로 환기된다("저기 저 하아얀 것이 무엇입니까/불이다 산화(山火)다").

이 볼펜으로
사랑을 적기 위하여
한점 붉디붉은 시의 응결을 찍기 위하여
오늘밤 나는 다른 마음이 되고 싶다.
좀 멀리 다른 데를 보고 싶다.

그러나 가령 우리가, 죽어가는 사람들의
마지막 아픔을 지켜볼 때, 그가 과연 견디어낸 삶이
발버둥과 아우성이라고 느껴질 때,
그는 정말로 죽음을 죽고 있다고 발견됐을 때,

그리하여 그들이 잃을 수 있는 것은
죽음밖에 더 다른 것이 없음을 알았을 때,
죽음뿐으로 다른 삶이 태어날 수 있었을 때,
죽음은 새로움의 밑거름이 되었을 때,

그 크낙한 싸움의 이김을 보았을 때,
힘을 가졌을 때,
나는 다른 마음이 되고 싶은 것이다.
　　　　　　—이성부 「이 볼펜으로」(『우리들의 양식』, 민음사 1974) 부분

　　이제 우리는 '공동체'가 특정한 공간성이나 제도를 지칭하는 용어가 아
닐 수 있음을 조심스럽게 이야기할 수 있지 않을까. 그것이 왜 공통적인
것으로 묶인 세계가 아닌지, 그리하여 공동체(共同體)가 '공동체(空同體)'
이기도 함을 짐작할 수 있지 않을까. '공동체'의 가장 엄밀하고 깊은 의미

에서, 그것이 시작되었으나 망각된 지점으로 거슬러 올라가 그것을 기억할 수 있다면, 공동체는 '시의 공동체' '문학의 공동체'를 닮았다는 사실을 수긍할 수 있지 않을까.

"시를 쓰는 마음"은 "다른 마음"이며, "사랑하는 사람들"은 "다른 사람들과 다르다". 그것은 장자의 '무하유지향(無何有之鄕)'처럼 "좀 멀리 다른 데"에 있다. "나는 다른 마음이 되고 싶은" 순간은 "그들이 잃을 수 있는 것은/죽음밖에 더 다른 것이 없음을 알았을 때"이다. '나'와 '그들'은 이 순간 공동체에 거주하게 되는데, 여기에서 유일한 매개는 '죽음'이라는 고유한 개별성, 결국 타자와 내가 나눌 수 없는 절박한 것이다. "한점 붉디붉은 시의 응결"이 찍히는 그 순간 나와 "죽어가는 사람들"은 공동세계에 거주하게 된다. 그것은 나눌 수 없는 것을 공동의 "밑거름"으로 삼는 순간이며, 불가능한 것을 공동의 지반으로 하는 "새로움"이사 '친숙함'이다. "시의 응결"이 지닌 "붉디붉은" 빛깔은 그의 죽음과 내 삶이 이어진 증거이며, 타인의 죽음과 고통이 "이 볼펜으로" 매개되는 공동화의 신비를 보여준다. 시인에게 '공동체의 건설'이란 결국 "사랑을 적기 위"한 싸움과 다른 것이 아니다.

——『이화어문논집』 제35집, 이화어문학회 2015

이상의 아해들

한국 현대시와 이상 시의 계보

이런 것도 시인가, 이것은 현대시다

전문적인 수준의 문학교육을 받지 않은 사람들에게 이상(李箱)의 시를 읽혔을 때 보이는 가장 흔한 반응 중 하나는 '이런 것도 시라고 할 수 있는가?'라는 질문의 제기이다. 흥미로운 사실은 이러한 질문에 대해 '이것은 현대시다'라고 대꾸하면 대부분 그 말에 동감하면서 더이상의 반론을 제기하지 않는다는 사실이다. '이것도 시인가?'라는 반문과 '이것은 현대시다'라는 수긍 사이에는 '(전통적) 시'와 '현대시' 간에 놓인 차이에 대한 직관적 인식과 그로 인한 긴장감이 가로놓여 있다. 전자의 반문에 내재한 시에 대한 인식은 대체로 시는 '아름다운 노래'라는 것일 터인데, 이런 차원에서 보자면 이상의 시는 전통적 장르 개념으로서의 시에서 1930년대나 2000년대나 여전히 가장 멀리 떨어져 있다. 이상의 시는 운율을 내포한 노래가 아니며, 아름다운 노래는 더더욱 아니다. 이상이 활동하던 1930년대에 이르러 한국시는 전통시의 형식과는 다른 형태의 '현대시'를 본격적으로 다양하게 선보이기 시작했지만, 이 시들이 전통적인 시, 예컨대 동아시아의 유구한 전통을 지닌 한시나 우리의 전통 시가인 향가나 속요나 시조와 전혀 다른 종류의 것일 수도 있다는 사실을 한국문학사에 가장 뚜렷하게 각인시킨 사람은 다름 아닌 이상이었다. 이상의 시는 한국 문학사를 통틀어 장르 개념과 관련하여 가장 강렬한 문학사적 스캔들이 었고, 이로 인해 우리 문학사는 '아름다운 노래'라는 시의 전통적 장르 개념과는 가장 먼 거리에서 '낯선 말'이라는 또하나의 장르 개념을 포섭할 수 있게 되었다.

이런 점에서 이상은 시의 극단이며, (전통적) 시와 비시의 경계에 있다는 점에서 '전위'라고 해야 할 것이다. 주목해야 할 점은 이 경계에서 태어난 전위로서의 '낯선 말'의 영역이야말로 이른바 '현대시'가 출현하는 가장 고유한 영역이라는 사실이다. 물론 '아름다운 노래'도 '현대시'의 영역에 있다. 그러나 이때 현대시의 수식어인 '현대'의 뜻이 상대적으로 동시대성(contemporary)이라는 의미에 가깝다고 한다면, 전위로서의 '낯선 말'이 기반하고 있는 현대는 모더니티(modernity)에 훨씬 더 가깝다. 이 전위의 자리는 형식적으로나 내용적으로 고찰해볼 때 '모더니티'라는 현상이 필연적으로 산출할 수밖에 없는 지점에 있다.

그러므로 이상의 시를 '전위'라고 할 때에 이 말의 의미를 신중하게 이해할 필요가 있을 것이다. 이는 그의 시가 단순한 스캔들이 아니라 '현대성'의 본령을 지시하는 언어라는 뜻이기도 하기 때문이다. 우리는 미래에 출현할 수 있는 시의 장르 개념에 대해 알지 못하므로, 설령 '전위'에 대해 이야기할 때조차도 과거의 문학사적 기억에 의지할 수밖에 없다. 그러므로 이상 이후에 현대성의 문제와 관련하여 전위적인 시에 대해 이야기할 때, 우리는 의식적으로나 무의식적으로 항상 이상의 시를 준거점으로 삼고 그것과의 거리를 설정하면서 이야기하고 있다고 해야 할 것이다. 이상 이후에 태어난 한국의 전위시인들은 '이것도 시인가'라는 질문에 직면할 수는 있지만, 적어도 선배 시인 이상의 존재 덕분에 '이것도 현대시인가'라는 질문과 강박에서는 해방된 채로 창작할 수 있게 되었다. 첫번째 질문에 직면할 수는 있지만, 두번째 질문과 강박으로부터는 해방된 이상 이후의 시인들을 나는 '이상의 아해들'이라고 부른다.

이상의 자리

'이상의 아해들'을 이야기하기 위해 한국문학사에서 이상의 시가 지닌 고유한 자리와 그 자리가 의식적으로 무의식적으로 발산해온 특별한 문학사적 압력에 대해 간단히 언급해보면 다음과 같다.

이상의 시는 대체로 3음보와 4음보를 중심으로 이루어진 한국시의 전통적 호흡(율격) 단위를 무시하고 씌어졌다. 그것은 그가 전문적인 문학 교육을 받지 않은 시인이기도 했고, 그의 시 중 대다수가 일문시(日文詩)이기 때문에 발생하는 문법적 차원의 문제에 기인하는 측면도 있다. 이런 측면에서 이상의 시는 시인의 의도 이상으로 한국시의 형태를 '노래'에서 '읽는 시' '보는 시'로 확장하는 데에 결정적인 역할을 했다고 할 수 있다. 이와 관련하여 첨언할 것은, 그의 시가 기호나 수식(數式), 그림 등을 이용한 타이포그래피 형태를 취하기도 함으로써 시의 형식을 '노래'에서 '문자'로, 더 나아가 '그림'으로 확장했다는 사실이다. 물론 이런 방식으로 씌어진 이상의 시들에서 '좋은 시'라고 할 만한 것이 있느냐는 비평적 판단의 문제는 별개일 것이다. 그러나 이상에 의해 우리는 시라는 장르에서 사용되는 '언어'라는 것이 반드시 글월 '문(文)'일 필요는 없다는 사실을 깨닫게 되었다. 따라서 이상이 시와 비시의 경계에 있다는 말은 그의 시가 호흡의 단위이기도 하고 뜻 구별의 단위이기도 한 운율을 염두에 두지 않았다는 뜻만이 아니라, 시적 기호의 경계 자체를 지워버렸다는 뜻이기도 하다.

여기에서 오해해서는 안될 사실은 이러한 기호의 확장이 단지 유희의 소산이 아니라는 점이다. 이상의 시구 중에는 삼각형과 역삼각형과 사각형을 부부나 연인의 모습으로 환치한 표현이 있는가 하면(「신경질적으로 비만한 삼각형」「선에 관한 각서 7」), "1 2 3 4 5 6 7 8 9 0의 질환의 구명과 시적인 정서의 기각처"(「선에 관한 각서 6」)라는 표현이 있다. 이러한 표현은 기호와 숫자가 언어문자일 뿐만 아니라, 오히려 그것이 언어문자보다 더 효율적이고 명확하게 삶의 양상과 세계를 형상화하고 패턴화할 수 있는 "시적인 정서" 표현의 기제일 수 있다고 보는 이상의 무의식을 보여준다. 여기에는 수학과 과학을 통해 세계로 불려나온 이상의 실존도 연관되어 있고, 그가 살던 세계가 수학과 과학에 의지하여 유지되고 확장되었던 모더니티의 절정기에 있었다는 측면도 관련이 있다(제국주의 역시 모더니티의 산물이다).

이상은 과학과 도시와 성(性)과 병이라는 모티프를 현대시의 주요 영역으로 포섭한 한국 최초의 시인이다. 짧은 일생으로 인해 이 문제들이 집요하게 천착되었다고는 할 수 없으나, 이상 이후의 시인들은 이 문제를 외면하고서는 현대성의 문제를 시적으로 탐구하는 일이 불가능하다는 사실을 분명하게 자각하게 되었다. 이 지점에서 매우 특이한 사실은 이러한 현대성의 모티프를 현대시의 영역으로 포섭했음에도 그의 시에 표면적으로 자신이 살던 '나라 잃은 시대'에 대한 자각이 등장하는 시는 단 한편도 없다는 것이다. 이상의 시에는 자신의 도시를 알 카포네가 지배하는 도시이자 병든 매춘굴, 속도가 지배하며 서로가 서로를 무서워하는 만인전쟁의 전쟁터로 인식하는 표현들이 등장하지만, 그것을 제국주의라는 차원에서 이해하는 정치의식은 전혀 나타나지 않는다.

그럼에도 제국주의에 대한 투쟁 자체를 문학의 본령으로 인식한 카프의 수장 임화(林和)조차도 황군위문단에 가담하는 정치적 현실을 살면서도, 이상은 단 한편의 친일시도 남기지 않았다. 이 점에서 이상의 시에 등장하는 여러 '시계'가 항상 믿을 수 없는 '모조' 시계나 공포의 시계로 표현되며, 당대의 스펙터클한 모더니티의 기제들에 대해 이상의 시적 주체가 항상 수긍할 수 없다는("옥상정원에올라서남쪽을보아도아무것도없고북쪽을보아도아무것도없고", 「운동」) 삐딱한 시선을 던지는 '히스테리컬'한 주체였다는 사실은 주목되어야 한다. 이 히스테리컬한 주체에게는 모더니티에 대한 매혹과 환멸이 공존한다. 이상 이후의 전위적인 현대시에 이상이 미친 가장 심층적인 영향력 중 하나는 현대성의 모티프 자체라기보다는 현대성의 모티프를 대하는 이상의 아이러니한 시선이다.

한편 주체의 문제와 관련해서도 기억해야 할 중요한 사실이 있다. 이상은 주체의 문제를 본격적인 시의 영역으로 포섭한 최초의 한국 시인이며, 이상 이후에도 이 시적 모티프와 관련해서는 그만큼 문제적인 시인이 많지 않다. 주목할 점은 "거울 속의 나는" "악수를 모르는 왼손잡이오"(「거울」)라고 말하는 주체에 대한 이상의 태도에는 쎈티멘털리즘은 감지될지언정 나르시시즘은 휘발되어 있다는 사실이다. 병든 자신을 바라볼 때조차 이상의 시적 이미지는 스스로를 객관화하고 있으며, 극단적인 주체의 분열상을 드러내는 몇몇 특별한 시에서조차 그것은 주체와 세계의 결여를 이데올로기적으로 봉합하는 환상(fantasy)이 아니라 결여 자체를 현시하는 '환각(hallucination)'으로 나타난다. 이를 우리는 넓은 차원에서 탈나르시시즘이라는 관점에서 이해할 수 있으며, 이상 이후 한국의 전위시들이 보이는 주체의 분열상을 무의식적이지만 강력하게 흐르는 이상의 문학사적 압력이라는 차원에서 이해할 수 있을 것이다.

끝으로 이상의 시에서 편수로는 매우 예외적이지만, 시적 형상의 강렬도와 이슈화로 인해 한국시에서 시적 주체의 기념비적인 계보의 기원이 된 것이 있다. 「오감도 ── 시 제1호」에 등장하는 "아해"라는 시적 주체가 그것이다. 이는 이상의 시 중에 명시적으로 '아버지'에 대한 전면적 부정을 선언한 최초의 한국 현대시(「오감도─시 제2호」)가 있다는 점과도 맥락이

통하지만, 이상의 "아해"가 지닌 문제성은 단지 전통과 세대 단절의 선언적 의미만을 지니는 것이 아니라는 점에 있다. 이상의 "이해"가 지닌 모호한 에너지에는 사회체에서 파생되는 총체적인 억압과 이로 인한 공포가 내재하며, 그 공포에는 사회체에 편재하며 깊숙이 침투한 물화된 공통감각과 이데올로기를 비틀고 해체하려는 비타협적인 저항의 에너지가 스며 있다. 사회체의 억압의 현시라는 측면에서도, 저항의 주체라는 측면에서도 이 시적 주체의 에너지가 발원하는 최종 심급은 이성적 차원 너머, 존재의 깊숙한 바닥이라 할 만한 무의식의 층위에 닿아 있다.

이상의 아해들

문학사의 압력은 의식적으로 때로는 무의식적으로 지속된다. 그러나 문학의 존재 조건은 창작자의 개인 실존과 역사적 상황의 굴곡에 따라 변화하기 때문에 문학사의 압력이 동일한 방법론과 형상으로 전해지는 것은 아니다. 오히려 문학의 계보학은 기념비적인 과거를 기억하면서 그것과 어떻게 다르게 쓸 것인가 하는 일탈의 과정을 촉진하는 식으로 전개된다고 해야 할 것이다. 한국문학사에서 이상의 경우는 내용적으로나 형식적으로나 이른바 현대성의 문제를 고민하는 후대의 모든 전위시에 의식적·무의식적으로 강력한 영향을 미쳤고, 여전히 미치고 있다. 그러나 이상 자체가 시와 비시의 경계에 서 있는 극단이므로 한국의 전위시는 이상의 아류가 되기보다는 오히려 이상을 거리 설정의 최종 준거점으로 삼아 그것과 다르게 쓰기 위한 역설적 계보의 과정을 그려왔다고 할 수 있다.

삶의 현실과 유리된 자연 지향적 모티프와 순수 개인 서정 중심의 당대 시단의 폐쇄성에 반발하여, 자기 시대의 현실 상황과 문명적 위기를 진단하고자 했던 1950년대 '후반기' 동인들과 몇몇 시인들은 어떤 의미에서건

이상을 의식하고 있었다고 해야 할 것이다. 박인환(朴寅煥)과 김경린(金璟麟)의 불안한 도시 인식과 미궁에 빠진 내면의식, 인접한 사물들 간의 유사성을 중심으로 이루어지는 전통적 비유 체계를 거부했던 조향(趙鄕)의 난해시, 운율과 결합된 의식적인 개인 서정의 정서적 착색을 절대적으로 거부하고 현실을 극단적인 관념과 내면의 자유연상에 녹여내려고 했던 1950~1960년대의 김구용(金丘庸)에게서 우리는 이상의 문학사적 압력을 감지할 수 있다.

　1950~1960년대의 김수영(金洙暎)은 시에 정치를 직접 도입했다는 점에서 이상과 크게 구별되지만, 이는 이상과의 대립점이 아니라 이상을 의식하면서 그와의 거리를 확보하려는 노력이 성공한 결과라고 이해해야 할 것이다. '거대한 뿌리'로 지양된 1960년대 김수영의 전통론은 초기 시에 나타나는 아비 부정과 불안의식의 산물이며, 이것은 이상의 아비 부정 의식과 연결되어 있다. 경술국치가 일어나던 해에 태어난 이상의 시에 일본 제국주의에 대한 인식이 괄호에 넣어진 반면 무산지식인의 운명이 자본주의에 대한 비판적 문제의식으로 드러나는 것처럼, 1921년에 태어난 김수영의 시에도 일본제국주의에 대한 기억이 단 한곳에서도 직접적으로 드러나지 않지만, 대신 이상과 마찬가지로 무산지식인 또는 가난한 중간 계급으로서의 자의식이 물화된 생활세계에 대한 비판의식으로 나타난다. 서울 토박이 이상에게 도시가 매혹과 공포의 두 얼굴을 가지고 있었던 것처럼, 서울에서 나고 자란 김수영에게도 도시적 삶은 '서러움'을 유발했는데, 이 '서러움'에 흐르는 무의식에는 세인적 세계에 대한 환멸과 더불어 어떤 동경이 감지된다. 김수영에 이르러 의식적인 차원의 시작 방법론이자 시적 세계관으로 확립된 한국시의 '아이러니'는 이상 시의 일관된 방법론이자 세계관이었던 것이기도 하다.

　역사의 어둠이 시로 하여금 현실을 직접적으로 호출하는 시대였던 1970~1980년대에는 실험적인 전위시였던 이상의 계보가 이어지기 쉽지 않았다. 그러나 이상 좌파였던 김수영과 이상 우파라고 할 수 있는 김춘수(金春洙)의 언어를 관통하고 한편으로는 그 영향을 받으면서, 이상의 보이지 않는 압력은 면면히 이어지고 있었다고 해야 할 것이다. 다양한 형태의 격렬한 정치시가 한국 문단의 중심에 자리 잡던 때에도 이승훈(李昇薰)과 박남철(朴南喆)의 과격한 언어 실험에서 한국문학사가 이상을 기억하고 있음을 분명히 확인할 수 있다. 황지우(黃芝雨)와 이성복(李晟馥)의 자의식과 아이러니한 화법은 직접적으로는 김수영의 계보에 있는 것이지만, 김수영의 화법은 이상의 세계관과 시문법을 경유해온 것이기도 하다. 김혜순(金惠順)은 최승자(崔勝子)와 더불어 한국시에서 '여류시'를 '여성시'로 탈바꿈시킨 시인이지만, 패러디와 아이러니를 경주하는 공격적인 시문법은 한국의 전통 '여류 서정시'가 아니라 이상의 시적 에너지에 훨씬 더 직접적으로 맞닿아 있다. 단기적인 차원에서는 잘 드러나지 않지만 장기적인 시작 전개 과정에서 이상의 문학사적 압력이 감지되는 경우도 있다. 1960년대 후반에서 2000년대까지 이르는 오규원(吳圭原)의 집요하고 지난한 언어 탐구 과정은 김수영과 김춘수의 관계 구도에서 이해될 수도 있지만, 그 무의식의 가장 깊은 저변에는 이상에 대한 기억이 있었다고 추측해볼 만한 점이 적지 않다. 후기에 이르러 '날이미지시'로 귀결된 오규원의 현상학적 언어 탐구 과정은 언어에 스민 물신성과 이데올로기에 대한 예민한 자의식의 산물이다. 이는 메마른 관념어와 추상어, 심지어는 기호와 수식을 통해 말과 문명적 현실이 괴리되었던 식민지 모국어의 궁핍함을 극복해보려고 했던 이상의 고투를 역으로 기억하게 하는 면이 있다.

'이상의 아해들'이 본격적으로 대거 귀환한 것은 시에 대한 정치와 역사의 직접적 압력이 어느정도 완화되기 시작한 1990년대 중반부터 현재에 이르는 시기라고 해야 할 것이다. 한국 사회가 중공업 중심의 사회로 접어들기 시작한 1970년대에 『난장이가 쏘아올린 작은 공』 같은 작품이

나올 수 있었듯이, 이상이 지나치게 일찍 감각한('지각'이 아니라) 현대성의 문제들과 그것에 대한 이상의 창작방법론이 1990년대의 정치·사회·문화적 조건에 의해 비로소 깊이 이해될 수 있었기 때문이다.

예컨대 물화된 생활세계의 도시적 사물들을 물신적 감각 자체로 드러내는 김기택(金基澤)의 지독하고 집요한 시적 묘사, 도시문명의 황량함과 인공화된 감각들을 묘사하거나 진술하되 유사성에 근거한 은유적 사물 비유를 회피하고 직접 풍경과 접속하거나 환유적 체계로 드러내는 이원(李源)의 드라이아이스 같은 방법론, 사물세계의 구체성을 살이 아니라 기하학적인 관념의 뼈대로 도려내고 재직조하는 이수명의 공간감, 도시적 풍경에 대한 메마르고 그로테스크한 이기성(李起聖)의 시적 묘사에서 우리는 이상의 문학사적 압력을 분명히 감지할 수 있다. 시언어를 문자에서 기호로, 시문법을 타이포그래피와 수식으로 확장한 박상순(朴賞淳)과 함기석(咸基錫)의 경우 역시 숫자와 기호들을 사물과 삶의 관계 패턴으로 이해한 이상의 계보에 속한다.

한편 진짜 얼굴이 '뒤'에 있거나 여러개인 황병승(黃炳承)의 비타협적인 '시코쿠', 가족삼각형의 억압 속에서 만화적 그로테스크로 복수하는 김민정(金珉廷)의 '나나', 미성년이라기보다는 '비성년'이라고 할 만한 신해욱(申海旭)과 김승일(金昇一)의 화자들도 모두 이상의 시적 주체였던 "아해"들의 2000년대 버전으로 이해할 수 있다. 몇개의 다른 시간들을 한곳에 겹쳐놓는 김행숙(金杏淑)의 특이한 시공간감, 현실감을 제거하여 기묘한 여백을 산출하되 현실 자체를 삭제하지는 않는 하재연(河在妍)의 '4차원적' 풍경들, 진은영(陳恩英)의 초기 시 중 생활세계의 어딘가에서 불쑥 튀어나오는 사물들, 진술될 수는 있지만 스크린으로 쉽게 옮겨질 수 없는 김언(金言)의 환상도 환각도 아닌 이물감 있는 문장들도 그들이 '이상의 아해들'임을 보여준다.

공격적이고 강박적이며 산문적인 에너지를 통해 '아름다운 노래'가 아니라 '낯선 말'이 되기를 원하지만, 오히려 이상과의 거리 설정을 통해 한국시의 다양성을 보여주는 우리 시대의 이 전위들은 역설적인 방식으로 한국문학사에 이상이 여전히 강력한 문학사적 압력이 되고 있다는 사실을 증언하는 '이상의 아해들'이다.

—『대산문화』 2012년 가을호

만약에 미자 씨가 시 쓰기가 아니라
소설 쓰기를 배웠다면

영화 「시(詩)」는 시를 무엇이라고 말하는가

시인은 별종인가

이창동(李滄東)의 영화 「시」는 '시(詩)'라는 모티프 자체의 탐구를 본격적으로 표방한 최초의 영화답게 시인들에게 내내 호의적이었다. 이 영화에는 실제로 한국 시단의 신구(新舊) 세대와 서로 다른 미학적 경향을 암시한다고 할 수 있는 두명의 시인(김용택, 황병승)이 배우로 출연했으며, 일반 개봉 이전에는 많은 시인들이 시사회에 초대되기도 하였다. 그러나 깐느 영화제에서 거둔 놀라운 성과와는 달리 당초 이 영화의 시사회에 초대된 시인들의 첫 반응 중에는 불만도 상당히 있었던 것으로 기억된다. 그 가운데 내 기억에 뚜렷했던 것 중 하나는 시인의 정체성 문제와 관련된 것이었다. 요지는 감독이 시인에 대한 지나치게 전통적(고전적)이고 통속적인 이해를 바탕으로 시와 시인을 희화화하고 있는 것이 아니냐는 것이었다.

이러한 불만은 이 영화가 시와 시인에 대한 세간의 통속적 이해를 단적으로 보여주기 위해 '일부러' 배치한 것으로 보이는 몇몇 장면들, 예컨대 양미자 씨가 처음에 시 쓰기 문화강좌를 신청하러 가면서 "내가 시인 기질이 좀 있잖아. 꽃도 좋아하고, 이상한 소리도 잘하고" 하면서 딸과 통화하는 장면이나, 시낭송회에서 사회자가 시를 사랑하는 사람들은 "마음에 늘 꽃을 꽂고 다니는 사람들"이라고 말하는 장면 속의 대사만을 '표피적으로' 지적한 것은 아니었다. 스크린 밖의 '진짜 시인'들이 보기에 주인공 미자 씨의 캐릭터는 시인에 대한 세간의 통속적 견해를 철저히 반영한 존재처럼 보일 여지가 충분했기 때문이다.

예컨대, 미자 씨의 저 공주풍 명품 스타일의 옷을 보라(그녀는 영화에서 내내 에트로 스타일 자켓을 입고 다닌다). 그녀의 우아한 옷차림은 그 자체로 그녀가 속물적 일상에 속하지 않는 '별종'임을 보여주는 미장센이다. 과거가 어떠했건 간에 그녀의 옷차림은 외손자와 단둘이 살면서 생활보조금을 받고 간병인으로 사는 현재의 삶에 어울리지 않으며, 이 영화의 스크린을 채우고 있는 서울 근교 소읍의 풍경과도, 무엇보다도 여중생의 자살 사건이라는 이 영화의 주된 내러티브 축과도 전혀 어울리지 않는다.

시를 간절히 쓰고 싶어 하는, 또는 시를 애타게 '찾고 있는' 미자 씨의 이러한 모습에는 확실히 시인에 대한 감독의 관점이 투사되어 있는 것으로 보인다. 그리고 아마도 여기에는 어떤 식으로든 시인을 별종으로 보는 전통적(고전적)이며 통속적인 이해가 투영되어 있기도 할 것이다. 그런데 흥미로운 것은 시인의 정체성(캐릭터)에 대한 이러한 통속적인 이해가 영화 내부의 특정한 서사 맥락 속에서 구현될 때, 시인은 '별종'이라는 통속적 선입견을 확인시키면서도, 오히려 그렇기 때문에 시와 시인의 존재론적 의미를 깊이 있게 천착하는 문학적 질문을 산출하는 듯이 보인다는 사실이다.

구체적으로 다음과 같은 장면은 어떠한가.

이 영화에서 미자 씨가 한편의 시를 완성하기 위해 가지고 다니던 메모장을 꺼내는 장면이다. 문제는 이 순간이 영화의 서사 맥락을 고려할 때

매우 뜬금없다는 사실이다. 미자 씨는 자신의 손자를 비롯하여 동네 여중생의 자살 사건에 연루된 같은 학교 남학생 여섯명의 아버지들이 음식점에 모여 위자료 문제를 이야기하는 자리에서 갑자기 혼자 바깥으로 나간다. 이때 카메라는 유리창을 경계로 음식점 안에 있는 아버지들과 유리창 바깥의 화단에서 꽃을 구경하는 미자 씨의 엉뚱한 모습을 한 숏으로 보여준다. 음식점 안에 있는 아버지들이 미자 씨의 돌출적인 행동을 보며 황당해하는 반응을 대사로 전하면서, 영화의 다음 장면은 화단의 붉은 꽃을 보며 미자 씨가 메모장에 적은 '시구'를 보여주는데, 거기에는 "피같이 붉은 꽃"이라고 적혀 있다. 이 장면에서 식당의 투명한 창은 가해자 아이들의 아버지와 미자 씨를 서로 다른 세계의 존재로 나누는 오브제이다.

미자 씨가 메모장에 시구를 적는 장면은 그녀가 죽은 여중생의 엄마를 만나러 살구나무 과수원으로 가는 대목에서 다시 등장한다. 죽은 여중생의 엄마를 만나러 가는 미자 씨의 복장은 여전히 공주풍이고, 이 복장은 피해자의 누추한 집안 풍경이나 과수원으로 가는 시골길과도 지나치게 균형이 맞지 않는다. 관객이 보기에 당황스러운 장면은 계속 이어진다. 가해자의 처지로 피해자를 만나러 가는 이 긴장된 대목에서 미자 씨는 새소리의 아름다움에 귀를 기울이다가(영화는 이때 미자 씨의 귀에 들리는 새소리를 선명한 음향효과로 들려준다), 땅에 떨어진 살구를 정성스럽게 살펴보고 맛을 보더니 메모장에 다음과 같은 시구를 적는다. "살구는 스스로 땅에 몸을 던진다. 깨여(어)지고 밟핀다(밟힌다). 다음 생을 위해."

심각한 상황에 직면한 미자 씨가 자신의 상황을 잊고서 다른 대상을 관찰하고 감상하는 행동은 돌출적이며, 서사적 맥락을 고려할 때 뜬금없어 보인다. 한 참혹한 죽음과 거기에 연루된 세상의 폭력과 속물성이 극명하게 얽힌 현장에서, 책임을 져야 할 '(사회적) 주체'는 엉뚱하게도 자신을 둘러싼 세상일과 아무런 상관이 없는 꽃과 나무열매와 새소리의 아름다움에 귀를 기울이고 있는 것이다. 따라서 이러한 장면을 근거로 이 영화의 감독이 시와 시인을 오해하고 있는 게 틀림없다고 생각하는 '전문가적' 비판들은 확실히 일리가 있어 보인다.

그런데 문제는 그런 노골적인 장면들이 야기할 비판을 감독이 과연 예상하지 못했을까 하는 것이다. 오히려 이러한 장면들의 노골성은 그러한 비판을 이미 염두에 두고서, 시와 시인에 대한 선입견을 이용하여 그것의 존재론적 의미를 훨씬 더 깊이 통찰하고 있는 장면은 아닐까. 만일 이러한 장면 독해가 가능하다면, 적어도 이러한 통찰은 시가 '임재하는' 순간, 시(시인)와 현실의 관계, 시적인 윤리는 어떻게 현실의 윤리와 다른가 하는 문학의 오래된 아포리아와 깊은 관련이 있어 보인다.

시인은 시의 주인인가

시와 시인의 관계에 대한 일반적 관점은 대체로 시의 주인을 시인이라고 보는 것이다. 이러한 관점에 따르면 시는 시인의 '능동적 의지'에 의해 쓰이는 것이다. 시 속의 '나', 즉 시적 화자를 시인과 동일 인물로 보고, 시의 현실을 시인이 처한 실존적 현실의 즉자적 반영으로 이해하는 경우가 대부분인 것은 이 때문이다(중고등학교 국어 교과서에서 시와 시인의 관계는 거의 이런 식으로 맺어져 있다). 그러나 사랑의 아픔을 노래하는 시가 정말 시인의 연애 현실을 반영하고 있을까? 나라 잃은 시대를 살고 있는 시인의 시가 아름다운 꽃에 대한 예찬과 개인적 사랑의 환희를 담는 일은 그렇다면 '비윤리적'인가? 시인을 둘러싼 삶의 현실은 곧 시의 현실이 되는가? 아도르노는 아우슈비츠 이후 서정시를 쓰는 일은 있을 수 없다고 했지만, 아우슈비츠에서 아름다운 서정시가 쓰이는 일은 죄악일까?

시를 애타게 '찾고 있는' 미자 씨의 뜬금없는 돌출 행위는 시를 둘러싼 이러한 난처한 질문들에 대한 감독의 한 대답이다. 결론부터 말하자면,

이 영화의 감독은 시의 시간과 일상의 시간, 시적 현실과 삶의 현실, 시인의 현실과 생활하는 자의 현실은 (일단) 다르다고 본다. 이러한 관점에는 시와 시인에 대한 감독의 깊은 통찰이 스며 있는데, 이는 감독이 시의 '주인'은 '의식적으로' 시의 현실을 통제할 수 있는 현실의 자리에 있는 '글쓴이'가 아니라고 생각하기 때문이다. 감독의 생각을 추측해보건대, 그는 시인이 시를 쓴다기보다는 시를 쓰는 순간에만 글쓴이는 시인이 된다고 보는 입장에 있는 듯하다.

그런 점에서 이 영화에서 시인(詩人)은 '시인(時人)'이라고 할 수 있는데, 그 장면이 바로 미자 씨가 메모장에 '시구'를 얻는 순간이다. 이런 관점에서 보면 진정한 시는 시인이 마음대로 부릴 수 있는 '종'이 아니며, 쓰고 싶을 때마다 쓸 수 있는 어떤 도구적인 것이 아니다. 시는 어떤 특정한 순간에 '도래하는(찾아오는)' 것이며, 이 순간은 시인 자신이 통제할 수 있는 순간이라고 하기 어렵다. 이 영화에서 김용탁 시인이 시 강좌에서 시를 쓰기 위해서는 자기가 시를 '쓰는' 게 아니라, 시한테 "찾아가서 빌고 사정해야 한다"고 말하는 대목은 그런 맥락으로 읽을 때 잘 이해가 된다. 즉, 시의 주체는 인격화된 개인으로서의 시인이 아니라 오히려 시작 행위의 담지자(글쓰기 주체)에게 '시'가 도래하는 '시적 순간' 그 자체이며, 시인은 그 순간에 자신을 개방함으로써만 시라는 '주체화 과정'에 참여하는 시의 일부라는 뜻이다. 하이데거가 시작(詩作)을 늘 '존재의 개현'이라는 관점에서 사유한 것이나, 알랭 바디우가 '사건적 진리'의 '도래(발생)'라는 관점에서 시를 해석한 것 역시 이런 맥락이라고 할 수 있다.

시적 현실은 삶의 현실과 같은가

그러므로 이러한 견해를 수용한다면 우리는 시의 현실과 시인의 현실은 다르다고 말할 수 있을 것이다. 시인에게 늘 시가 도래하는 것은 아니기 때문이다. 다시 한번 하이데거나 알랭 바디우의 사색을 빌리면, 시의 현실이 오히려 시인의 현실보다 크다는 뜻이다. 시인이 자기 '안'의 것을 시로 내놓는 것이 아니라, 시인이 알지 못하는 '미지'의 사건이 도래하는 일이 바로 시이기 때문이다. 미지의 현실은 언제나 기지(既知)의 현실보다 크며, 그것은 예상할 수 없는 우발성을 동반한다. 시를 통해 시를 쓰는 사람이 자신의 삶을 갱신할 수 있는 가능성도 '시'가 시를 쓴 사람('시인')의 외연보다 더 크다는 역설 때문에 생기는 현상이다. 이를 다른 방식으로 풀어 말하면, '시적 현실'이란 시가 임재하기 이전의 글쓴이의 삶의 현실과는 다르며, 시의 현실이란 무한히 열려 있는 삶의 개방성 그 자체라고 할 수 있을 것이다. 이 관점을 영화에 접목해서 해석해본다면, 미자 씨의 베모시가 새로운 현실에 개방되는 순간 자체가 시적인 순간이라고 할 수 있을 것이다. 미자 씨가 처한 기지의 실존 현실은 참혹하지만, 그녀가 붉은 꽃을 보며 느낀 어떤 강렬한 감각의 상태나, 새소리와 땅에 떨어진 살구 열매를 보고 얻게 된 어떤 새로운 인식의 순간은 그녀가 현실과는 다른 방식으로 '미지'의 진실에 개방되었음을 의미한다. 그것은 그 이전까지는 미자 씨도 알지 못했던 '진실'인데, 문학은 이를 그 자체로 미자 씨의 진실로 긍정한다. 이것이 바로 미자 씨의 생생한 현실로 임재한 '시적 현실'이다. 끌리셰라고 하면 그렇다고 할 수도 있는 시구임에도 미자 씨가 가장 충실한 '시인'이 되는 순간도 바로 이때다.

그렇게 본다면 가해자의 처지에서 피해자를 찾아가는 참혹한 순간에 미자 씨가 취하는 사물에 대한 개방적 감각은 그녀를 둘러싼 (사회적) 실존 상황과는 별개로 주체가 순간순간 직면한 진실에 자신의 지각을 개방하는 태도를 보여준다는 점에서 '시적으로' '윤리적'이다. 이 자리를 사회적으로 승인된 이름을 지닌 '(제도적) 시인'의 자리와는 다른 차원에서 '시적 주체'의 자리라고 부를 수 있지 않을까. 표면적으로 볼 때 이 '윤리'

는 삶의 서사적 맥락을 건너뛰는 경우도 적지 않다는 점에서 뜬금없어 보이고 때로는 무책임해 보이기도 하지만, 여기에는 기실 순간의 진실에 자신을 개방한 주체의 내적 필연성이 있다고 봐야 할 것이다.

시적 윤리는 어떻게 현실의 윤리를 초과하는가

그러나 미자 씨의 일련의 행위들에 대한 이런 '시적인' 옹호는 이 영화를 본 일반 관객들, 그리고 이 글을 여기까지 읽은 독자들에게 여전히 불식되지 않는 의구심을 갖게 할 것이다. 아니, 오히려 미자 씨에 대한 이러한 방식의 변호는 '시적 현실' '시적 윤리'라는 이상한 말들을 가지고 '시'라는 것은 우리 일상 저편에 있는 "이상한 소리"라는 기존의 의구심을 더 증폭시키는 것처럼 보일 수도 있다. 이 지점에서 다시 눈여겨볼 것이 바로 미자 씨의 저 뜬금없는 메모들이다.

앞서 언급한 장면에서 미자 씨는 아버지들이 위자료 문제를 이야기하는 '현실적' 자리를 이탈하여 갑자기 바깥으로 나가더니, 화단의 붉은 꽃을 보고서 "피같이 붉은 꽃"이라는 시구를 얻는다. 여기서 곰곰이 생각해볼 점은 왜 하필이면 미자 씨는 예쁘다면 예쁘다고 할 수도 있는 이 '붉은 꽃'을 하필 '피'에 비유(연상)했을까 하는 것이다. 이러한 의문은 긴장된 마음으로 피해자의 엄마를 만나러 가던 미자 씨가 살구나무 과수원 곁에서 새소리를 들으며 아름답다고 느끼면서도 떨어진 살구를 맛보고서는, "살구는 스스로 땅에 몸을 던진다. 깨어지고 발핀다. 다음 생을 위해"라고 쓰는 대목에서도 마찬가지로 생겨날 수 있다. 익은 살구는 본래 떨어지는 법인데, 미자 씨는 굳이 왜 이 살구가 "스스로 땅에 몸을 던진다"는 의인화된 메타포를 사용했을까. 그리고 열매가 "깨어지고 발핀" 사실을 왜 하필이면 "다음 생을 위해"라는 관점에서 이해하고 있을까.

여기에서 우리는 미자 씨가 보고 있는 자연사물들이 표면적으로는 그녀의 실존 상황과 무관하며, 삶의 서사적 맥락에서는 뜬금없어 보이지만 실은 그녀가 직면한 가장 절실한 체험의 '현실' 대상들이라는 사실을 문득 깨닫게 된다. '붉은 꽃'에서 '피'를 연상하고, 떨어진 살구를 '스스로 땅에 몸을 던진' '깨어지고 밟히는' 사물로 보는 미자 씨는 성폭행을 당하고 비참하게 스스로 목숨을 끊은 여중생을 이 자연사물에서 보고 있는 것이다. 다만 이것은 미자 씨 자신도 '모르는' 그녀의 무의식이다. 물질성을 품은 사물의 사실과 서사로 구성되는 인간의 삶이 하나로 포개어지는 신비가 발생하는 가장 깊은 층위는 바로 이와 같은 '무의식'의 지점에서이다. 이러한 신비가 일어나는 순간이 가장 근원적인 의미에서 '시적인' 순간이라고 할 수 있는데, 이는 시를 쓰는 사람이 자신의 감정을 사물에 임의적이고 의식적으로 투사해서 비유를 만드는 이른바 '감정이입'과 같은 방식과는 전혀 다른 것이다. "피같이 붉은 꽃"이라는 표현이 신선하다고 하기는 어렵지만, 이 표현에는 이 표현대로 '아마추어 시인' 미자 씨가 마주하고 있는 사물의 사물성을 보존하려는 노력이 담겨 있기 때문이다. 여기에서 사물은 소모되거나 왜곡되지 않으며, 미자 씨를 둘러싼 삶의 현실 역시 가장 절박한 말의 형식을 통해 '시적 현실'로 '현성'한다("피같이 붉은 꽃"이라는 '시적' 메모는 이후에 미자 씨가 죽은 소녀의 집을 방문하여 붉은 꽃을 배경으로 찍은 소녀의 사진을 발견하는 장면을 통해 '진실'로 확인된다).

이 '시적 현실'을 앞서 말한 '시적 윤리'의 차원에서 말하자면, 이 '윤리'는 미자 씨가 살고 있는 통속적 삶의 도덕률을 초과하는 것이라고 해야 할 것이다. 미자 씨가 뜬금없는 사물과의 대면을 통해 얻은 시구는 실은 그녀가 자신의 삶의 현실을 건너뛰고 있는 것이 아니라, 그 참혹한 현장을 가장 진지하고 생생하게 마주하며 그 자리에서 앓고 있는 자라는 사실을 보여주기 때문이다. "피같이 붉은 꽃"**"살구는 스스로 땅에 몸을 던진**

다. 깨어지고 발핀다. 다음 생을 위해"라는 시구는, 여중생의 죽음에 대한 애도를 생략한 채 현실적인 주판알 굴리기에 몰두하는 일상 세계의 아버지들과는 달리, 미자 씨가 그 죽음을 누구보다도 절실하게 앓고 있으며 깊이 애도하고 있는 자라는 사실을 드러낸다. 이 '윤리적 주체'는 '~해야 한다'는 당위가 아니라, '이미 그러하다'는 현재형의 몸으로 이미 그 삶을 살고 있다.

시인은 어떤 방식으로 세계를 보는가

이 '윤리'의 문제를 김용탁 시인의 '사물 바로 보기' 강의를 통해 생각해보자. 김용탁 시인은 강의 시간에 '사과' 하나를 들고 와서는 "여러분은 이 사과를 몇번이나 보았는가"라고 질문하면서, "여러분은 이 사과를 한번도 본 적이 없다"고 단언한다. 사과를 제대로(시적으로) 보려면 사과를 참으로 알고 싶은 마음과 이해하려는 마음을 가지고 그것을 요모조모 살펴보고 만져보고 먹어도 보아야 한다는 것이 이 강의의 요지이다. 김용탁 시인의 강의 요지에 따르면, 시를 쓴다는 것은 사물을 제대로 보는 것이고, 그것은 사물에 대한 참된 관심과 이해에서 비롯된다. 다시 말해, 사물에 대한 참된 이해에서 비롯된 '사물 바로 보기'는 시를 쓰는 일과 다르지 않다.

김용탁 시인의 강의는 시 쓰기 강의에서 흔히 나올 수 있는 일반론에 해당한다. 하지만 일반론이란 '정답'이기는 하지만 지나치게 정답이어서 아무것도 가르쳐주지 않는 지식이라는 말도 된다. 김용탁 시인의 이 첫번째 강의는 미자 씨의 시 쓰기에서 가장 중요한 화두가 된다. 이 영화 전체에 걸쳐 미자 씨가 한편의 시를 쓰는(찾는) 과정은 이 '사물 바로 보기'를 제대로 이해하기 위한 과정이라고 할 수 있다. 이 말은 미자 씨가 마침내

한편의 시를 완성했을 때, 그 시가 그녀가 수행한 이 화두의 결과물이라는 뜻이다. 그렇다면 미자 씨는 어떤 시를 남기고 사라졌는가.

그녀가 완성한 한편의 시는 「아네스의 노래」였다. 그것은 죽은 여중생 아네스의 목소리로 부른 노래, 아네스가 아네스의 시선으로 적은 노래(유서)이다. 그러니까 미자 씨가 이해한 '사물 바로 보기'는 결국 타자의 눈으로 세계를 바라보기였다고 할 수 있다. 미자 씨에게 그것은 아네스의 죽음을 자신의 생생한 현실로 앓음으로써, 아네스의 자리에서 아네스의 시선을 갖게 됨으로써 비로소 이루어진다. 여기에서 주체는 타자를 경유함으로써 다른 방식으로 완성된다. 「아네스의 노래」가 낭송되는 마지막 장면에서 목소리가 처음에는 미자 씨의 것이었다가 마지막에는 아네스의 것이 되는 것이나, 카메라가 미자 씨의 주변 풍경을 보여주다가 아네스의 주변 풍경을 보여주는 것에서 주체와 타자의 시선이 하나가 되었음을 알 수 있다.

흔히들 말하는 타자성을 갖게 된 주체란 무슨 뜻인가. 그것은 타자성에 대한 단순한 '자각'이나 '이해'를 뜻하는 것인가. 아니면, 어떤 심정적 동정이나 공감을 뜻하는 것인가. 이 영화는 그것이 앓는 주체의 애도 체험과 깊은 관련이 있다는 관점을 보여준다. 타자의 시간을 자기의 시간으로 앓는 생생한 주체에게 자기의 현실은 타인의 현실로 (인해) 개방되며, 일상의 시간에 '시의 시간'이 열린다. 영화는 이 '시의 시간'이 곧 타자를 경유하는 주체화의 경험과 다르지 않다고 말한다. 그것은 진정한 의미에서의 시적 체험이란 근원적인 차원에서 타인에게(으로) 열린 자기 삶에 대한 성찰적 체험이며, 이 체험 안에서 우리는 비로소 이 세계가 가혹한 율법과 차가운 교환가치가 아니라 사랑과 용서의 원리로 이루어진 세계임을 깨닫게 될 것이라는 함의를 암시한다. 그런 점에서 시는 세상이 말하는 식의 율법으로 말하지 않는 '별종의 말'이다. 죽기 직전 아네스가 남기고 간 노래가 알츠하이머를 앓고 있는 미자 씨의 노래(유서)이며, 한편의

'시'를 완성했을 때 미자 씨가 더이상 세상의 언어로 말할 수 없게(말하지 않게) 된 것은 그런 이유 때문이다.

P.S. 만일 미자 씨가 시 쓰기가 아니라 소설 쓰기를 배웠다면, 아마 영화의 몇몇 장면은 이렇게 변형되었을 것이다.

1. 미자 씨는 간병일을 다닐 때 공주풍의 옷을 입지 않고, 낡은 면바지에 주로 무채색 계열의 티를 입었을 것이다. 전형적인 측면에서 (특히 이창동 식 영화에서라면) 소설은 사회적·시대적 현실의 반영인 경우가 많으니까.

2. 가해자 남학생들의 아버지와 만나는 장면에서 미자 씨는 바깥으로 나가지 않았을 것이고, 오히려 그 아버지들의 이야기를 끝까지 들었을 것이다. 시가 현실을 대면하는 방식이 표면적으로 뜬금없어 보이고 모호한 메타포를 이용하는 방식이라면, 소설은 주인공으로 하여금 그가 처한 삶의 현실을 좀더 직접적이고 분명히 마주하게 하므로(이 대목에서 소설과는 달리 시 또는 시인의 존재 형식은 상대적으로 더욱 별종으로 보일 수 있다).

3. 미자 씨는 "피같이 붉은 꽃"이라는 메모를 얻을 수 없었을 것이다. 또 죽은 아이의 추모 미사가 열리는 성당에 찾아가지 않았을 것이다. 대신 그녀는 식당에서 남학생 아버지들을 만나 사건의 개요를 들은 후에 곧바로 돈을 구하러 다녔을 것이다. 시와 시인이 '비현실적인' 방식으로 자신에게 도래한 타인의 시간을 묵상하고 철저히 내면화하는 삶을 산다면, 소설적 인간형은 삶의 서사적 논리를 지탱하고 진행하기 위해 '현실적인' 행동 방식을 차용하는 경향이 강하기 때문이다.

4. 영화 내내 미자 씨는 손자를 혼내지 않고 물끄러미 바라보기만 한다. 그리고 죽은 여중생의 사진을 가만히 식탁 위에 올려놓고 손자가 그것을 깜짝 놀라서 쳐다보는 모습을 물끄러미 지켜본다. 하지만 미자 씨가 소설을 배웠다면 손자는 사건의 전모를 안 그날로 미자 씨에게 두들겨 맞았을 것임에 분명하다. 시가 인간 내면의 원형에 가만히 호소하는 일이라면, 소설은 인물 간의 극적 갈등을 통해 서사를 강력하게 추동시키니까 말이다.

5. 내가 생각하기에 이 영화에서 '시적인 것'에 대한 감독의 가장 깊은 통찰이 드러나는 장면이라고 본 다음 두 장면은 아마도 다른 방식으로 수정되었을 것이다.

① 미자 씨가 김용탁 시인의 강좌에서 '내 인생의 가장 아름다운 순간'을 이야기하는 장면은 다른 수강생들의 경우처럼 어른이 되어서 자신이 체험했던 '이야기(에피소드)'를 소개하는 것으로 바뀌었을 것이다. 미자 씨는 이 장면에서 뚜렷하게 기억나는 어른이 된 후의 '이야기'가 아니라, 스스로 "맨 처음의 기억"이라고 하는 서너살 무렵의 어떤 인상, 즉 분명치 않은 파편적인 이미지를 들려준다. 이 파편적인 이미지들은 그림자와 빛이 경계 없이 섞여 있고, 뚜렷한 상(像)을 가지고 있지 않으며, 깊은 슬픔과 환희의 감정이 뒤섞여 있는데, 이는 기억이 잘 나지 않을 정도로 어릴 적의 이미지들이다. 이는 시가 뚜렷한 시간성을 지닌 서사가 아니며, 분명히 확증하고 판단할 수 있는 세계도 아니고, 주체에게 있어 근원적인 시간이나 원형, 무의식이 거주하고 있는 지점과 관련이 있는 것이라는 감독의 시각을 드러낸다.

② 미자 씨가 죽은 여중생이 떨어진 다리 위에서 검은 강물을 바라보다가, 강변으로 내려오는 도중에 바람이 세게 불면서 바람이 풀밭 위를 지나는 소리가 커다란 음향효과로 증폭되는 장면이 있다. 이 바람 소리를

들고서 미자 씨는 불현듯 떠오르는 시상을 적으려고 메모지를 펼치는데, 메모지는 곧 쏟아지는 빗방울들로 채워진다. 그리고 이어지는 다음 숏은 강물 위로 쏟아지는 비와 그로 인한 강물의 파문을 보여준다. 만일 미자 씨가 소설 쓰기를 배웠다면, 이 장면의 숏들은 아마도 다음처럼 순서가 바뀌었을 것이다.

미자 씨가 강변으로 내려와 걷는다 → 바람 소리는 원래의 영화 장면처럼 음향효과를 통해 증폭되지 않거나 생략되고 갑자기 비가 쏟아진다 → 비 내리는 강물 위에 파문이 이는 모습이 보인다 → 미자 씨는 메모지를 꺼내서 강물 위에 비 내리는 장면을 '묘사'한다(소설은 이미 드러난 현실을 재현·묘사하지만, 시는 보이지 않는 현실 또는 아직 도래하지 않은 시간을 예감하는 일이기 때문이다. 영화에서 바람 소리를 듣고 메모지를 꺼내는 미자 씨는 비가 내리기 전에 그 기미를 통해 도래할 시간을 예감하는 자이다. 메모지 위에 떨어진 빗방울은 시인의 예감이 현실화되는 장면이다).

6. 영화의 마지막 장면에서 관객을 응시하는 아네스의 얼굴은 끝내 등장하지 않았을 것이다. 다시 말해 마지막 장면은 미자 씨의 시선이 타자인 아네스의 시선과 포개짐으로써 타자의 시선으로 앓고 있는 주체의 몸이 다다른 풍경이다. 이러한 근원적인 타자 체험은 소설의 것이라기보다는 시의 것에 더 가깝다.

―『시와사상』 2013년 여름호

제3부

도롱뇽 공동체의 탄생

◆

김승일 시집 『에듀케이션』

> 우리는 최대한 멀리 갈 거야.
> ─ 김승일 「오리들이 사는 밤섬」

공동체라는 사건

연인들의 공동체가 존재하는 궁극적 목적은 사회를 붕괴시키는 데에 있다고 블랑쇼는 말했다. 여기에서 초점은 연인들이 아니라 '공동체'이다. 공동체(共同體)란 무엇인가.

공동체는 사회가 아니다. 공동체는 그 안에 속한 자들에게 계약서를 요구하지 않으며, 피로도 땅으로도 돈으로도 그들을 묶지 않는다. 그것은 연대도 융합도 요구하지 않으며, 목적도 효용도 갖지 않는다. 다만 그것은 '이해'하게 할 뿐이다. 그러므로 공동체는 오히려 우리가 흔히 '구성원'이라고 오인하고 있는 자들의 죽음에 기반하고 있다. 공동체에 유일한 규칙이 있다면 완벽하게 사회의 규칙에서 벗어난다는 사실, 그것뿐이다. 공동체는 통상적인 개념의 공동체의 부재, 공동체에 반하는 존재의 외재성을 포함한다.

공동체는 공통된 것들의 구성과는 전혀 다른 어떤 것을 지시한다. 공동체는 대체 불가능한 개별성의 기반 위에서 개체들의 고독과 고립을 보존한다. 그러나 절대적인 개별성은 타인의 존재를 필요로 한다. 절대적인 내밀성은 한 사람이 홀로 감당할 수 있는 것이 아니기 때문이다. 내밀성은 타인의 존재를 통해 완성된다. 내적 경험의 은밀함은 전달될 수 없기에 완전한 것이다. 나눌 수 없는 내밀성의 나눔, 전달될 수 없는 것의 전달만이 가치가 있다. 공동체는 사회적으로 강요된 관계의 외부에 있던 존재들이 이 불가능한 나눔과 전달될 수 없는 비밀을 은밀히 개방하는 자리에서 출현한다.

하지만 그렇다 하더라도 여기에서 고립은 끝내 사라지지 않는다. 공동체는 개체들 각자의 고립을 보존하면서 개체들의 고립과 내밀성을 공동으로 체험하게 하는 장소이기 때문이다. 공유되는 것은 고립의 경험 자체, 내밀성 그 자체이지 내밀성의 내용이 아니다. 무엇을 말하는가가 문제가 아니라, 말 되어질 수 없었던 것이 말로 개방되는 일 자체가 공동체라는 사건이다(블랑쇼 「밝힐 수 없는 공동체」).

"내가 배달된 해에, 할아버지가 둘 다 죽었다"며 "짱깨가 철가방에서 너를 꺼냈"(「멋진 사람」)다는 자신의 출생 설화를 천연덕스럽게 이야기하는 '독고다이' 소년이 여기 있다. 이 시집은 그 소년이 순전한 날목소리로 들려주는 출생과 성장에 관한 자기고백이다. 그러나 이 고백은 우리가 어떤 종류의 첫 시집에서 드물지 않게 보아온 성장담이나 세대 단절의 선언과는 여러모로 달라 보인다. 2012년 우리 앞에 '배달된' 이 목소리의 표면에서 돌출하고 있는 것은 한국 시사를 통틀어서도 희귀한 종류의 비성년(미성년이 아니라) 화자의 희극적 아이러니이며, 사태를 에두르지 않는 목소리의 직진성이다. 무엇보다 중요한 것은 이 희극적 고백의 표면이 마치 "뒤집혀진 장갑 속"에 "알"(「조합원」)을 숨기고 있듯이 모종의 존재론적 내밀성을 내포하고 있다는 사실이다. 이 내밀성은 어떤 의미에서 위에서 언급한 '공동체'에 접근하는 것처럼 보인다. "돌아오기 힘들어도 괜찮"다는 이 독고다이식 화법은 우리를 둘러싼 물리적 현실로서의 사회로부터 "최대한 멀리"(「오리들이 사는 밤섬」)가 있는 소년(들)의 것이다.

처음 듣는 학대 이야기

우리의 유년시절이 너무나 비슷했기에. 우리가 읽은 책. 우리가 들었던 노래. 우리가 했던 사랑. 이 모든 것이 마치 한사람의 일처럼 비슷했는데……

바닷가 마을의 민박집에서. 그런 것은 더이상 우리를 한덩어리로 만들어주지 않고. 지난하고 어색하기 짝이 없는 것이다. 유년시절. 다시 유년시절의 얘기를 해보도록 하자.

유년시절? 유년시절이라니. 다루고 다뤄서 바닥까지 아는 얘기를 친구는 또 늘어놓았던 것인데.

나는 부모한테 많이 맞았어. 거의 학대 수준이었지. 처음 듣는 학대 이야기에 불현듯 삼총사들의 눈이 초롱초롱 빛나기 시작하는 것이었다. 우리도, 우리도 맞았어. 우리도 학대를 당했다니까?

이것 참 굉장한 공감대로군. 유년시절에 학대당한 경험 때문에. 지금의 우리가 있는 것일까? 맞고 자란 우리들의 취향. 우리들의 사랑. 미친 부모를 만난 탓으로. 우리가 서로 닮은 것일까?

아빠가 창밖으로 나를 던졌지. 2층에서 떨어졌는데 한군데도 부러지지 않았어. 격양된 삼총사는 어떻게, 얼마나 맞고 컸는지 신나게 떠들어대는 것이었다.

니가 2층에서 떨어졌다고? 나는 3층에서 던져졌단다. 다행히 땅바닥이 잔디밭이라 찰과상만 조금 입었지. 어째서 우리를 던진 것일까? 이유는 잘 모르겠지만. 나는 4층에서. 아빠가 4층에서 나를 던졌어.

그게 말이 되는 소리니? 어떻게 4층에서 던져졌는데도 그렇게 멀쩡하게 살아남았어? 게다가 어떻게 그런 부모랑 아직도 한집에서 살 수가 있니? 너한테 말은 이렇게 해도.

　사실은 너를 이해한단다. 내가 더 학대받았으니까.

—「같은 과 친구들」 부분

　이 '친구들'을 "굉장한 공감"의 한 지평 위에 모아 세우고 그들을 결국 "서로 닮은 것"으로 만드는 것은 무엇인가. "우리가 읽은 책. 우리가 들었던 노래. 우리가 했던 사랑. 이 모든 것이 마치 한사람의 일처럼 비슷"하지만, "그런 것은 더이상 우리를 한덩어리로 만들어주지 않"는다. 일반적으로 오해하듯이 동질적 대상·경험의 소유를 확인하는 일은 사회의 것이지 공동체의 것이 아니다. 공동체란 공유할 수 없는 개별성의 극단에서 발생하는 내밀성 자체를 공유하는 사건이다. 완강한 개별성은 그 은밀성의 극단에서 마주한 타인들이 서로를 매개로 존재의 개별성을 유지하는 동시에 그 개별성의 벽을 넘어 서로를 가로지르는 것이다.

　이 시에서 이 은밀한 개별성은 화자에 의해 '삼총사'라 불리는 이들(이들은 대학생이지만 목소리는 전적으로 소년의 것이다. 이 시집 전체의 주인공들이자 대상인 이들을 '비성년' 화자라고 부르기로 하자)이 부모한테 겪었던 "유년시절에 학대당한 경험"이다. 이 경험은 누구나 소유할 수 있고, 누구와도 공유할 수 있는 일반적인 사물이나 경험의 대상이 아니다. 이 "처음 듣는 학대 이야기"는 지금까지 말 되어진 적이 없었고, 말 되어질 수 없었던 은밀한 것이다. 이것의 문제성은 이 은밀성이 이 자리에서 말 되어지기 전에는 발화자 스스로에게도 알려져 있지 않은 존재의 외재성을 내포한다는 사실에 있다. 발화자는 그 자신의 정체성이 이 은밀한 존재 영역에서 비롯된다는 사실조차 인식하지 못할 수 있기 때문이다.

　물론 그것은 세계의 그 어느 타인에게도 알려져 있지 않은 종류의 것이다. "그게 말이 되는 소리니? 어떻게 4층에서 던져졌는데도 그렇게 멀쩡하게 살아남았어? 게다가 어떻게 그런 부모랑 아직도 한집에서 살 수가 있니?"라는 비성년 화자들의 반문은 이 경험의 특수성, 이 경험의 절대적인 단독성을 잘 보여준다. 이 경험의 단독성이 곧 존재의 내밀성이다. 이 내밀성은 대체 불가능한 것이고, 지금까지 세계에 알려져 있지 않았던 예외적인 것이다. 이 내밀성은 은밀한 것이기에 존재들은 세계에서 고립되어 있었다. 그러나 이 시에서 그들은 자신의 고립성을 유지하는 동시에 그 고립의 경험을 타인에게 개방한다. 김승일(金昇一) 시의 비성년 화자들이 나누는 이러한 고백의 현장은 어떤 유의 '공모(의식)' 현장과도 비슷해 보이지만, 그것과는 또다른 어떤 것이다. 이 자리에서 우발적으로 열린 고백의 장은 어떤 목적도 효용도 융합도 바라지 않는다. 무엇보다도 이 '열림'은 '학대'라는 내밀한 고립성을 몸으로 담지하고 있는 자들 각자에게만 열린다. 그리고 다만 그들은 "이해"하게 된다. "사실은 너를 이해한단다. 내가 더 학대받았으니까"라는 언술은 여기에 출현한 것이 사회나 어떤 패거리가 아니라, "삼총사들의 눈이 초롱초롱 빛나"게 하는 '공동체'에 근접한 어떤 것이라는 사실을 암시한다. 이 '학대받는 소년들'의 공동체를 이 시집의 화자는 '친구들'이라고 부른다.

주목할 점은 김승일 시집의 화자나 주인공들의 내밀성을 관통하는 것이 '유년시절 학대'의 경험이며, 이 경험의 주무대가 자신들의 집과 더불어 학교라는 사실이다(이것은 이 시집의 제목이 '에듀케이션'이라는 점에서, 이 시집의 무의식이 닿아 있는 장소와 관련하여 시사하는 바가 있다). 학교 옥상은 "급식을 거른 아이들"(「옥상」)과 담배꽁초를 빼는 아이들로 채워져 있고, "우리들이 입학했던 체육관에서" "구두를 신고 온 애들이 엎드려뻗치고 쉽게 용서받지 않는다". 학교에서 "나는 옥상에서 떨어지는 인쇄용지 같"고 "체육관 천장에 목을 매"는 상상에 잠기곤 한다(「체육관의 우울」). "너무 더러워서 친구들이 따돌"리는 학교를 마주하여 이 시집의 비성년 화자들은 스스로를 '마녀의 딸'이라 여기며, 이 상황에서 비롯되는 자신의 운명을 "십자가에 매달"(「마녀의 딸」)리는 것이라 생각하기도 한다. 이 시집에서 집은 "부모가 죽고 세달이 흐"(「방관」)른 이후, '쥐'가 튀어나오고 '똥'을 싸는 "캄캄한 가능성"(「화장실이 붙인 별명」)의 장소로 그려지고, 더불어 학교가 그런 집과 유사한 이미지로 인식되는 까닭도(「부담」) 이 비성년 화자들의 무의식에서 그 둘이 동일한 '학대'의 장을 이루기 때문이다. 이는 그 장소가 바로 '사회'라는 점을 암시하는데, 역설적으로 말해 이 시집이 근접하는 비성년 화자들의 '공동체'도 그곳을 배경으로 해서 열린다. 공동체란 다름 아닌 '사회의 부재'를 뜻하는 까닭이다.

소포를 뜯어보니 고양이 머리가 나왔어. 누나가 울면서 자랑을 했다. 이 고양이는 내가 밤마다 밥을 주던 고양이란다.

내가 되레 걱정할까봐. 누나는 내 머리를 쓰다듬는다. 괜찮아 더한 일도 겪었으니까. 누나는 더한 일도 겪었다.

무슨 일이요? 묻지 말아줘. 더한 일이 역겨워서 도망간 친구들만큼. 더한 일은 활활 타오른단다. 친구들…… 도망가서 속이 편할까. 그러나 그들은 누나랑 같은 학교에서. 급식을 먹을 때 함께 앉았다.

(…)

어떤 여자가 밥을 주는군. 고양이가 울면서 밥을 먹었다. 어떤 사람이 목을 조르는군. 고양이가 울면서 버둥거렸다. 꿈에서 내가 고양이였어. 누나가 새벽에 전화를 했다. 괜찮아 더한 꿈도 꿔봤으니까.

더한 일이 만약 세가지라면. 도망간 친구들은 몇개나 알고 있어요? 몇개인지는 상관없어. 더한 일은 그냥 거대한 하나. 누나는 그렇게 말했지만. 뜯으면 백개도 될 것 같았다.

기다려줄래? 더한 일이 얼마나 더한 일인지. 준비가 되면 말해줄게. 하지만 누나가 언제 말하든. 하나도 새롭지 않을 거예요. 나도 백개나 겪었으니까.

——「영향력」 부분

김승일의 시에서 "굉장한 공감대"와 "이해"의 '공동체'를 출현하게 하는 사건이 "유년시절에 학대당한 경험"이라는 사실을 기억하는 일은 중요하다. 이것은 단지 하나의 에피소드가 아니라, 이 비성년 화자들을 "서로 닮은 것"으로 만드는 원초적 사건이며, 그들에게 "공포가 꿈을 지속시키는" 이유이자 그 꿈속 "사물함에 토막 난 시체"(「난 왜 알아요?」)의 기저를 이루는 에너지이다.

앞의 시에서 "소포를 뜯어보니" 나온 "밤마다 밥을 주던 고양이"의 "머리"는 그녀가 실제로 키우던 고양이의 머리일 수도 있으나, "꿈에서 내가 고양이였어"라는 누나의 말로 보아 그녀의 무의식을 이루는 중핵이라고 하는 것이 더 정확해 보인다. 이 시집의 도처에서 화자인 '나'와 시의 주인공들의 무의식("꿈")의 중핵은 바로 이 소포 속에 든 "고양이 머리" 같은 것들로 채워져 있다. 무의식의 중핵은 곧 존재의 중핵이다. 그것들은 김승일의 시에서 화자 특유의 희극적 화법으로 가볍게 발설되곤 하지만, 실제로 그것을 관통하는 이미지들은 끔찍한 에너지를 보유하고 있다. 그러나 반복하건대 그것은 주체의 내면 깊숙한 곳에 위치한 존재의 중핵이기에 발설될 수 없는 것이고, 주체 스스로에게도 충분히 알려져 있지 않은 수상하고 은밀한 것이다. 이 시에서 누나가 "몇개인지는 상관없어. 더한 일은 그냥 거대한 하나"라거나, "기다려줄래? 더한 일이 얼마나 더한 일인지. 준비가 되면 말해줄게"라고 말하는 것은 단순한 능청이 아니라 이 "더한 일" "더한 꿈"의 의미가 누나 스스로에게조차 명확히 인식되지 못하는 것이기 때문일 수 있다.

김승일의 시에서 '연애'는 이 "더한 일"과 "더한 꿈"에 대한 선이해를 가진 자들, 다름 아닌 존재의 내밀성 자체를 공유할 수 있는 자들 간에 열리는 일종의 공동체적 사건이다. "더한 일이 역겨워서 도망간 친구들"로 인해 '친구들'의 공동체가 깨어진다면, 연애의 가능성은 "나도 백개나 겪었으니까"라는 내밀한 개별성의 공유, 그리고 그로부터 비롯되는 '이해'에서 비롯된다(「영향력」에서는 이 내밀성의 공유가 끝내 결렬되기는 하지만). 이 시집의 화자가 "친구들의 사물함에 토막 난 시체"가 들어 있는 "공포가 꿈을 지속시키"면서 "살인마"와 "애인"을 같은 대상으로 인식하기도 하는 까닭이 여기에 있다(「난 왜 알아요?」). 김승일 시의 비성년 화자들의 무의식에서 애인과 친구, 사랑과 우정은 같은 것이며, 그것은 존재의 내밀성을 구성하는 외상적 기억들, 예컨대 '고양이 머리'나 '시체' '살인마' 또는 유년시절 학대의 경험과 같은 기억의 개별성을 공유하는 소포 상자 속에 들어 있다. 공유할 수 없음 그 자체를 공유하는 그들은 사회에 속하지 않는다. 그러므로 그들이 서 있는 존재 지평에서 그들은 서로에 대해 (사회의) '구성원'이 아니다.

가능성은 화장실에게 맡긴다

이런 차원에서 이 시집에서 너무 소략하여 지나치기 쉬운 몇개의 에피소드가 확실히 '사회적' 차원의 그것을 반영하고 있다는 점은 눈여겨볼 만하다.

이가 아파서 치과에 간 날
아야야 나는 우는데
의사는 웃으면서 이를 뺀다

—「병원」 전문

니 똥이지? 니 똥이지? 애들이 자꾸만 내가 쌌댔어. 내가 애들한테 복수
하려고 미리 와서 여기저기 똥을 쌌댔어. 고양이가 쌌다고 그랬는데도 나
더러 다 치우랬어. 그런데 내가 똥을 치워도 새벽에 고양이가 또 쌀 거잖아.
  하지만 애야, 그런 애들이 정말로 네 친구들이니? 친구가 아니면 그럼
뭐냐고. 딸애가 묻는다.

—「모래밭」 부분

  병원에서 이 비성년 화자 '나'가 마주하고 있는 것은 단지 그 자신과 치
통을 공유할 수 없는 의사가 아니다. 이 말은 '나'가 통증이라는 개별적
경험(모든 고통은 각자의 것이라는 점에서 개별적인 것이다)을 타인과
공유할 수 없어 애석해하고 있다는 뜻이 아니다. 오히려 여기에서 문제가
되는 것은 치통이라는 개별성이 개별적인 경험으로 존재할 수 없는 상황
이다. 통증이 온전한 개별성으로 존재할 때, 그것은 통증을 대체 불가능한
고유의 경험으로 받아들이는 존재들에게 개별성의 벽을 깨면서 동일한
'이해' 지평에서 받아들여진다.
  "여기도 똥 저기도 똥 알고 보니까. 어제까진 진흙인 줄 알았던 것이 물
똥이고 설사였던 것인데" 한 놀이터 모래밭에서 놀던 아이들은 '똥'을 공
유하지 못한다. 아빠의 목소리를 '흉내'내지만 실은 소년의 날목소리로
말하는 이 비성년 화자가 보기에 이것은 "똥", 즉 수치심을 나눠 갖지 못
하는 일이다. '친구들'이 만일 존재론적 의미를 지닌 '공동체'라면 그것은
수치심, 즉 동일한 유한성의 지평에서 각자 마주한 존재의 바닥을 공유하

는 공동체일 것이다. "도시는 어차피 주인이 부재한 파이프들을 따라 한 몸으로 맴돌고 있는 것"이고 "파이프들에게 친구는 눈 깜짝할 사이에 만들 수 있는 것"(「우리 시대의 배후」)이지만, "도시"를 구성하는 이 만들기 쉬운 "파이프"는 김승일의 친구들이 아니고 애인도 아니다. 그것들은 사회에 속한다.

김승일 특유의 시적 화자가 등장하는 인상적인 목소리들이 독자들에게 어떻게 들리든 간에, 여기에서 확인되는 것은 이 형제가 서 있는 공간의 기저에는 '사회'의 그것과는 다른 차원의 것이 놓여 있다는 사실이다.

부모가 죽고 세달이 흐르자. 아무도 화장실을 청소하지 않았다. 네달이 흐르고. 변기에서 쥐가 튀어나왔어. 그렇다면 변기는 수영장이로군. 다섯 달과 여섯달을. 나는 행진이라고 불렀다.

지각은 지각인데도. 쥐가 무서워서 똥을 누지 않았고. 나는 화장실이라 화장실에 가지 않았다. 다시 행진. 이제 나는 캄캄한 창고 같았고. 학교가 된 거실처럼. 간격은 변수 같았다. 이봐, 수영장. 창고 안에 고여 있는 기분이 어떤가? 똥이 없어서 쥐가 죽었어. 가능성에게 화장실을 맡기고. 굶어 죽은 쥐를 보러. 나는 창고에 갔다. 캄캄한 가능성 위에 부모처럼 누워. 배신이 기다리고 있었다.

—「화장실이 붙인 별명」 부분

형은 동생을 때릴 때 찝찝하지 않아? 나까짓 게 때리면 부끄럽지 않아? 싸울 때 부끄럽다니, 형제란 건 사내답지 않군. 나는 배시시 배시시, 입속에 고인 피를 세면대에 뱉는다.

타일 사이사이로 누런 십자가, 형이 변기에 앉아 똥을 누면서 양치질을 할 때 새파랗게 질린 구름, 나는 샤워를 하면서 오줌을 눈다. 하필이면 화장실에서 형제는 왜 또 치고받을까? 확실한 것은 그들이 수치를 나눠 갖기 위해 싸운다는 것. 이것이 그들의 종교. 주먹이 까졌다. 창피하게.

—「방관」부분

이 시집에는 "부모가 죽고 세달이 흐르자, 아무도 화장실을 청소하지 않았다"라는 시적 정황이 동일하게 제시되고, 화자가 형(「부담」), 동생(「방관」), 부모(「가명」), 화장실 또는 제3자(「화장실이 붙인 별명」)의 시점으로 각각 변형되는 네편의 주목할 만한 시가 실려 있다. 각각의 텍스트는 독립적인 동시에 일정한 시차를 발생시키면서 내러티브적 연관성을 보인다는 점에서 이를 연작이라고 불러도 무방하다. 이 시들에서 나타나는 다음과 같은 사실은 지금까지 우리의 논의뿐만 아니라 김승일의 첫 시집이 지닌 새로움을 생각할 때 주목할 대목이다.

첫째, 김승일의 시에서 시적 주체로서 비성년 화자들이 서 있는 자리는 "부모가 죽고 세달이 흐"른 뒤다. 그 자리는 "내가 배달된 해에, 할아버지가 둘 다 죽"(「멋진 사람」)은 그 시점이기도 하다. 죽은 것은 단지 부모가 아니라 할아버지 둘 다이고, 그래서 윗세대는 부재한다. 흥미로운 점은 이러한 상황에 대처하는 시적 주체의 태도이다. 할아버지의 죽음에 마주해서 '나'는 "할아버지들은 돌아오지 않는다. 이것이 혹독한 현실. 하지만 사명감은 갖지 않을래"(「멋진 사람」)라는 입장을 표명한다. "부모가 죽고 세달이 흐르자, 숙제가 밀리면 그 숙제는 하지 않"(「부담」)고 "매일 아침 운동화를 닦고 테니스를 치러 나가"는 것이 형의 방식이고, "강해지고 싶어서, 나는 오늘도 학교에 가지 않"(「방관」)는 것이 동생의 방식이다. 동생은 "부모가 동시에 죽고, 이제 누가 화장실 청소를 하나?"(「부담」)라고 자문하기도 한다.

새로운 시적 주체의 등장이 세대 단절의 선언문이 되는 일은 드문 일이 아니다. 그러나 이러한 주체의 태도는 한국 시사에서 가장 강력한 인상을 준 그 선배들의 세대 단절의 격문과도 양상이 다른 것이다. 가령 1980년대 후반 장정일(蔣正一)의 소년은 "방이 하나면/근친상간의 소문을 무릅쓰고/어머니와 아들이 함께/지낸다/(…)/방이 하나면……/아아 개새끼!/나는 사람도 아니다"(「방」, 『햄버거에 대한 명상』, 민음사 1987)라고 말했다. 이 화자의 무의식을 여전히 괴롭히고 있는 것은 세대 간의 연루를 전적으로 부정할 수 없게 하는 화자 스스로의 공모 의식이다. 2000년대 중반 황병승(黃炳承)의 소년은 "떠나기 전, 집 담장을 도끼로 두번 찍었다". 그는 이 행위에 대해 첫 연에서 "그건 좋은 뜻도 나쁜 뜻도 아니었다"(「주치의 h」, 『여장남자 시코쿠』, 랜덤하우스중앙 2005)고 말한다. 이 단절은 표면적으로는 단호하지만, 여전히 부모와의 관계에 있어 주체에게 남아 있는 어떤 정념의 존재를 암시한다. 첫 연 이후 계속되는 부모에 대한 이야기들은 그 내용과 상관없이, 이 시적 주체의 무의식에서 여전히 휘발되지 않고 남아 있는 정념의 존재를 증거한다.

　김승일의 시적 주체의 경우, 이 작품들에서 부모의 죽음을 알리는 정황은 "부모가 죽고 세달이 흐르자"라는 객관적 진술의 형태로만 단적으로 드러나고, 이후의 연에서 부모와 자식(형제) 간의 관계에 대한 이야기는 더이상 진술되지 않는다. 이 연작들은 단지 "부모가 죽고 세달이 흐"른 뒤 형제들의 일상만을 보여줄 뿐이다. 형제는 각자의 생활을 해나가고, 여기에서 유일하게 문제가 되는 것은 "화장실 청소를 할 사람이 없다는 것"(「방관」)뿐이다. 이 이야기를 비극적인 것으로 읽는 일은 난센스다. 어떤 의미에서 이러한 반응은 그 감각이 '윗세대'에 속해 있다는 뜻일 수도 있다. 비극은 정황에서 비롯되는 것이 아니라 주체의 정념에서 비롯된다. 시적 정황은 비극적일지 모르지만, 이 시들의 주인공인 형제의 태도는 놀랄 만큼 '쿨'하다. "혹독한 현실. 하지만 사명감은 갖지 않을래. 사명감이 없는 애는 나밖에 없을 테니까. 있으면 어떡해? 있으면 좋지"(「멋진 사람」)라고 말하는 것이 이들의 태도이다. 비극적 정황에서 희극적 아이러니를 발생시키는 것, 아니 발생시킨 그 희극적 아이러니를 끝내 유지하는 것, 이것이 바로 김승일의 '쿨한' 주체들이다.

둘째, 그럼에도 김승일의 시에서 집이 부모의 죽음 이후로 상정되고, 그 집에서 '화장실'이 가장 문제가 되며, 변기에서 쥐가 튀어나온다는 사실은 우리의 논의와 관련하여 의미심장하다. "변기에서 쥐가 튀어나"와 집에서 똥을 눌 수 없을 때, 그 집은 똥을 눌 수 있는 공간으로서의 학교로 대체된다("운동장을 가로지르며 동생이 뛰어온다. 변기에서 쥐가 튀어나왔어. 괜찮아. 내일부터 학교에 오자. 똥은 학교에서 누면 되지. 그래 그러면 된다", 「부담」). 이 시집에서 강박적으로 반복되는 오브제가 쥐와 똥이라는 사실은 이 형제(이 시집의 비성년 화자)의 무의식에 그것이 집과 학교에 대한 가장 강력한 이미지로 설정되어 있다는 뜻이다. 적어도 여기에서 확인할 수 있는 것은 이 형제에게 집과 학교는 '공동체'가 아니라는 사실이다.

셋째, 쥐와 똥으로 상정되는 집과 학교의 존재로 인해 이 시집의 무의식이 근접하는 곳으로서 '공동체'가 역설적으로 어렴풋하게 모습을 드러낸다. 학대받았던 비성년 화자들이 그들의 은밀한 기억의 공유를 통해 하나의 지평에 모이게 되었듯이, 부모가 부재하는(그것은 '사회'가 부재하다는 뜻이기도 하지 않은가) 화장실에서 형제는 무언가를 나누어 갖는다. 이를테면 「방관」에서 "형이 변기에 앉아 똥을 누면서 양치질을" 하고 "나는 샤워를 하면서 오줌을 눈다"고 할 때, 이들이 공유하는 것은 무엇인가. "확실한 것은 그들이 수치를 나눠 갖"는다는 사실이다. 똥과 오줌은 존재의 내밀한 바닥이다. 그것을 배설하는 자리가 화장실이다. 배설하는 자신을 타인에게 노출할 때 '수치'가 생긴다. 이 내밀한 수치심을 서로 마주 드러내면서 이 형제가 자신들도 모르게 자리 잡게 된 '열린' 장소가 바로 여기, 화장실이다. "이것이 그들의 종교"다. "나까짓 게 때리면 부끄럽지 않아?"라고 동생이 물을 때, 형이 "싸울 때 부끄럽다니"라고 대답할 수 있는 까닭은 형이 부끄러움을 몰라서가 아니라, 내밀한 존재의 바닥으로서의 '부끄러움'을 동생에게 이미 다 보여주었기 때문이다. 거기서 개별적인 부끄러움은 드러낼 수 없는 개별성을 서로에게 드러낸 형제를 '하나의' 지평으로 묶어 세운다. "형제란 건 사내답지 않군"이라고 동생은 말하지만, 이 '사내다움'이란 실은 존재의 내밀성을 가까스로 보존하기 위해 쓰는 불가피한 가면이 아닌가. 그 가면은 사회의 것이다. 벗을 수 없는 가면을 벗어 맨얼굴을 드러내는 자리가 이 '화장실'이다. 모종의 윤리적인 화두를 제기하는 이 형제의 화장실은 그런 의미에서 '공동체'에 접근한다.

주목할 만한 사실은 이 자리에서 김승일 시의 비성년 화자들이 지닌 윤리적 정체성이 단적으로 드러난다는 사실이다.

동생의 마음이 이해 가지 않는 것은 아니다. 나도 양아치였으니까. 그렇지만 나는 깨달아버린 것이다. 학교에 가지 않는 양아치보다는 학교에 가는 양아치가 더 멋있다는 사실을.

(…)

친구들이 모두 집에 돌아간 뒤에도 나는 학교에 남아 침을 뱉는다. 구령대에서, 나는 침을 멀리 뱉는 애. 부모가 죽고 세달이 흐르자. 부모가 죽고 네달이 흐른다.

—「부담」 부분

이 양아치는 종래의 양아치보다 확실히 진보했다. "학교에 가지 않는 양아치보다는 학교에 가는 양아치가 더 멋있다는 사실을" "깨달아버린" 양아치이기 때문이다. 이 연작에서 학교는 부재하는 집이고, 부재하는 집은 쥐가 튀어나오고 똥을 싸는 곳, '화장실'이다. 이 시집의 주인공인 비성년 화자들의 무의식에서 집이자 화장실인 학교는 따돌림의 장소이고, 얼차려의 공간이며, 종종 그들로 하여금 "체육관 천장에 목을 매"(「체육관의 우울」)거나 "십자가에 매달릴"(「마녀의 딸」) 상상에 빠지게 하는 장소이다. 그럼에도 이 양아치가 그곳을 회피하지 않는다는 사실은 얼마나 놀라운 일인가. 침을 뱉어도 "나는 학교에 남아 침을 뱉는다". 이 '실천적' 태도에 드러난 윤리감각을 앞으로 '양아치의 윤리'라고 부르자.

우리가 걸어가면 우리는 네마리 도롱뇽들

군대에서 세례를 받은 우리들. 첫 고해성사를 마치고 나서 운동장에 앉아 수다를 떨었다.

난 이런 죄를 고백했는데. 넌 무슨 죄를 고백했니? 너한텐 신부님이 뭐라 그랬어? 서로에게 고백을 하고 놀았다.

우린 아직 이병이니까. 별로 그렇게 죄진 게 없어. 우리가 일병이 되면 죄가 조금 다양해질까? 우리가 상병이 되면…… 고백할 게 많아지겠지? 앞으로 들어올 후임들한테, 무슨 죄를 지을지 계획하면서. 우리는 정신없이 웃고 까분다.

―「같은 부대 동기들」부분

김승일 시집의 비성년 화자들이 모인 자리를 우리는 '공동체'라고 불렀다. 정확히 말해 공동체에 근접하는 어떤 것이라고 말했다. 그의 시에서 애인과 친구들, 형제는 적어도 '사회'에 속하지 않는다. 거기에는 사회적 효용도, 계약도, 규칙도, 목적도 없다. 대신 그들은 나눌 수 없는 존재의 내밀성 그 자체를 나눈다. 그 내밀성은 때로는 저마다 겪은 학대의 경험이고, 때로는 자신이 키우던 고양이 머리가 배달되는 그 자신만의 "더한 꿈"이며, 때로 그것은 똥과 오줌을 타인 앞에서 배설하는 자가 느끼는 수치심이다.

그런데 그들이 나누는 것의 목록에는 이 시에서 보는 것처럼 '고해성사(고백)'도 있다. '고백'을 고백한다? 부대 동기들을 '같은' 부대 동기들로 묶는 것은 신의 대리자인 신부에게나 들려준 그들 저마다의 은밀한 고백이다. 그건 다름 아닌 그들의 '죄'다. "정신없이 웃고 까"부는 이 고백 놀이는 신과 마주한 자리에서나 발설되는 지극한 내밀성의 놀이화다. 이 놀이의 놀라움은 그 내밀성이 지닌 절대적 밀도에서 비롯된다. 고해성사란 어떠한 타인에게도 말할 수 없는 것을 말함으로써, 그 말함의 형식 자체로 신을 단독자로서 마주하는 존재론적 도약의 체험이 아닌가. 여기서 발생하는 것이 바로 '종교(적인 것)'이다. 단독자로서 신과 마주하는 이 고백의 형식이 그 형식 자체로 종교적인 체험이 되는 것은 무엇 때문인가. 이 고백의 성격이 말 되어질 수 없는 것을 말한다는 절대적 내밀성을 지니고 있기 때문이다. 이 절대적 내밀성은 그것이 곧 그 자신의 '죄'라는 점에서 비롯된다. 그것은 누군가에게 학대받았던 한 인간이 오히려 누군가를 학대했던(학대할 수 있는) 자일 수도 있음에 대한 자각이고, 자기 죄에 대한 무의식적 인식이며, 인간 개체의 저 바닥에 똬리를 틀고 있는 자기 안의 '쥐'이기도 하고 '똥'이기도 한 것을 자각한 자들이 대면하는 수치심이기도 할 것이다.

김승일의 여러 시들에서 유년시절 부모에게 또는 학교에서 학대받았던 친구들은 이 시에서는 고백을 고백하는 은밀한 놀이를 통해 "같은 부대 동기들"이 된다. "우리가 상병이 되면…… 고백할 게 많아지겠지? 앞으로 들어올 후임들한테, 무슨 죄를 지을지 계획하면서" 벌이는 놀이는 윤리적으로 의미심장하다. 그들의 놀이는 학대받던 자가 학대자이거나 또는 학대자가 될 수도 있다는 자각(일병과 상병에게 학대받던 모든 이병은 곧 일병이 되고 상병이 된다), 아직 짓지도 않은 미래의 죄, 그러므로 세상의 죄가 내 죄일 수도 있다는 자각을 통해 모종의 '공동체'에 접근하는 놀이이기 때문이다. 이 윤리적 지평의 자리, 이 동기들이 모여 노는 여기는 아무리 보아도 '사회'가 아니다.

 소녀들이 불을 피해서 물속으로 들어갔다.
 미끌미끌한 물풀이 발에 감길 거야. 물풀은 숭숭 뽑히고 물풀은 아무 데나 움켜쥔다. 기억하렴.
 너희가 물풀이 되면, 몇몇은 표면에 조개껍질을 달고. 몇몇은 테두리에 가시를 만들겠지. 발목에 집착할 거야.
 너희는 하천 모래 바닥에 누워 있다. 서로를 문질러주렴. 이젠 안심이니까.
 천천히 수면 위로 상단(上端)을 내밀고. 억새들이 스르르 녹는 것을 지켜보았어. 우리가 지른 불이야. 한 소녀가 말했다. 얘, 반성하려고 물풀이 된 건 아니잖아. 불은 둑을 따라 달려나가네. 모레는 한강을 다 태우고 수요일에는 퐁네프까지 잿더미로 만들 거야.
 소녀들이 서로의 귀에 불어를 속삭였다. 근사해, 근사하구나, 하지만 너흰 물풀이잖아. 물풀이 숭, 숭, 뽑히고 있어. 아무 데나 움켜쥐는 물풀의 가시는 날카롭지.
 물에서 나는 탄내는 무서운 것이었다. 냄새가 몸에 밸까봐.
—「초록」 전문

시인의 이 특이한 윤리감각이 이런 모호하면서도 매혹적인 시를 만들어낸다. 이 시에는 분명하게 해명하기 어려운 모호한 이미지가 여럿 있다. 무엇보다도 "소녀들"이 피해서 들어온 저 "불"의 실체가 무엇인지가 의문스럽다. 얼핏 보면 "소녀들이 불을 피해서 물속으로 들어"올 때 소녀들은 불의 피해자인 듯이 보인다. 이때 이 '피해자들'에게 "물속"은 불을 피하는 대피처가 된다. 그러나 "우리가 지른 불이야"라는 말로 이런 추측은 곧 부정된다. "불"을 지른 것은 그들 자신이다. 하지만 그렇다고 하여 이 "불"을 어떤 도덕적 해악의 의미로 해석하기도 쉽지 않다. "불은 둑을 따라 달려나가네. 모레는 한강을 다 태우고 수요일에는 퐁네프까지 잿더미로 만들 거야"라는 언술이 유발하는 기이한 유희성이 "불"에 대한 도덕적 의미 접근을 희석시키기 때문이다.

그러나 "불"의 의미가 무엇인지를 명확히 규정하는 것보다 더 중요한 것은 이것을 어떤 방식으로 읽든 간에, "냄새가 몸에 밸까봐"라고 말하는 이 소녀들("물풀")의 무의식에서 '죄'의 연루를 부정하지 못하는 모종의 '죄의식'이 감지된다는 사실이다. 그 불이 누가 지른 것이건, 어떤 일 때문이건, 어디에 지른 것이건 간에 뭍에서 일어난 불은 물속으로 들어가도 지워지지 않는다. 그리고 "물에서 나는 탄내는 무서운 것"이다. "소녀들"이 "물풀"로 몸을 바꿔도 "냄새가 몸에 배"는 것은 피할 수 없다. 물풀이 된 소녀들은 "몇몇은 표면에 조개껍질을 달고, 몇몇은 테두리에 가시를 만들" 것이다. 불을 피해 물속으로 들어온 소녀들이 물속에서 "아무 데나 움켜쥐는" 날카로운 가시를 지닌 물풀이 되고, 물풀로 바꾼 몸에서조차도 휘발되지 않는 "탄내"가 난다. '초록' 공간에 배어 있는 이 "탄내", 더 정확히 말해서 분명치 않은 이 "탄내"를 맡는 은밀한 공통감각이 이 소녀들을 하나의 물속으로 모이게 하고, 그들을 "서로를 문질러주"는 "물풀"로 만든다. 역시 이 '초록'은 사회가 아니다.

식기 시작한 것들은 미끄러웠어 할머니가 쏟은 가래, 도롱뇽 알, 갓난아이, 녹조 위로 떨어지는 햇볕, 개천으로 뛰어드는 친구들, 친구들을 따라 뛰어드는 나, 딛는 곳마다 물이끼가 밟히고 수온은 미지근했지

머리가 오백원짜리 동전만 한 올챙이들 나는 올챙이가 초식동물인 줄 알았어 한놈 대가리에 열이 붙어 씹고 있을 적에도

풀을 뜯어 먹는 줄 알았어 개미떼가 빨고 있는 사탕 파리떼가 엉겨붙은 석양 녘에도 피 흘리지 않는

내 또래 애들은 물이끼를 밟고 풍덩 넘어지는 것을 좋아해 그래서 나도 넘어져봤어 친구들, 친구들처럼…… 꿀걱꿀걱 개천 물을 마실 때마다 가시가 달린 청각(靑角)처럼 비린내처럼 쉽게 팬티 속으로 들어오는 것들

한번 들어온 징그러움은 영원한 협력자다

우리가 걸어가면 우리는 네마리 도롱뇽들, 따라오던 내 동생은 아까 넘어져서 돌쩌귀에 머리를 찧었는데 아직 거기 꼼짝 않고 누워 있는데 피는 한방울도 나오지 않았지 친구들은 계속 걸었고

나도 따라 걸었어 우리는 네마리 도롱뇽들 물을 너무 마셔서 콧물만 나왔어

야광 잠바를 입은 친구가 신발 사러 엄마랑 백화점에 간대 그런데 기침을 자꾸 하는 애도 다섯시에 태권도를 간대

내 동생도 집에 가서 설거지를 해야 하는데

저렇게 누워만 있어

우린 꽤 멀리 왔지? 그런데 다들 어디 갔니? 난 우리가 어딘가 당도(當到)하려는 줄 알았는데

뒤집혀진 장갑 속에서, 기름에 전 장화 속에서

나 알을 찾았어 축 늘어진 청포도, 청포도였어

—「조합원」 전문

　　"도롱뇽 알, 갓난아이" "올챙이들"은 형체조차 제대로 거느리지 못한 약한 존재의 형상으로 학대와 수치와 배고픔과 끔찍한 꿈들을 제 몸에 품고 있는 존재의 "알"들이다. 이 "알"들은 "할머니가 쏟은 가래"처럼 생의 유한성(죽음)과 존재론적인 상처들, 은밀한 죄의 형상을 자기 몸에 새기고 있지만, "한번 들어온 징그러움"을 "영원한 협력자"로 삼음으로써만 제 존재의 알이 비로소 부화될 수 있음을 알고 있다. 그러므로 "뒤집혀진 장갑 속에서, 기름에 전 장화 속에서" 김승일의 "도롱뇽" 친구들이 찾으려는 "알"이 성성한 포도가 아니라 "축 늘어진 청포도"('포도'가 아니라)인 것은 까닭이 있다. 존재의 외상적 진실이 새로운 생명으로 부화되고 되돌려지는 그 자리는, "식기 시작한 것들"("할머니")이 뱉어내고 산란한 알들의 처소이며, "축 늘어진" 것이 그 스스로 푸른("청") 포도가 됨으로써 존재의 다른 가능성을 개방하는 자리이다. 그러므로 "축 늘어진 청도포"에 담긴 "알"에서 성적 이미지를 떠올리는 것은 자연스럽다. 오줌을 누는 배설기관이 생명의 알을 낳는 성기라는 역설만큼이나 자명한 존재론적 진실이 어디에 있겠는가. 김승일의 시들에서 급식을 거른 아이들이 모이는 학교 옥상이 "짙은 초록"(「옥상」) 빛 이미지로 나타나고, 오줌과 똥을 누는 '화장실'이 형제에게 '사회'가 아닌 다른 공간으로 열리는 것도(「부담」) 이런 맥락이다.

　　미끄러움과 탄내와 비린내와 가시가 얽힌 곳, 존재의 모호하고 내밀한 외재성이 거주하는 그곳은 어디인가. "우리가 걸어가면 우리는 네마리 도롱뇽들"이 되는 거기에 그곳은 있다. 거기는 '엄마랑 가는 백화점'에도 없고, '태권도장에 가는 다섯시'의 시각에도 없다. '사회'로부터 가능한 "최대한 멀리"(「오리들이 사는 밤섬」) 가는 독고다이식 걸음 자체를 자신의 유일한 존재 지반으로 여기는 자리에서만 그곳은 개방된다. 거기에서 서로 학대를 이해하게 된 소년들, 고양이 머리가 든 소포를 받는 누나, 화장실에서 수치를 나눠 갖는 형제, 고백을 고백하는 군대 동기들, 물풀이 된 소녀들은 사회의 구성원이 아니라 '공동체'의 '조합원'이 된다. 이 조합원들의 세계가 김승일의 '도롱뇽 공동체'이다.

김승일의 도롱뇽 공동체의 '에듀케이션'은 "뒤집혀진 장갑 속에서, 기름에 전 장화 속에서" "당도하려는" "알"과 "축 늘어진 청포도"의 윤리이다. 예컨대 "한번 들어온 징그러움"을 "영원한 협력자"로 여기는 일. "내려가는 층계가 없는"(「홀에 모인 여러분」) 옥상을 오르는 일. 또는 작은 옷장 속에 숨은 (아직 낳지 않은 미래의) 딸아이에게 "작아져서 살아간다는 것은 잠깐 작아지는 것과는 차원이 다른 일이야"(「옷장」)라고 가르치는 일. 혹은 "깊이 잠들지 않고 더 많이 질문하기 위해 그들은 서서 잔다"(「선잠 자는 전봇대」)는 관찰법 같은 것.

이 에듀케이션의 공동체, 그렇다면 거기는 시의 공동체. 이제 "우리들은 서로에게/가르쳐줄까//지금 막 우리들이/ 알게 된 것을"(「홀에 모인 여러분」).

— 김승일 『에듀케이션』, 문학과지성사 2012

숙녀라는 이름의 굴욕 플레이어

◆

박상수 시집 『숙녀의 기분』

레이디스 앤드 젠틀맨(Ladies and Gentlemen)? 노, 노(No, No)! 이 시집의 '숙녀'는 그 '레이디'가 아니다. 이 숙녀의 곁에는 트래디셔널한 신사도, 시크한 젠틀맨도 없으니 말이다. 없는 건 그뿐이 아니다. '신사, 숙녀 여러분'이라는 호명과 동시에 그들 앞에 화려한 스포트라이트를 비추며 소개될 배우도, 첨단의 신상도, 쇼윈도우 속의 매혹적인 명품 백도 여기에는 없다.

대신 이 숙녀는 그와는 다른 사물과 인간군상에 둘러싸여 있다. 바깥이 보이지 않는 창문, 엄마에게 버려져 저녁에나 나갈 수 있는 어두운 학원 교실과 24시간 열람실. 혼자 가지고 노는 공깃돌, 냄새나는 기숙사 이불. 비 맞은 길고양이 털 냄새와 한줄 김밥, 쓰레기통에서 주운 물수건 같은 것들 말이다. 그러므로 그녀의 곁을 고3 교실의 구원자처럼 보이는 교생과 취업재수생 남친, 연구실이 없는 교양수업 강사, 월급날을 알람 맞추듯 알고 문자하는 후배, 편입생을 왕따시키는 아이들이 에스코트하고 있다고 해서 놀랄 일은 없을 것이다.

첫 시집 『후르츠 캔디 버스』(천년의시작 2006)에서 씁쓸한 캔디를 빨던 박상수(朴相守)의 그 아이들은 어언 7년 만에 '숙녀'가 되었으나 그들은 여전히 '굴욕'의 런웨이(runway)를 걷고 있다.

그녀의 젠틀맨과 '굴욕'이라는 근본기분

이제부터 차차 이야기하겠지만, 당연하게도 "숙녀의 기분"은 이 시집에서 단지 개인적이고 심리적인 차원의 어떤 것을 지시하지 않는다. 이 '기분'은 주인공들이 겪는 세계 경험의 표면이자 이면이다. 그것이 삶의 경험에 대한 그녀들의 즉각적인 반응 형식이자, 그 반응이 우리 시대의 삶의 실체를 암시하는 어떤 그림자를 거느리고 있으므로. 이 시집에서 이 '기분'은 그녀들과 교제하고 있는 '젠틀맨'(이 젠틀맨이 여자일 경우도 적지 않다)과의 관계에서 발생하는데, 그 풍경은 대개 이렇게 가볍고 희극적이다.

좀 가, 냄새나니까 좀 가

내 침대에 들어가서는 자는 척하고 있구나 그렇게도 입지 말라는 늘어난 면 티를 입고서, 굴욕 플레이가 더는 싫어서 너를 만났지 스쿨버스에 캐리어 올려줄 사람이 없어서 너를 만났어 일주일 전부터 너에게 들려주고 싶었던 이야기, 기어이 마구 해버렸다 넌 이불 밑에서 번민광처럼 중얼거렸지

내가 시험 떨어졌다고 이러는 거니?

한번 더 떨어져서 다섯번 채워, 그다음엔 어디 국토대장정 같은 데라도

갔다 와 거기 가면 울면서 어른이 된대

그러지 말랬지 그런 마이너스 사고방식

갑자기 뛰쳐나와 네가 나를 안아버렸다 내 머리카락에 코를 파묻고 홀
쩍였어 나도 몰래 스르르 가랑이가 벌어졌지만 딱 1분간만 키스해주었지
그리고 떨쳐냈다

책상 위의 교정기를 이빨에 끼우고 너를 내려다봤어, 때릴 거야 때려버
릴 거야, 고개를 흔들다가 이번 방학이 끝날 때까지만 참기로 했어.
─「기숙사 커플」 부분

숙녀는 그녀의 '젠틀맨'을 영입한다. 그러나 그는 유니크하지도 댄디하
지도 않다. 그는 그녀가 "그렇게도 입지 말라는 늘어난 면 티를 입고" 있
으며 "냄새"가 난다. 그는 시험에 네번이나 미끄러진 취업재수생이다. 숙
녀에게 그런 젠틀맨의 영입이 전적인 자의일 리가 없다. 하지만 그걸 타
의에 의한 것이라고 하기도 어렵다. 그녀가 "굴욕 플레이가 더는 싫어서"
그를 선택했으므로. 이 이유는 눈여겨볼 필요가 있다. 이 언술은 이 시집
의 전체 성격과 '숙녀의 기분'의 실체를 가늠하게 하는 주목할 만한 '시
적' 발화이기 때문이다.

이 시의 화자는 "굴욕 플레이가 더는 싫어서" "스쿨버스에 캐리어 올
려줄 사람이 없어서 너를 만났"다. 이 발화에는 화자가 겪고 있는 상황의
난처함과 기분의 곤혹스러움이 그대로 묻어난다. 누가 멋진 남친을 마다
할 것인가. 하지만 그건 희망사항일 뿐이다. 그녀에게 그러한 남친은 나
타나지 않는다. "더는 싫어서"라는 발화는 이 가능성이 앞으로도 실현될 수
없음을 암시한다. 따라서 대타로 영입한 비전 없는 남친의 존재란 곧 그

녀 자신의 현실적 '(상품) 경쟁력'을 반증하는 존재라고 할 수 있겠다. 이 '젠틀맨'의 형상이 그녀 자신의 자화상이라는 말이다.

중요한 것은 이 개인적 발화에 나타나는 알량한 자존심에 우리 세대의 생태학이라고 할 만한 세태의 이면이 감지된다는 사실이다. 이것이 이 가볍고 앙큼한 발화를 어떤 시적인 지점으로 옮겨가게 한다. 그녀는 "굴욕 플레이가 더는 싫"고, "스쿨버스에 캐리어 올려줄 사람"이 필요하다. "굴욕 플레이"에는 타자의 시선에 대한 그녀의 자의식이, '스쿨버스 캐리어'에는 그녀의 무의식에도 깊이 삼투된 사회적이고 실용적인 생존본능이 묻어난다. 그러므로 이 냄새나는 젠틀맨은 최선도 차선도 아니며, 거의 최악에 가깝지만, 그래도 그녀는 이것을 '선택'하는 것이다. 이 선택은 울며 겨자 먹기이지만, 전적인 타의라고 할 수도 없다는 점에서 아이러니한 측면이 있다. 바꿔 말해 세대론적 멘탈이 표출되는 이 아이러니에는 일정한 자의와 타의가 공모하는 곤혹스러운 '기분'을 드러내면서, 사회의 폭력과 개인의 윤리가 교차한다. 그래서 '숙녀'의 '굴욕 플레이'는 어떤 식으로든 욕망의 사회학과 관련을 맺는다.

하이데거가 세계의 존재 정황을 이해하려면 주체의 '기분(Stimmung)'을 잘 살펴보라고 조언한 것도 이와 관련이 있다. 기분은 한 사람이 던져져 있는 삶의 정황에서 생겨나니까. 하이데거는 한 세계의 본질적 정황을 드러내는 존재론적 기분이 있다고 하면서 이걸 근본-기분(Grund-Stimmung)이라고 말했다. 그렇다면 이 시집의 "숙녀의 기분"은 희극적 정황을 통해 가볍고 우스운 발화 속에서 표출되지만, 이를 그녀 세대의 멘탈리티를 통해 드러난 현실의 존재 정황, 일종의 '근본-기분'이라고 볼 수도 있지 않을까.

그런 점에서 이 시집의 몇몇 숙녀들이 이빨에 끼우고 있는 "책상 위의 교정기"만큼이나 그녀들의 기분을 '근본적으로' 반영하는 사물이 있을까. "교정기"는 일종의 '플레이(play)', 말하자면 희극적(희곡적) 마스크다. 그러나 마스크를 씀으로써 자신을 둘러싼 사회적 질서를 주체적으로 흔들어놓는 쾌걸 조로의 마스크와는 달리, "교정기"는 제 존재를 가리고 스스로를 '교정'함으로써 사회적 현실을 수세적이고 방어적 차원에서 수용하는 수동적 도구이다. 마스크를 쓴다는 것은 그녀를 둘러싼 세계가 연극을 강요하는 무대적 정황과 비슷하다는 사실을 드러내고, 그녀 역시 배역 떠맡기를 요구하는 세계의 폭력적 정황을 일정 부분 수용한다(할 수밖에 없다)는 사실을 보여준다. 그리고 이 연극적 정황에서 삶의 폭력과 주체의 자발성이 기우뚱거리며 손을 잡곤 하는데, 이때 "만국기가 펄럭이는 계주에서 흰색 바통을 놓쳐버린 것처럼"(「교생, 실습」) 낭패스럽고, "내장을 꺼내놓은"(2부 「파트타임」) 것같이 수치심을 느끼는 숙녀들의 기분이 바로 '굴욕'이다. 따라서 이 '굴욕'에는 마스크를 요구하는 삶의 폭력도 스며있지만, 타자의 시선을 포기할 수 없는 숙녀의 (자발적) 인정 욕망도 함께 있다고 해야 할 것이다. 이 시집의 숙녀들이 "넌 조금 더 제멋대로 걸어도 되는 거야//우린 얕보이는 게 싫어서 고개를 끄덕이는 게 아닐까"라며 자문하다가도 이내 "하지만 고개라도 끄덕이지 않으면//당장 나는 할 게 없어진다"(「좀 아는 사이」)는 식으로 다시 자조하고 마는 것도 이런 '굴욕 플레이'에 착종된 욕망의 모호성을 잘 드러내는 사례이다. 그러므로 '굴욕'은 이 세대가 겪는 세태적 곤혹과 실존의 아이러니가 결부된 폭력과 욕망의 사회학을 노출한다는 점에서 확실히 이 시집의 본질적 기분이자 이 세대(시대)의 근본기분이라고 할 만하다.

숙녀라면 입이 없어질 때까지 쿠키를 먹자

이 시집에는 흔히들 '시적인' 발화라고 말하는 서정의 우주도, 지혜를 계시하는 듯한 아포리즘의 성찬도 없다. 그렇다고 이 숙녀들이 어떤 지독한 정념과 상처의 구덩이로 독자를 몰아가는 것도 아니다. 물론 그녀들이 첨예한 인식론적 사유를 길어올린 철학자일 리도 없다. 대신 이 시집을 채우고 있는 것은 그녀들의 멘탈을 반영하는 앙큼하고 가벼운 희극적 언어들이다. 이 희극은 대상을 향한 독설과 신랄한 공격으로 점철된 아리스토파네스적인 것이 아니라는 점에서 풍자도 아니며, 화해의 제스처가 가미되지 않는다는 점에서 해학도 아니다. 하지만 주인공들의 우스꽝스러운 '굴욕 플레이'를 통해 우리는 오히려 이 시집에서 '숙녀'라고 일컬어지는 세대의 본질적 곤경들과 마주하는 독특한 경험을 갖게 된다.

　일부러 한 여자애만 노려봤지 개가 언제 화장실에 가는지 알고 싶었어 내가 세번이나 갔다 올 동안 개는…… 비범했다 나보다 세살은 어려 보였고, 말도 안돼, 스타크래프트 밴에서 갓 내려선 스타일이라면

　나한테는 답이 없는 거지

—「24시간 열람실」 부분

　버린 걸 주워다가 난 어디를 닦은 걸까? 다음 학기에는 나가랄까봐 집에 가면 설거지를 했어, 내 것도 아닌데 사촌 방도 닦아주었다 그리고 쓰러지듯 잠들었지 친척집이란 그런 것, 오늘 나는 돌아갈 곳이 없다 걸레를 밀 힘이 없으니까

　"가져, 너 다 가져! ㅋ"

　은혜를 베풀면서 네가 말했다.

—「편입생」 부분

몇번의 수술 뒤에 J선배는 치아교정기를 버렸어요 실패가 사람을 만든 다면 선배는 지금쯤 사람이어야 할 텐데, 죽어가는 잇몸을 내보이기 싫어서

입이 없어질 때까지 쿠키를 먹자 토하고 또 먹으면 돼
— 「나의 여학생부」 부분

이 톡톡 튀는 세대론적 발화들에서 환기되는 기분에는 공히 어떤 곤경이 내재해 있다. 그리고 이 곤경은 특정한 세대의 특정한 젠더를 통해 오늘날 특정한 사회계급이 처한 곤경을 어떤 방식으로든 동시에 환기한다. 「24시간 열람실」의 화자는 옆에 앉은 여자아이를 관찰한다. 그 애는 화장실도 안 가고 공부하며, "나보다 세살은 어려 보였고" "스타크래프트 밴에서 갓 내려선 스타일"을 하고 있다. 시쳇말로 머리도 돈도 외모도 아이돌 같은 엄친아다. "나한테는 답이" 있겠는가. '나'는 "한 여자애"에게 '게임'이 될 리 없는 것이다.

"다음 학기에는 나가랄까봐 집에 가면 설거지를" 하고 "내 것도 아닌데 사촌 방도 닦아주"는 더부살이 신세는, 여기에도 저기에도 끼지 못하고 움찔되는 '편입생' 신세를 암시한다. 「편입생」의 화자는 "어디 남의 학교에 와서 나대?"라고 말하는 "너의 하녀들"에 포위되었다. 이 하녀들이 그녀의 젠틀맨이다. 진입할 수도 물러설 수도, 그렇다고 피할 수도 없다. 이 곤경에서 "가져, 너 가져!ㅋ"라고 '베풀어지는' 하녀들의 "은혜"는 이 굴욕의 기분이 담지하는 사회적 위계와 질서의 잔인함이 어떤 종류의 것인지를 암시한다. 무언가 이 모습은 지금 우리 사회가 사회구성원들을 향해 드러내는 폐쇄성과 공격성, 좌절감과 적대감 양산의 구조를 닮아 있지 않은가. "너희들은 벌써 이겼는데 뭘 더 가져가려는 걸까"라는 독백이 개인적 발화 이상의 의미로 읽히는 것은 당연하다.

「나의 여학생부」에서 보듯 이 시집에서 종종 등장하는 치아교정기를

긴 '숙녀'의 사례가 만일 개인적 취향의 문제로만 보인다면, 아마 십중팔구 당신은 '좋은 환경'에서 '잘' 자란 사람일 가능성이 크다. 결혼 이벤트 회사들이 배우자를 찾는 남자에게 소개할 숙녀의 '등급'을 '측정'할 때 외모 중에서도 특히 치아의 고르기 상태를 유심히 살핀다는 소문도 있지 않은가. 그러므로 치아교정에 대한 "J선배"의 처절한 집착과 반복되는 수술 실패로 "죽어가는 잇몸"이란 "지금쯤 사람"이 되지 못한 우리 사회계급의 절박한 존재 상황 그 자체라고 할 수 있지 않을까. 이 정도라면 이 시집 속의 이야기들은 실은 '(상품성을 갖춘) 숙녀'라는 기표를 획득하기 위한 우리 시대 소녀들의 계급투쟁 실패기라고 하는 것이 맞다.

그런 점에서 이 주인공들이 굴욕을 느끼고 있다는 사실은 이 시집의 새롭고 주목할 만한 발견이 아닐 수 없다. 이 기분은 오늘날 이 주체들이 처한 삶의 좌절감에 대한 '개그콘서트' 버전이기 때문이다. 절망과 좌절의 희화화는 우리 시대의 주요한 특징이다. 이것은 이런 희화화가 풍자적(satire)이라는 뜻으로 하는 말이 아니다. 오히려 반대다. 풍자가 사회적 약자의 입에서 발설되는 희화적 언설을 통해 정치권력과 사회적 강자를 말의 포로로 농락시키고 권위를 추락시키는 반면, 굴욕 플레이를 연기하는 이 여주인공들의 희화적 풍경에는 실제 삶의 현실을 뒤집을 어떤 전복적 에너지도 내포되어 있지 않다. 돌이킬 수 없는 정치·사회적 좌절감조차 '멘붕'이라는 희극적 언어로 윤색되듯이, 이 '굴욕 플레이'는 개콘식 언설로 경쟁력 있는 사회적 주체(정확히는 상품사회의 주체이자 대상)가 되는 데에 실패했음을 자인하는 이들의 낭패감을 드러낸다.

이 시집의 숙녀들은 '실패한 숙녀들'이다. 이들은 여성 잡지의 표지를 장식하는 '보그 걸(Vogue Girl)'이 되는 것은 턱도 없고, 잡지의 우아한 독자이자 소비자인 '레이디'가 되는 일에조차 실패했으니 말이다. 설령 그녀들이 조금 먼 장래가 된다고 한들, '청담동 며느리'가 될 수 있겠는가. 어떻게 이야기하든 간에 이 희극적 풍경에는 우리 시대의 진실이라고 할 만한 우스꽝스러운 면이 내재해 있다. 하지만 만일 여기에 진정한 희극성이 존재한다면 아마도 이것은 숙녀들의 '기분' 때문이 아니라(사실 이 기분은 우울하고 착잡하다), 이 기분이 환기하는 풍경의 이면 때문일 것이다. 예컨대 다음과 같은 천진난만한(?) 실패담이 '웃긴다'면 그것은 무엇 때문인가.

내가 찍은 셀카, 사실은 너희들이 찍힌

(…) 합격한 애는 고개를 끄덕였어

땀엔 배신이 없더라

독침 백개는 맞은 것처럼 손발이 떨려 우리도 땀은 흘렸는데 그건 땀띠만 남기고 사라졌네 식초에 절어버린 물수건을 또 빨면서 우린 잔을 부딪쳤지

애벌레가, 잎사귀를, 먹고, 있구나, 제 몸이, 반토막, 난, 지도, 모른 채,

(…)

(…) 떨어진 애는 또 떨어진 애가 될 수도 있지 새벽 5시, 문도 안 열린 학원 앞에 줄을 서야 한다 앞에 선 애들 가방을 보며, 여긴 책이 몇권이나 들어갈까? 가방을 사자, 니 가방이 들어가는 그런 가방으로, 내 가방이 또 들어가는 그런 가방으로

내년에 우리 다시 만나자 우리 다 합격할 때까지 죽을 때까지

합격한 애가 소리쳤어 그래 우린 같은 스터디였지 핑크색 미니쿠퍼를 타고 속초에 놀러 가기로 했지 눈물이 날 것 같아, 한 애가 말했어 합격한 애는 그 애를 안아줬다 우리는 훌쩍이면서 다시 잔을 부딪쳤어

오늘을 기억하자 절대로!

돌아가며 화장실에 갔다 왔어 그리고 얼굴을 모았다 합격한 애가 맨 앞에, 우리는 뒤에, 입술을 오므리고, 셀카

　　　　　　　　　　　　　　　　　　　—「합격 수기」 부분

이러한 굴욕담을 이렇게 천연덕스럽게 들려주는 일은 분명히 '후르츠 캔디'를 빨던 박상수만이 할 수 있는 특기다. 실은 좀더 충분히 주목받았어야 마땅한 시인의 첫 시집 『후르츠 캔디 버스』를 읽던 그 순간을 나는 아직도 잊지 못한다. 아니, 이렇게 처연하고도 낭만적이며, 이토록 명랑 발랄한 B급 변두리 정서가 존재한다니. 물론 탁월한 사춘기 시인, 반항아 시인, 탈주의 시인도 있다는 사실을 인정한다. 문제는 이 장면이 사춘기 소녀의 반항도, 집 나간 아이들의 질풍노도도, 독고다이 소년의 껌 씹는 풍경도 아니라는 사실이다. 이 장면은 다만 '굴욕 플레이'가 상연되는 장면일 뿐이다. 내 기억이 맞다면 박상수는 이런 '셀카'를 찍는 숙녀들의 존재와 기분을 우리 시대의 본질적인 경험으로 인식시킨 최초의 시인이 될 것이다. 일차적으로 이 '셀카 플레이'는 이 또래의 존재 상황을 드러내지만, 이를 우리 시대 모두의 본질적 경험으로 이해할 만한 소지는 충분하니까.

"땀엔 배신이 없더라"는 말은 전통적인 잠언, 예를 들자면 '콩 심은 데

콩 나고……'와 같은 '상식적' 경험 세계를 반영하는 속류 지혜에 속하지만, 이 말은 "독침 백개는 맞은 것처럼 손발이 떨려 우리도 땀은 흘렸는데 그건 땀띠만 남기고 사라졌"음을 체험한 숙녀에게는 믿을 수 없는 말일 수밖에 없다. 결실은 없고 그래서 "땀띠만 남"긴 땀의 냄새는 "식초에 절어버린 물수건"처럼 혐오스러운 냄새가 된다. 합격한 숙녀와 불합격한 숙녀의 대비는 일단 우스꽝스러움을 유발하지만, 여기서 '레이디'가 되지 못한 숙녀의 땀만큼이나 진정으로 희화화되는 것은 노동의 윤리를 믿으라고 가르치는 전통적 격언과 속류 도덕의 세계 전체이다. 이 희극에서 발생하는 효과는 그러므로 그리 가벼운 것이 아니다. 믿음(도덕)이 이데올로기로 추락하는 순간이니까. '개콘'은 실은 TV 속에 있는 것이 아니라 우리 삶 자체였다는 사실이 확인되는 순간이니까 말이다.

아이러니한 것은 이 추락을 몸으로 체험한 주체들이야말로 다른 주체들에 비해 조금 더 삶(사회)의 실체에 다가서게 된다는 사실이다. "제 몸이, 반토막"이 났다는 사실에 대한 지각은 이런 추락의 경험 이후에나 일어날 수 있는 일이지 않은가. 이제 그녀는 '내일은 내일의 태양이 떠오를 거야'라는 스칼렛의 대사를 책갈피로 꽂고 다니는 "큐티 큐티 큐트 샤라랑!"한 레이디가 되는 대신에, "떨어진 애는 또 떨어진 애가 될 수도 있지"라는 자기성찰적 대사를 품은 실패한 캔디가 된다. 그렇다 하더라도 이러한 자각이 주체의 삶을 현실적인 차원에서 바꿔놓을 수 없음은 물론이다. 그녀는 거듭하여 '굴욕 플레이'를 떠맡은 주인공이 될 수밖에 없다. 그녀는 레이디가 되는 데에 불합격했으므로. 사진을 찍기 위해 그녀들은 얼굴을 모은다. "합격한 애가 맨 앞에, 우리는 뒤에". 이것이 그녀가 찍은 우리 세대(시대)의 셀카다. 문제는 이 셀카가 항상 그녀 자신의 굴욕 플레이만을 찍는 것은 아니라는 사실이다. 가끔은 "너희들"도 찍힐 때가 있다.

(…) 인간경영론 교수님이, 모르는 너희들과 붙여준 것은 내 사업을 하려면 온갖 고객들을 다 만나봐야 한다는 뜻

우측통행하라고 하면 우측으로 가면 된다

—「조별 과제」 부분

답이 없을 거라고 생각했으면서도, 어째서 한번 더 믿어보는 걸까요? 횡단보도를 건너다가 치여 죽을 수도 있겠지만 그렇지 않을 거라고 믿으니까 모두들 건너가겠죠 선생님은 숨이 막혀서 자주 창밖을 내다보았죠 그건 내가 아무것도 하지 않는 것으로 살아가고 있었을 때

—「쉽게 질리는 스타일」 부분

머리칼을 귀 뒤로 넘기고
부드럽게 나를 꾸민다
너희들의 공놀이는 그칠 줄 모르고

호루라기 소리에 맞추어
열심히
제자리로 돌아가는 너희들
헛발질에 웃어대는 모양들이라니

—「사춘기」 부분

내내 눈 감았던 사람들이 박수를 치네요, 무례하군 참으로 마이너한 에너지다

—「시상식 모드」 부분

끝이 좋으면 다 좋은 것이니까 더욱 구하자
—「구직 활동을 하러 교회에 갔어요」 부분

'나'와 대비되는 "너희들", 진정한 '레이디스 앤 젠틀맨'이 우연히 찍힌
풍경이다. 그런데 좀 이상하지 않은가. "우측통행하라고 하면 우측으로
가"는 너희들. "횡단보도를 건너다가 치여 죽을 수도 있겠지만 그렇지 않
을 거라고 믿으니까 모두들 건너가"는 너희들. "호루라기 소리에 맞추어/
열심히/제자리로 돌아가는 너희들"은 "헛발질에" 행복하게 "웃어대"며
"내내 눈 감았던 사람들이 박수를 치"니 말이다. 너희들이 떠받드는 인생
신조는 "끝이 좋으면 다 좋은 것"이라는 믿음, "밟아주래"(「오픈 테스트」)라
는 가훈과 "여기다 사람을 버"(「호러」)리는 "인간경영론". "참으로 마이너
한 에너지"이지만 셀카의 맨 앞에 신 '네이서'가 된 '너희들'이 그걸 알 리
가 없다. 그렇다면 독자인 당신에게 묻자. '숙녀'와 '레이디—너희들' 중
진정 누가 더 '굴욕적'인가.

박상수의 숙녀들이 이 절박한 무대에서 "사실은 아무 맛도 모르고 취미
도 없"이 "웃는 눈썹을 그리"(「잘 아는 사이」)며, 삶의 폭력과 주체의 욕망이
착종된 모호한 굴욕 플레이어를 연기한다고 하더라도, 다음과 같은 면을
드러내는 주체의 순간이 있다는 사실은 그래서 의미심장하다.

창밖의 세계는 궁금하지 않아
늘 혼자서 공깃돌을 손등에 올리는 아이

너희들에게 조금씩 웃음을 나누어주면
소켓에 손가락 집어넣은 아이들처럼
너희들은 빛나겠지만

어째서 나는

파괴에 대해서 생각하는 것일까

—「사춘기」 부분

나쁜 것들! 어떻게 우리한테 이래!

그래, 어떻게 이럴 수가 있어! 따라 외치니까, 아랫배가 단단해지면서 조금 힘이 생겼다

—「호러」 부분

김수영(金洙暎)은 "풍경이 풍경을 반성하지 않는 것처럼/곰팡이 곰팡을 반성하지 않는 것처럼/여름이 여름을 반성하지 않는 것처럼/속도가 속도를 반성하지 않는 것처럼/졸렬과 수치가 그들 자신을 반성하지 않는 것처럼/바람은 딴 데에서 오고/구원은 예기치 않은 순간에 오고/절망은 끝까지 그 자신을 반성하지 않는다"(「절망」)라고 썼다. 그 말과 같다면 우리 시대 셀카의 맨 앞자리를 차지한 "너희들"의 "창밖의 세계" "너희들의 공놀이는 그칠 줄 모"르고, 아마 "끝까지 그 자신을 반성하지 않"을(못할) 것이다.

시인 박상수는 이 '구원의 바람'이 "늘 혼자서 공깃돌을 손등에 올리는 아이"에게서 나올 것이라는 사실을 직감한다. 그 "아이"야말로 "방이 없는 사람들은 방이 있는 사람들보다는 친절하죠 영혼이 비릿하게 젖어 있"(「학생식당」)다는 사실을 알고 있으니까. "남자들은 뭘까/시시해/크기만 하고 시시하"(1부「파트타임」)다는 비밀도 그 애는 알고 있으니까. 그 "아이"는 어떤 "파괴"의 순간을 떠올리곤 한다. 하지만 이 방식은 의외로 소박한 몸짓에서 비롯된다. "나쁜 것들! 어떻게 우리한테 이래!" "따라 외치니까, 아랫배가 단단해지면서 조금 힘이 생"기는 바로 그 순간. 그것은 일종

의 "오래 가라앉았다가 수면 위로 떠오른 양철 로봇이 이 세계의 균열을 증명"하는 순간들, 정글 같은 런웨이의 규칙 따위는 모르는 "너의 어쩔 수 없는 무지와 공산주의자 같은 혀끝"(「나의 첫번째 남자친구」)을 가진 이들만이 시작할 수 있는 어떤 거절의 순간들이다. 그런 방식으로 레이디가 되지 못한 그녀들은 "모여서 상상도 할 수 없는 세미나를"(「나의 여학생부」) 시작할 수 있다.

희극적 세계는 희극적 언설을 필요로 한다. 아니, 희극적 언설의 형식을 통해서만이 점잖은 얼굴이 실은 '교정기'를 낀 마스크였다는 사실이 드러나는 세계가 있다. 이런 세계에서 희극적 언설은 말 자체의 몰락과 가치추락의 수모를 자진해서 감당하는 방식으로 삶의 이율배반과 실패를 연기하고 폭로한다. 이 희극적 언설은 스스로 희극적 세계의 실상을 연기하는 삐에로가 됨으로써 서정의 진정성과 서사적 진리가 해체된 세계에서 '시적인' 말의 또다른 존재 형식을 감내할 수밖에 없다. 삶의 실상이 말의 논리를 배반하는 세계에서, 말의 논리로 삶의 실상을 드러내려는 시인이 그 자신의 말을 비틀고 낮추어 'B급'이 되려는 고육지책을 이해하지 못할 일이 무엇인가. 그러므로 이 말의 풍경을 알레고리의 일종이라고 해석하는 것은 이 시집이 우리 시대에 던진 돌직구를 가장 비겁하게 폄하하는 방식이다. 이 시집은 그냥 우리 시대의 '쌩얼'이다.

그러니 쿨하게 인정하자. 이 '굴욕'의 기분이 숙녀의 것이 아니라, 실은 우리 것이라는 사실을.

──박상수 『숙녀의 기분』, 문학동네 2013

감각사회학으로 그린 모딜리아니의 초상

◆

김지녀 시집 『양들의 사회학』

계속 길어지는 목과 캄캄한 터널

하나의 이미지가 하나의 문장이 될 수 있을까. 하나의 그림이 한권의 시집이 될 수 있을까. 우리는 그림과 말이 일대일로 조응하는 유명한 철학적 기획의 한 사례에 대해서 알고 있다. 정교한 논리적 인공언어 체계가 세계를 그림처럼 정확히 묘사하는 비트겐슈타인의 언어적 기획 말이다. 나중에 철학자 스스로 오류를 인정했다 하더라도, 이런 종류의 철학적 실패담은 그 기획의 대담성으로 우리를 놀라게 한다. 또한 실패담 자체로 하나의 가능성이 된다. 그것은 관념으로 세운 바벨탑이다. 사람들은 바벨탑의 에피소드에서 세상의 언어가 신의 노여움을 사 혼돈의 바닷속으로 빠져버렸다는 사실에 초점을 맞추곤 한다. 하지만 여기에서 실패의 문제는 부차적인 것이다. 중요한 것은 땅과 하늘의 거리를 좁힐 수도 있는 무모한 말의 기획이 가능하다는 발견 그 자체에 있다.

시라면 어떨까. 그것은 사변적 언어가 아니라 이미지-언어를 통해 무모한 기획에 동참한다. 설명하기 전에 '보여준다'는 점에서 언어는 그 자체로 그림이다. 엄격한 의미에서 시적 언어는 '드러난다'. 이미지−언어는 무엇을 드러내는가. 이미지−언어는 무엇을 '보는가'. 김지녀(金止女)의 시집 『양들의 사회학』(문학과지성사 2014)은 사변적 언어가 설령 바벨탑을 쌓는 데 성공했다 하더라도, 그리하여 하늘로 올라가서 지상을 내려다보는 시선의 특권을 지녔다 하더라도, 이런 것들은 볼 수 없었으리라는 야심으로 가득하다. 이 야심은 무겁기보다는 어떤 공상적 유쾌함, 가벼운 우수, 사물에 꽂힌 아이의 반짝이는 감성과 호기심 어린 직관들로 채워져 있다. 이 시적 시선은 전능한 시선도 획득하지 못하는 시선의 사각, 시집의 표현에 따르면 '사시(斜視)'가 어디에서 연유하는지를 포착한다. 흥미롭게도 그것은 우리 자신의 신체다. 이 시집의 이미지−언어는 어떤 '초상화', 궁극적으로는 세계의 '자화상'이 될 신체의 부분들을 포착하는 데에 각별한 관심을 갖는다. 그것은 냉철하고 정교한 '객관적' 시선이 움켜쥘 수 없는 우리 자신의 그림자이고, 세계의 배후이며, 시간의 기미이다.

목이 계속 자란다면
액자의 바깥을 볼 수 있겠지

눈동자가 없어도
밤을 아름답다고 말할 수 있어

웃는 입이 없어
조용해진 세계에서

얼굴과 얼굴과 얼굴의 간격

목이 계속 자란다면

무너질 수 있겠지

붉은 흙더미처럼 나의 얼굴이
긴 목 위에서 빗물에 쓸려나가네
꼿꼿하게 앉아서
갸우뚱하게

—「모딜리아니의 화첩」 전문

목이 계속 자라는 얼굴을 주인공으로 한 이 화첩은 시인에 의해 유명한 화가 모딜리아니의 것이라고 명명된다. 하지만 "꼿꼿하게 앉아" 있으나 "갸우뚱하게" 기운 이 얼굴은 "나의 얼굴"이다. 모딜리아니가 그린 한 초상화는 화자의 자화상이기도 한 것이다. 왜 이 초상의 얼굴은 "갸우뚱"한가. "목이 계속 자"라기 때문이다. 이것은 초상의 표정인 동시에 자화상의 태도이기도 하다. "목이 계속 자란다면" "액자의 바깥을 볼 수 있"으리라. 계속 자라는 목의 욕망은 "액자의 바깥"을 보려는 욕망이다. 액자라는 프레임에서 보면, 그것은 액자의 바깥으로 사라지는 얼굴이다. "얼굴과 얼굴과 얼굴의 간격"은 이런 점에서 이중적 의미를 띤다. 자라는 목의 관점에서 얼굴의 간격은 이전 위치를 기준으로 계속 바뀐다. 동시에 "얼굴과 얼굴과 얼굴의 간격"은 액자 세계의 여러 (타인들의) 얼굴 사이에서 점점 더 벌어진다(멀어진다). 어쨌든 '바깥'을 향하는 일은 얼굴(들)의 동일성으로부터 간격을 두어야만 가능하다. 그러나 이것은 위태로운 일이기도 하다. "목이 계속 자란다면/무너질 수 있겠지"라는 독백은 이 간극이 액자 프레임 바깥으로 '나아가고' '사라지는' 일과 관련되며, 액자 세계 '안'에서 "긴 목 위에서 빗물에 쓸려나가"는 일일 수 있다는 얼굴의 위기감을 반영한다. 늘 바깥을 향하는 이 시선은 액자의 '안'에 대해서는 "갸우뚱"하다. 아마 액자 속 타인들의 얼굴도 이 긴 목의 얼굴에 대해 갸우뚱하리라.

하지만 아이의 호기심도 예술가의 욕망도 철학자의 탐구심도 모두 이 "갸우뚱"한 목과 얼굴에 내포된 가능성이다. 모딜리아니의 초상이 발산하는 매혹은 어디에서 비롯되는가. 액자 속의 얼굴이 "눈동자가 없어도/밤을 아름답다고 말할 수 있"는 능력을 '드러내기' 때문이다. 왜 눈동자가 없는가. 이 얼굴들의 시선이 상투적인 '안'이 아니라 이미 액자의 '바깥'을 보고 있기 때문이다. '바깥'이나 '밤'이나 액자 내부의 안전지대, 기지(旣知)의 세계는 아니다. 그곳은 "쓸려나가"는 "붉은 흙더미처럼" 위태로운 얼굴이 감지할 수 있는 영역이 아닌가. 그러므로 "갸우뚱"을 이 시집이 취하는 목의 포즈이자 얼굴의 표정이라고 부르자.

가만히 보면 잘 익은 빵처럼 부풀고 따뜻한데
바람이 불어나온다
노래가 흘러나온다

철학도 종교도 없이 흔들리지 않고
실패한 혁명처럼 떠올라

캄캄한 터널이야
비도 눈도 없는 기후인 거야

폐가였다
거짓말이었다

거기에, 뿌리 없이
솟아올라

추방당한 것처럼
기도하는 손처럼

가만히 보면 활화산처럼 뜨거운 불기둥이 쏟아져나올 것 같은데
눈물이 흘러나온다
웃음이 터져나온다

—「코끝의 감정」 전문

'계속 자라는 목'이 받치고 있는 "갸우뚱"한 얼굴이 있고, 얼굴의 한가운데에 "캄캄한 터널"이 있다. 왜 이 터널은 "거기에" 있는가. 늘 보아온 얼굴 한가운데 사물이 "뿌리 없이"〔근거(根據)없이〕 "솟아올라" 있는 '터널'로 느닷없이 주목될 때, 이 사물은 평소 보아오던 그 사물이 아니라 '이미지'가 된다. 이미지는 사물의 단순한 외양이 아니다. 이미지는 사물과 그 사물에 달라붙은 오래되고 익숙한 관념을 분리시킨다. 그럼으로써 이미지는 사물의 중핵과 배후를 암시적으로 드러내는 '다른 것'이 된다. 이미지는 일상적 시선에 기초한 사물의 존재 지반을 함몰시키면서 그 주위에 깊은 웅덩이를 판다. 이미지는 그래서 '존재 물음'과 유사한 방식으로 나타난다.

하지만 이러한 식의 이미지–물음은 우리는 왜 하필 여기에 이렇게 존재할 수밖에 없는가(존재하지 않으면 안되는가)라는 잘 알려진 철학적 물음과는 다른 차원을 개방한다. "잘 익은 빵처럼 부풀고 따뜻한데" "바람이 불어나"오고 "노래가 흘러나온다"고 할 때, "캄캄한 터널"의 내부는 보이지 않는다. "철학도 종교도" 보이지 않기는 마찬가지이다. "실패한 혁명"처럼 형이상학과 이념과 관념의 좌절을 확인하게 하는 기이한 사물이 바로 '코'다. "캄캄한 터널"은 "추방"과 "기도", "눈물"과 "웃음"의 극단적 대립을 포함하면서 사물에 대한 관념적 규정을 무위로 돌려버린다.

하지만 이것은 '무규정성'이라기보다는 '비규정성'이라고 해야 한다. "폐가" "거짓말"은 사물의 속성을 말하는 것이 아니라, 사물을 둘러싼 관념의 허위적 속성을 말하는 것으로 이해해야 할 것이다. 궁극적으로 여기서 '코끝'은 느닷없는 돌출만큼이나 무어라 설명하기 어려운 '이미지'를 통해 기지의 세계 배후를 드러낸다.

더러운 손, 매달린 왼손

내 안에 꽉 들어찬 것은 희박하고 건조한 공기

기침을 할 때 튀어나오는 금속성 소리
날카롭게 찢어진 곳에서, 푸드득 날아간 새는 기침의 영혼인가
한 문장을 다 완성하기도 전에
소멸하는 빛과 어둠, 사이에서

나는 되새김질을 반복했다, 반복해도
소화되지 않는 두 입술

사물들의 턱뼈가 더욱 강해진다
밧줄처럼 허공에 매달린 나는 공복이다

——「물체주머니의 밤」 부분

얼굴 한가운데 돌출된 "캄캄한 터널"로 들어가면 "희박하고 건조한 공기" 지대가 나온다. "한 문장을 다 완성하기도 전에/소멸하는 빛과 어둠, 사이에서" 반복되는 "되새김질"이란 여기가 다름 아닌 '시인'의 "내벽"이

라는 사실을 암시한다. 이 시집의 화첩은 이런 의미에서도 시인의 자화상이자 그의 모델이 되는 '세계-신체'에 대한 초상화라고 할 수 있다.

시인은 이 내벽을 "굶주린 항아리"라고 말한다. 무엇에 굶주렸는가. 무엇 때문에 되새김질은 반복되며, 그럼에도 "소화되지 않는"가. 이 굶주림과 "헛배"와 소화불량은 시인-화가에 의해 이미지로 도약하려는 "사물들"과 "문장"이 되려는 이미지 때문이다. 모딜리아니의 초상은 표면적으로는 우아하나 내부적으로 격렬하다. 화가에게 핵심을 토해놓지 않으려는 액자 속 여자의 갸우뚱한 얼굴처럼, 그렇게 계속 자라서 액자의 바깥으로 길어지고 사라지려는 목처럼 시인의 언어는 "더욱 강해"지는 "사물들의 턱뼈"와 쟁투를 벌인다. 그것은 드러낼 수 없는 것을 드러내려는 싸움. 이 싸움이 "밧줄처럼 허공에 매달"렸다고 표현될 때, 이 미적 기투의 절박함은 자살의 이미지로 나타나지 않는가. 시인의 "공복"을 어찌 단순히 "헛배를 앓"는 일에 비유할 수 있으랴.

안개가 사납게 번지고 있었다

나는 계속해서 움직이는 글자이며
어두운 아이
한칸씩 뜯어지며

언 땅이 녹고 있었다

잘못을 되풀이하며 녹지 않는 얼굴을
옷장 깊숙이 넣어두고

좁고 긴 복도를 걷고 있었다

그림 속 과일이 색을 잃고
복도는 계속해서 야위어가며
깊어진 주머니

나의 더러운 손을 닦아주며
우는 손, 한칸씩
두칸씩

—「두루마리 두루, 마리,」 부분

　그러므로 "잘못을 되풀이하며 녹지 않는 얼굴" "더러운 손을 닦아주
며/우는 손"이 무엇을 뜻하는지 짐작하기는 어렵지 않다. 그것은 "좁고
긴 복도를 걷"는 "어두운 아이", 사물들의 완강함에 다가가려는 시적 고
투요, 고독한 자조이다. 사물을 이미지로, 이미지를 문장으로 드러내려는
시도는 시시포스의 실패처럼 반복된다. "그림 속 과일이 색을 잃"는다. 사
물의 중핵은 언어로 제 모습을 드러내지 못한다. 사나운 안개 속에서 "계
속해서 움직이는 글자"는 한칸씩 뜯기는 무의미, 반복되는 더러움이라는
의미에서 화장실의 '두루마리'와 같다. 시집 속 초상의 얼굴과 손은 이렇
게 "잘못을 되풀이"한다. 마치 '두루' 펼쳐지고 원통형으로 다시 반복되
는 '두루마리'처럼. 그러나 이 되풀이는 초상의 무능을 뜻하는 것이 아니
라, 오히려 반복된 실패를 통해 부단한 반복의 '가능성'을 드러낸다고 해
야 하지 않을까. 이 실패야말로 "움직이는 글자" 즉 '시 쓰기'의 존재 형식
이 아닌가. 이 실패는 "움직이는 글자" 이전, 말의 너머에 이미 유동하는
세계가 있음을 암시한다.

　수없이 금이 간 바닥을 숨기기 위해

주먹은 태어나는 순간부터

꽉 쥐여 있다

여리고 부드러운 살갗으로

그러나 지금 나는 아무것도 붙잡지 않고

고요한 바닥을 펼쳐놓고 본다

미세하거나 굵게 얽힌 이 금들은 불안에 떨고

나의 죽음을 예언하고 격분하지 않고

점점 분명해지고 있다

뒤집힐 수 있는 가능성과 부정할 수 있는 힘에 대해

나의 왼손은 잘 알고 있다

그것을 기록하고 지우고

다시 쓰다가 서글퍼하면서 메마른다는 것을

나의 오른손도 잘 알고 있다

여름은 이미 먼지에 싸여 있다

나와 같이 매달린 주먹들이 마술처럼 사라지고

나의 왼손은 부서지기 직전이다

떨어지기 직전이다

뒤집히면서 나를 부정하면서

—「매달린 손」 부분

　'손'에 대한 시인의 관심은 이번 시집의 '초상화'에서 특별한 데가 있다. 앞에서 '손'은 실패의 도돌이표라는 차원에서 "더러운 손"으로 묘사되었지만, 언급한 대로 이 실패의 반복도 가능성이며 역으로 말해 그것은 가능성 자체를 반복하는 일이다. 그렇다면 흔들리는 "나의 왼손"이야말로 이 '가능성의 반복'에 관한 이미지가 아닐까. "아무것도 붙잡지 않고" 있는 왼손 바닥의 "미세하거나 굵게 얽힌 이 금들"이 "불안에 떨고" 있는 이유는 무엇인가. "기록하고 지우고/다시 쓰다가 서글퍼하면서 메마"르는 일의 건조함이 어떤 것인지 알기 때문일 것이다. "수없이 금이 간 바닥"은 세계를 기록하기 위해 왼손이 행한 부단한 실패를 기억한다. 이 손금의 흔적은 하나의 가능성에 대한 기억이자 기록이다. 왼손의 기록이 오른손의 그것과는 다른 방식의 실패라는 사실을 기억하는 일은 이때 중요하다. 그것은 "뒤집힐 수 있는 가능성과 부정할 수 있는 힘"과 관계한다. 왼손은 오른손의 세계에 다른 가능성을 도입한다. 예수의 말을 잊지 말자. 왼손의 힘은 오른손이 하는 일을 모르는 데에서 나온다.

"기록하고 지우고/다시 쓰다가 서글퍼하면서 메마른다는 것"을 따라서 단지 왼손의 고독이라고 이해하는 일은 피상적이다. 여기에서 자욱하게 쌓이는 '여름 먼지'는 단순한 권태의 흔적이 아니다. "수없이 금이 간 바닥을 숨기기 위해" "태어나는 순간부터/쏵 쥐"인 '주먹'은 메마름 가운데 "피어난 장미 서른한번째 밤"(「장미와 주먹」)의 기미를 제 손안에 쥐고 있다. 물론 이 존재의 기미는 밤하늘의 어두운 공기처럼 실체 없이 손아귀를 또 빠져나갈 것이다. "나와 같이 매달린 주먹들이 마술처럼 사라지고/나의 왼손은 부서지기 직전"인 것은, 왼손이 쥔 것이 오른손의 그것과는 달리 늘 오른손의 외부이며 영원히 움켜쥘 수 없는 것이기 때문이다. 결국 다시 왼손은 아무것도 쥐지 못한다. 손을 편 그 자리는 다시 허공이다. 불안과 죽음에 그을린 손금만이 오른손이 모르는 고투를 증언할 뿐이다. 그럼에도 이 초상화의 모델은 제 손이 "좀 투박하고/비어 있지만 마음에 든다"(「장미와 주먹」). "창문을 열어놓고 자는 버릇을 고칠 수가 없"(「나의 잠은 북쪽에서부터 내려온다」)는 시인 릴케처럼, 허공을 쥔 손과 불안에 그을린 손금으로 다른 창에 열린 부정의 시간을 감지하기 때문이다.

넘치는 발가락은 어디를 향하는가

열한개의 발가락은 조금 넘칩니다
발가락들 옆에서 발가락이 처음으로
낭비라는 말을 이해했을 때

눈 내리는 숲에서 철컥, 덫이 이빨을 드러낸다
흰토끼의 귀가 길게 기둥처럼 일어서고
눈은 알 수 없는 미소를 짓고
구두 속에 다 들어가지 못한 나의 발가락들은
입이 없어 무서운 밤
올빼미처럼 까만 눈동자를 반짝이는 숲
추위를 아랑곳하지 않고 달려오는
눈, 밥은 끓어 넘치고
푹푹 익어가고

넘친다는 것은, 공중에 떠서 움직이고 있는
나의 바깥과 나의 무게는
발가락과 발가락 사이의 아득함은,
위험한 것입니까?
뜨거운 김이 피어오르며
주걱 위에 있는 밥알이 떨어집니다
침묵
처럼
흰 눈 위에 흰토끼가 흰 발자국을 남기고

내리는 눈은 핏방울을 뚝뚝 흘리며

강철로 변해갑니다

곧 정지할 세계에서

사나운 저울 위에서

오늘 나는 나를 좀더 낭비하겠습니다

열한개의 발가락으로

흔들리겠습니다

—「저울과 침묵」 전문

　이 초상화는 "열한개의 발가락"을 그리고 있다. "거기에, 뿌리 없이/솟아올라" 있는 "캄캄한 터널"만큼이나, "뒤집힐 수 있는 가능성과 부정할 수 있는 힘에 대해" 알고 있는 '부서지기 직전의 왼손'만큼이나 낯선 것이 또 저 발가락이다. 언제나 '넘치는 것'들은 여기에 '뿌리'를 두고 있지 않다. 발에서 솟아나왔으나 열개의 발가락에서 넘쳐버린 저 낯선 잉여는 "나의 바깥"이며 "사나운 저울"로 잴 수 없는 "나의 무게"이다. "발가락과 발가락 사이의 아득함"은 예상외로 깊고 간격도 넓다. 마치 모딜리아니의 화첩 속 긴 목이 자라면서 "얼굴과 얼굴과 얼굴의 간격"이 벌어지듯이.

　그것은 "위험한 것입니까"라는 자문은 이미 '답'을 알고 있는 자의 불안을 내포한다. "주걱 위에 있는 밥알이 떨어"지는 까닭이 무엇이겠는가. '넘치는 것'들은 '밥숟가락'의 세계에서 생존이 보장되기 어렵다. 액자 속 얼굴들의 세계, 얼굴들이 재는 "사나운 저울 위에서" 계측될 수 없기 때문이다. 계측 불가능성을 '드러낸다'는 점에서 "열한개의 발가락"은 저울의 한계이기도 하다. "발가락들 옆에서 발가락이 처음으로/낭비라는 말을 이해했을 때" "낭비"는 더이상 존재의 소모라는 뜻으로 이해되지 않는다. 넘치는 것들의 "낭비"는 "끓어 넘치는" 비약이고, 계측되는 세계를 탕진시킴으로써 발생되는 새로운 생산이다. 존재의 변이는 늘 저 "열한개의 발가락"처럼 넘치는 것들이 촉진하는 돌연변이이다. 계측된 순환의 '정상 회로'에서는 '초과(surplus)'가 발생하지 않는다. 여기에는 "흰 눈 위에 흰토끼가" 남긴 "흰 발자국" 같은 "침묵"만이 있을 뿐이다.

물론 넘치는 것들이 무조건 존재의 특이점이 될 리는 만무하다.

> 종이를 가늘게 찢었을 때
> 결국 망가졌다는 걸 알았을 때
> 너덜거리는 다리
> 야구공만 한 눈
> 눈알을 어디로 던지고 있니?
> 다리야, 다리야, 어디로 가고 있니?
> 빠르게 먹구름이 머리 위로 흘러갈 때
>
> (…)
>
> 눈알이 빠져서 망가져버렸어
> 나의 아름다운 푸른색
> 다리가 열개여도 스무개여도
> 푸른색이 더이상 솟아오르지 않았어
> 너의 눈
> 너의 얼굴
>
> ──「오징어다리처럼」부분

중요한 것은 "눈알"의 방향이다. "푸른색이 더이상 솟아오르지 않"는 "너의 눈/너의 얼굴"과 "눈동자가 없어도/밤을 아름답다고 말할 수 있"는 모딜리아니의 모델 간의 차이도 여기에서 비롯된다. 자라나는 긴 목은 액자의 외부를 향하지 않는가. "빠르게 먹구름이 머리 위로 흘러갈 때" "눈알을 어디로 던지"는가가 곧 "다리"가 "어디로 가고 있"는가의 방향이 된다. 그러므로 "너덜거리는 다리"는 '너덜거리는 눈'이다. 여기서는 "다리가 열개여도 스무개여도" 아무것도 생산되지 않으며, 존재의 외부는 드러나지도 발생하지도 않는다. 넘치는 발가락은 단순한 잉여도, 다리에 붙은 단순한 부산물도 아니다.

> 주차장에는 많은 선들이 그려져 있다
> 턱도 없고
> 늪도 아닌, 선은 글자가 아니고
> 울타리가 아닌데
> 그것을 아무도 넘지 않는다
>
> —「선」 부분

    이 시집은 그 '오징어다리'들의 동선을 이런 방식으로 그리고 있다. 엄밀히 말해서 이것은 '다리'에 대한 묘사이지 '선'에 관한 것이 아니다. '선'은 "턱도 없고/늪도 아"니며, "글자가 아니고" "울타리가 아"니기 때문이다. '선'은 객관의 현실이라기보다는 "아무도 넘지 않"는 '(오징어)다리'가 그리는 동선의 외적 표지이다. 액자의 외부를 본 적 없는 시선, 프레임을 넘어서지 않는, 그래서 "갸우뚱"이라곤 모르는 목과 얼굴의 동선이 '너덜거리는 오징어다리'이다. 시선의 방향이, 다리의 동선이 결국 우리의 한계요 확장이며, 불가능성이자 다른 가능성이다. 이제야 우리는 이 시집의 표제작이 왜 「양들의 사회학」인지를 짐작할 수 있게 되었다.

> 아파트와 아파트 사이에 울타리를 칩시다

우리 정원이 다 망가졌어요
창문처럼 입들이 열렸다 닫혔다
교회 십자가 하나 세워도 좋을 법한 초원 위에서
양들이 풀을 뜯어 먹는다
눈과 눈 사이가 넓구나
얼굴 옆에 깊이를 알 수 없는 두 눈이 귀처럼 달려
양들은 눈이 어둡다
큰 눈은 잘 들을 수 있을 것도 같다
그렇습니까?
전 그냥 결정되면 알려주세요

(…)

초원은 고요하다
이마는 순하고
양의 울음소리를 들어본 적이 없다

— 「양들의 사회학」 부분

여기, 바깥을 향해 계속 자라는 목과 이미 알려진 세계를 무위로 돌리는 낯선 코, 허공에 밧줄을 매다는 절박함으로 문장을 되새김질하는 공복과 부정의 힘을 쥔 왼손과 실패를 반복하는 '더러운 손', 그리고 '낭비'로써 존재의 변이를 촉진하는 '넘치는 발가락'이 있다. 이상한 신체 부위들로 그려진 이 시집을 모딜리아니의 초상이라고 부르자. 「양들의 사회학」은 김지녀의 언어가 이미지로 포착한 이 초상화의 여집합이다. "아무도 넘지 않는" 선, "푸른색이 더이상 솟아오르지 않"는 큰 눈, "빠르게 먹구름이 머리 위로 흘러갈 때"를 추종하는 너덜거리는 열개 스무개의 오징어다리가 이 사회학의 원리이다. 여기서 열개 스무개의 다리는 새로운 존재 변이의 상징이 아니라 약삭빠르고 닳고 닳은 저울의 동류에 불과하다. 미간이 넓어서 '순한 이마'와 '큰 눈'은 순결한 정신이나 존재의 심연과는 무관하며, 다만 굴종과 무지와 비겁에 단련된 이미지이다. 초원의 고요는 울타리 바깥으로 뛰어본 일이 없는 존재들의 "정지" 상태에 대한 스케치일 뿐이다.

왜 양들은 울지 않는가. "깨어나야 할 시간이 지났어도/깨어나지 않는 사람처럼"(「깨어나지 않는 사람에게」) 공포와 불안조차 지각하지 못하는 존재에게 눈물은 불가능하다. 공포와 불안도 이런 점에서는 가능성의 한 차원이다. 목전에 도달한 죽음에 대한 무감각이 '양들의 사회'의 평화와 착함의 본질이다. '어두운 눈'은 그저 어둡다. "깊이를 알 수 없는 두 눈"은 깊이를 가지고 있지 않기에 그러한 눈을 하고 있을 뿐이다. 신앙의 표지("교회 십자가")가 도처에 깔린 지상에서, 존재의 다른 기척을 들어본 일 없는 양들에게 몽매는 하느님 나라의 만나처럼 내린다. 이미지가 된 사물들의 초상화에서 시어의 아이러니 역시 눈처럼 '평화롭게' 내리고 있다.

『양들의 사회학』은 김지녀의 두번째 시집이다. 경쾌한 감각으로 소소한 일상을 위트 있게 뒤집고, 말이 그 형식에서 추구할 수 있는 바의 달콤한 에로스를 부각했던 것이 『시소의 감정』(민음사 2009)이었다. '언니'를 발화하던 그 목소리를 굳이 떠올리지 않아도 우리는 그 시집의 주인공이 소녀와 숙녀 사이의 어떤 여자였다는 사실을 짐작할 수 있다. 그러나 어떤 '초상화'를 그리듯 신체에 유난히 집중하는 이번 시집에서 '화가'의 성별은 분명하지 않다. 그것은 이 '화첩'의 오브제들이 규정되기 어려운 것들로 이루어졌다는 사실과 무관하지 않다.

김지녀 특유의 시적 취향을 따르되, 이 초상화는 이전 시집의 에로스가 아니라 형이상학적 관심이라 할 만한 것에 상대적으로 더 집중한다. 길게 계속 자라는 목이나 열한개의 발가락은 나보꼬프 소설 속의 페티시가 아니다. 이 화가에게는 그 오브제들의 운동 방향과 넘치는 에너지에서 암시되는 존재의 배후가 중요하다. 사물을 이미지로 전환하는 말의 고투를 통해 이 화가―시인이 액자의 바깥, 울타리의 너머를 욕망한다는 사실을 감지하기란 어렵지 않다. 한명의 시인으로서 이 욕망은 언어의 비가시적인 외부, 그리하여 궁극적으로는 언어로 개념화된 사고의 외연을 과감히 확장하려는 대담함이기도 하다. 시인은 이 시도가 늘 실패의 기록으로 끝나고 말 것이라는 사실도 잘 알고 있다. 이 사실을 이야기할 때, 말의 뉘앙스에 약간의 우수가 깃들기는 하지만 이때 화가―시인은 그 자신의 방식대로 여전히 발랄하다.

마지막으로 특별히 기억해야 할 사실은, 이 시인에게 에로스가 형이상학의 층위로 이동할 때, 이 에너지의 동선이 '감각의 사회학'을 매개하고 있다는 사실이다. 첫번째 시집과 두번째 시집 사이에서 화가―시인은 자기 시대의 거리 풍경에서 "똑바로 걸어도 나는 비뚤어진다"는 사실을 경험한다. "거울 속에서 귀가 눈을,/코가 입술을,/비웃기 시작"(「사시(斜視)」)하는 일은 흔히 시인에 대한 통속화된 선입견 속에 존재하는 자폐적인 자조 같은 것이 아니다. 이러한 감각과 자존감의 혼란 상황이야말로 우리 시대 한국시의 한 이동 경로를 이해하는 데에 중요한 참조사항이 되어 마땅하다. 우리 시대의 젊은 감각을 깊이 있게 이해하려고 할 때, '사회학'이 문학적 신체의 단순한 후경이 아닌, 그 신체의 감각을 배태하고 지탱하며 변형시키는 존재 지평이라는 사실에 대한 발견이야말로 필수적이다. 이 시인은 "국문학을 전공한 사람으로서/정치학을 전공한 사람으로서" "오늘 비는 해석할 여지가 있"(「붉은, 비가」)다고 생각한다. '양들의 발자국' 역시 시인이 선 우리 시대 빗길 위의 한 동선이다.

이 시집의 궁극적 "기다림"은 이 빗길 위의 무정한 고요와 기만적 평화가 "무너지고 무너지면서" "세계가 움직이기 시작"(「개미들의 통곡」)하는 것이다.

―김지녀 『양들의 사회학』, 문학과지성사 2014

흙이 묻지 않는 보법, 리얼리스트의 각도로 걷기

◆

김희업 시집 『비의 목록』

자화상에서 리얼리스트로

첫 시집은 자화상이 될 운명에서 벗어나기 어렵다. 글자에 의지해서야 세상에 제 존재를 나타내는 시인에게 첫번째 책은 '시인 됨'의 영광과 비참이 동시에 드러나는 순간일 수도 있다. 글자에 눌러 새길 만큼 절박하고 단단하며 고독한 몸의 시간이란 어떤 것인가. 어떤 시집에서 그 시간은 가여운 것들로 채워진 회고이기도 하다. 등단 후 10년, 김희업(金熙業)의 시인으로서의 첫번째 존재 증명이 '칼 회고전'이라는 이름으로 이루어졌을 때, 이 '칼'은 "어둠을 건축하는 데 평생 몰입"한 한 육체를 가르고 들어온 "상흔"(「틈」)이었다.

이 시집에서 "낯선 나는 왜 여기에 버젓이 있는가"(「전신마취」)라는 물음은 '나는 왜 여기에 이렇게 있지 않으면 안되는가'라는 식의 철학적 물음과는 다른 존재론적 기분 속에 내던져져 있다. 여기서 "버젓이"라는 부사가 문제가 된다. 그것은 세인적 삶 일반의 소외 상황을 지시하는 것이 아니라, 세인적 세계에 섞이지 못한 개체의 특수한 고립의 정황을 암시한다.

이 고립의 심리적 정황이야말로 첫 시집 『칼 회고전』(천년의시작 2009)이 기억하는 비극적 시간 지평이다. 이 고립의 정황에서는 비록 가상적인 것이라 할지라도 '에고'를 기반으로 하여 구성되는 소위 '주체'라는 이름의 인간 형식이 온전하기 어렵다. "언제부터인지 몰라도/꿈불감증을 앓고 있어"(같은 시)라는 진술이 뜻하는 의미는 무엇인가. 그것은 소망 충족의 불가능성에 대한 좌절감을 표시할뿐더러, 존재의 기저인 무의식의 차원에까지 미치는 억압의 상황을 암시한다. 첫 시집에서 화자 곧 시인은 목소리의 톤을 높이지 않았으나, 개인의 역사와 관련된 상처의 폐부는 예리하고 깊었다.

그런 점에서 첫번째 시집과 비교하여 김희업의 두번째 시집 『비의 목록』(창비 2014)에서 가장 눈에 띄는 점은 시적 대상의 확장이다. 더 정확히 말하면, 확장된 것은 대상이라기보다는 시야다. 자화상을 그리던 시선의 방향은 바깥으로 열렸고 다양한 사물을 포괄한다. 자기 상처에 대한 깊은 응시가 어떻게 이런 극적인 시각적 반전을 가져올 수 있는가. 중요한 것은 이 시선이 독특한 생의 '경사'와 틈새를 포착하는 내밀한 각도를 지니고 있다는 사실이다. 이 각도에서 화자는 사물에서 벗어나 사물에 자신의 감정을 이입하는 것이 아니라 사물의 '곁'에서, 또는 '세계 내'에서 세계를 응시하는 '비평적' 태도를 보여주고 있다. 이 태도를 거창하게 '리얼리즘'이라는 용어로 이야기하기보다는 언제부턴가 한국 서정시의 영역에서 쇠퇴하고 있는 '리얼리스트적' 태도의 새로운 가능성이라는 차원에서 이야기해볼 수 있지 않을까. 이 가능성에는 상처와 고독을 오래 감수한 자가 "외마디 비명도 없이" 그것을 담담한 '생의지(生意志)'로 전환시키는 건강하고 감동적인 힘이 내포되어 있다. 사물과 삶의 중핵을 포착하는 내밀한 시선의 각도에 의거하여, 비관이나 낙관, 냉소나 과장이라고도 할 수 없는 비평적 시선을 일관되게 견지하고 있다는 것이야말로 비관적 전망이 세상을 덮고 있는 이 시점의 한국 시단에 김희업의 시집이 던지는 의미심장한 화두일 것이다.

에스컬레이터 함께 올라타기

30도의 기울기란

마음이 먼저 쏟아지지 않는 경사

알 수 없는 자력이 몸을 곧추세운다

그냥 밟고만 있어도

높이가 커진다는 사실을 아는 사람은

굳이 거슬러 내려가지 않고

계단의 물결에 발을 맡길 것이다

거슬러 오르는 멋진 오류는 연어의 일

한계단씩 베어 먹은 사람들의 높은 입

그들은 먹이를 얻기 위해 날마다 입을 벌린다

외마디 비명도 없이 공중에 떠 있는 현기증

어떤 뒷모습이라 할지라도 바라보면 쓸쓸하고

꼭 그만큼만 보여주는 생의 짧은 치마

넘치지 않는 저울질로 평등하게 내려놓고

빈 계단만 층층이 접히는 지평선

맞물린 관계 속에

서로 먹고 먹히는 다정한 세계

기울어진 생계를 떠안고

마음이 쓰러지지 않게

흙이 묻지 않는 보법으로 반복되는 생성 소멸

오늘밤

달은 발자국 남기지 않고 가던 길을 갈 것이다

—「에스컬레이터의 기법」전문

'리얼리스트적' 태도라는 것은 무엇인가. 나는 그 의미를, 세계를 전체로 조망하려는 야심을 갖기보다는 세계 내의 사물 곁에서 '부분적' 응시를 취하지만 그 응시에 '비평적 거리'가 들어 있는 체험적 관점이라고 이야기하고 싶다. '이즘(리얼리즘)'이 아니라 '이스트(리얼리스트)'라고 말할 때에는 응시의 주체가 대상과 동일선상에서 나누는 경험의 공동성이 중요하다. 이것을 '시점'이라는 차원으로 이야기할 수도 있지 않을까. '시점'이란 '서 있는 자리'이기도 하다. 예컨대 이 시에서 "꼭 그만큼만 보여주는 생의 짧은 치마"를 보기 위해서는 사람들의 에스컬레이터에 시선의 응시자가 동승해 있어야 한다. 에스컬레이터의 외부에서 그것을 묘사하는 것이 아니라, 동승한 응시자가 자신의 시점으로 세태의 "경사"를 본다는 점에 이 시의 묘미가 있다. 이것은 관조가 아니다. 문제는 어떻게 서 있는 자리가 같은데 시점이 다를 수 있을까 하는 것이다. 하지만 그런 일은 불가능하지 않다. 우리는 이 경험을 '분열'의 경험이라 말할 수 있으며, 그것은 사실 응시자인 화자에게 상처의 정황이 되는 것이기도 하다.

"마음이 먼저 쏟아지지 않는 경사"인 "30도의 기울기"는 "그냥 밟고만 있어도/높이가 커"지며 "계단의 물결에 발을 맡"기는 방식으로 일상의 자동성을 쉽게 수용하는 세태의 보편 형식이다. "거슬러 오르는 멋진 오류는 연어의 일"이지 "먹이를 얻기 위해 날마다 입을 벌"리는 사람의 일은 아니다. 에스컬레이터의 자동성이 그러하듯이, 의지를 시험하고 세태의 자동성을 거스르는 용기는 이제 사람들에게서 찾아보기 어렵다. 화자는 에스컬레이터의 "빈 계단만 층층이 접히는 지평선"에서 내용 없는 공허("공중에 떠 있는 현기증")와 세련된 형식주의("넘치지 않는 저울질")와 무한경쟁의 비정한 세계("서로 먹고 먹히는 다정한 세계")를 포착한다. 그러므로 "마음이 먼저 쏟아지지 않는"과 "마음이 쓰러지지 않게"는 반대의 함의를 지닌다. 전자가 성의와 진심이 없는 세태의 형식적 기울기를 뜻한다면, 후자는 그 내부에서 겪는 화자의 분열적 체험과 관계된 상처의 정황으로서 스스로를 다독여야 하는 심리를 표현한다. 이와 같은 아이러니는 이 시집의 언어적 기지를 보여주는 동시에 시인의 존재론을 함축하고 있다.

"30도의 기울기"를 발견하는 일은 30도의 기울기를 가진 에스컬레이터에 화자가 동승하는 일에서 시작된다. 기계적 메커니즘과 유사한 자동적이고 무반성적인 세태를 포착하기 위해서는 "계단의 물결에 발을" 올려놓아야 하는 것이 시인의 운명이다. 물론 더 정확히는 포착을 위한 동승이 아니라, 그 자신도 세태의 일원이기에 그가 속한 삶의 내부에서 발생하는 일이다. 그러나 더이상 "굳이 거슬러 내려가지 않"는 세태에서 시인은 "한계단씩 베어 먹은 사람들의 높은 입"이 아니라 "연어의 일"과 동일시하는 분열을 경험한다. 이러한 유의 동일시와 의지의 발현은 연어의 그것처럼 누구의 강요에 의한 것은 아니다. "사람들"과 동일한 경험 지반에 있는 일상성 안에서 '시점'의 분열이 일어난다는 사실 자체가 시인에게는 특별한 상처라고도 할 수 있을 것이다. 세태의 기울기와는 반대 의미에서 "기울어진 생계를 떠안고" 있다는 화자의 조건도 상처가 됨직하다.

그런 점에서 "흙이 묻지 않는 보법" 역시 이중적 의미를 지닌 아이러니로 볼 수 있지 않을까. 그것은 우선 "그냥 밟고만 있어도/높이가 커진다는 사실"을 알고 "굳이 거슬러 내려가지 않"는 "사람들"의 보법일 것이다. 그 보법은 시적 진실이 거주하는 자리로는 좀처럼 내려오려 하지 않으며 "공중에 떠 있는" 세태의 무중력 보법이다. 하지만 이 표현에는 세태의 흐름에 내던져져 있으나 "거슬러 오르는 멋진 오류"를 도모하며 "발자국 남기지 않고 가던 길"을 가는 "달"의 보법이 동시에 들어 있기도 하다. 중력을 이기고 자기 존엄을 지키려는 이 보법은 비록 쓸쓸하다 하더라도 초월의 보법이 아니라 의지의 보법이라고 해야 한다. 이 시집 곳곳에서 반짝이는 시적 장면과 진술의 아이러니가 포착되는 지점도 이 보법과 관련되어 있다.

강은
얼마나 깊은 여백을 남겨두었나
강과 강 사이가 엉겨붙어
한바탕 살얼음판으로 변할 때
하늘 엎고 어렴풋이 건너면
가뿐한 월동(越冬)인데
날개가 방향을 튼다
돌아갈 곳을 찾는다는 건
돌아갈 곳이 있다는 것
그러니 너희는 철새가 아니다
잠시 비상(飛翔)근무 중이니
앉지 마라
앉지 마라
착지가 너희를 불안케 하리라
지상은 습지처럼 외로운 섬
공허해서 한껏 넓어진
하늘 가득 채워라
너희들 본적이 하늘이듯
하늘과 어울려 놀아라
하늘이 지칠 때까지

—「철새들의 본적」 전문

이 시에서 겨울의 양상은 "한바탕 살얼음판으로" 나타난다. 그것이 하필 "강과 강 사이가 엉겨붙어"라는 표현으로 이루어질 때, 이 상황은 "맞물린 관계 속에/서로 먹고 먹히는 다정한 세계"를 연상하게 하는 면이 있다. 사물의 정황마다 세태에 대한 화자의 무의식이 스며 있다는 것이 이 시집의 특징이다. 그러므로 "월동(越冬)"을 감행하는 일에는 용기가 필요하다는 것을 알 수 있다. 월동에 직면하여 "날개가 방향을" 트는 일은 그래서 발생한다. 그것은 예외적 상황이 아니라 세태의 일반적 정황이다. 날개가 방향을 틀어 "돌아갈 곳을 찾는다는 건/돌아갈 곳이 있다는 것"이며, 그것은 지상에 안전한 거처를 지닌 것들의 세계이다. 화자는 그것을 "철새"의 존재 양식이 아니라고 말한다. "철새들의 본적"은 "하늘"이다.

철새의 존재 양식은 "거슬러 오르는 멋진 오류는 연어의 일"과 비슷하다. 화자는 철새에게서 거주와 "착지"가 아니라, "비상"과 "월동"의 존재 양식을 본다. "하늘과 어울려" "하늘이 지칠 때까지" 비상해본 자유, 가두리를 넘어서는 경험을 해본 존재만이 "지상은 습지처럼 외로운 섬"이며 "착지가 너희를 불안케 하리라"는 역설을 이해할 수 있을 것이다. 그러나 화자에게 이 "비상(飛翔)근무"는 어떤 관념적 절대자유를 상정하는 일은 아니다. 이 시집의 화자에게 자유는 제한 없는 무언가의 추구라기보다는 일상적 존재 지반의 자동성에 투항하지 않는 일이다. 그래서 새들에게 "앉지 마라/앉지 마라"라고 말하는 것이다. 이것은 일종의 주문이다. 모든 주문은 비원(悲願)이다. 희망을 근거로 삼거나 상황을 낙관하지 않아도 세상에는 그와 무관하게 발설될 수밖에 없는 비원이 존재한다. 시야말로 그런 비원의 말이 아닌가. 이런 비원의 말이 정녕 불가능한 말이 아니라는 것을 정직하게 증명하려는 지점에 이 시집의 주요한 욕망이 있다. 예를 들면 이런 '사소한' 관찰은 어떤가.

살아 있는 것은 움직이지 않고도 살아 있다

안 팔리는 꽃이 조금씩 자라고 있다
수직으로 뻗다 지루하면 수평으로 서서히 방향을 튼다
아주 조금씩 자라서 보이지 않을 때가 더 많다
주인 속 타는 줄 모르고
낄낄거리며 웃고 있는 꽃들
무슨 의무감처럼 매일 물을 주며
꽃집 주인은 입양을 서두르는 눈치다
(…)
보지 않으면 꽃은 시들하니까 돌보게 된다
가섭은 꽃의 웃음을 본 최초의 사람
꽃의 부모는 꽃을 가꾸는 사람
햇볕과 물과 흙은 꽃을 키운 먼 조상
천애의 고아로 자란 꽃이 어디 있으랴

—「출생의 비밀」부분

이 시의 전체 의도는 "꽃의 부모는 꽃을 가꾸는 사람"이라는 생명의 돌봄과 관련되어 있다. 그런데 사실 이러한 정서적 차원의 유비보다 더 중요한 발견은 "안 팔리는 꽃이 조금씩 자라고 있다"는 꽃 그 자체의 상황이다. "아주 조금씩 자라서 보이지 않을 때가 더 많"아서 그렇지, "수직으로 뻗다 지루하면 수평으로 서서히 방향을" 트는 생명의 자발성에 관한 소박한 발견 말이다. "꽃집 주인은 입양을 서두르"지만 꽃은 주인의 의도대로 피지 않는다. 하지만 본래 자발성이라는 것은 모든 타자의 의지를 거스르는 일이 아닌가. 그럼에도 화자는 "꽃이 조금씩 자라고 있"으며, 그것도 "안 팔리는 꽃"이 자라고 있다는 것을 본다.

이 시는 한 개체의 성장과 자발성에 관한 독특한 변증법을 간명하고 재미있게 보여준다. 주인의 관점에서 꽃은 기원의 대상이지만, 기원대로 피어나지 않는다. 그러나 기원하는 존재인 "꽃을 가꾸는 사람"이 필요하지 않은 것은 아니다. "천애의 고아로 자란 꽃"은 없기 때문이다. 그렇다 하더라도 그러한 '원리'적 차원과 꽃의 자발성이 부합하는 것은 역시 아니다. 기대의 충족과 배반을 다른 차원에서 보면, 그것은 주인의 시점을 꽃에 적용한 '오류'가 아닐까. "아주 조금씩 자라서 보이지 않"는 것이 아니라, 성장점이 놓인 시간 지평 자체가 기원의 대상과 주체가 서로 다른 것이다. "살아 있는 것은 움직이지 않고도 살아 있"(「변명」)는데 말이다.

자연 대상을 인간 삶의 유비로 환치하는 시적 마술은 서정시의 매력이지만, 사물의 실상과 관련하여 따져본다면 이는 논리적 오류이기도 하다. 이 시의 소소한 시적 직관을 '희망'이라는 타자와 그것을 기원하는 주체 사이에 놓인 우리 시대의 깊은 좌절감이 실은 기대 지평의 차이를 인식하지 못하는 조급함에서 연유하는 것은 아닌지 따져보는 것으로 볼 수도 있지 않을까. 블랑쇼는 "시인은 희망을 말할 권리가 없다"고 말하기도 했지만, '살아 있는 것'에 대한 비관적 전망이 오히려 관성이 된 듯한 현실에서, 이 시집의 직관들을 거짓 없는 희망을 이야기하는 시적 방법론으로 사유해볼 여지는 없을까. 자연과 역사가 교묘한 유비로 삼투된 다음 시를 보라.

> 갓난아기 주먹만 한 고구마를 컵에 넣고
> 싹이 트는 과정을 지켜보기로 했어
> 고구마가 싹을 틔운다는 그 말,
> 거짓말로 들렸지만 믿어보기로 했어
> 혁명이 뭐 별거 있어
> 보이지 않는 걸 믿게 하는 거지

그렇다고 고구마가 혁명을 알 리 없지
하루가 지나 내일이 다 가도록
바라고 바라던 혼돈은 없었어
어쩌다 컵에 물이 줄어든 것 빼고는
태초에 고구마를 내던 셋째날이 오자
머릿속엔 부정의 싹이 역병처럼 번져갔어
기다리는 내내 죽음과 내통하는 영화를 보았지

천지와 만물을 다 지으신 일곱째날
체념한 채 물을 갈아주려던 순간
의심이 목덜미를 잡히고야 말았어
새싹이 돋은 거야,
태동을 눈치 못 챈 굼뜬 청력(聽力)에 얼굴 붉어졌지
볼품없던 고구마는 메마른 땅을 경작지 삼아
쉼 없이 물동이 길어올렸던 거야
귀 기울여봐, 무언(無言)에는 목마른 외침이 있어
목마른 자 가까이 샘물 가득 준비해놓는 일,
혁명이란 그런 거지

—「거짓말」 전문

　"고구마가 혁명을 알 리 없지"라는 말은 흥미롭다. "고구마가 싹을 틔
운다는 그 말"을 "거짓말"로 듣는 것은 어쩌면 '고구마'라는 작은 개체
의 현실에 '혁명'이라는 크고 추상적인 관념을 덮어씌웠기 때문인지도
모른다. 사물의 개별성 자체를 존중한다면 우리는 거기에서 "보이지 않
는 걸 믿게 하는" 바로 그런 차원에서 돋아난 "새싹"을 '혁명'으로 발견
하고 그것을 혁명으로 승인할 수 있게 되는지도 모른다. 여기에는 물론

「출생의 비밀」에서 보듯 희망의 대상과 주체 사이에 놓인 기대 지평의 차이를 받아들이는 것이 중요하다. "하루가 지나 내일이 다 가도록/바라고 바라던 혼돈"은 기원의 주체인 '나'의 시간 지평이다. 그러나 "갓난아기 주먹만 한 고구마"는 '나'와는 다른 시간 지평에 서 있다. "머릿속엔 부정의 싹이 역병처럼 번져갔어/기다리는 내내 죽음과 내통하는 영화를 보"는 것은 나의 현실이지 고구마의 그것은 아니다. 또한 "체념"은 나의 것이지 고구마의 것이 아니다. "태동을 눈치 못 챈 굼뜬 청력"은 내 관념의 시간을 고구마의 현실에 덮어씌운 조급증이 만든 무능력이기도 하다.

화자는 "메마른 땅을 경작지 삼아/쉼 없이 물동이 길어올"린 고구마의 생명력을 "목마른 자 가까이 샘물 가득 준비해놓는" 삶—혁명과 유비한다. 고구마와 인간, 자연과 역사, 개체를 전체와 묶는 이러한 유비는 '혁명'을 어떤 거창한 결과로 규정하기보다는 "보이지 않는 걸 믿게 하는" '새싹'의 수준이나 과정의 차원에서 이해하고 있다는 점에서 허황된 마술이나 거짓 약속이라고 할 수 없다. 그가 혁명으로 규정하는 것은 "무언(無言)에는 목마른 외침이 있"다는 '고구마—역사'의 가능성 그 자체이지 결과가 아니다. 그러나 다시 한번 상기하건대, '가능성'에 대한 인식은 주체와 대상 간에 놓인 기대 지평의 차이를 인정하는 데에서 나온다.

무덤에서의 직시

그럼에도 이 시집에 전체적으로 드러난 세계의 어둠이 희미하다고 말한다면 이는 사실이 아니다. 응시하는 주체인 화자가 늘 기원하는 주체, 의지의 주체가 되는 것도 아니다. 아니, 역사와 희망에 대한 기원은 지금 시간의 "잠긴 문"에 대한 오롯한 직시 그 자체에서 비롯된다고 할 수 있을 것이다. 이것이 역사의 총체적 전망을 담은 '리얼리즘'이 아니라, 현재 시간의 사물을 마주한 '리얼리스트'의 태도이다.

> 안을 들여다보려는 순간부터
> 위험한 상상은 만들어진다
> 틈이 보이지 않을수록 증폭되는 상상
> 비밀의 부피가 커지다가 마침내
> 시한폭탄이 될 조짐
> 공간이 꾸미는 음모는 안전하고 깊다
>
> ──「물품보관함」부분

'물품보관함'에 대한 화자의 시선은 "안을 들여다보려는""위험한 상상"과 결부된다. 그렇다면 이 시선은 "비밀의 부피"에 대한 화자의 '관음증' 같은 것인가. 관심을 환기하는 이 심리적 정황 때문에 잘못 읽어서는 안되겠다. 여기에서 핵심은 "공간이 꾸미는 음모는 안전하고 깊다"라는 응시 대상의 성격이다. '안전하고 깊은 공간'은 세인적 일상이 담보하고 있다고 믿는 우리 세계에 대한 메타포라고 할 수 있는데, 아이러니하게도 우리가 속한 이 세계의 '안전성'은 우리의 관심 대상이 아니다. 긴장감을 배가시키는 어법으로 씌어졌으나, 이 시선의 긴장은 화자의 것이지 '안전하고 깊은 공간'에 대한 믿음에 의거해 살고 있는 세인의 것이 아니라는 말이다. 그러므로 이 시선은 관음증이 아니라 "안전하고 깊"은 '믿음'의 세계에 대한 리얼리스트의 질문이 된다. 그 시선은 물품보관함의 문을 열지 않았으나 그 내부에서 이런 걸 본다.

> 무언가를 찾기 위해선 잃어버려야 하듯
> 비우고 비워야만 더 가득 채워지는 반전이

오롯이 사각형의 비밀을 지니게 한 걸까
물건을 맡긴 사람이 물건 주인이 아닐 때도 있으나
자신이 맡긴 물건조차 영영 잊고 싶을 때가 있지
이를테면 한 영혼을 하늘 끝으로 보낼 흉기나
탯줄에 돌돌 말린 갓난아이의 차압된 울음소리 같은

잠긴 문
들끓는 어둠
맡긴 시간이 부패할 때까지
밖은 모를 것이다
누군가가 발굴하기 전까지는

—「물품보관함」부분

 왜 "안전하고 깊"은 공간은 "시한폭탄"이 되는가. 화자는 "무언가를 찾기 위해선 잃어버"리고, "비우고 비워야만 더 가득 채워지는 반전"이 "사각형의 비밀"이라는 걸 본다. 이 사각형은 "자신이 맡긴 물건조차 영영 잊고 싶"어 하는 우리 시대의 비밀이다. "한 영혼을 하늘 끝으로 보낼 흉기" "탯줄에 돌돌 말린 갓난아이의 차압된 울음소리"를 누가 대면하려 하겠는가. 그런 점에서 시인의 "위험한 상상"은 상상이 아니라 직시이다. 반면 자신의 물건을 잊고 싶어 하는 세인적 망각은 실은 회피이다. "잠긴 문" 속에 "들끓는 어둠"이 있으며, "맡긴 시간이 부패할 때까지/밖은 모를 것이다". 시인의 비극은 제가 행한 일뿐만 아니라, 세상의 업보조차 제 업보로 삼는 존재라는 데에 있다. 그는 제가 맡겨놓지 않은 사각형 상자 속의 어둠을 제가 낳은 어둠으로 여기며, 심지어는 그 어둠의 결과조차 제 것으로 여긴다. 그런 점에서 시인은 세상의 죄를 대속하는 수도승과 본질적으로 다르지 않다. 세상의 어둠에 대한 시인의 직시는 그 대속을 위한 가장 본질적인 방편이다. 같은 자리에서 다른 각도로 사물의 어둠을 "발굴"하려는 리얼리스트의 시선이란 그러므로 기도의 시작이기도 하다.

고구마에서 새싹을 보려는 시인의 마음이나 제가 낳은 "들끓는 어둠"을 망각하는 세계에서 "잠긴 문"을 응시하는 시인의 시선이나 모두 대속을 위한 기도이다. "아파트 화단 귀퉁이로/한생이 폭삭 내려앉는 끝 소리"(「비행법」)를 듣고, "집채만 한 허기에 떠밀려온 무료배식 긴 행렬"(「전갈」)을 보는 것이 이 시인의 시선이요 기도의 시작이다. 어떻게 '희망'이라는 말을 상투적이지 않게 희망할 수 있는가. 그것은 '희망'이라는 단어를 세치 혀로 발설하는 것이 아니라 우리 업보로 "살처분된 가금류들"(「새」)의 비명을 듣는 일이며, 우리 시대가 그 무덤 위에 선 골고다의 언덕이라는 것을 직시하는 일에서 시작된다.

김희업은 망각과 무비판적 사고가 보편화된 일상의 중력을 거스르는 연어의 용기를 "흙이 묻지 않는 보법"이라 하였으나, 이 보법은 이미 자기 세계가 가여운 것들의 죽음 위에 선 무덤이라는 것을 안다. 같은 자리에서 다른 각도로 보고 걸어야만 하는 리얼리스트에게 생은 아이러니이며 분열이다. 그 보법은 수도자의 걸음을 닮았으나 초월이 아니라 의지의 보법이다. 이 보법이 언제부턴가 약화되어가는 한국시의 리얼리즘적 전통에 새로운 용기를 불러넣을 것이라는 점에는 의심의 여지가 없다.

—김희업 『비의 목록』, 창비 2014

어둠의 기도와 원한 없는 사랑의 몸

◆

이영광 시집 『나무는 간다』

몸으로 시를 쓴다는 말

몸으로 시를 쓴다는 말은 무슨 뜻인가. 김수영(金洙暎)의 '온몸의 시학' 이래 이 말은 유명한 시론이 되었지만, 이만큼 알 듯 말 듯 한 시론도 드물다. 물론 그전에 이 시학의 특허권이 김수영에게 있는 것은 아니라는 사실부터 지적해야 할 것이다. 육체의 발견이 이루어진 현대의 문제적 시인들은 어떤 방식으로든 몸에 근거하여 시를 써왔다. 하지만 널리 유포된 이 견해는 여전히 풍문처럼 모호한 데가 있다.

사실 동서양을 막론하고 지혜와 육체, 말과 몸의 관계는 조화로운 것으로 이해되지 않는 경우가 더 많았다. '말'과 '지혜의 빛'을 동일한 단어로 명명한 채 혼신의 힘을 다해 섭리에 도달하려고 했던 서양의 옛 현자들이 육신을 질곡으로 이해했던 예를 떠올려보자. 여기에서 지혜의 빛은 회복되어야 할 기억을 통해 도달할 수 있었는데, 이는 궁극적으로는 육신의 죽음을 통해서나 가능한 것이었다.

이영광(李永光)의 네번째 시집 『나무는 간다』(창비 2013)에는 짐승의 비릿함과 사람의 고독, 시인 됨의 긍지와 부끄러움, 사랑과 역사가 교차하는 밀도 높은 시의 몸이 있다. 결코 몸 바깥으로 새어나가지 않는 비명을 따라, 종종 사람의 얼굴 위로 섬뜩하게 얼굴을 드러내는 짐승의 그림자를 보면서, 또는 사랑에 감염된 병든 육신이나 정치적 개인의 남루하고 유폐된 동선을 좇아, 시집의 독법은 여러 길로 나 있다.

하지만 어떤 길을 따라가든지 이 시집이 '몸'에 대한 집요한 인식론적 적대의 역사와 사투하는 장이라는 사실은 변하지 않는다. 결론부터 말하자면, 이 싸움은 '몸의 시학'에 관한 한국문학사의 가장 전위적인 실천 가운데 하나로 기억될 것임에 틀림없다. 창작의 실제에서 보자면 이 시적 실천은 김수영의 시론과는 다른 지점을 향해 한발 더 내딛는 것이며, 여기에는 젊은 시절 미당의 언어를 기습했던 것과 유사한 '다른 몸' 체험도 함께 있다. 말들이 뜨거운 몸에 의지하여 도달한 전위의 지점에 집중해보자. 이 시의 몸은 어디에 있으며, 무엇과 닿은 채 어디로 가고 있는가.

어둠으로부터 온 얼굴들

우물은,
동네 사람들 얼굴을 죄다 기억하고 있다

우물이 있던 자리
우물이 있는 자리

나는 우물 밑에서 올려다보는 얼굴들을 죄다
기억하고 있다

—「우물」 전문

왜 하필 '우물의 기억'인가. 문장의 표면에는 보이지 않으나, 명백하게 대립되는 것은 전술한 현자의 기억이다. 명증한 빛에 의해 인도되고 더 밝은 빛을 향해 상승하는 현자의 변증법적 기억과 달리, '우물'은 내내 존재의 바닥과 그림자를 가리키고 있다. 우물의 기억은 이 자리로 세가지를 불러들인다.

첫째, 어둠의 기억은 '죄(罪)'를 소환한다. 우물은 얼굴의 "죄다"(모든 죄)를 기억하고 있다. 언제나 '죄'는 명증한 나의 인식이 보고 싶어 하지 않는 어떤 것이다. 빛의 지혜는 명석하나, 그 명석함은 모종의 (자기)합리화 과정에 불가피한 왜곡과 생략을 동반함으로써 죄를 인식의 게토로 밀어넣는다. 굳이 도덕적 관점에서 판단하지 않더라도 이 인식론적인 망각 자체가 '죄'다. 이 망각에는 오인과 자기기만이 불가피하다. 일상의 거울에 비친 자기와는 달리 우물은 어둠속에 갇힌 폭력과 상처를 보존하며, 이 자리로 얼굴들의 죄를 소환한다.

둘째, 어두운 기억의 소환을 통해 우물이 "있던" 자리는 우물이 "있는" 자리로 변화한다. 기억과 더불어 소환되는 것은 음습한 어둠만이 아니다. 기억이란 시간을 소환하는 일이다. 과거의 소환은 과거의 현실화이고, "있던" 것을 이 자리에 "있는" 것으로 실체화한다. 이것의 이름은 '역사'다. 역사란 망각되지 않은 시간의 현존성에 붙인 이름이 아닌가. 그것은 현재 시각에 삼투된 다른 시간이며, 확장되고 깊어진 더 큰 현재이다. 이런 점에서 기억의 대상이 "동네 사람들 얼굴"이라는 점에 주목하자. 우물에 떠오른 얼굴들을 보는 자가 "나"라는 점에서 우물의 기억은 나의 기억이기도 한데, 여기에서 개인의 주관적 기억은 공동의 기억으로 확장된다. 기억은 언제나 주관적인 것이고 그것은 시적 화자의 기억도 마찬가지이다. 중요한 것은 기억의 주관성에 수많은 다른 주관성들이 귀신처럼 포개어져 있다는 사실이다. 객관이란 수많은 주관성들의 포개짐이 아닌가. 이 포개지고 삼투된 얼굴들의 기억을 역사라고 하지 않으면 뭐라고 부를까.

셋째, 우물이 소환하는 것은 끝내 억압할 수 없었던 죄의 형상들인데, 이 형상들은 "동네 사람들 얼굴"에 새겨진 것이다. 우물의 기억은 은폐된 얼굴들의 회귀다. 그렇다면 기억의 주체는 과연 누구인가. 물론 1연의 문장 주어로 보아 기억의 주체는 "우물"이다. 역시 문장 주어로 볼 때 3연에서 기억의 주체는 "나"다. 그러나 엄밀히 말해, 3연에서도 기억의 주체는 내가 아니라고 해야 할 것이다. 기억에 선재(先在)하는 것은 "우물 밑에서 올려다보는 얼굴들"이기 때문이다.

이 지점을 강조하는 것은 중요하다. 이영광의 시에서 이 얼굴들은 화자인 1인칭 '나'와 항상 결부되면서도, 우리가 익히 알고 있는 주체의 소관에 속하지 않는다. 정확히 말해, 기억을 소환하는 것은 '나'가 아니다. '나'를 "올려다보는" 것은 "얼굴들"이지 않은가. 물론 '나'가 얼굴을 매개하기는 한다. '나'가 "동네 사람들 얼굴을 죄다 기억하고 있"는 어두운 "우물"이기도 하다는 뜻이다. '나'는 빛을 쬐지 못하는 대신 어둠의 타자들이 회귀하는 '몸'이 된다. 그렇다 하더라도 회귀하는 것은 '그들'이지 '나'가 아니다. 기어코 되돌아온 귀신 같은 타자들에게 '나-몸'은 무력하다.

가장 이영광다운 이런 시에서 '나'는 전통적 서정의 고갱이가 되지 못한다. 어둠의 얼굴이 떠오르는 표면이라는 점에서, "동네 사람들 얼굴"이 포개지는 얼굴이라는 점에서, 혹은 다른 시간들에 무장해제된 현재라는 점에서 '나'는 모호하고 위태롭다. 그런 점에서 앞서 언급한 객관과 역사의 의미는 가장 포괄적이고 근본적인 차원에서 해석되어야 한다. 이것은 확정될 수 없는 정체성을 지닌 어떤 것들의 회귀이자 인칭적 경계의 붕괴이며 시간성의 혼재이지, 합리적 상호주관성이 구현되는 의사소통 공동체의 역사가 아니다.

깔깔대는 혼과 거품의 몸

여름 마당에 병아리들 불러 모아 모이 주는
어른 흉내 내어
빈손을 감추고 구구구
장난치는 아이처럼
누가 마음 없이 마음을 못 내놓나
죽음 없이 시체를 못 내놓나
깔깔대는 혼이여
거품 같은 몸이여
모두 일 나가고 저물도록 혼자 집 보는 것
무섭고 외롭더라도
조금만 더 외로워보아
조금만 더 정신을 잃어보아
원한 없는 열개 스무개 닭 모가지들이
갸우뚱 올려다보는 하얀 마당
원한 없는 열개 스무개 닭 모가지들이
갸우뚱 내려다보는 검은 잠 속

—「깔깔대는 혼」 부분

"깔깔대는 혼"과 "거품 같은 몸"이 문제다. "혼"과 "몸"은 같은 상태의 육신에 붙은 두 이름이다. "깔깔대는" 웃음소리와 "거품"은 정체성의 둑이 무너진 1인칭의 몸에 틈입한 '다른 것'의 활성화이다. 정체성을 확인할 길이 없다는 점에서 이 '혼'을 3인칭이라고 부를 수도 없다. 오해하지 말자. 몸이 해탈했다는 뜻이 아니다. "거품"은 '비운 몸'이 아니라 다른 것에 "육박하고 뒤엉키고 침투하고 뒤섞이는"(「나무는 간다」) 괴로운 몸이다. 마치 "동네 사람들 얼굴"을 떠오르게 했던 우물처럼 '혼'의 침투에 몸은 무력하다. '혼'은 현자의 영토인 '정신'의 반대편 어두운 곳에서 왔다.

"깔깔대는 혼"을 불러들인 육신은 목숨을 걸어야 할 "마음"과 그 순간 다다르게 될 "죽음"을 담보해야 하는 영역에 있다. 이 영역은 어디인가. "모두 일 나가고 저물도록 혼자 집 보는" 곳 근처 어디이다. 거기는 노동의 질서와 일상인의 규칙이 폐제된 세계. 따라서 화자의 '무서움'과 '외로움'을 쎈티멘털이라고 읽어서는 안된다. 이는 감정을 표현하는 형용사가 아니다. '혼-몸'을 담지한 시적 주체의 존재 양상을 드러내는 건조한 묘사어이다. '혼'을 불러들이는 "거품 같은 몸"은 "조금만 더 외로워보아" "조금만 더 정신을 잃어보"자고 빈다. 현자의 지혜와 생활세계의 규칙과 노동의 질서, 그러므로 우리 시대 말과 사물의 범속한 배치로부터 자발적인 유폐를 감행하는 '혼-몸'의 기도야말로 화자의 유일한 생존 양식이다.

이 '생존' 양식은 지극히 역설적이다. "열개 스무개 닭 모가지들"이란 기도하는 자의 얼굴이 아닌가. 이 양식이 제 주검을 목격하고 싶은 염세주의자의 양식이란 뜻일까. 그럴 리가 없다. 이는 철학적 자살의 한 유형이 아니다. "닭 모가지들"의 기도가 "원한 없는" 형상을 하고 있는 까닭에 대해 생각해보자. 이 최후진술을 소원이라 하지 않고 기도라고 말한 이유도 여기에 있다. 제 몸에 미지의 '혼'을 개방하는 '무섭고' '외로운' 자발적 유폐는 "모두 일 나가"는 노동과 교환의 질서와는 다른 전망을 향해 열려 있다.

모든 기도가 그에 상응하는 응답을 얻기는 어려울 것이다. 하지만 가까스로 열릴 새로운 전망이 기도하는 자의 성의에 비례할 것이라는 사실은 분명하다. 원한 없는 기도만이 하느님과 닿는 깨끗한 희생제의의 자격을 지닐 것이다. 땅 위에 뒹군 원한 없는 주검들의 눈동자가 "갸우뚱 올려다보는 하얀 마당"은 이 단두대가 다른 세계와 닿아 있는 경계라는 사실을 암시한다. "마음"과 "죽음"을 담보한 시의 제단은 '삶의 끝'이 아니라 '끝에 있는 삶'이다. 이영광에게 "하얀 마당"은 "검은 잠 속"에서 들은 낯선 "혼"들의 기이한 웃음소리와 구별되지 않는다.

기도는 불가능하다

나의 기도는
기도하지 않는
기도이다
기도할 수 없는 기도이다
주저앉는 기도이다
뭉개지는 기도이다
사람의,
사람이 짓는
사람이 어쩔 수 있을 어쩔 수 없는 것에 대하여
기도는 말이 없다
언제나 경악보다 먼저 와서,
두려움보다 슬픔보다 분노보다 먼저 와서
두 손을 모으려 하는 나를
무슨 말을 떠올리려 하는 나를
단숨에 찔러버린다

—「기도」부분

이 기도의 이름을 '시인의 기도'라고 부르자. 그러나 모든 시인의 기도가 같은 하느님을 향해 바쳐진다고 할 수 있을까. 이에 대해 답하는 일은 불가능하다. 그러나 기도문의 형식이 제각각 다르다고 이야기할 수는 있을 것이다. 시인의 기도는 "기도하지 않는/기도"이고 "기도할 수 없는 기도"이다.

이 기도는 (말로) 표현되기 어렵다. "기도는 말이 없다"는 것이 이 뜻이다. 말을 넘어선 기도라는 뜻도 되고, 말을 근간으로 하는 지혜의 어둠에 터 잡고 있다는 뜻이기도 하다. 바꿔 말해 '명증한 말'이 문제가 된다. 그 말들의 세계는 '사람이 어쩔 수 있는 것'을 '어쩔 수 있는 것'이라고 말하며, '사람이 어쩔 수 없는 것'을 '어쩔 수 없는 것'이라고 말한다. 말들이 가닿은 논리가 말들로 지어진 생활세계의 규칙이자 관습이므로 이를 오류라고 반박하기는 쉽지 않다. 말들의 세계가 주장하는 것은, 가능한 것은 가능하며 불가능한 것은 불가능하다는 사실들의 지혜이기 때문이다.

화자—시인의 기도가 "주저앉는 기도" "뭉개지는 기도"일 수밖에 없는 까닭은, 사실들의 지혜가 교환되는 세계에서 이 기도가 효력을 갖지 못해서이기도 하다. 하지만 기도의 현실적 무력함이 기도에 내포된 사유의 무력함을 뜻하는 것일 수는 없다. "사람이 어쩔 수 있"는 것은 실은 "어쩔 수 없는 것"일 수 있다. "어쩔 수 없는 것"은 "어쩔 수 있"는 것일 수도 있다. 묘지에서 주검의 부활을 보는 게 시인이다. 과거가 굴착된 현재, 미래를 미리 당긴 예감의 현재에서 가능성과 불가능성의 경계는 확정되지 않는다.

말의 논리가 건축하는 사실들의 지혜는 사고를 자동화하지만, 말의 몸으로 사는 시인에게 이것은 말이 짓는 '죄'나 다름없다. 존재의 진실이 거주하는 세계는 논리를 다투는 사실들의 세계보다 늘 더 크다. 그래서 시인의 기도는 말들이 짓는 죄에 대한 속죄의 의미를 띠기도 한다. 화자의 기도가 '말'을 삼킬 수밖에 없는 이유가 여기에 있다. 야훼는 기도를 보이지 않는 곳에서 하라고 가르쳤다. 그것은 '나'조차 "모르는 기도"여야 한다는 뜻이다. '모르기' 위해서, "기도보다 먼저 온 기도"를 영접하기 위한 매개가 바로 이영광의 '몸'이다.

이 시집의 '몸—시'는 말들의 표면적 논리를 넘어설 뿐만 아니라, 흔히들 '서정'이라고 부르는 시 속의 자아가 무너지는 불모지에서 출현한다. 이 자아는 인간주의에 불가피한 명증성의 주인이기도 한데, 시인은 자신의 기도가 닿을 시의 하느님이 적어도 이 영토 한복판에는 없다는 것을 직감한다. 현자의 지혜나 말들의 사실이 아니라, '나도 모르는' 무지의 사막으로 가야 한다. "정말 하지 말아야 할 일은 자기를/살려주는 일" "정말 해야 할 일도 저에게 위로를/던지지 않는 일"(「깔깔대는 혼」)이라는 말을 자기연민에 대한 도덕적 훈계 정도로 이해해서는 안될 것이다. 그것은 범속한 자아, 영리하고 힘이 센 정신이 살고 있지 않는('자기를 살려줄 수 없는') 땅으로 가야 한다는 뜻이다. 그곳에서는 어떠한 변명도 자기기만도 허용되지 않는다. 이것은 도피가 아니라 용기이며, 나태가 아니라 결단이다. 이 목소리에서 김수영의 '혼'을 엿볼 수도 있겠지만, 사실을 말하자면 이 목소리는 선배 시인이 가지 않은 오시에 지금 발을 내딛는 중이다. 그곳에서 '나'는 "깔깔대는 혼"들의 폭력에 무방비다. "무의식의 파이트" "공포에 질린 복서의 짐승이/제 하느님을 찢고 나오는"(「타이슨」) 알려지지 않은 혼들의 영지. "경악보다 먼저 와서/두려움보다 슬픔보다 분노보다 먼저 와서" "무슨 말을 떠올리려 하는 나를/단숨에 찔러버"리는 기도의 사막에서 '나' 대신 '미친 나무'가 홀연 나타난다.

간다 가야 한다

나무는 미친다 바늘귀만큼 눈곱만큼씩 미친다 진드기만큼 산 낙지만큼 미친다 나무는 나무에 묶여 혓바닥 빼물고 간다 누더기 끌고 간다 눈보라에 얼어터진 오징어튀김 같은 종아리로 천지에 가득 죽음에 뚫리며, 가야 한다 세상이 뒤집히는데

고문받는 몸뚱이로 나무는 간다 뒤틀리고 솟구치며 나무들은 간다 결박

에서 결박으로, 독방에서 독방으로, 민달팽이만큼 간다 솔방울만큼 간다 가야 한다 얼음을 헤치고 바람의 포승을 끊고, 터지는 제자리걸음으로, 가야 한다 세상이 녹아 없어지는데

　나무는 미친다 미치면서 간다 육박하고 뒤엉키고 침투하고 뒤섞이는 공중의 決勝線에서, 나무는 문득, 질주를 멈추고 아득히 정신을 잃는다 미친 나무는 푸르다 다 미친 숲은 푸르다 나무는 나무에게로 가버렸다 나무들은 나무들에게로 가버렸다 모두 서로에게로, 깊이깊이 사라져버렸다

—「나무는 간다」 전문

어떤 명민한 비평적 해석도 '미친 나무'가 가닿으려는 영토를 온전히 다 설명해내기는 쉽지 않을 것이다. 그렇다 하더라도 이 '광기'에 방향이 없는 것은 아니다. 우선 확인할 일은 제목 '나무는 간다'와 첫 문장 "나무는 미친다"가 동일한 문장이라는 사실이다. 우리말에는 '가다'라는 말이 '미치다'라는 뜻으로 쓰이는 용례가 있다. 이것은 단순한 말놀이가 아니라, '나무'의 운동 방식과 동선을 동시에 알려주는 표현이다. 지금까지 이야기해온 바를 참조해서 읽어보면 이렇다.

'나무'는 빛의 지혜와 노동의 질서와 생활세계에서 가장 멀리 떨어진 곳으로, 또는 내부의 가장 어두운 심연으로 "간다". 그것은 현자와 세인의 관점에서는 '미친다'고 보이는 삶의 방식이다. 실제로 이는 자아의 자기동일성을 무너뜨리는 정신적 구심의 해체 내지 이완을 의미하기도 한다. 정체성과 동일성이 둘 다 'identity'라는 영어로 표현된다는 사실을 기억하자. '간다'와 '미친다'는 자기동일성과 범속한 정체성의 구축을 동시에 거부한다는 뜻이다.

"바늘귀만큼 눈곱만큼" "진드기만큼 산 낙지만큼 미친다"는 말은 이 거부가 세포와 피부 곳곳에 스며들 만큼 철저하고 집요하다는 뜻으로 새겨야 하리라. 나무는 "누더기" 같은 생의 남루와 "눈보라" 같은 시련을 감

수하며, 자기 자체가 존재의 구속임("나무는 나무에 묶여")을 자각한다. 이는 "죽음에 뚫리며" 가는 상황으로 표현된다. "고문"과 "결박"과 "독방"을 감내하지만, 또다시 "결박에서 결박으로, 독방에서 독방으로" 이어진다. "민달팽이만큼" "솔방울만큼" 가는 전진은 중단되지 않는 사투이며 "제자리걸음"으로 행하는 전투이다. 그러나 이것은 단순히 느리다는 뜻이 아니다. 실은 더 가혹하다. 이 걸음은 어떤 전진의 기미에도 희망을 걸지 않는 무조건적인 실천이다.

그러나 관점을 달리하여 보자. 죽음을 스스로 선택하는 주체에게 "죽음에 뚫"린다는 말은 무슨 뜻인가. 제 목숨을 건 주체에게 삶은 죽음의 노예가 아니며, 오히려 죽음이 삶의 발명을 위한 거푸집이 되지 않는가. 그러므로 관통된 것은 죽음이지 주체의 삶이 아니다. 나무는 도처에 편재한 죽음들을 가로지른다. "오징어튀김 같은 종아리로 천지에 가득 죽음에 뚫"린 나무는 제가 알지 못했던 죄를 속죄하기 위해 끝내 제 눈을 찔러 어둠을 선택한 오이디푸스('종아리에 구멍이 뚫린 자'라는 뜻이다)를 닮았다. 오이디푸스에게 빛의 포기는 자살이나 도피가 아니다. 운명을 완성한 것은 신이 아니라, 어둠의 영토로 제 발을 내딛기를 주저하지 않았던 그의 윤리적 결단이지 않았나. 이 결단이 신들이 지배하던 어둠의 영토를 주체의 땅으로 바꾼다.

"간다"라는 존재(Sein)의 영토에서 어떻게 "가야 한다"라는 당위(Sollen)의 영토가 발견되는가. "독과 피가 흐르는 저주의 땅"(「가나안」)을 떳떳하게 제 운명으로 수락한 극한의 시적 기투가 '미친 나무'를 윤리의 주체로 변화시킨다. 그러므로 "세상이 뒤집히는데" "세상이 녹아 없어지는데"를 객관적 정황이라고 이해하지 말자. 후천개벽과 해빙의 기미는 객관적인 실체로 주어지는 것도 아니며, 그 정황에 기대어서 주체의 운동이 촉발되는 것도 아니다. "모두가 살려고" 하는 세계에서 "자꾸 죽자 자꾸 죽자"(「오일장」) 하는 혼잣말은 그의 기도문이다. 개벽의 기미는 '마음'과

'죽음'을 다하여 삶을 횡단하여 '가는'(미친) 주체의 출현 그 자체이다. 빛의 지혜, 교환의 질서가 포섭하지 못하는 어딘가로 '가는' 이 나무는 다른 세계로 난 좁은 문이다. 나무는 그래서 "가야 한다". "빛을 다 썼는데도 빛은 나타나지 않"(『저녁은 모든 희망을』)지만, 삶의 후천개벽은 미래가 아니라 나무의 "제자리걸음" 속 어두운 현재에 이미 임재해 있다.

죽음을 담보한 이 가로지르기가 늘 외로운 것만은 아니다. "육박하고 뒤엉키고 침투하고 뒤섞이는 공중의 決勝線에서" 나무는 무엇을 보는가. "얼음을 헤치고 바람의 포승을 끊고" 간 거기에서 "미친 나무는 푸르다". 조사와 술어에 주의하자. '푸름'은 나무가 보는 대상(목적어)이 아니라 나무의 속성을 규정하는 술어이다. 개벽과 해방의 기미는 객관 세계가 아니라 주체의 '몸'에 깃든다는 암시이다. '나무-몸'의 존재가 이미 다른 세계의 그림자가 아닌가.

"미친 나무"가 "미친 숲"이 되고, 나무의 푸름이 숲의 푸름이 되며, "나무는 나무에게로 가버렸다 나무들은 나무들에게로 가버렸다"라는 말을 '미친 나무'로부터 확장된 정치적 연대의 형상으로 읽는 일은 충분히 가능하다. "고문"과 "결박"과 "독방"이라는 어휘들이 그냥 나온 것은 아닐 터이다. 우리 시대에 만연한 정치적 폭력과 졸렬함은 나무의 무의식도 침탈했을 것이다. 하지만 나무가 닿은 무의식의 영토를 짐작하건대, 단수에서 복수로의 연대적 전환은 좀더 깊은 차원의 역사적 전망을 확보하고 있다고 해야 할 것이다. '우물'이 불현듯 떠오른 귀신 같은 얼굴들을 통해 비인칭 시점이라고 할 만한 무의식의 객관 시선들을 포괄하는 것처럼.

그것은 한 나무가 다다른 "공중의 決勝線"이 모든 나무의 승리일 수 있다는 자각 같은 것 아닐까. "얼음을 헤치고" 마침내 푸르게 된 개별적 존재의 승리는 "적대가 세상을 하느님처럼 덮"(『둥지 위의 것들』)은 삶의 내부의 죽음을 가로지르며, 적을 친구로 바꾸는 "사랑을 발명"(『사랑의 발명』)한다. 이 사랑은 사막의 하늘에서 모든 개별자들에게 내린 하느님의 만나와

같다. 그러므로 "나무들은 나무들에게로 가버렸다 모두 서로에게로, 깊이
깊이 사라져버렸다"는 말은 한 주체의 사랑의 승리가 복수의 주체들에게
도 동일한 무게로 스미는 보편적 은총이 된다는 뜻이 아닐까. 자발적 희
생제의를 마다하지 않는 '미친 나무'의 실천적인 말 건넴을 어둠의 나라
에 사는 시의 하느님을 향한 기도라고 볼 수 있지 않을까. 시인은 이 기도
를 "희망이 필요 없는 희망" "절망이 필요한 절망"(「쇠똥구리야」)이라고 부
른다.

캄캄한 몸, 숱한 사랑의 말

추운 날엔 살을 쓰다듬고 뼈를 만진다
탈도 많고 말도 많은
캄캄한 내장들을 주물러도 본다
몸은 안 좋을 것이다
몸은 안 좋을 것이다

하지만 이 슬픈 몸은 기쁨의 失禁을 안다
되었다, 헛되었지만 되었다
덜 살고 덜 살고 덜 살아서
슬픈 몸은 숱한 사랑의 말을 사랑하고 있을 것이다

—「세한」 부분

"인간이란 것이 되려다/짐승 탈을"(「쇠똥구리야」) 쓴 "슬픈 몸"이, "덜 살
고 덜 살고 덜 살아서" 하게 되는 "사랑의 말"이 바로 이영광의 기도이다.
그것은 "네가 참아버린 말"이며 "네가 잊어버린 말"(「세한」)이다. 예컨대

"내가 가장 좋아하는 건 전력을 다해/가만히 멈춰 있기죠"(「저녁은 모든 희망을」)와 같은 말. 그러나 "아무것도 깰 줄 모르는/두부로 살기 위해서도/열두 모서리,/여덟 뿔이 필요하다". "희고 무르"기 위해 필요한 것이야말로 "칼날을 배로 가르고 나"(「두부」)오는 순결한 용기이다. 그에게 "혁명"과 "새날"과 "기적"과 "변혁에 대한 갈망"은 세계에 대한 분노나 "무장봉기"가 아니라 늘 자기에게 스스로 부과한 "벌"과 "재앙"과 "모든 자폭"을 통해 이루어진다. "바깥은 문제야 하지만/안이 더 문제"(「저녁은 모든 희망을」)이기 때문이다.

이 시집은 시인의 기도가 체 게바라의 기도와 얼마나 닮았으며 또 얼마나 다른가를 확인시킨다. 이들은 둘 다 노동의 질서와 생존의 이데올로기가 지배하는 생활세계의 변방으로, 죽음의 폭력이 상존하는 정글과 오지로 떠난다. 혁명가의 기도가 세계의 전복을 위해 날리는 분노의 화살이라면, 시인의 기도는 기꺼이 자신을 세상의 말들이 짓는 죄에 대한 속죄양으로 삼는다. 반복하건대 이 속죄의 기도는 포기도 자폐도 염세주의도 아니다. 혁명가는 인민대중과 더불어 세계의 끝(종말)에서 도래할 역사의 메시아를 전망하지만, 시인은 자발적 유폐("세상이 내게 아무런 관심이 없었다는 사실이/위로다", 「투명」)를 감행하며 스스로 '끝에 있는 세계'를 살면서, "원한 없는"(「깔깔대는 혼」) "나라는 어린아이"(「구름과 나」) 곁에 이미 임한 시의 하느님을 모신다. "모든 기쁨을 힘없이 무찔러 이기고" "물푸레나무같이 시들어 병 나"(「물푸레나무같이」)은 대속(代贖)의 '아이'야말로 이영광의 '시-몸'이다. 나무가 간 "공중의 決勝線"이 또한 이 몸 안에 있다.

거기에서 "슬픈 몸은 숱한 사랑의 말을 사랑하고 있을 것이다".

—이영광 『나무는 간다』, 창비 2013

불가능의 고도, 질벽의 꽃나무

◆

이원 시집 『불가능한 종이의 역사』

우리는 이미 거기에 있지 않다
어깨와 가까운 곳에서 새가 울었다
—「동그라미들」부분

유한성과 고독, 클릭의 코기토

"나는 클릭한다 고로 나는 존재한다"는 이원(李源)의 언술은 디지털 시대의 주체에 관한 본질적인 물음으로는 우리 시단에서 출현한 가장 이른 시기의 것 중 하나였으며, 여전히 그것에 관해 포착된 가장 적확한 이미지—명제 중 하나이다. 1996년에 출간된 첫 시집부터(『그들이 지구를 지배했을 때』에 실린 첫번째 시의 제목은 「PC」이다) 2001년에 출간된 두번째 시집 도처에 산재한 이러한 싸이보그적 감수성으로 인해 이원은 "우리 시대 문학의 주목할 만한 현대성—현재성의 일부"라는 평가를 받았으며(이광호 『야후!의 강물에 천개의 달이 뜬다』 해설), 이는 2007년의 세번째 시집에서도 '전자사막에서 살아가는 모니터킨트'라는 평가로 이어졌다(문혜원 『세상에서 가장 가벼운 오토바이』 해설). 이러한 평가는 이원의 시적 육체가 지닌 문명사적 감각의 특이성에 대한 관점으로는 대체로 의심의 여지가 없는 것이고, 결과적으로 이러한 비평들은 디지털적 감수성과 미적 감각으로 한국시의 혁신을 주도한 일군의 2000년대 젊은 시인들의 선구적 계보에 그가 있었다는 사실을 새삼 상기시키는 면이 있다. 하지만 이러한 논의가 지닌 뚜렷한 방향성으로 인해 첨예한 관념과 이미지가 뒤섞이며 만들어지는 이원의 독특한 시작 방법론과 형이상학적인 탐구의 궤적은 상대적으로 덜 주목받아온 면이 없지 않다. 세상에 한동안 회자되었던 이원의 이 시도 마찬가지이다.

> 나는 그러나 어디에 있는가
> 나는 나를 찾아 차례대로 클릭한다
> 광기 영화 인도 그리고 나……나누고
> ……나오는…나홀로 소송……또나(주)…
> 나누고 싶은 이야기…… 지구와 나……
> 따닥 따닥 쌍봉낙타의 발굽 소리가 들린다
> 오아시스가 가까이 있다
> 계속해서 나는 클릭한다 고로 나는 존재한다
>   —「나는 클릭한다 고로 나는 존재한다」
>   (『야후!의 강물에 천개의 달이 뜬다』, 문학과지성사 2001) 부분

우리는 이 시에서 디지털 문명의 한 인상적인 이미지를 읽어낼 수도 있고, "나는 그러나 어디에 있는가"라는 자문을 물화된 감각이 빚어내는 우리 시대 '소외'의 한 언표 형식으로 읽는 논자가 있다고 한들 그것을 수긍하지 못할 이유는 없을 것이다. 하지만 첫 시집에서부터 지금까지 그의 작업이 좀더 근원적인 차원에서의 존재론적 질문의 일종이었다는 사실을 감지하는 눈 밝은 독자라면, 이 자문이 실은 자기 시대의 존재 조건에 대한 성찰을 바탕으로 한 인간 존재의 '유한성'에 관한 탐구라는 사실을 짐작할 수 있을 것이다.

하이데거에 따르면 유한성은 존재의 한 속성이 아니라 근본 양식이다.

유한성은 우리가 그것을 떠날 수도 없으며, 우리가 그 무엇인 한계 조건
으로서 오히려 보존되어야 할 어떤 것이다. 그러나 유한성은 그저 유한하
게 되는 것이 아니라 참된 유한화의 형식에만 존재한다. 이 참된 유한화의
궁극적인 방향은 존재 본연으로의 개별화에 있으며, 이 개별화는 완강한
자아의 이름을 스스로 재확인하는 일이라기보다는 개개의 인간이 그 속
에서 비로소 모든 사물들의 본질에 이르게 되는 것으로서의 '고독화'이다
(하이데거 『형이상학 입문』). '나'를 검색하기 위해 계속되는 "클릭"과 여기에
서 정초된 "고로 나는 존재한다"는 이원의 코기토가 문명의 현 시각을 가
리키는 명제라는 점은 의심할 바 없다. 그런데 여기서 눈여겨볼 점은 이 명
제가 우리 시대의 이러한 개별화 양상이 과연 사물들의 본질에 근접하는
고독의 참된 존재 양상인가 하는 질문을 품고 있기도 하다는 사실이다.

　고독은 단지 홀로 있다는 것을 뜻하는가. 만일 우리가 이 의미를 승인
한다면, 나에 대한 확인인 이 문명적 코기토는 '나의 있음'에 대한 절대적
확인과 다를 바 없을 것이다. 그러나 이러한 자기확인은 확인의 순간과
동시에 나를 둘러싼 사물들의 본질로의 접근을 차단한다. 그의 표현대로
라면 "클릭 한번에 한 세계가 무너지고/한 세계가 일어"서는 '나'의 존재
확인 양상은 실존의 한계 조건이 되는 사물들의 부정, 존재 이탈을 통해
나의 있음을 확인한다. 그런 점에서 "클릭"의 코기토는 존재 부정을 통해
규정되는 절대적인 자기 존재 긍정이다. 나에게는 유한성도 존재하지 않
는다. 그는 홀로 있다기보다는 절대적으로 (고립되어) 있으며, 거기에서
나의 존재 지반과 긴밀히 연결된 세계와의 끈은 끊어지기 때문이다.

　그러니 다시 묻자. 일종의 '기분'에 젖어 있는 고독 속에서 진정 나는
홀로 있는가. 거기서 드러나는 것은 '나'의 '홀로' 있음이라기보다는 실
은 나를 둘러싼 세계의 내밀성, 내가 기반하고 있는 사물들의 존재 기미
이다. 스며들어 있는 것, 숨겨진 것, 부재하는 것, 그러므로 불가능한 것으
로서의 존재 그 자체에 대한 예감들. 유한성의 정직한 양태로서의 고독에

서 불리는 것은 그래서 '나'가 아니라 내 '뒤'의 세계이다. 그것은 오히려 내가 사물들의 기미에 열린다는 것, 세계의 그림자들 '곁에 있다'는 뜻이다. 여기에서 유한성의 의미는 이중적이다. 그것은 노동과 일상으로 구축된 '여기' 공동세계에 내가 '없다'는 뜻인 동시에, 배후 사물들의 세계에 내가 '속해 있다'는 뜻이다. 그것은 보이는 세계로부터 한 인간이 유배되어 있다는 뜻인 동시에 부재로서의 세계와의 교감을 의미한다. 고독 속에서 '나'는 한 세계의 극단, 두 세계의 경계에 서 있다. 거기에서 '나'는 1인칭이라기보다는 사물들의 내밀성을 매개하는 비인칭으로서의 그 무엇이다. 그렇다면 유한성은 단지 내 존재의 한계상황만을 뜻하는 것이 아니라, 오히려 미지의 것에 우리가 근접해 있음을 감각하는 시적 기분이 아닌가. 시인이나 다를 바 없었던 화가 파울 클레가 자신의 처소는 이미 죽은 자들과 아직 태어나지 않은 자들 가운데에 있다고 말했을 때, 그는 온전한 의미의 유한성, 고독 속에 거주하고 있었음이 분명하다.

그런 점에서 이원의 세번째 시집에서 '나는 부재한다 고로 존재한다'는 명제로 변형된 이 물음이 '시간'과 '죽음'에 대한 질문으로 더 깊숙이 뻗어나가는 것은 필연적이다. 시간과 죽음은 유한성의 궁극적 지평이며, 부재하는 것들 혹은 부재 그 자체 곁에 머무르는 기분으로서의 고독의 뿌리이기 때문이다. 특히 죽음은 극단적인 것에 머무는 자의 예감을 통해서만이 감지될 수 있는 어떤 불가능한 존재의 처소와 관련된다. 이원의 네번째 시집 『불가능한 종이의 역사』(문학과지성사 2012)는 '비인칭적' 주체의 이러한 시적 기분을 통해 유한성의 존재 양상을 현시한다. 그것은 좀더 심화된 차원에서의 실존적 한계상황이자 존재의 배후에 대한 예감으로 나타난다. 여기에서 우리가 궁극적으로 조우하는 것은 시인이 서 있는 세계의 유배지, 시간의 절벽에서만 솟아날 수 있는 '불가능한' 질문이다.

일요일의 고독, 지상에 남겨진 그림자들

왜 이 시집은 도처에 고독의 얼굴을 드리우고 있는가. 이 시집에 등장하는 '비인칭적' 주체의 뼈와 뼈 사이, 그림자와 "살가죽이 벗겨진"(「살가죽이 벗겨진 자화상」) 몸속, 도시적인 세계시간과 풍경에 편재한 이 고독의 실체는 무엇인가. 이 고독은 순전한 개인의 감정 같은 것이 아니다. 고독은 한 개인의 정서로서 표출되거나 발설되기보다는, 사물들의 시간에 스며 있으며 은폐되어 있다. 표면적인 차원의 세계시간에서 보자면 이 기분은 보이지 않는 것들을 향한 것이라는 점에서 '여기' 시간에 속해 있지 않다. 그 기분은 최소한 어떤 경계에 있다. 이 경계는 세계의 배후에 인접해 있다.

햇빛이 어린 나무 그림자를 아스팔트 바닥에서 꼼짝 못하게 하고 있다

아이가 제 그림자 속에 공을 튕기며 걸어갔다

비둘기 두마리가 나란히 땅에서 하늘로 수평을 끌어올리며 솟구쳤다

타워크레인의 기다란 줄 끝으로 나무 한그루가 끌어올려졌다 비닐 안에 뭉쳐진 흙더미가 뿌리를 감추고 있었다

시간은 수십만개의 허공을 허공은 수십만개의 항문을 동시에 오므렸다
— 「일요일의 고독 1」 전문

이 시집에서 이원의 많은 시적 언술들은 전작 시집들에 비해 상대적으로 더 '진술'에 의존하는 경향을 보인다. 하지만 유독 '고독'을 모티프로

한 시들에서만큼은 '풍경'을 보여준다. 그러나 이 풍경들은 풍경을 구성하는 분명한 시선의 주체를 동반하지 않는다. 이 풍경은 누군가의 시선에 포착된 대상들에 관한 것이긴 하지만, 그 시점은 모호하다는 점에서 전적으로 가시적인 대상들로 직조된 것이라고 하기 어렵다. 첫 연에서 풍경의 초점은 "햇빛"과 "나무 그림자"가 아니다. 초점은 가시적인 대상들인 "햇빛"과 "나무 그림자"가 "아스팔트 바닥"과 맺는 '너머'의 비가시적 존재 양상("꼼짝 못하게 하고 있다")에 있다. 그것은 누구나 볼 수 있는 일상의 영역에 있는 것이 아니라, 예민한 시적 기분이 드러낸 세계의 배후에 해당한다. 아이의 공이 몸뚱이의 이면인 그의 "그림자 속에"서 튕겨질 때 이 흔한 풍경은 도시의 서늘하고 낯선 그늘과 불현듯 접속하면서 익숙한 서정의 영역을 비껴간다. "비둘기 두마리가 나란히 땅에서 하늘로" "수평"으로 "솟구"칠 때, 최초의 시선에 포착된 것은 "비둘기"이지만 실상 거기서 다시 펼쳐진 것은 늘 거기 있었으나 감지되지 못했던 배후로서의 (수평적) "하늘"이다.

"타워크레인의 기다란 줄 끝으로 나무 한그루가 끌어올려"질 때, "비닐 안에 뭉쳐진 흙더미"는 특정한 자연적 시점이 포섭할 수 있는 시선의 영역에 있는 것인가. 마지막 연의 언술처럼 그것은 "수십만개의 허공"에 담긴 "수십만개의 항문" 중 하나이며, 일상 속에 "감추"어지고 버려진 모호하면서도 무한한 존재의 얼굴 중 하나라고 해야 할 것이다. 이렇게 이 시집 속 '일요일의 고독'은 배후의 얼굴과 접속하는 시적 기분이며, 곁 사물들의 존재에 대한 예감의 한 형식이다. 그러므로 이 예감으로서의 풍경을 단지 '풍경'이라고만 볼 수는 없다. 우리는 아마도 이를 그것의 가장 깊은 의미에서 '이미지'라고 해야 할 것이다. 이미지는 가시적인 대상 세계에 대한 (객관) 묘사가 아니라, 가시적인 세계의 배후에 무언가가 '있다'는 사실 그 자체를 드러내는 예감이기 때문이다.

같은 제목의 연작시 「일요일의 고독 3」에서 "꽃봉오리가 맺힌 곳이 고요하"고 "흙 속은 웅성댄다"고 할 때, "그늘은 시간을 직선으로 자른다"는 사실을 포착하거나 예민한 청각이 세계의 어디에선가 "딸각 문 여는 소리"를 들을 때, 역시 확인하게 되는 것은 이 고독이 사물들의 기미와 접속하는 시적 교감의 한 양상이라는 사실이다. 이런 점에서 "여자의 얼굴은 휴일의 상가처럼 텅 비"어 있으나 "고독이 꼭 추운 것만은 아니다"(「일요일의 고독 2」)라는 표현은 이해할 만하다.

> 무용수들이 허공으로 껑충껑충 뛰어오를 때 홀로 남겨지는 고독으로 오그라드는 그림자들의 힘줄을 짐작이나 할 수 있겠니
>
> 한 사내가 또는 한 아이가 난간에서 몸을 던질 때 미처 뛰어오르지 못한 그림자의 심정을 짐작이나 할 수 있겠니
>
> 몸은 허공 너머로 사라졌는데 아직 지상에 남은 그림자는 그 순간 무슨 생각을 할지 짐작이나 할 수 있겠니
>
> ──「그림자들」 부분

이 시집에서 자주 등장하는 이미지가 '그림자'라는 사실은 의미심장하다. 그림자야말로 개별 사물들 곁에 붙어서 떨어지지 않는, 그러나 눈에 잘 띄지 않는 사물들의 기이한 잉여가 아닌가. 물론 이 시의 '그림자들'을 분리될 수 없는 존재로부터 분리된 존재의 기분, 따라서 세계의 가장 절박한 고도에 버려진 자의 "홀로 남겨지는 고독"을 예민하게 드러내는 오브제라고 말할 수도 있다. 그러나 이미지를 존재의 기미라는 차원에서 해석한다면, 이 그림자를 화자의 개인적 서정을 착색시키기 위해 선택한 임의적 오브제라고 보는 것은 단순하다. "무용수들이 허공으로 껑충껑충 뛰어오를 때" "오그라드는 그림자들", "한 아이가 난간에서 몸을 던질 때 미

처 뛰어오르지 못한 그림자", "몸은 허공 너머로 사라졌는데 아직 지상에 남은 그림자"란 허방의 저편으로 사라진 몸 뒤에도 무언가 지상에 남은 것이 '있다'는 사실, 분명히 확인할 수는 없으나 무력한 공허 '뒤'에 아직도 이편에 존재하는 무심한 세계의 내밀성에 대한 이미지라고 해야 하지 않을까. 저 자신의 "홀로 남겨지는 고독"을 통해 또다른 세계 어딘가 유배지 속 그림자의 고독과 접속한 이 시적 기분은, 이런 방식으로 사물들의 사라짐 뒤에 남은 모호하고 순간적인 흔적을 감지하는 교감이다. 시적 기분으로서 고독에 배어 있는 이러한 무력감은 실존의 유배지, 공허의 바닥으로부터 다시 시작되고 그때서야 비로소 언뜻 나타났다 사라지는 절박한 사물들에 내한 긍정과 다르지 않다. 그러므로 이 고독의 처소는 언제나 "허공 너머"와 "아직 지상"의 경계에 있다.

「그림자 가이드북」에서 "만지면 버석거린다 모래만 남았다//펼쳐진 것은 아주 작다"고 하면서도 이를 "우주와 같은 사이즈"라고 하는 것이나, "의지와 무관하게 흘러나왔고 의지와 무관하게 버려졌다"면서도 "아직도 출구가 있다고 믿는다"는 표현들은 이 고독한 그림자가 역시 '경계'에 거주하고 있음을 잘 보여준다. 이러한 진술들이 그림자 고유의 이미지와 뒤섞일 때 이원의 시는 "벽에서 솟아오를 때가 있다 벽은 물렁하다 벽을 뚫고 나온다 파도치지 않는 벽은 없다"는 존재론적 언술을 획득하게 된다. 이것은 유한성에 대한 부정이 아니라, 유한성에 대한 직시를 통해 획득된 예감적 언술이라는 점에서 주목된다.

없는 테이블, 어둠속의 아이들

세계의 절박한 고도에 거주하는 자의 존재 양식이 고독이라면, 더욱이 그것이 사물들의 본질, 세계의 내밀성에 접근하는 유한성의 한 양식이자 어떤 경계적 존재 양식이라면, 연인들의 거주 방식이야말로 필연적으로 고독의 영토에 속한다. 그들은 '여기' 공동공간의 규칙을 따르지 않는다. 한계 너머의 선택을 마다하지 않음으로써 불가능한 것들의 고도에 머물게 된 그들은 다만 서로를 염려함으로써 지극히 내밀하게 형성된 공동의 고독을 통해 '저편'에 거주한다. 연인들은 만져지지 않는 것, 붙잡을 수 없는 것, 가시화될 수 없으며 끝없이 유동하는 타자의 정념과의 접촉을 추구하면서 고정적이고 지배적인 것, 한계에 저항하는 방식으로 만남 그 자체를 목적으로 하는 참된 유한성의 공간에 거주한다. 여기서 고독은 개별적인 자기 자신의 확인이 아니라 타인을 향해 나아가고, 세계의 경계를 무너뜨리며, 완강한 자아를 무력화하는 매개적 정념의 일부이다.

> 우리는 없는 테이블을 사이에 두고
> 없는 의자와 같이 마주 앉아 있다
> 의자는 없고
> 서로 의자가 되었으므로
> 당신과 나 사이에는 테이블이 놓여야 하지요
> 테이블 아래로 밤이 자꾸 와서
> 당신과 나 사이가 깊어지지요
> 글썽이는 것들은 모두 그곳에 묻히지요
> 모서리가 네개 다섯개
> 여섯개
> 일곱개로 늘어나지요
> 어긋나는 중이어서 반짝거려요
>
> ──「서로의 무릎이 닿는다면」 부분

"없는 테이블을 사이에 두고/없는 의자와 같이 마주 앉아 있다"는 언술은 이 연인들, "당신과 나 사이"의 테이블이 지닌 유한성에 대한 메타포이다. "없는 테이블"과 "없는 의자"는 이들이 마주하고 앉은 자리가 부재하는 자리, 불가능한 고도라는 사실을 암시한다. 사랑의 차원에서 고독의 존재 양식이 가능하다면, 이들이 마주하고 앉은 테이블이야말로 거기에 부합한다고 할 수 있다. 그러나 이 고독의 양식은 가시적 세계로부터의 유배를 보여주기는 하지만 그들이 전적으로 고립되어 있다는 사실을 뜻하지는 않는다. "내 몸에서 가장 먼/당신의 가장자리/거기가/우리가 닿은/처음"(「우리가 처음 만났을 때」)이며 그것이 그들의 유한성을 지시하지만, 그들의 한계는 곧 그들을 묶어 세우는 출발점이기 때문이다. 그들은 "의자는 없"으므로 오직 "서로 의자가" 됨으로써만이 지상에 그들의 거처를 짓는다. 그들은 사회적 존재들처럼 만나지 않으며, 가시적이며 고정적인 어떤 프레임도 그들의 테이블이 되지 못한다. "테이블 아래로 밤이 자꾸 와서/당신과 나 사이가 깊어지지요"라는 언술은 고독 가운데 놓인 이 테이블의 이중적인 성격을 드러낸다. 테이블 아래로 스미는 "밤"은 부재하면서 존재하는, 어떤 의미에서는 부재함으로써만이 존재할 수 있는 이 테이블의 특별하고 절박한 유한성에 대한 이미지이다. 깊어지는 밤은 테이블을 점점 더 세계의 고도에 위치시키지만, 고도에 위치한 존재들의 내밀성과 순도도 그만큼 깊어진다. "네개 다섯개/여섯개/일곱개로 늘어나"는 "모서리"란 그런 점에서 "밤"의 변형태이다. 테이블 아래로 자꾸 밀려드는 "밤"은 계속해서 늘어나는 테이블의 "모서리"와 다른 것이 아니다. "밤"의 존재로 인해 "당신과 나 사이가 깊어지"듯이 늘어나는 모서리로 인해 "어긋나는 중이어서 반짝거"린다.

「서로의 무릎이 닿는다면」은 그 자체만으로도 이번 시집에 실린 가장 아름답고 애틋한 연가 가운데 하나이지만, 이 시를 더욱 주목해야 하는 이유는 시 속에 언뜻 비친 이미지가 실은 이원의 일관된 시적 형이상학의 핵심을 드러낸다는 데 있다. 그것은 바로 이 시의 "밤"과 "모서리"가 지닌 이미지의 배후와 관련된다. 이 이미지의 배후에는 무엇이 있는가.

이 시에서 "밤"은 이중의 의미에서 '깊(어진)다'. 그것은 현존하는 공동세계에서 밀려오는 격렬한 위태로움에 대한 이미지이자 세계의 경계 저편에 거주하고 있는 존재들 사이에 깊어지는 밀도를 암시한다. "모서리" 역시 이중적인 차원에서 "반짝거"린다. 그것은 살을 찢는 예리한 상처의 이미지인 동시에 예민하고 깨끗한 감성이 교감하며 발산하는 반짝임의 이미지이기도 하다(이 시의 생략 부분에서 그것은 "단풍잎" "불가사리" "새"의 이미지와 조응하고 있다). "머물 수 없는 곳에서부터" 비롯되며 "너머의 얼굴/끝에 있"는 사랑의 존재 양식이나, "잘린 곳에서 음악이 시작된다"(「그럼에도 불구」)는 말은 모두 시인이 지닌 존재의 이중성에 대한 관점에서 이해되어야 한다. 이러한 말들은 직접적으로는 사랑의 영역에서 비롯되는 역설직인 언술들이지만, 좀더 근원적인 차원에서 보자면 시인에게 그것은 어둠, 상처받고 잘린 곳, 유배되고 은폐된 자리, (비어 있으므로 아무것도 없어 보이는) 허공, 죽음(과 가까운 자리), 그러므로 시간의 절벽이야말로 존재의 꽃나무가 피는 자리라는 인식을 동반한다.

블로흐는 사방의 어둠은 메시아의 다른 얼굴이라고 말한 적이 있다. 그런 의미에서라면 시인 이원에게야말로 '어둠'은 존재의 빛을 예감케 하는 내밀한 이미지일 것이다(『세상에서 가장 가벼운 오토바이』에 실린 「나이키―절벽」이란 시에서 시인은 이를 "깊은 것은 어둡다 야생이다"라고 표현했다). 예컨대 이 시집의 처음을 여는 시를 보자.

어둠속에서 아이들의 함성이 들렸다
아이들은 어둠속에 없었다
오른쪽 왼쪽 모두 비어 있었다
조명탑에 불이 들어왔다
열매와 시체와 부리

밀던 것들은 막혀 있었다

거위의 간이 검게 변해갔다

발목도 안 자르고 아이들이 함성 속을 빠져나갔다

얼룩을 따라 벽이 번지고 있었다

사타구니가 오른쪽 왼쪽으로 비틀렸다

뜨거운 눈물이 단단한 눈알에서 쏟아졌다

올해의 첫눈이 내렸다

—「시즌 오프」전문

　이원의 세번째 시집에 실린 「나이키」 연작을 기억하는 이들이라면 그의 시에서 '아이들'이 지닌 특별한 존재론적 함의를 짐작할 수 있을 것이다. 이상(李箱)의 후예라는 사실을 분명히 각인시키듯 이원의 '아이들'은 "온몸에 빗줄기를 화살처럼 꽂고" "숨구멍 하나 없는 하늘과 땅 사이에서 뛰어오"르는 존재이며, 그들의 "발소리는 몸 안에 벽을 쌓는 순간 벽을 무너뜨린다"(「나이키—절벽」). "자궁을 찢고 나온 적이 있는 아이들은 속도를 줄이지 않는다"(「나이키 1」, 『세상에서 가장 가벼운 오토바이』). 이원에게서 줄곧 '아이들'이라는 언표는 우리가 속한 일상적 시간의 '벽'을 향해 무서운 속도로 달려가 그것을 무너뜨림으로써 존재 "너머"를 갈구하고 예비하는 메시아적 주문의 일종이었다. 인용된 시에서 "어둠속에서 아이들의 함성이 들렸다"고 할 때, "어둠"과 "아이들"의 의미를 예사롭게 볼 수 없는 것도 이런 맥락 때문이다.

　이 시는 전체적인 정황으로 보아 모더니스트로서의 이원이 포착한 어떤 문명화된 풍경을 얼핏 드러내지만, 그 풍경의 구체적인 정황은 "어둠"에 가려지고 한편으로는 생략되어 자세히 짐작하기가 쉽지 않다. 주목할 점은 구체적 정황이 아니라, 어둠속의 고독한 풍경이 거느린 시적 아우라이다. "어둠속에서" 들리는 "아이들의 함성". 시인에게 "어둠"과 "아이들"이 의미심장한 시적 언표라는 사실을 감안하건대, 이 시에서 "어둠"은 "아이들"의 존재 기반이며, "아이들의 함성"은 이 "어둠"에 숨겨진 존재의 빛에 대한 계시처럼 들린다. "어둠"은 그런 점에서 배후를 거느린 이미지의 일종이다. 그러나 이어지는 언술에서 이 예감은 끝내 확인되지 못한다. "아이들은 어둠속에 없었다" "오른쪽 왼쪽 모두 비어 있었다". 존재로의 은밀한 열림은 쉽게 가능한 일이 아니며, 우리에게 가볍게 그 얼굴을 보여주지도 않는다. 그리고 여기가 바로 어떤 유의 서정시들에서 보이는 화해의 문법과 이원의 시가 구별되는 지점이기도 하다.

하지만 끝내 확인되지 못한 이 "아이들"은 정녕 '없는 것'이라고 할 수 있는가. 그럴 리가 없다. "아이들"에 대한 예감은 "어둠"을 보고 있다는 그 시선의 존재 양식에 이미 내재해 있기 때문이다. 칠흑같은 밤길을 홀로 걸어본 경험이 있는 이는 알 것이다. 가로등의 이편에서 어둠의 저편을 보는 이에게, 어둠은 지각되지도 그 안에 숨긴 것을 내어 보이지도 않는다. 어둠은 가로등의 편이 아니라 어둠의 편에 선 자만이 볼 수 있는 존재의 특별한 모습이다. 어둠을 산다는 것은 어둠을 볼 수 있는 가능성과 분리되지 않는다. 아마도 "어둠속에서" 문득 들렸다 사라진 "아이들의 함성"은 어둠을 볼 수 있는 가능성과 다른 것이 아닐 것이다. 풍경 속에서 또는 풍경의 형식을 빌려 "어둠속에서 아이들의 함성"을 언뜻 듣는(들을 수 있는) 자는 이미 자신의 거처를 "어둠속에" 짓고 있는 자이다. 부재의 처소, 그러므로 불가능의 처소에서 존재의 가능성을 예감하는 이 양식은 사물들의 본질에 근접하는 것으로서의 고독의 상태와 다른 것이 아니다.

"조명탑에 불이 들어"옴으로써 드러난 "열매와 시체와 부리"와 같은 풍경은 단순한 외적 정황이 아니다. 그것은 고독에 거주하는 자의 내면 풍경이라고 해야 한다. 따라서 "거위의 간이 검게 변해갔다" "사타구니가 오른쪽 왼쪽으로 비틀렸다"는 말로 압축되는 이 시적 정황을 "올해의 첫눈이 내렸다"는 말과 함께 이해하는 일은 어렵지 않다. "올해의 첫눈"은

(그냥 '눈'이 아니라 "첫눈"이라는 사실에 주의하라) "몸 밖으로 몸을 내보내지 않"고 "몸 밖으로 튕겨나가려는 시간을 물고 있"(「반가사유상」)는 삶, "몸 속에 죽은 사람이 살고 있"(「인간의 기분, 빗금의 자세」)는 삶, 어둠의 곁에서 어둠의 몸을 살고 있는 이의 "뜨거운 눈물" 앞에서만이 비로소 임재하는 신의 은총 같은 것이다. '시즌 오프'라는 제목은 이런 점에서 다시 한번 이 시집의 성격을 잘 드러낸다. "올해의 첫눈"이 내리는 순간은 '시즌 오프'의 순간이다. 바꿔 말해 "첫눈"은 일상적 세계시간 위에는 내리지 않는다. 공동의 세계시간이 끝나는 자정, 죽음을 담지한 몸의 유배지, 부재하는 것들의 자리, 어둠을 관통하고 있는 불가능한 것들의 고도, "아이들의 함성"이 문득 들려오는 자리는 바로 거기다.

절벽에는 꽃나무, 불가능의 첫 페이지

죽은 얼굴을 보았을 때 발을 붙잡았다
발은 부어올라 있고 죽은 얼굴은 납작했다
발 속에 절벽을 넣어두었구나 생각했다

절벽을 모으면 상자를 만들 수 있다
상자를 비워두면 파도를 밀어낼 수 있다

골짜기는 맨 아래가 좁다
가장 좁은 곳을 깊다고 한다

깊은 곳을 벗어나겠니

절벽에는 놓친 발들

절벽에는 꽃나무

— 「해변의 복서 1」 부분

우리는 이제야 비로소 왜 이 시집이 시간의 벼랑에 스스로를 위치시키고 있는지를 짐작할 수 있다. "죽은 얼굴"과 '부은 발'은 "발 속에" 숨긴 "절벽"의 시간을 상기시킨다. 절벽의 시간은 곧 "절벽에는 놓친 발들"의 시간이다. '여기'의 관점에서 그때는 '시즌 오프'의 시간이다. 이 시간은 "발이 숨 쉴 수 있는 최소한의 허공"(「이렇게 빠른 끝을 생각한 건 아니야」) 위에서, 또는 "물에 빠진 그림자"의 곁에서 "죽은 사람과 정신을 나눠 쓰며"(「턴테이블」) "*마지막 숨을 뱉어내*"(「1분 후에 창이 닫힙니다」)거나 "양쪽 어깨에 배낭을 멘 채" 묻힌 "설산에 사람들"(「동그라미들」) 곁에 선 시적 고독과 다른 것이 아니다. 이 시집은 유한성의 극단이라고 할 "끔찍하도록 긴 고요"(「기린이 속삭임」)의 "골짜기"에 내내 머무름으로써, 이 고독이 곧 부재의 영토에 속한 절박하고 망각된 것들과의 내밀한 연대라는 사실을 분명히 보여준다.

이 점은 테크놀로지에 민감한 육체로 인해 지금까지 첨단의 모더니스트로 인식되었던 이원이 실은 현대시의 본령에 충실한 '고전적인' 시인임을 알려준다. 여기에서 '고전적'이라는 말은 그의 시가 '현대 시인'의 가장 적확한 의미에서 현대성에 충실하다는 차원에서다. '현대 시인'이란 신들이 사라진 자리에서 신들의 부재를 증언하는 자가 아닌가. 이 '절벽'이야말로 신들이 부재하는 고도이다. 시간의 절벽에 거주하는 이 고독은 곧 "말라버린 신들"의 곁에서 또는 "신들 안에 숨어 춤"(「뼈만 남은 자화상」)게 사는 이의 내밀한 기도이다. 이 기도는 '여기'의 시간을 향한 기도가 아니라는 점에서 불가능의 자리에서 구현되는 '얼굴 없는 긴 비명'(「브로콜리가 변론함」)과 같은 것이다.

과연 이 불가능의 자리는 단지 불가능한 자리인가. "절벽을 모으면 상자를 만들 수 있"고 "상자를 비워두면 파도를 밀어낼 수 있다"(「죽은 사람으로부터 온 편지」에서 "상자"는 "빛" "입술" "새"와 같은 계열에 있는 시어다). "가장 좁은" 골짜기는 가장 "깊다고 한다". "거위의 간이 검게 변해"가고 "사타구니가 오른쪽 왼쪽으로 비틀"리는 자리에 비로소 "올해의 첫눈"이 내리듯, 이 시간의 벼랑은 극단의 어둠이 그 내부의 빛을 문득 계시하는 자리이기도 하다. 실존의 절벽에 거주하고 있는 시적 기분으로서의 고독이 사물들의 본질로 '나'를 인도하듯, 공동의 세계시간에 부재한 이 불가능의 자리야말로 "그 무엇에도 닿지 않아 소리가 없는/태양이 떠오"(「어쩌면, 지동설」)르는 시인의 영토다.

이 시집에서 '테이블'은 "주저앉은 게 아니야 다리가 없을 뿐"(「그럼에도 불구」)이다. 시인은 가능한 것들의 자리에서 가능한 것을 말하지 않고, "벼랑을 근육으로 만"드는 법, "위태로움을 간직하는 법"(「기린이 속삭임」)을 통해 불가능한 것들의 사막에 은폐된 가능성을 예감한다. 그러므로 어둠속에서 문득 "아이들의 함성"을 들었던 이 시적 기분은 "절벽에는 꽃나무"가 시인에게 문득 모습을 드러낸 존재의 빛이라는 사실 역시 알고 있다.

흙 속에 파묻혔던 것들만이 안다. 새순이 올라오는 일.
고독을 품고 토마토가 다시 거리로 나오는 일.

퍼드덕거리는 새를 펴면 종이가 된다
새 속에는 아무것도 써 있지 않다
덜 펴진 곳은 뼈의 흔적

왼쪽에서 오른쪽으로 써나가는 사람. 방금 전을 지우는 사람.
두 팔이 없는 사람. 두 발이 없는 사람.

없는 두 다리로 줄 밖으로 걸어나가고 있는 사람

첫 페이지는 비워둔다
언젠가 결핍이 필요하리라

──「불가능한 종이의 역사」 부분

"흙 속"은 "새순"의 어둠이다. "새순"은 "흙 속"의 빛이다. 지상의 시간에 존재의 빛이 개방되는 일은 고독을 지양함으로써가 아니라 "고독을 품"는 것에서 비롯된다. 실존의 한계로서의 유한성은 지양되어야 하는 것이 아니라 보존되어야 하는 것이다. 상처와 "결핍"은 존재를 구속하지만, 그것은 존재의 끝이 아니라 비로소 거기서 다시 시작되어야만 하는 경계이자 출발점이다. 시인에게는 절벽이 곧 신성한 땅이다.

"종이"는 어떻게 "퍼드덕거리는 새"가 될 수 있는가. 아니, 어떻게 "종이"는 "퍼드덕거리는 새"를 품을 수 있는가. "비워"진 "첫 페이지". "거기가/우리가 닿은/처음"(「우리가 처음 만났을 때」)이지만, "우리는 이미 거기에 있지 않다"(「동그라미들」). "길과 길 밖 사이/틈으로부터 겨우 빠져나"(「245mm」)와 "빗금의 자세"를 갖게 된 이원의 "첫 페이지"는 거기에서부터 써진다.

──이원 『불가능한 종이의 역사』, 문학과지성사 2012

제4부

한 전위(前衛)의 시적 용기

◆

김남주 20주기에 부쳐

1. 팸플릿의 정치시

누구도 부정할 수 없는 한 시대의 예술적 전형을 창출하였으나, 복합적인 계기들이 뒤섞이고 모순이 삼투하는 역사의 굴곡에서 허망하게 잊히는 존재들이 종종 있다. 문학사도 하나의 역사라면 경제와 정치와 정신이 가로 걸치는 중층결정의 연대기라고 할 수 있지 않을까. 헤겔은 역사적 이성의 출현을 도도한 정신사의 흐름 가운데 얼굴을 드러낸 시대의 필연적 산물이라고 파악했다. 하지만 뒤집어 말해 그것은 영웅적으로 출현한 역사적 이성이란 폭력적인 인간사의 단절 국면에서 급격한 몰락을 겪을 수밖에 없는 비극적 운명에 처해 있다는 뜻이기도 하다.

2014년 봄, 20주기에 돌아보는 김남주(金南柱)의 지난 20년이 그러하다. 김남주는 누구인가. 그는 한 시대 문학의 전형이었던 동시에 하나의 역사적 이성이었다. 그의 펜이 단지 책상 위의 도구가 아니라, 역사의 폭압에 가장 극적이고 날카롭게 맞섰던 비장한 칼 가운데 하나였다는 사실을 누가 부정할 수 있으랴. 스스로 피를 찍어 쓰는 '무기'이자 '사상의 거처'라고 했던 그의 시는 대부분 감옥에서 몰래 씌어져 간수의 눈을 피해 '팸플 릿'의 형태로 세상에 '뿌려졌다'. 마치 카를 맑스의 이론이 대중봉기를 위한 그때그때의 숨막히는 전투적 팸플릿으로 즉각적으로 씌어지고 유통되었던 것처럼.

"창살에 햇살이" 비추듯 그의 시는 차갑고 어두운 창살에서 태어났으나 1980년대 '민중'에게 가장 많이 알려진 해방의 언어 중 하나였으며, 격렬하고 단호하지만 가장 널리 불린 '전장의 노래' 가운데 하나였다. 그러나 극단적이었던 만큼이나 갑작스러웠던 한 시대의 종언과 더불어 1980년대를 내내 "푸른 옷의 수인"(「이 가을에 나는」)으로 살았던 그 역시 예기치 않게 산화했다. 그리고 그의 유고시집 제목 '나와 함께 모든 노래가 사라진다면'처럼 '밀레니엄' 이후의 문학사에서 그는 더이상 호출되지 않았다. 이 철저한 '망각'의 이유에 대해서는 여러 해석이 가능할 것이나. 포괄적이고 정서적인 차원에서는 차라리 역사의 무정함을 탓하는 것이 설득력이 높을지도 모르겠다. 그만큼 한 시대의 종언은 많은 이들을 당혹하게 했으며, 삶의 연대기를 역사이성의 관점에서 '믿었던' 당대인들에게는 이 단절은 잔인한 것이기까지 했다.

이런 점에서 한권의 시집도 남기지 못하고 비슷한 시기에 요절한 기형도(奇亨度)의 유작 시집이 '새로운' '대중'('민중'이 아니라)의 감성을 파고들며 그의 죽음을 대체하기 시작했던 1990년대 중반 이후를 상기해보면서 '김남주 이후'의 사회·문화적 변화를 감지해보는 일은 단선적이지만 효율적인 면이 없지 않다. 그의 죽음은 더이상 오지 않을 역사이성으로서의 문학 전사의 죽음인 동시에, 새로운 문학 환경의 출현을 알리는 연대기적 절단면이었다.

하지만 어떤 역사적 절단면에서 문학적 아이콘이 대체되는 일과 문학사의 기억을 망각하는 일이 같은 일일 수는 없다. 문학사의 망각은 문학사의 쇄신과는 구별되어야 한다. 문학사는 어떤 목표를 향해 일관되게 전진하는 일사불란한 대오가 아니라, 연속과 불연속, 필연과 우연, 동일성과 특이성이 상호 침투하는 내적 분투의 과정이다. 이 분투는 지층의 단절과 불연속에도 불구하고 면면히 이어지는 잠재된 에너지를 내포하고 있다. 물리학의 에너지 보존의 법칙처럼, 존재에 충실한 분투는 양상은 변환되지만 그 자체는 사라지지 않는다. 벤야민은 왜 역사의 메시아는 미래에서 오는 것이 아니라 지나간 시간 속 한 섬광 같은 이미지로 '지금 여기'를 기습한다고 했는가. 문학사도 역사라면 그것 역시 구원이 깃든 기억의 카타콤이지 않을까.

김남주는 자신을 '적대(antagonism)가 하늘처럼 뒤덮은 시대에 바람을 거슬러 나는 새'라고 인식했다. 바람의 방향을 거스르는 새만이 바람의 억압을 느낄 수 있듯이, '지식인'이었지만 절반쯤은 태생적 농민의 몸으로 살면서 제 땅의 실상에 민감했던 김남주는 공장의 잉여생산력이 토지생산력을 압도하고, 도시노동자가 농민의 수를 현저히 추월하기 시작한 경제개발시대 한국 농촌의 몰락을 생생하게 실감했다. 그는 정치군인의 군홧발이 국회와 행정부를 점령하고, 예외적 '긴급조치'가 상시적으로 헌법을 유린하는 유신시대, '정의사회'의 "경찰과 군대와 재판소와 감옥"(「권양에게」)이 민중을 압살하고 '추행'하는 시대에 맨 앞에서 그와 대치한 전위군이었다. 제 나라의 독립을 지키려는 타국의 '인민'을 살상하기 위해 '제국주의'의 용병으로 한국군이 차출되어가는 풍경을 보았으며, 그의 말마따나 까마득한 옛날부터 존재했던 "'조선'이란 우리말을 발음"(「40이란 숫자는」)했다는 이유만으로 살인적인 고문을 당하는 야만의 시대를 살았다. 비록 감옥에서였지만, 그만큼 "야수의 발톱"(「바람에 지는 풀잎으로 오월을 노래하지 말아라」) 같던 80년 오월의 광주를 사무치게 체험하고 철저히 언어로 벼렸던 시인은 많지 않다. 계급사회에 내재한 모순과 제국주의의 억압과 분단사회의 엄혹함에 몸과 사상과 언어 전체로 저항하던 그에게 '시'는 어떠한 경우에도 삶의 진실과 일치하는 말 이상이 아니었다. 니체는 적과 싸우며 적을 닮은 괴물이 되어가지는 않는지 거울 속을 잘 살피라고 경고했지만, 감옥의 안팎이 구별되지 않는 야수의 시대에 그는 자신의 말이 해방과 사랑을 향한 전사의 무기가 되어 괴물-적에게 꽂히기를 바랐다.

2. 문학사의 지도와 김남주

문학사의 기억을 지도의 형태로 파악해보는 일은 김남주의 자리를 이해하는 일에도 도움이 된다. 시의 메타포를 쉽게 이해하지 못하는 농민이나 노동자도, 대학에 아직 들어가지 않은 당대의 고등학생들도 들어본 적이 있는 '혁명시인'이었으나, 정작 한국문학사 전체의 판도에서 그가 어디에 있는지 본격적으로 거론된 바는 많지 않다. "사랑마저도 그들에게는 물질적이다 전투적이다 유물론적이다"(「그들의 시를 읽고」)라고 했던 김남주는 당대 강단의 제도문학사가 인정하기에는 지나치게 '현장'의 한복판에서 터져나오는 불온한 폭탄이었으며, 이후 문학사가들이 거론하기에는 가치와 감각의 시대적 절단면이 지나치게 가팔랐다.

연극의 개념을 닫힌 연극과 열린 연극으로 나누어 기술하는 연극사의 한 실례는 한국시의 지도를 작성하는 데에 도움을 준다. 닫힌 연극의 사건들은 하나의 뚜렷한 중심선을 따라 진행된다. 윤곽이 분명한 적대자들이 일정한 규칙에 따라 싸우는 대립과 투쟁은 닫힌 연극의 기본틀이다. 모든 부분이 상호 관계의 체계를 이루고 있으므로 닫힌 연극에서 부분의 언어와 행동은 독자성을 지니지 못한다. 닫힌 연극은 이 세상을 남김없이 언어로 표현할 수 있다고 믿는다. 반면 열린 연극에서 사건은 인과율을 따르지 않으며, 부분의 언어는 그 자체가 하나의 우주로서 독자적이다. 사건은 동시적이며, 어지럽게 배열되어 있고, 심지어는 쉽게 감지되지도 않는다. 인과관계나 대립이 전혀 없는 것은 아니지만, 그것은 명시되지 않고 암시된다. 인물들은 명확하게 판단하지 못하며, 세계 속에서 적과 친구는 모호하다. 인물은 자신의 언어조차 지배하지 못하며, 언어는 단절되고, 암시되고, 비약한다. 라신과 셰익스피어 또는 브레히트와 베케트를 각각의 측면에 대응시킬 수 있을 것이다. 닫힌 연극과 열린 연극을 평면 위에 세로축으로 세우면, 우리는 한국 현대시의 아래편에 김소월(金素月)을, 반대편에 이상(李箱)을 배치할 수 있을 것이다.* 이 세로축에 가로축을 교차시켜 긋고, 왼편에 현실주의를, 오른편에 초월주의를 배치할 수 있다.

이러한 축에 따르면 서정주(徐廷柱)는 김소월 우파, 김수영(金洙暎)은 이상 좌파, 김춘수(金春洙)는 이상 우파라고 말할 수 있다. 신동엽(申東曄)과 신경림(申庚林)은 김소월 좌파이고, 대체로 보아 김지하(金芝河)도 그렇다. 황지우(黃芝雨)는 이상의 축 왼편에, 오규원(吳圭原)은 이상의 축 오른편에 있다. 하지만 오규원은 김춘수보다는 훨씬 왼편에 있다. 장정일(蔣正一) 역시 이상 좌파다. 1990년대를 처녀시집이자 유고시집으로 연 기형도는 가로축과 세로축이 교차하는 정중앙 부근 가까이에 있으며, 역시 1990년대의 척후병 이원(李源)은 이상의 세로축 선상 위에 있고, 2000년대의 황병승(黃炳承)은 이상의 세로축 왼편에 있다.

그렇다면 1980년대 노동시의 대명사였던 박노해는 어디에 있는가. 이것을 말하는 것은 애매하다. 이렇게 말해야겠다. 박노해는 자본주의 내 계급투쟁을 다룬 좌파의 '현대시'였음에도 이상의 축 위에 넣기는 어렵다고 말이다. 시인의 언어를 노동자계급의 언어로 대치하고, 개인의 언어를 역사 속 익명적 '민중'의 언어로 환치하며, 각성된 피지배계급의 언어를 '시'로써 완벽히 통제하고 조직하려던 이 시대의 전형적인 정치시는 이런 점에서 공산주의자이기도 했던 아라공의 시와 달랐으며, 레닌이 존중하고 스딸린이 칭송한 러시아 미래주의의 총아 마야꼽스끼의 시와도 달랐

---

* 김인환 「현대시의 단계」, 『현대시란 무엇인가』, 현대문학사 2011, 145~46면 참조.

다. 김수영과 신동엽이 죽은 직후부터 시를 쓰기 시작해서 박노해와 비슷한 시기까지 시를 썼던 김남주가 위치하는 지점도 바로 여기 어디쯤이다. 그러나 그는 박노해보다는 정서적으로 김소월의 축에 더 가깝다. 문학사의 좌표 배치로 볼 때, 김남주는 김소월 좌파의 거의 마지막 영웅이었으며 전사였다고 해야 하지 않을까. '혁명시인' 김남주는 단순한 저항의 언어가 아니라 그의 시대가 품고 있던 감각적 세계관의 '마지막' 의지이자 실현이었다는 말이다.

3. 사상의 거처, '민중'이라는 시적 이성

나는 알았다 그날밤 눈보라 속에서
수천수만의 팔과 다리 입술과 눈동자가
살아 숨 쉬고 살아 꿈틀거리며 빛나는
존재의 거대한 율동 속에서 나는 알았다
사상의 거처는
한두 놈이 얼굴 빛내며 밝히는 상아탑의 서재가 아니라는 것을
한두 놈이 머리 자랑하며 먹물로 그리는 현학의 미로가 아니라는 것을
그곳은 노동의 대지이고 거리와 광장의 인파 속이고
지상의 별처럼 빛나는 반딧불의 풀밭이라는 것을
사상의 닻은 그 뿌리를 인민의 바다에 내려야
파도에 아니 흔들리고 사상의 나무는 그 가지를
노동의 팔에 감아야 힘차게 뻗어나간다는 것을

—「사상의 거처」 부분

이 텍스트는 시인으로서 김남주의 '사상의 거처'가 압축되어 있는 시

라고 할 만하다. 화자에게 "나는 알았다"라는 '사상적' 각성은 "상아탑의 서재"도 "현학의 미로"를 통해서도 오지 않는다. "살아 숨 쉬고 살아 꿈틀 거리며 빛나는/존재의 거대한 율동"은 화자에게 찾아온 시적 전율의 표현인 동시에 전율의 실체에 대한 묘사이기도 하다. "존재의 거대한 율동"은 주체의 어떤 '음악적 합일'의 체험 같은 것으로 경험된다. 그러나 이것은 단순한 황홀경이 아니라 "눈보라 속" 고난의 조건 가운데 있다. 어딘가에서 '민주주의는 대중의 수량'이라고 말했던 아도르노처럼, 김남주에게 "수천수만의 팔과 다리 입술과 눈동자"는 역사의 실감이었으며, 시는 그것과 합일하는 몸 체험을 담은 각성의 언어였다. '시적인 것'이 주체의 내부를 가르고 들어오는 무엇에 의한 전면적 각성이자, 그를 통해 새로운 말이 태어나는 황홀경의 주체 체험 이외에 무엇이겠는가. 시인이 터 잡을 '사상의 거처' 또한 그곳 외에는 없을 것이다. 여기서 눈여겨보아야 할 것은 시의 전사로서 김남주에게 '인민'이란 추상적 관념이나 "먹물로 그리는 현학"이기 전에 "존재의 거대한 율동" 체험이었다는 사실이다. "눈보라 속" "인민의 바다"는 그에게 시적 실존을 구성하는 존재 지평이었다.

앞서 '닫힌 연극'의 축에서 김남주를 이해할 수 있다고 할 때, 김남주에게 세계는 전체적 관계망 속에서 파악되는 대립과 분리와 투쟁의 장이며, 언어는 이성의 무기이기도 했다. 그의 관점에서 세계−역사 자체가 이성의 전개 과정이기도 하기 때문이다. 그러므로 시적 각성은 '시적 이성'의 형태를 띤다. 하지만 '시적 이성'은 '이성의 시'와는 다르다. 시적 이성은 역사를 직관하되("나는 알았다"), 이 직관은 늘 "꿈틀거리며 빛나는/존재의 거대한 율동" 속에서 체험되는 것이지, 순전한 이성의 일반적 직조 방식처럼 '분석'되어 출현하는 것은 아니다. 시적 주체와 대상 사이에 어떠한 분열이나 아이러니도 없으므로 '열린 연극'이 되지 못하는 이 '시적 이성'의 형식이 1960년대의 선배 김수영과 그를 가른다. 그러나 이 구별은 시의 영역에서의 일이지 '순수이성' 그 자체의 영역에서 일어나는 일은 아니다. 그래서 논리적이면서도 격정적이며 비장한 언어의 밑바닥에 흐르는 '존재의 율동감'을 감지하는 일은 그의 언어를 '시'의 언어로 이해하는 데 있어 중요하다.

그러므로 그의 거의 모든 시가 '은유'의 형식으로 존재와 존재를 하나로 묶는 유사성의 그물망을 짜게 되는 것은 이해할 수 있는 일이다. 그의 시에서 노동은 대지("노동의 대지")가 되고, 지상은 별("지상의 별")이 된다. 반딧불은 풀밭("반딧불의 풀밭")이며, 사상은 내려야 할 닻("사상의 닻")이고, 그것은 나무뿌리와 비슷하다. 인민은 바다의 이미지를 띠며, 사상은 성장하고 뿌리내리며 뻗어나가야 할 나무와 같고, 그 나무의 가지는 노동의 팔과 다르지 않다. 김남주의 어떤 시집을 임의로 펼쳐보아도 그 시가 유사성에 근거한 은유적 원리로 조직되어 있다는 사실은 쉽게 확인된다. 대지와 천상이, 곤충과 식물이, 인간과 자연이, 사상·관념과 몸뚱이를 지닌 육신이, 무생물과 생물이 분리되지 않고 서로를 비추는 이 시적 세계는 존재의 거대한 연쇄사슬로 이어져 있다. 푸꼬에 따르면 이러한 존재원환에서 말과 사물들의 세계는 서로를 비춘다(미셸 푸꼬 『말과 사물』).

역사가 인간의 삶이라면, 더 정확히 말해 '인민'이 역사적 삶의 중심을 이룬다면, 이러한 은유적 세계에서 어떻게 역사가 인민과 분리될 수 있겠는가. "일하지 않고 배부른 자가 살아 있는 한/살아 숨 쉬고 있는 한/자연과 인간은 더러움에서 때를 벗지 못하"(「허구의 자유」)는 일은 당연하다. 인민의 승리에서 역사의 비전을 보는 일은 그의 시대에서 이데올로기적 믿음이 아니었다. 그것은 김남주 시대의 '말과 사물'의 결부 형식이었다. "존재의 거대한 율동"을 단순한 수사라고 이해한다면 이는 그의 시를 표면만 읽은 것이라 할 수 있다. 그것은 정말 거대한 존재사슬과 조우하는 주체의 시적 체험이며, 이 체험은 그에게 '사상'이기도 했다. 그에게 '나는 알았다'는 곧 '나는 느꼈다'였다. 각성(인식)과 전율, 인식과 율동감이 구별되지 않는 이 체험은 주체를 둘러싼 세계 전체에 대한 존재론적 기분이라는 점에서 일종의 '형이상학'('사상')을 제공하는데, 이 '사상의 거처'에서 솟아나오는 언어를 그는 '시'라고 불렀다.

시는 저주가 되어서는 안되는가
시는 증오가 되어서는 안되는가
시는 전투가 되어서는 안되는가
별을 노래하듯 시를 노래하고 시를 노래하듯 별을 노래하고
시는 인간의 입김 인간의 육화된 내면의 방귀 소리인가

아니다 적어도 내가 어둠의 자식으로 갇혀 있는 한은
아니다 적어도 내가 민중의 자식으로 묶여 있는 한은
아니다 적어도 내가 이민족의 노예로 박해받고 있는 한은

시도 사람의 일
신이 아닌 신이 아닌 것도 아닌
일하고 노래하고 싸우고 그러다 끝내 죽고 마는
보통 사람의 일인 것이다
한술의 밥 때문에 할퀴고 물어뜯고 살해까지 하는
한가닥 빛을 위해 세계를 거는
단순하고 당돌한 사람들의 일인 것이다
집을, 보습 대일 한뙈기의 땅을, 빛을 갖고 싶어하는
제 새끼도 남의 새끼마냥 키우고 싶어하는
소박한 사람들의 일인 것이다
———「시를 대하고」전문

이 '사상의 거처'에는 구체적으로 누가 사는가. 이 거처에서 나오는

'(목)소리'는 누구의 것인가. 시가 "저주"와 "증오"와 "전투"가 되어서는 안되는지를 묻는 일은, 단지 자신의 언어를 전통적 시의 관념과 대질시키는 것이 아니다. 이 자문은 '사상의 거처'에서 말하는 목소리의 주체가 누구인지를 묻는 일과 다르지 않다. 김남주는 시인인 '나'가 "민중의 자식으로 묶여 있"음을 인지한다. "내가 어둠의 자식으로 갇혀 있"고 "내가 이민족의 노예로 박해받고 있는" 현실은 민중의 현실이자 시인의 현실이 된다. 시의 목소리는 일차적으로 시인 자신의 것이겠지만, 핍박받는 민중과 한 핏줄로 묶인 시인의 목소리는 민중의 그것과 다를 수 없다. 저주와 증오와 전투의 시는 시인의 것인 동시에 민중의 것이다. 그것은 민중적 현실로부터 배태되는 언어의 필연적 산물이다. 역사의 감옥, 목전의 계급전쟁을 치르는 전사였던 그는 "별을 노래하듯 시를 노래하"는 일을 목소리의 주체가 처한 삶의 지반, 언어가 발성되는 현실적 토양에 대한 불성실한 성찰의 결과로 여겼다.

그는 "시도 사람의 일"이라고 규정한다. 주목할 것은 그렇지만 그 "사람의 일"이 "신이 아닌 신이 아닌 것도 아닌" 일이라는 사실이다. "일하고 노래하고 싸우고 그러다 끝내 죽고 마는/보통 사람의 일"은 인간 실존의 유한성을 환기한다. 그것은 "신이 아닌" 영역, '죽음'에 묶인 땅에 속한다. 하지만 생존을 위해 "한가닥 빛을 위해 세계를 거는" "빛을 갖고 싶어하는" 열망이 오히려 유한성을 초월하게 한다. 민중적 현실로서의 "보통사람"들의 역사는 그런 점에서 세간(世間)에 출세간(出世間)을 포함한다. 총체적인 억압과 구속의 현실에 대한 몸부림이 '빛' 그러므로 '너머'를 향한 불사의 에너지를 내포하고 있다는 것이 그의 생각이었다. 그는 무중력 공간에 떠 있는 '별'을 노래하는 고답적인 서정이 아니라, 어둠의 조건을 인지하고 어둠을 저주하고 증오하는 "단순하고 당돌한 사람들"의 전투적 감성이 너머의 빛을 도래하게 할 것이라고 예감했다.

거기에는 꽃이 있고 이슬이 있고 바람의 숲이 있되
인간 없는 자연 따위는 없다 거기에는
인간이 있되 계급 없는 인간 일반 따위는 없다 거기에는
관념이 조작해낸 천상의 화해도 없다
그들 시에서 십자가와 성경은 하나의 재앙이었다 적어도 가난뱅이들에
게는
보라 하이네를
보라 마야꼽스끼를
보라 네루다를
보라 브레히트를
보라 아라공을
사랑마저도 그들에게는 물질적이다 전투적이다 유물론적이다
　　　　　　　　　　　　　　　　　　　—「그들의 시를 읽고」 부분

　그의 시는 보편성의 이념을 담지한 사실상 마지막 해방 주체였던 프롤
레따리아의 것이었다. 역사의 현실과 시의 현실 간에 간격이 없다고 생각
한 그에게, 시적 주체는 역사의 주체였으며, 그 주체는 구체적으로는 "가
난뱅이들"이었다. "인간이 있되 계급 없는 인간 일반 따위는 없다"는 선
언은 단순한 휴머니즘 선언이 아니다. 한 시대가 공유했던 이 시대적 선
언은 주체를 공허하게 '인간'이라고 관념화하는 탈정체화에 반기를 들고
서 주체의 신체에 "물질적" "전투적" 에너지를 도입한다. "가난뱅이들"의
유물론적 신체는 세계에 내장된 적대를 육화한 것이다. 자연과 인간의 역
사, 언어와 사유, 시인의 말과 민중적 언어가 존재사슬로 엮인 세계에서
"가난뱅이들"을 주체화하는 시의 언어는 미학적으로도 정치적으로도 세
계의 적대를 구현하는 불온한 것이 되지 않을 수 없다. 이 불온성의 미학
이 곧 그에게는 세계의 끝에 서서 바깥의 세계를 예감하고 탐사하는 '전

위'였다. 김남주는 하이네와 네루다와 아라공과 마야꼽스끼와 브레히트 같은 전위적인 시들을 옥중에서 번역하고 정독하면서 그들을 '사사'했다. 김남주는 시의 전위를 역사의 전위와 다른 것이 아니라고 여겼다. 그가 이 사사 과정에서 확인한 것은 이 언어들의 핵심에 공히 주체의 계급성을 탈각시키고 관념적인 차원의 '순수한 인간'으로 그들을 탈취시키려는 탈정체화에 대한 저항이 있다는 사실이었다. 이 저항이야말로 그에게는 현실 속 인간의 신체를 '역사적 인간'으로 주체화하는 과정이었다. 궁극적으로 이것은 시인인 그에게 목소리의 신체에 유물론을 도입함으로써 '역사적 인간'을 '시-사상'의 주체로 전유하고, 시의 주체를 미학적 전위의 자리에 세우는 과정과 다르지 않았다.

4. 전위는 어떻게 역사의 장에 서는가

김남주가 마주했던 역사는 그가 각성했던 시적 인식이기도 했다. 세계의 겉껍데기가 아니라 그것을 이루는 '객관적 뼈대'가 무엇인지 늘 치열하게 응시했던 시인에게 시대의 폭력은 도처에서 감지된다.

삼팔선은 삼팔선에만 있는 것이 아니다
어부가 그물을 던지다 탐조등에 눈이 먼 바다에도 있고
나무꾼이 더는 오르지 못하는 입산금지의 팻말에도 있고
동백꽃이 까맣게 멍드는 남쪽 마을 하늘에도 있다

삼팔선은 삼팔선에만 있는 것이 아니다
사람들이 오고 가는 모든 길에도 있고
사람들이 주고받는 모든 말에도 있고

수상하면 다시 보고 의심나면 신고하는

이웃집 아저씨의 거동에도 있다

—「삼팔선은 삼팔선에만 있는 것이 아니다」 부분

　김남주가 가장 완고한 정치악으로 의식했고 돌파하려고 했던 시적 현실에 '분단' 문제가 있었다는 것은 널리 알려진 사실이다. 그에게 '분단'은 단지 "삼팔선"의 문제가 아니라, 이 땅 사방에 퍼져 있고 수갑처럼 차갑게 우리를 구속하고 있는 감시와 억압의 기원이었다. 수상쩍은 어부의 바다에서, 동선을 제한하는 나무꾼 입산금지 팻말에서, 이웃이 이웃을 의심하고 밀고하게 하는 불신과 타락의 일상은 명백히 가시적인 정치악일 뿐만 아니라, 자기 스스로를 검열하고 억압하는 거대한 가학적 병동(病棟)이었다. 김남주는 폭력적 국가기구와 이데올로기적 국가장치가 총동원되어 20세기 한국 민중의 자유를 압살하는 국가폭력의 원천을 해체하지 않고서는 삶의 자유도 시의 자유도 가능하지 않다고 생각했다. 분단의 문제는 신체의 구속뿐만 아니라 사상과 말을 구속하기 때문이다. 한국현대사에서 가장 강력하고 왜곡된 사회 이데올로기이자 사상을 검열하고 말의 자유를 통제하는 이 문제가 김남주 시대에 가장 저항하기 힘든 정치적 금기였다는 사실을 다시 상기해보는 일은 그래서 시인으로서의 김남주를 이해하는 데에 절대적으로 중요하다. 김남주가 이에 대해 가장 격렬하고 일관되게 저항한 시인 중 하나였다는 사실은 정치적 용기 이전에 목숨을 건 시적 실천으로 이해되어야만 한다. 이 땅의 작가적 현실에서 "삼팔선"은 사상의 제한선, 새로운 말을 지어낼 수 있는 가능성의 한계선이었기 때문이다.

　존재의 진정한 가능성이 드러나는 순간은 그 존재가 불가능한 것과 맞닥뜨리는 순간이다. 존재의 한계는 늘 그 너머에 불가능한 것으로의 월경을 지시하는 순간이기도 하다. 불가능한 것으로서의 외부와 마주하는 방

한 전위의 시적 용기　273

식을 통해 존재는 자신의 고유한 가능성과 참된 역량을 스스로 드러낸다. 물리적으로나 이데올로기적으로나, 가시적으로나 비가시적으로나, 의식적으로나 무의식적으로나 이 땅의 강력한 정치적 금기 지대에서 김남주는 자신의 고유한 시적 스타일을 다음과 같은 방식으로 보여준다.

"조국은 하나다"
이것이 나의 슬로건이다
꿈속에서가 아니라 이제는 생시에
남모르게가 아니라 이제는 공공연하게
"조국은 하나다"
권력의 눈앞에서
양키 점령군의 총구 앞에서
자본가 개들의 이빨 앞에서
"조국은 하나다"
이것이 나의 슬로건이다

(…)

나는 또한 쓰리라
인간이 세워놓은 모든 벽 위에
조국은 하나다라고
남인지 북인지 분간 못하는 바보의 벽 위에
남도 아니고 북도 아니고
좌충우돌하다가 내빼는 망명의 벽 위에
자기기만이고 자기환상일 뿐
있지도 않은 제3의 벽 위에

체념의 벽 의문의 벽 거부의 벽 위에 쓰리라

조국은 하나다라고

순사들이 순라를 돌고

도둑이 넘다 떨어져 죽은 부자들의 담 위에도 쓰리라

실바람만 불어도 넘어지는 가난의 벽 위에도 쓰리라

가난의 벽과 부의 벽 사이를 왔다 갔다 하면서

갈보질도 좀 하고 뚜쟁이질도 좀 하고

그래 돈도 좀 벌고 그래 이름 좀 팔리는 중도좌파의 벽 위에도 쓰리라

조국은 하나다라고

나는 또한 쓰리라

노동과 투쟁의 손이 미치는 모든 연장 위에

조국은 하나다라고

목을 베기에 안성맞춤인 ㄱ자형의 낫 위에 쓰리라

등을 찍어내리기에 안성맞춤인 곡괭이 위에 쓰리라

배를 쑤시기에 안성맞춤인 죽창 위에 쓰리라

마빡을 까기에 안성맞춤인 도끼 위에 쓰리라

아메리카 카우보이와 자본가의 국경인 삼팔선 위에도 쓰리라

조국은 하나다라고

— 「조국은 하나다」 부분

이러한 '시적 슬로건'은 김남주의 고유한 목소리가 드러나는 한 방식이며, 그 자체로 분단시대의 트라우마를 적나라하게 드러내는 정치적 선언이었다. "조국은 하나다"라는 슬로건은 한국 현대시 역사상 가장 간명하고 효율적이며 선동적인 언어로서 한 역사공동체를 짓누르는 총체적 금기와 억압에 대항한 선전포고문이었다. 조탁된 '시어'와 남루하기 이를

데 없는 일상어 사이의 구별을 없앰으로써 시의 영역을 확장한 것이 김수영이었다고 한다면, 정치 팸플릿과 시적 발화 사이의 간극을 없앰으로써 시위의 현장을 즉각적인 시 낭송의 장으로 바꾸어버린 것은 김남주였다. 잔인하고 광포한 역사의 폭력 앞에서 김남주는 시의 전통적 수사 형식인 모호성의 발화법과 정서적 낭만성을 과감히 버리고, 대신 간명한 선동문의 형식을 통해 민중을 각성시키고, 말의 뜨거운 힘에 의지하여 실제적으로 무기를 든 강력한 '적'과 싸우려고 했다. 과감한 언어와 선동적인 수사, 숨가쁜 호흡으로 이어지는 문구들은 말에 주술적 에너지를 부여함으로써 시의 언어를 민중봉기의 언어로 전환한다.

이러한 방식은 그가 감옥에서 정독하고 번역했던 텍스트로서, 마찬가지로 혁명의 무기가 되려고 했던 러시아 미래주의의 영향이 엿보이는 형식이기도 하다. 그러나 현실에서 승리한 리시아혁명의 미래주의 시어가 말의 우연성 등에 몸을 내맡기는 언어 실험에 치중했다면, 여러 층위의 역사적 모순과 절체절명의 민중적 위기를 각성했던 감옥 속의 우리 혁명 시인은 싸워야 할 현실의 '적'을 분명히 상정하고 언어를 '시적 이성'으로 무장하는 데 더욱 집중했다. 역사의 전쟁터가 곧 시의 전쟁터였던 그에게 시는 늘 항거하는 민중의 무기여야 했다. 적과 아군이 명백히 갈라진 역사의 전장에서 이 무기는 무뎌도 안되고 모호해서도 안되었다. 그런 점에서 "남도 아니고 북도 아니고/좌충우돌하다가 내빼는 망명의 벽" "있지도 않은 제3의 벽" "가난의 벽과 부의 벽 사이" "이름 좀 팔리는 중도좌파의 벽"은 정치세계의 단순한 회색지대만을 이야기하는 것이라고 할 수 없다. 이것이 "자기기만이고 자기환상"이라고 할 때, 이는 여기가 '말—사상'의 기만이며 현실에 대한 참된 의식을 조작하는 이데올로기적 오판의 자리임을 뜻한다. 낫과 곡괭이와 죽창과 도끼의 진정한 쓰임새는 이 기만과 조작과 오판의 현실, 그것의 총체적 기원으로서 분단 현실을 분쇄하는 데에 있다. 김남주는 그래서 이것을 살상 도구가 아니라 "우리가 이루어야 할 사랑" "가슴에 꽂히는 옛사랑의 무기"(「조국」)라고 말했다.

> 그날 나는 우연히 포항에 있었다
> 밀어닥친 한파처럼 미군이 상륙하자
> 이상한 일이었다! 갑자기
> 활기에 차 있던 항구의 거리가 입을 다물고
> 고깃배들은 약속이나 한 듯 하나같이
> 저 건너 방파제 뒤로 숨어버렸다
>
> 거리란 거리는 강아지 한마리 얼씬거리지 않았다
>
> 집이란 집은 죄다 문을 잠가버렸다
>
> 텅 빈 거리를 가로질러 건물과 건물 사이에는
> 현수막이 거대한 성조기와 함께 걸려 있었다
> Welcome U.S. Marines 이렇게 씌어 있었다 거기에는
> 그 밑을 텅 빈 거리를 무인지경을 가듯
> 흰둥이와 깜둥이들이 지나갔다 보무도 당당하게
> 그들은 꽁무니로 수류탄을 흔들어대고 입으로는 껌을 짝짝 씹었다
> 그들은 바닥에 가래침을 뱉어놓고 빛나는 군화로 문질러버렸다
> 그들은 어쩌다 여자를 발견하면 휘파람을 불어제꼈다
> 골목에서 처녀 하나가 나오다가 그들과 마주치자마자 혼비백산했다
> 그러자 깜둥이 하나가 허연 이빨을 드러내놓고 발을 구르며 깔깔댔다
>
> ─「Welcome U.S. Marines」 부분

「조국은 하나다」 같은 시가 김남주의 언어적 인상을 독자에게 각인시

킨 결정적인 것이기는 하지만, 김남주의 모든 시가 그렇게 쓰인 것은 물론 아니다. 오늘의 관점에서 오히려 주목되는 것은 위와 같은 시가 아닐까. 한편의 선전포고문이었던 앞선 텍스트와는 달리 이 시의 형식은 그가 사사한 브레히트적 서사와 같은 연극적 풍경으로 제시된다. 순전한 주관적 묘사도 아니고, 그렇다고 객관적인 풍경만도 아닌 "그날"의 서사는 입을 다문 항구, 숨어버린 고깃배, 강아지도 얼씬하지 않는 거리, 잠긴 문의 집들에 관한 모습으로 압축적으로 제시된다. "Welcome U.S. Marines"과 대비되는 이 을씨년스러운 풍경의 진정한 히어로는 "보무도 당당하게" "수류탄을 흔들어대고 입으로는 껌을 짝짝 씹"으며 "가래침을 뱉어놓고 빛나는 군화로 문질러버"리는 "흰둥이와 깜둥이들"이다. 미군과 한국 처녀, "Welcome U. S. Marines" 현수막과 황량하기 이를 데 없는 포항의 거리, 성조기와 "빛나는 군화" "휘파람" 등이 기묘한 대조와 아이러니를 빚어내는 이 불모의 풍경은 한국현대사의 압축판이자 정치적 현실의 극적 제시라 할 만하다.

　김남주는 한국현대사의 민중적 정치 현실을 자본계급의 민중 지배, 분단 구조에서 기인하는 폭력적 국가 지배, 미국에 의한 신식민지 지배라는 3중의 억압으로 파악했다. 특히 5·18 광주민중 항쟁을 겪은 이후 더욱 첨예화된 미국에 대한 인식을 바탕으로, 한국현대사가 분단 문제와 계급모순과 '미제'(미국제국주의)의 세계 지배 전략이 서로 떨어질 수 없이 묶인 역사적 모순의 결정판이라는 사실을 인지한다. 그는 한국현대사의 특수성이 현대세계사의 압축판이라는 사실을 일찌감치 첨예하게 인식한 명민한 지식인이었다. 위와 같은 시는 그 모순의 중층결정적 상황을 잘 보여주는 수작이라고 할 만한데, 이러한 시들이야말로 김남주의 특기이자 한국 현대시사에 그만이 남긴 고유의 문학적 유산이라고 할 것이다. 이 부분이 일상성에 대한 지식인의 정치적 자의식을 보여준 김수영이나 그 후배 황지우의 모던한 감성과 그를 구별시키며, 민주주의의 불모성을 대지 미학적 서정으로 노래했던 김지하와 그를 변별시킨다. 더 포괄적이고 더 구조적이며 더 일관되게 한국사의 중층의 정치모순을 제시하려고 했다는 점에서 노동의 현장성을 강조했던 박노해와도 그는 달랐다.

김남주는 1979년(33세) 남민전사건으로 구속 기소되어 1980년 12월 15년 형이 확정된다. 형기를 다 마친 것은 아니었으나 그가 감옥에서 석방된 것은 9년 3개월이 지난 1988년(42세)이다. 유신의 죽음으로부터 시작된 수인 생활은 5·18의 원죄였던 5공의 몰락으로 겨우 끝났다. 그 기간이 유한한 인간 신체를 시험하는 모진 고문형의 시간이기도 했다는 사실은 두말할 나위가 없다. 그가 남긴 470여편의 시 중 300여편이 옥중에서 씌어졌으며, 참으로 가혹하고 아이러니한 이야기이겠으나 가장 '빼어난' 서정시들이 이 수인의 경험 속에서 만들어졌다.

> 내가 손을 내밀면
> 내 손에 와서 고와지는 햇살
> 내가 볼을 내밀면
> 내 볼에 와서 다스워지는 햇살
> 깊어가는 가을과 함께
> 자꾸자꾸 자라나
> 다람쥐 꼬리만큼은 자라나
> 내 목에 와서 감기면
> 누이가 짜준 목도리가 되고
> 내 입술에 와서 닿으면
> 그녀와 주고받고는 했던
> 옛 추억의 사랑이 되기도 한다
>
> ──「창살에 햇살이」 전문

"누이가 짜준 목도리가 되고" "옛 추억의 사랑이" 되는 저 "창살에 햇살"은 그 절실함만큼이나 감각적이고 서정적인 이미지를 불러온다. 우리는 이 시가 "겨울은 강철로 된 무지개"(「절정」)라고 말했던 이육사(李陸史)의 옥중 체험의 시만큼이나, 한국 현대시사에서 가장 '아름다운' 서정시 중 한편이라는 것에 어렵지 않게 동의할 수 있을 것이다. 가혹한 문학의 유형지에서 빛나는 서정이 만들어진다는 것에 문학의 역설이 있다. 김남주는 시인의 어둠이 민중의 어둠과 구분되지 않으며, 시의 언어가 정치 시위의 팸플릿과 근본적으로 구분되지 않는다는 믿음으로 말을 벼렸다. 그가 결과적으로 모든 젊음을 불살랐던 가혹한 개인의 감옥에서도 늘 시를 쓸 수 있었던 것은, 이 땅 전체가 일종의 거대한 창살로 닫혀 있으며, 시의 힘으로 그것을 분쇄해야 한다고 생각했기 때문이다. 그는 창살로 들어오는 작은 햇살을 통해 어떤 행복의 순간을 마주하고 기대하며, 그가 마주하는 개인의 감옥, 역사의 어둠이 빛으로 이어진 통로라는 사실을 잊지 않았다.

"눈물로 고여 발등에서 갈라지는/녹두꽃" "타는 들녘 어둠을 사르는/들불"(「노래」)이 되고자 했던 김남주의 용기는 우리에게 포기하지 않는 자의 용기를 보여준다. 한 역사공동체의 강력한 금기와 억압과 폭력에 대항하여 목숨을 걸었던 그의 용기는 정치적 신념이기 전에 시적 용기였다. 이제는 사라진 '민중'의 유토피아에 그의 시와 한 시대가 걸었던 일정한 '낭만성'이 존재하는 것은 사실이지만, 시의 일에 있어서 그것은 '오판'이 아니다. 유토피아는 본래 불가능한 것이며, 시는 늘 그 불가능한 것에 전부를 건다. 불가능한 것에 전부를 거는 자들을 문학은 전위라고 부른다. 김남주에게 그것은 목숨 자체였다. 김남주는 정치의 전사(戰士)이기 전에 시의 전위(前衛)였다.

─『문학들』 2014년 봄호

사랑은 잠들지 못한다
어떤 애인들의 존재 형식에 관하여

◆

김중일의 시

시인의 애인, 시인이라는 애인

사랑하는 이들은 잠들지 못한다. 모든 애인들은 잠들지 못한다. 그들은 서로를 잠들지 못하게 한다. '불면'은 사랑의 고유한 형식이다. 애인들에게 불면은 홀로 잠들지 못함인 동시에 서로를 향해 깨어 있음이다. 이 존재 형식은 어떤 종류의 "불가피한 시"를 닮았다. "코앞에 펼쳐놓은 공기 위에 한자 한자 새겨져 불가피하게 읽히는, 이해할 필요 없는 시"(「시인의 애인」, 『내가 살아갈 사람』, 창비 2015, 이하 같은 책)처럼, 서로 삼투된 애인들에게 불면은 불가피하다. 애인들은 "코와 턱과 혀의 조용한 부딪침" 속에서 "지금 나를 끌어안은, 내 등 뒤에 떠 있는 네 팔꿈치"(「별을 끌어안은 마음으로」)로 서로를 감싸안는다. 서로의 몸을 향해 손끝을 내밀고, 서로에게 열리며, 서로의 살 속으로 부드럽게 파고들고, 서로에게 스민다. 여기에는 예민하게 찌르는 것이 있다. 그 찌름은 하나가 되고 싶은 애달픔, 더 곁이 되지 못하는 애틋함, 좀더 깊숙하고 가깝게 밀착하려는 에너지이다. 그들은 좀처럼 분리를 용납하지 않는다. 이 불관용의 에너지가 홀로 그들을 잠들지 못하게 하고 서로를 더욱더 깨어 있게 한다.

새벽은 세상 모든 애인들의 고유한 존재 시간이다. 그러나 이 말은 그들이 새벽에 깨어 있다는 뜻이 아니다. 그들이 새벽에 깨어 있는 것이 아니라, 잠드는 것이 불가능하므로 세계의 시간 전부가 새벽이 된다. 사랑하는 동안 그들은 늘 새벽의 시간을 산다. 불면은 0시부터 4시의 상황이 아니라, "네게 무작정 읽히는 시, 불가피한 시"(「시인의 애인」)처럼 애인들의 주체 형식이다. 늘 잠 못 드는 그들에게 새벽은 24시간이다. 그들은 시간 속에 사는 것이 아니라 세계 자체를 그들의 시간으로 전유한다.

내 머릿속에는 쓰러진 모래시계가 하나 있다. 창문을 등지고 모로 누워 뒤척이면, 망자가 원탁 위에 뒤집어놓고 간 모래시계처럼 그제야 한쪽 귀에서 한쪽 귀로 흘러들어 쌓이는 구름.

> 머리맡에 죽은 향유고래 한마리가
> 거대한 느낌표처럼 떠밀려와 있다
> 늙은 고양이의 무뎌진 발톱이 아름다운 장식처럼
> 온몸에 박힌 구름 한마리가
> 창문까지 떠내려와 있다
> ——「불면의 스케치」(『아무튼 씨 미안해요』, 창비 2012, 이하 같은 책) 부분

김중일(金重一) 시의 주체가 '불면'의 존재 형식을 가지고 있다는 사실은 두번째 시집 『아무튼 씨 미안해요』를 통해 세간에 어느정도 알려진 바가 있다. 정치한 독법을 보여준 시집 해설(조강석)은 이 시집을 "노동에도 몽상에도, 리얼에도 마술에도, 진술에도 유희에도, 정치에도 문화에도 기울지 않는 단 두 시각인 자정과 정오 중 자정에만 허락된" 시집이라고 규정했다. 이 시각에 내 관점을 좀 다른 식으로 보충한다면, 이 시집은 "자

정에만 허락"되었다기보다는 모든 시간을 자정의 시간으로 사는 이의 시집이라고 말하고 싶다. 시인에게 자정은 물리적 시각이 아니라 삶의 존재 형식 자체이다. 그에게 자정 또는 새벽의 전면화는 그 "머릿속"에 "쓰러진 모래시계" 때문이다. "쓰러진 모래시계"로 인해 그는 더이상 잠들지 못한다. 늘 깨어 있는 일이 불가피하다. 이 '깨어 있음'은 일상적 세계시간에서 진행되는 의식적 각성과는 다른 층위에서, 그러나 항상 진행되고 있는 내적 현실이다. "쓰러진 모래시계"가 전도된 시간의 재생과 회복을 통한 어떤 다른 존재와의 조우를 암시한다는 점에서 이 사물이 김중일 시의 불면에 관한 중요한 오브제라는 사실은 틀림없다.

눈여겨볼 것은 "쓰러진 모래시계"를 "망자가 원탁 위에 뒤집어놓고 간" 것이라고 이야기하고 있다는 사실이다. "망자"라는 표현에는 모종의 상실과 결여가 감지된다. 상실과 결여는 모래시계 이전 시간으로 회복되거나 채워지거나 만나야 하는 시적 화자의 열망을 암시한다. 모래시계가 쓰러진 후에도 불가피하게 내 머릿속을 채우고 있는 어떤 것들. 그러므로 지워지지 않는 것들. 시인의 시간을 온통 그것들의 시간으로 전유해버리고 필연적으로 되돌아오는 것들. 예컨대 "머리맡에 죽은 향유고래"나 "늙은 고양이의 무뎌진 발톱이 아름다운 장식처럼/온몸에 박힌 구름 한마리" 같은 것들을 향한 열망이 그것이다. 내 일상 시간을 시의 시간으로, 취침의 시간을 불면의 시간으로, 노동의 시간을 몽상과 휴지의 새벽으로 뒤바꿔버리는 이 시적인 시간들이야말로 시인의 '애인들'이 아닐까.

　　동생(同生)이 죽었다.
　　동생은 죽어 지금 내 발목에 그림자 대신 매달려 있다. 동생은 나를 허공에 질질 끌며 땅속을 걷는다. 땅속을 걷다보면 태어날 자들과 죽은 자들의 이마에 손을 얹고, 내년에 피고 질 꽃들을 미리 꺾을 수 있을까.
　　동생이 죽었다.

움직이는 하늘의 파오 속으로 찬 바람이 들어왔다. 바람이 막사 안으로 들어왔다 나갔다 나타났다 사라졌다 하듯, 동생의 곡두가 슬픔과 권태의 바깥에서 긴 칼날을 막사 안으로 푹푹 찔러넣듯, 까마득한 하늘 저 멀리 뾰족한 철새떼가 무수히 박혔다 사라졌다.

—「새들의 직업」 부분

세상에는 우리에게 일반적으로 알려진 것과는 다른 종류의 낯선 애인들의 세계가 있다. 시인이라는 애인, 시인의 애인. 세상 모든 애인들처럼 시인이라는 애인과 시인의 애인 역시 서로 삼투되어 있다. 이런 관계에서 서로는 서로에게 "무작정 읽히는 시" "이해할 필요 없는 시"처럼 불가피하다. 그들은 불면이라는 형식으로 공속한다. 서로를 잊지 못하고, 서로에게서 떨어지지 못한다. 이 존재 연루는 강력하고 내밀하다. 시의 시간이 지속되는 한 시인이라는 애인과 시인의 애인은 떼어낼 수 없으며, 시인은 그 자신도 모르는 사이에 시 속에서 그의 애인과 늘 만나고 있다. 불면은 시인이라는 애인과 시인의 애인이 같은 시간에 공속한다는 표지이다. 무엇보다 이 관계에서 가장 놀라운 것은, '그들'이 서로 한번도 만난 적이 없을 수도 있다는 사실이다. '나'는 '그/그녀'의 얼굴을 정확히는 모른다. 그러나 '그/그녀'는 언제나 내 곁에, 내 머릿속에, 내 머리맡에 있다.

'향유고래'와 '늙은 고양이-구름'이 그러하듯이 '죽은 동생'도 마찬가지이다. "지금 내 발목에 그림자 대신 매달려 있"는 동생은 혈연으로서의 가족을 이야기하는 것은 아닐 터이다. 심지어는 어쩌면 이 동생을 시인은 한번도 만나본 적이 없을지도 모른다. 동생이 "나를 허공에 질질 끌며 땅속을 걷"고, 그 땅속에서 "태어날 자들과 죽은 자들"을 만난다고 이야기하는 것으로 보아, '죽은 동생'은 땅속의 그들을 뜻한다고 보아야 할 것이다. 마치 햄릿이 억울한 지하 유령의 맹세 요청에 응하면서 '함께-존재'를 맹세하듯이("우리 같이 가세", 셰익스피어 『햄릿』 1막 5장), 햄릿에게는 지하 유령이 그의 애인이듯이, '나'에게는 '죽은 동생'과 땅속의 "태어날 자들과 죽은 자들"이 애인이다. 햄릿의 저 유명한 수수께끼 물음 "To be or not to be"가 지상에 존재하는 것과 지상에 존재하지 않는 것 사이를 가로지르는 절박한 존재물음인 것처럼, "까마득한 하늘 저 멀리 뾰족한 철새떼가 무수히 박혔다 사라"지는 "슬픔과 권태의 바깥에서 긴 칼날을 막사안으로 푹푹 찔러넣듯" 불가피한 "동생의 곡두"는 '나─시인'에게는 불가피한 실재가 된다. 이상한 이야기처럼 들릴지도 모르지만, 이 관계는 일방적인 것이 아니다. 쓰러진 모래시계를 다시 세우고, 사라진 향유고래가 재생을 꿈꾸며, 죽은 동생의 곡두를 들어주고, 아직 태어나지 않은 자들과 이미 죽은 자들의 "이마에 손을 얹고, 내년에 피고 질 꽃들을 미리 꺾을 수 있"기 위해서라도 그 존재들에게는 '나─시인'이 필요하기 때문이다. '시인의 애인'뿐만 아니라 '시인이라는 애인' 역시 불면의 시간에는 "둘 다 공평히 볼 수 없는 곳에 있"(「별을 끌어안은 마음으로」)는 '공평한' 주인공이 된다. 둘 다 서로에게는 불가피한 애인이다. "매일 밤 음악적 신념을 갖고 꼬박꼬박 찾아오는"(「새벽의 후렴」) 김중일의 괴상한 '후렴─오리'를 이해할 수 있게 되는 것은 불면의 시간을 함께하는 이런 특별한 애인 관계에 관해 이야기하고 난 다음이다.

세상의 소각장에 애인이 있다

오선지 위에서 노래하고 춤추는 오리
같은 자리를 빙글빙글 돌며 고심하는 오리
언제나 꽥꽥 꽥꽥꽥 습관적 리듬에 맞춰
가래를 돋거나 창작의 고통을 토해내는 오리
오늘도 후렴이나 메아리처럼 날 찾아오는 오리와

년 몇살이니? 서로 물으면서
빈집을 찾아들어가 손잡고 나란히 누워보면 알 수 있다
지금 우리의 등 밑에서 도돌이표처럼
달라붙어 있는 우리의 그림자가 우리를
세상의 모든 후렴들의 소각장으로 돌려보낼 것이란 걸

곧 성벽 같은 새벽을 철거하기 위해
철거반들이 들이닥치겠지만
그들을 피해 골방의 턴테이블이
불법노점상 같은 빈집을 어디론가 굴려가는 사이
오리는 아래 나는 그 조금 위,
문설주에 돌쩌귀처럼 나란히 달라붙어
세간들이 소집된 빈집 마당을 내다보며
꺽꺽 꺽꺽꺽거리고만 있을 테지

—「새벽의 후렴」부분

　새벽마다 찾아오는 이 '오리'는 무엇인가. "오늘도 후렴이나 메아리처럼 날 찾아"온다면 오리에게는 '나'가 애인이리라. "빈집을 찾아들어가 손잡고 나란히 누워보"는 사이라면 '나'에게도 오리는 애인이리라. "지금 우리의 등 밑에서 도돌이표처럼/달라붙어 있는 우리의 그림자"라면 서로는 서로에게 애인이리라. "언제나 꽥꽥 꽥꽥꽥 습관적 리듬에 맞"춘 이 강박은 서로가 서로에게 불가피한 존재가 된 애인의 형식을 보여준다. 오리는 시인에게 삼투되고, 시인은 오리를 받아들임으로써 "노래"를 만든다. 두 존재 '교합'에 의해 태어난 "노래"는 "꽥꽥 꽥꽥꽥"의 소리에서 "꺽꺽 꺽꺽꺽"의 소리로 바뀐다. 그것은 순수한 '자연'의 오리 소리가 아니라 나와 타자가 '세계'로 확장되고 세계와 공명하면서 되돌아온 '세계의 울음'

소리이다. 이미 죽은 자들과 아직 태어나지 않은 자들과 연애하는 시인에게 이 소리는 "세상의 모든 후렴들의 소각장"으로 돌려보내지고, 그곳으로부터 되돌아온 울음소리이다. "곧 성벽 같은 새벽을 철거하기 위해/철거반들이 들이닥치"는 새벽 "불법노점상 같은 빈집을 어디론가 굴려가는" 새벽의 울음이다. 수면도 대낮의 각성도 아닌 '불면'의 형식을 띤 이 시인의 시가 "노동에도 몽상에도, 리얼에도 마술에도, 진술에도 유희에도, 정치에도 문화에도 기울지 않는"다고 평가되었을 때가 특히 이 소리가 찾아오는 순간과 관련되겠거니와, 거꾸로 말해 노동과 몽상, 리얼과 마술, 진술과 유희, 정치와 문화를 모두 포섭하는 지점도 이 "꺽꺽 꺽꺽꺽"의 소리와 관련된다고 해야 할 것이다. 노동의 현실을 몽상적으로 해체하고, 리얼의 틈새에 마술적으로 개입하며, 정치에 유희를 도입하는 이런 '소리'는 "세상의 모든 후렴들의 소각장"에서 생성된다. 그러나 후렴들, 도돌이표는 되돌아오는 것이다. 사라지지 않는 것이다. 죽었으나 죽지 않는 것이다.

소각되었으나 소각장에는 소각되지 않는 것들이 존재한다. '죽은 동생'이 그림자처럼 내 발목에 묶여 있듯이, 시인에게는 시대가 "철거"하고 사회가 "불법"으로 규정하는 소각장의 세계가 불면의 현실을 이루며, "같은 자리를 빙글빙글 돌며 고심하는 오리"가 된다. 잠들지 못하는 새벽 "매일 밤 음악적 신념을 갖고 꼬박꼬박 찾아오는" 오리들과 "온몸을 서로에게 구겨넣고" "서로의 몸속에 각자 온몸을 다 쏟아붓"(「키스의 시작」, 『내가 살아갈 사람』)고 낳은 말과 사물의 세계, 그것에 대한 몽상적 '존재 증언'이 김중일의 시를 이룬다.

최근에 나온 시집 『내가 살아갈 사람』에서 유난히 애인과의 많은 키스와 포옹이 이뤄진다고 해도 그 애인이 지닌 특별한 성격을 눈여겨보아야하는 것은 이 때문이다. 물론 이 시집의 1부에는 '순수한' 사랑의 시로 읽어도 무방한 아름다운 시들 속 '애인들'이 여럿 있다. "너처럼 무작정 읽어주는 애인"(「시인의 애인」)이 있고, "숨소리로 빚은 얼굴만 한 빵을 한입씩 베어 먹듯 막 키스를 시작하는 두사람"(「키스의 시작」)이 있으며, "너의 뺨에 자꾸 달라붙으려는 나비를 쫓"는 '나'와 "나비를 잡아 내 손바닥 위에 올려놓"(「평생」)는 '너'가 있다. "네게 선사할 웃음을 만들고자/새벽부터 일어나/나의 절반을 다 헐"고 "네 입술의 양 끝을/깃털처럼 부드럽게 들어 올려줄/그 작은 마음을"(「나의 절반」) 찾는 나는 "새벽녘 설핏 잠들 때마다 그가 내 그림자 위에 검은 새 한마리씩 그려놓"(「아무런 사랑」)아서 여전히 불면의 새벽을 보낸다. '새벽'과 '불면'은 여기에서도 마찬가지로 애인들의 존재 형식을 이룬다.

그럼에도 이 시집에서 유난히 절박한 불면의 노래, 간절한 조우를 열망하는 엽서들이 '세상의 소각장' 근처 어디에 있는 '애인'을 향해 반송을 거듭하면서도 반복적으로 다시 보내진다는 사실에 주목하자.

지금 나는 한명의 불행한 눈사람과 손잡고 있다.

손잡는 그 순간부터 눈사람은 조금씩 녹아 사라질 것이고, 다급히 나는 눈사람에게 보낼 엽서를 썼다.

왼손으로 쓴 엽서는 지구를 한바퀴나 공전하여 눈사람의 부재중에 배달되었다. 수취인 불명의 엽서는 수거되어 공중에서 분쇄되었다.

겨우내 매일매일 내가 보낸 엽서는 보내는 족족 수거되어 갈가리 찢긴 채 펑펑 반송되었다. 내 엽서가 하늘 가득히 풀풀 날렸다. 폭설이 되었다. 공터에 첫 백지처럼 눈이 쌓였다.

백지를 지르밟던, 빨간 코트를 걸친 눈사람 한사람 아주 천천히 백지 위로 쓰러졌다. 다시 백지처럼 쌓인 눈을 굴리고 구기고 뭉쳐 눈사람을 빚었다. 나는 눈사람에게 빚졌다.

내 눈에서 사라질 사람, 사라진 사람, 눈사람이 돌아서다 그대로 멈췄다.

눈발로 찢기고 뭉쳐지길 반복하는 눈사람이 울음을 멈췄다. 공중이 제 두 팔을 지구만큼 벌려 눈사람을 번쩍 안아 갔다.

—「내가 보낸 눈사람」 부분

"손잡고 있"는 것은 김중일 시집의 애인들이 서로 몸을 의지하여 만나는 대표적인 방법이다. 그러므로 이 "한명의 불행한 눈사람", 내가 다급히 엽서를 보내는 '눈사람'을 시인의 애인이라고 부른들 무리한 일은 아니리라. "겨우내 매일매일 내가 보낸 엽서"는 "수취인 불명의 엽서"로 "수거되어 공중에서 분쇄되"고 "갈가리 찢긴 채 펑펑 반송되"지만 '눈사람'을 향한 엽서 쓰기는 중단되지 않는다. 엽서가 반송되면, 쓰러지고 녹아 사라지는 눈사람을 세우기 위해, 눈사람과 만나기 위해 나는 "다시 백지처럼 쌓인 눈을 굴리고 구기고 뭉쳐 눈사람을 빚었다". "내 눈에서 사라질 사람, 사라진 사람, 눈사람"을 향한 나의 절실함이 이와 같다. 눈사람을 향한 이 절실한 반복적 실천 자체가 눈사람에 대한 나의 '불면'을 보여준다. 절실한 반복이란 내 의지로 선택할 수 없으며, 이 실천이 잠들 수 없는 일처럼 불가피하다는 뜻이니 말이다. 이는 이 시집이 '사랑'의 고전적 양태에 충실한 시집이기도 하다는 증거 중 하나다. '사랑'이란 언젠가는 "사라질 사람, 사라진 사람" 즉 유한한 존재를 무한의 지평 위에 세우고, 관계의 무한을 지속하려는 불가능한 투쟁이 아닌가. 각각의 타자가 분리된 존재 조건을 극복하고, 개체의 고독과 고립을 넘어서 더 크고 뜨겁고 마르지 않는 '무한한 하나'로 만나려는 열망이 아닌가. 그런데 이 시는 다음 대목에서 이 간절한 나의 '애인―타자' '눈사람'이 누구인지를 이렇게 밝히고 있다.

눈사람이란 타자여
직구로 날아오는 눈뭉치여
불시에 이마 위로 떨어져

날 피 철철 흘리게 하고
쓰러뜨리는 콘드라이트여

내가 만난 눈사람은
흰 구름과 찬 바람과 언 강의 노조원
백해 위를 비행하는 바람의 조합원
오늘밤도 촛불 속으로
부나비처럼 모여드는 눈발의 특파원

그에게 그 어떤 역사보다 정확한 내일의 신문과
내일보다 신선한 어제의 꽃다발을 배송해줄 수 있다면

—「내가 보낸 눈사람」 부분

모든 사랑의 첫 순간은 "직구로 날아오는 눈뭉치" "불시에 이마 위로
떨어져/날 피 철철 흘리게 하"는 순간처럼 온다. 선택이 불가능한 눈뭉치
로서 "눈사람이란 타자"가 사랑의 타자, 즉 사랑의 주체이자 대상인 '애
인'의 주체 형식을 이룬다. 그런데 이 애인은 "흰 구름과 찬 바람과 언 강
의 노조원" "백해 위를 비행하는 바람의 조합원" "촛불 속으로/부나비처
럼 모여드는 눈발의 특파원"이라는 사실이 밝혀진다. 마치 만해의 시집에
서 '부처의 님이 중생이고, 마찌니의 님이 조국'인 것처럼, 시인은 "그에게
그 어떤 역사보다 정확한 내일의 신문과/내일보다 신선한 어제의 꽃다발
을 배송해줄 수 있다면" 하고 기도한다. '너'라는 2인칭의 애인은 3인칭의
'그(들)'로 확장된다. 그들의 거주지는 '세상의 소각장' 근처 어디이다.
　주목할 점은 "~있다면"이라는 가정법이다. 이 가정법은 나의 엽서가
왜 수취인에게 제대로 도달한 적 없는지를 암시하며 '눈사람'을 향한 내
엽서가 실현된 적 없기에 간절한 기도가 될 수밖에 없다는 사실을 알려준

다. 이 가정법의 엽서에 쓰인 문장을 평서형으로 바꾸면 "정확한 내일의 신문"은 발행된 일이 없으며 "신선한 어제의 꽃다발"은 배달된 적이 없다는 말과 같다. 그러므로 이제 우리는 이 시집의 '내 애인'이 왜 '눈사람'처럼 애틋하게 절박한 형상으로 나타나며, 그에게 보내는 내 엽서가 왜 이토록 절실한 마음으로 반복되는지 알 수 있지 않을까. 잠 못 드는 불면의 밤에 시인의 무의식이 "쓰러진 모래시계"라고 쓴 그 시간성의 암시는 어떤 방식으로든 '역사'의 지층을 포함하고 있음이 분명하다. 이 시집에서 나의 '불면'이 이런 이미지를 동반하며 나타나고, 도처에 의미심장한 가정법이 다음 같은 방식으로 나타나는 것은 우연이 아니라는 말이다.

'사이'로 난 사랑하는 싸움

나는 봄마다
심해어처럼 깊이 잠들어 있는 나를 꿈에서 본다
꿈속에서 나는, 뒤집힌 채 물 차오르는 여객선 갑판 밑 객실 철제 침대에서 해풍으로 속을 가득 채운
베개를 베고 쌔근쌔근 세상모르고 자고 있다

바다는 거대한 청록색 이불
세세연년 찰나의 쉼도 없이 끊임없이 파도가 뒤척, 뒤척거리는 걸 보면
그 이불 속에도 지독한 불면에 시달리는 누군가
미확인된 무엇이 농담처럼 누워 있는 것이 분명하다
———「불면이라는 농담」 부분

지구상의 모든 사람이 동시에 울음을 터뜨린다면

바다의 수위는 얼마나 올라갈까

(…)

지구상의 사람 누구든 펑펑 울음을 터뜨리고야 말

방금도 일어난 잔혹하고 끔찍하며 슬픈 일이 우리 모두에게

단 한번만 공평히 동시에 일어난다면 어떨까

그러면 그 누구에 의해서든

두번 다시는 그런 일이 일어나지 않을 텐데

—「농담」 부분

'불면'이 애인들의 존재 형식이라는 말은 잠 못 드는 시간이 서로를 향해 열리는 시간이며, 서로 만나는 조우의 시간이라는 뜻이다. 불면은 고립과 고독을 넘어서 타자를 향해 나아가는 에너지이다. 동시에 이 거대한 어둠, 시간의 새벽에 "미확인된 무엇이 농담처럼 누워 있는 것이 분명하다"는 사실을 감각하는 존재론적 인지이다. '애인'은 나를 잠 못 들게 하는 가장 강력한 타자다. 그런데 김중일의 이 시집에서 그 불면은 하필이면 "뒤집힌 채 물 차오르는 여객선 갑판 밑 객실"의 어떤 "미확인된 무엇"의 존재로 나타난다. 결코 잠들 수 없는 이 '봄날'의 '지독한 불면'이 '2014년 봄'으로 상징되는 우리 시대의 지독한 불행과 연관이 있다는 사실을 어떻게 부정할 수 있을까.

시인은 「불면이라는 농담」에서 "불면은 세상이 내게 지속적으로 건네는 농담 같아 정말이지 지긋지긋한 지독한 농담"이라고 말한다. 적어도 이런 시를 통해 우리는 이 시인에게 불면의 긍정적 대상이 '애인'이라면, '세상'은 애인의 부정적 버전이라는 사실을 학인하게 된다. 그래서 '눈사람' 같은 애인을 향해 반복적으로 보내던 간절한 엽서는 세상을 향한 이 같은 불행한 가정법의 기도가 되기도 한다. "지구상의 사람 누구든 펑펑 울음을 터뜨리고야 말/방금도 일어난 잔혹하고 끔찍하며 슬픈 일이 우

리 모두에게/단 한번만 공평히 동시에 일어난다면 어떨까". 눈사람처럼 사라질 애인에게 보내는 간곡한 사랑의 메시지는 '불행한 가정법'을 통해 일종의 메시아적 심판의 에너지를 담지한다. 사랑이 궁극적으로 향하는 존재 구원이 약한 존재의 해방과 세계악의 금지 모두의 형식으로 나타나듯, 역사를 향한 시인의 기도는 역사를 구원하기 위해 "두번 다시는 그런 일이 일어나지 않을" 수 있는 '단 한번만의 공평한 불행'을 원한다. 세례자 요한이 '지금 깨어 있으라'는 '불면'의 묵시록과 더불어 역사의 메시아를 '공평한 심판자'로 원했듯이. 그러나 다시 한번 강조하건대, 시인에게는 이러한 시적 가정법조차 '애인'을 향한 엽서의 일종이라는 사실이다. 김중일은 이를 "단식하는 그와 과식하는 나 사이. 굴뚝과 굴뚝 사이. 철탑과 철탑 사이. 무덤과 무덤 사이. 지구 저편 폭격과 폭격 사이에 내걸린 부재자의 잿빛 외투 속에서"(「성간 공간」) 그 '사이'를 메우는 '사랑하는 싸움'이라고 말한다. 그 사이를 잇고 메우려는 '불면'의 인식 자체가 바로 시인이라는 애인이 시인의 애인에게 보내는 '시'이다.

단식하는 그를 등에 업고, 그의 무릎 사이를 숨 가쁘게 걸었다. 그의 무릎과 무릎 사이는 별과 별 사이처럼 멀고, 그는 그 공간을 가득 채우는 정적만큼 무겁다.
사랑하는 사람과 나란히 앉아 미농지처럼 떨리는 밤하늘에 손가락 끝으로 뚫어놓았던 별. 별과 별 사이에 이별 이후 내내 걸려 있던 부재자의 외투 한벌을 겨울나무처럼 앙상한 그의 어깨 위에 걸쳐주었다.
만남과 이별 사이. 시선과 시선 사이. 어제의 죽음과 내일의 죽음 사이. 세상 모든 사이로
오늘 그는 내 왼쪽에서 어깨 걸고 걷고 있다.
—「성간 공간」 부분

김중일에게는 "단식하는 그를 등에 업고, 그의 무릎 사이를 숨 가쁘게 걸"어가는 사랑의 실천이, "사랑하는 사람과 나란히 앉아 미농지처럼 떨리는 밤하늘에 손가락 끝으로" 별을 뚫는 사랑의 유희가 구별되지 않는다. 세상 모든 애인들이 벌이는 사랑의 싸움은 아름답게 살기 위한 싸움이며, 그것은 죽음을 이기려는 싸움이다. 그래서 "그의 무릎 사이를 숨 가쁘게" 걷는 연인의 애무는 "어제의 죽음과 내일의 죽음 사이"를 가로지르는 생명의 실천이기도 하다. 시인이라는 애인과 시인의 애인이라는 조금은 특별한 애인들에게 이 유희와 실천은 "세상 모든 사이로" 난 길에서 이루어지기도 한다. "우리의 아이는 지구상에 단 한발의 총성도 폭발도 비명도 함성도 없는 기적 같은 어느/밤중에 태어났으면 좋겠다"(「눈사람의 존엄성」)는 애인들의 기도는 서로의 몸으로 열리고 스미는 불면의 새벽 속 애무를 삶의 실천으로 통합한다. 생명을 낳으려는 사랑의 노력은 죽음을 가로지르는 싸움이 된다. 어떤 애인들에게 이 애무와 싸움은 "세상의 모든 사이"에서 이루어지고 그곳으로 열려 있다. 내가 (함께) '살아갈 사람'은 내가 살아갈 세상이기도 하다. 함께 살아갈 애인들은 오늘도 잠들지 못한다.

—『문학동네』 2015년 가을호

백살나무의 부정신학(否定神學)

◆

조말선의 시

거리의 꽃은 화분을 놓자마자 핍니다

조말선(趙末先)의 신작시들은 일련의 근작들이 보여주는 시적 관심사와 궤를 같이한다. 이는 언제부턴가 그녀의 시에서 본격적으로 나타나기 시작한 모종의 시적 형이상학을 의미하는데, 대체로 그것은 그녀가 어떤 계기를 통해 자각하게 된 '언어-인간-세계'의 불확정성(불확실성)에 대한 문제의식과 관련이 깊다. 언뜻 보면 철학적 불가지론자(不可知論者)의 메모나 부조리극의 대사처럼 여겨지는 근작들은 섬세하고 감각적인 몸의 언어를 얻음으로써 고도의 관념에 유려한 서정을 착색하여 인상 깊은 문학의 언어를 직조하는 중이다. 한명의 적극적인 독자로서 확실히 조말선의 시는 진화 중이라고 말하고 싶다.

시인이 최근에 출간한 시집(『재스민 향기는 어두운 두개의 콧구멍을 지나서 탄생했다』, 문학동네 2012)에 적은 다음과 같은 산문(「시인의 말」)은 이제 살펴볼 시인의 신작시를 이해하는 데에도 여전히 좋은 가이드가 되는 것으로 보인다.

입을 다문다. 입속으로 무엇이 고이고 빠져나간다. 계속.

꼭 다문 꽃봉오리를 벌려보면 규칙적으로 접혀 있는 꽃잎들.

알 수 없는 순간에 형식을 만들고 형식을 부수며 꽃이 핀다.

꽃이 진다.

시인의 입속에 "고이고 빠져나"가는 "꽃잎들"이란 "알 수 없는 순간에" 무수히 생성되는 시적인 언어들을 뜻한다고 봐도 무방할 것이다. "규칙적으로 접혀 있는 꽃잎들", 즉 시인의 입속에서 만들어지는 말로서 시의 언어란 "형식"(논리)을 통해 삶의 실상을 비추고 구성해내는 동시에, 언제나 그 "형식을 부수며" 피어나는 꽃 같은 것이라 하겠다. 시적 언어의 운명이란 형식의 개화(開花)와 낙화(落花)를 반복하는 일일 수밖에 없다. 그것은 말로 지어진 세계에서 말의 논리를 가장 첨예하게 따르는 동시에 그 말의 논리를 항상 벗어나려는 이율배반적 운동을 지속하는 언어다. 일차적으로 이는 시언어에 대한 메타포이지만, 궁극적으로 시인에게 문제가 되는 것은 세계 자체라고 해야 한다. 이제 조말선에게 세계가 신경증적 언어로 충돌할 수밖에 없는 분명한 '발작'의 대상이라기보다는 물음으로만 진입 가능한 개방된 세계가 되었다는 뜻이기도 하다. 물론 이 결과로서의 세계가 시인에게 행복한 공간이 되느냐 하는 문제는 전혀 별개이다.

국기는 펄럭이고 펄럭여 국가에 도달했나요. 당신을 안았으니 당신에게 도달했나요. 뺨이 홀쭉해지도록 빨았으니 한방울도 남김 없나요. 셀 수 없이 많은 생각은 한사람입니다. 거리의 꽃은 화분을 치울 때까지 필 것입니다. 셀 수 없이 피는 팬지는 한통입니다. 셀 수 없이 피는 마가렛은 한통입니다. 아직 춥나요? 거리의 봄은 나란히 놓인 화분이 시작합니다. 배가 부르니 사랑이 작습니다. 좁은 집에는 좁은 눈이 내렸습니다. 국기는 헤엄치고 헤엄쳐서 육지에 도달했나요. 열두시에 도착해서 열두시를 만났나요.

나무가 컴컴한 나뭇잎 속에서 백방을 모색합니다. 뺨이 홀쭉해지도록 빨았더니 한방울입니다. 변비에 걸린 항문이 벌게지듯이 벌게질 대로 벌게진 노을 속으로 해가 빠지듯이 형식이 필요한가요. 들어오는 문과 나오는 문이 필요한가요. 셀 수 없이 많은 사람이 여기서 나왔습니다. 셀 수 없이 많은 생각이 나갔나요. 나를 안았으니 나에게 도달했나요. 목이 꺾이도록 마셨으니 한방울도 남김 없나요. 국기는 펄럭이고 펄럭여 찢어졌나요. 거리의 꽃은 화분을 놓자마자 핍니다.

　　　　　　　　─「한방울」(『한국문학』 2013년 여름호, 이하 같은 책) 전문

　흔히들 '국가'의 가장 명백한 상징으로 '국기'를 연상하지만, 실상 아무리 "펄럭이고 펄럭여"도 결코 "국가에 도달"하지 못하는 것이 "국기"라는 사물의 운명이다. 우리는 여기에서 쏘쉬르가 제기한 기호의 임의적 성격, 그러니까 기표와 기의 사이에는 아무런 상관성이 없다는 저 오래된 현대 언어학의 기념비적인 전회를 다시 떠올릴 수도 있겠다. 하지만 굳이 시인이 '국기─국가'를 시의 언표로 차용했을 때, 이 시적 무의식에 말에 기입된 자동화된 관념으로서의 이데올로기적인 허위가 문제시되고 있다는 사실을 짐작하기란 어렵지 않다. 그리고 시인에게 이것은 기호(말)─사물의 운명일 뿐만 아니라 세계─삶 자체의 숙명으로 인식된다.

　"국기"의 격렬한 펄럭임이 "국가"에 도달하지 못하듯, "당신"에 대한 격렬한 포옹은 나를 당신에게 완벽히 인도하지 못한다. "나를 안았으니 나에게 도달"하기 어려운 것은 당신도 마찬가지이다. 오히려 "배가 부르니 사랑이 작"아지는 아이러니는 세계의 본질이 어떤 '어긋남'에 기초해 있다는 시적 화자의 인식의 표현이다. "셀 수 없이 피는 팬지는 한통"이고 "셀 수 없이 피는 마가렛은 한통"이라고 말할 때, '어긋남'으로서의 존재의 실상을 벗어날 수 있는 것은 어디에도 없다는(모든 존재는 결국 "한통"에 있다) 인식은 여기에도 투사되어 있다고 해야 할 것이다. 니체에게

서 만상의 운명이 동일한(하나의) 형상으로 영원히 반복하여 '회귀'하는 것으로 인식되었던 것처럼. 그렇다 하더라도 말을 제 삶의 근거로 삼아 사는 시인에게 이러한 어긋남의 운명에서 가장 문제시되는 것은 결국 말의 뼈가 될 수밖에 없는 '논리'의 실패라는 사태일 것이다. 그것은 "변비에 걸린 항문"처럼 "형식"의 실패라는 사태로 요약될 수 있는 성질의 것이다. "들어오는 문과 나오는 문이 필요한가요"라는 의문도 이 "형식"의 실패에 대한 부조리 의식과 맥락을 같이한다.

하지만 역설적으로 말해 이러한 "형식"의 실패야말로 세계의 불가능성에 담지되어 있는 '가능성'의 차원이 아닐까. "국기는 펄럭이고 펄럭여 국가에 도달"하지 못하는 이 어긋남이 '존재'하기에, 이 어긋남의 영역에서 이데올로기와 형식논리가 포섭하지 못하는 다른 차원의 가능성이 개방되는 것 아닐까. 그러므로 "국기는 펄럭이고 펄럭여 찢어졌나요"라는 언술을 뒤따르는 "거리의 꽃은 화분을 놓자마자 핍니다"라는 언술의 뜻을 어렴풋하게나마 짐작하기란 어렵지 않다. 꽃이 피는 자리는 국기의 펄럭임이 찢어지는 바로 그 자리이다. 기호계의 논리가 파열되고 실패하는 어떤 어긋남의 자리, "목이 꺾이도록 마"셔도 결코 "한방울도 남김" 없을 수는 없는 잉여의 자리이다. 그리고 '시'야말로 이 잉여 존재로서의 "한방울"의 (불)가능성이라는 역설 위에서 피는 '꽃'이 아닌가.

한방울의 빗방울을 다섯개의 눈물방울로 떨구는

나는 한번 감은 눈을 뜨는 데 일년이 걸리는 백살나무 이야기입니다 백번 눈을 감았다가 뜨고 감았다가 뜨면서 천개의 만개의 문짝이 개폐되는 꽃나무에서 놀란 바람 이야기입니다 나는 백방으로 뻗은 가지가 수집한 정보로 백살까지 사는 법에 도달한 노트 이야기입니다 백년이나 반복한 몸을 봄 뒤에, 여름 뒤에, 가을 뒤에, 겨울 뒤에, 달 뒤에, 해 뒤에서 터질 듯이 뒤태를 반복하고 있는 구름 이야기입니다

토마토도 안 먹고, 브로콜리도 안 먹고, 호르몬제도 안 먹고 한자리에서 백년을 반복하고 있다고?

나는 금방 핀 꽃잎에서 오래된 방충제 냄새가 나는 악취 이야기입니다 방을 쓰는 빗자루보다 오래된 방의 악취는 주력상품에 올려둡니다 마치 백년 된 얼굴을 쬐는 얼굴로 당신이 찾아왔군요 당분간 이 자리를 지킬 수 있는 것은 햇빛 때문입니다

햇빛을 열자 문턱까지 노랑이 왔습니다 문턱까지 오렌지가 왔습니다 문턱까지 절망 같은 검정이 왔습니다 문턱까지 와서 나를 불렀습니다 나는 문턱까지 닿았습니다 턱에 걸려서 노랑이 헐떡거렸습니다 오렌지가 헐떡거렸습니다 절망 같은 검정이 헐떡거리다가 전망이 된 이야기입니다

나는 한방울의 빗방울을 다섯개의 눈물방울로 떨구는 다섯겹의 쌍꺼풀에 관한 이야기입니다 쌍꺼풀을 치뜨자마자 천개의 만개의 공기방울이 떨어지는 비극적인 장면이 백년째 통하는 지리멸렬에 대한 이야기입니다

—「흥행사들」 전문

이 "꽃나무"의 운명은 '제가 생각하는 꽃나무'에 결코 도달하지 못하는 이상(李箱)의 '꽃나무'처럼 불행하다. 그것은 말의 논리가 사물의 실상에 도달하지 못하는 의미의 불가능성, 존재의 불확정성이라는 부조리한 존

재 조건에 거주하면서, 그것을 자각하게 된 시인의 운명과도 깊은 관련이
있다. "한번 감은 눈을 뜨는 데 일년이 걸리는 백살나무"의 굼뜸은 그러므
로 늙은 나무의 노망을 지시하는 것이 아니라, 시인의 윤리적 지표로 읽
어 마땅하다. "토마토도 안 먹고, 브로콜리도 안 먹고, 호르몬제도 안 먹고
한자리에서 백년을 반복하"는 이 완강하고 메마른 자세가 곧 시의 삶이고
윤리다. 그렇다 하더라도 시인 자신의 입장에서 이 삶은 영광이 아니고
"비극적인 장면"을 상연하는 부조리극이라고 해야 할 것이다. "금방 핀
꽃잎에서 오래된 방충제 냄새가 나는 악취"를 풍기는 식의 자의식의 동반
은 그래서 불가피하다.

　이 자의식은 시적 윤리의 결과로서 "금방 핀 꽃잎"의 상황에 대한 시
인의 인식에서 비롯되는 일이기도 하다. 시의 언어 역시 기호계의 일반
조건을 완전히 벗어나 있을 수는 없기 때문이다. 이 "꽃잎" "백방으로 뻗
은 가지"가 겨우 간취한 것은 "헐떡거"리며 "문턱까지" 찾아와 나를 부르
는 "노랑"이고 "오렌지"이며 "절망 같은 검정"이 아닌가. 심지어 "절망 같
은 검정"은 그 자체가 "헐떡거리다가 전망이 된"다. '꽃'으로 핀 잉여로서
"한방울의 빗방울"은 그래서 "다섯개의 눈물방울"이기도 하다. 시인은 이
것을 "백년째 통하는 지리멸렬"이라고 말한다. 하지만 주목하자. "눈물방
울로 떨구는 다섯겹의 쌍꺼풀"에서 떨어지는 "천개의 만개의 공기방울"
은 곧 "천개의 만개의 문짝이 개폐되는 꽃나무"로의 존재론적 개방성을
동시에 내포하고 있기도 하지 않은가.

　　나뭇가지가 자라는 방향에서
　　꽃이 질 수 있는 방위를 빼고도

　　전망대에 남아 있는 풍경에서
　　해가 말아간 뜨거운 방석을 빼고도

목적지가 정해졌을 때
더 가능한 길이 떠올랐다

근처에 왔다가 들렀는데
네 근처에 갈 수 있는 구실의 근처에도 가지 못했다

오늘 아침에 왕벚꽃처럼 옛날이 피었다
내일 아침에 왕벚꽃처럼 옛날이 옛날 하고도 하루 더 피었다

나는 거울 앞에서 나의 옛날을 둘러보았다
거울이 하나 더 필요했다

동전을 넣으면 더 작은 동전이 나오고
거울을 깨면 더 많은 거울의 발명으로
근처에 가면 또 근처를 만드는 근처에서

뒤돌아서는 불가능한 경우를 빼고도

몇개의 나뭇잎을 흔드는
몇개인지 알 수 없는 바람들

칡넝쿨이 동물처럼 기어가서 동물처럼 끌어안은 채 동물처럼 사는 것
처럼

　　　　　　　　　　　　　　　　　　　　　　　　—「짐짓」전문

그런 점에서 시의 "나뭇가지가 자라는 방향(에서)" "전망대에 남아 있는 풍경(에서)"은 '정해진 목적지'의 외부에 늘 모호한 잉여의 가능성, "더 가능한 길"을 낳는다. 그것은 불가능성의 세계, "형식"의 실패가 오히려 보유하고 있는 "더 가능한 길"이다. "동전을 넣으면 더 작은 동전이 나오고/거울을 깨면 더 많은 거울의 발명으로/근처에 가면 또 근처를 만드는 근처"는 실패한 정합성의 세계가 결코 완결하지 못하는 세계의 잉여에 대한 메타포이다. 그러므로 "뒤돌아서는 불가능한 경우"는 늘 "몇개의 나뭇잎을 흔드는/몇개인지 알 수 없는 바람들"을 그림자처럼 거느린다. "네 근처에 갈 수 있는 구실의 근처에도 가지 못"한 논리의 허약함과 어긋남은 이렇게 언어−시와 사랑의 (불)가능성에 대한 훌륭한 메타포가 된다. '너'에게 도달하는 데에 실패했으므로 우리는 오히려 "바람들"을 반복할 수 있지 않은가. 비록 "칡넝쿨이 동물처럼 기어가서 동물처럼 끌어안은 채 동물처럼" 산다 해도, 이 완결되지 못하는 간절한 "바람들"의 잔여 자체가 가능성이다. 지젝의 어법을 빌린다면, 시적 언어와 사랑의 참된 의미란 사물과 당신의 "근처"에 도달하는 정합성의 승리를 구가하는 데 있다기보다는, "근처"에 가기 위한 실패를 반복함으로써 "몇개인지 알 수 없는 바람들"을 여전히 회귀할 수 있게 하는 '(불)가능성'의 향유에 있다고 할 것이다.

이렇게 보면 "오늘 아침에 왕벚꽃처럼 옛날이 피"는 일, "내일 아침에 왕벚꽃처럼 옛날이 옛날 하고도 하루 더 피"는 일은 하나의 역설을 포함하고 있다고 해야 하지 않을까. 그것은 일차적으로 "네 근처"에 도달하지 못함으로써 오늘도 내일도 실패하는 나의 처지, 즉 "지리멸렬에 대한 이야기"이지만, 이러한 실패의 영원 회귀는 "한방울의 빗방울을 다섯개의 눈물방울로 떨구는 다섯겹의 쌍꺼풀에 관한 이야기"(「홍행사들」)의 영원 회귀이기도 하기 때문이다. 그것은 아미타불의 끝없는 서원(誓願)처럼 회귀하는 간절한 "옛날"이다. 그래서 그것은 "왕벚꽃처럼" 오늘도 내일도 계속 '피어날 수' 있다.

한점에서 가능성까지, 한점에서 최근까지

　양파 같은 사람이 되지 않으려고 양파를 심는다. 결심이 보일까봐 간격
을 띄워서 새 양파를 심는다. 너는 양파야, 어깨를 오그리고 오그려 발끝을
오그리고 오그려 쥐가 나도록, 너는 양파야. 구두보다 꽉 조이는 구두점을
찍고 양파는 좌우로 멀어져갔다. 좀 기대고 싶은 어깨에 찬 바람을 일으키
며 양파는 앞뒤로 멀어져갔다. 점점 양파가 소실되어가는 양파밭에서 나는
양파들을 잃어버린다. 양파의 이목구비를 잃어버리고 양파의 손과 발을 잃
어버린다. 양파는 어디서 자라고 있을까. 양파 같은 사람이 되지 않으려고
나는 한점에서 가능성까지 자라났다. 양파 같은 사람이 되지 않으려고 나
는 한점에서 최근까지 자라났다. 그래 나는 양파야, 라고 외쳤을 때 나는 소
실되지 않는 점이 되었다.

—「간격」 전문

시인에게 언어의 부조리는 세계-삶의 부조리이며, 궁극적으로 그것은
그 자신이 입고 있는 육신의 부조리이다. 부조리의 세계를 인식하고 그것
에 저항한다고 하여 그 자신이 부조리의 세계 바깥에 거주할 수는 없는
것이다. 그 자신이 이미 부조리의 한 형식이다. 어찌 보면 시인 됨의 진정
한 비극성이란 여기에 있다고 해야 할지도 모른다. 그에게는 세계 바깥으
로 나갈 수 있는 권한도, 숨을 수 있는 가능성도 존재하지 않는다. 부조리
의 세계에서 부조리의 일부로서 태어난 존재가 부조리를 인식하고 부조
리에 저항하는 존재이기도 할 때 "더 가능한 길"은 과연 무엇인가. 그것은
세간에서 벗어남으로써(出世間) 세간을 해탈하는 길이 아니라, 세간을 가

로지름으로써(going through) 세간을 벗어나는 길이다.

"양파 같은 사람이 되지 않으려고 양파를 심는" 일은 "양파를 심는" 일을 겪음으로써만이 비로소 "양파 같은 사람이 되지 않"을 수 있다는 뜻이다. 그것은 일종의 부정신학(否定神學)이다. 신(神)의 유일한 가능성은 신의 실패 가능성 자체에 내재한다는. 예수의 유일한 신적 가능성은 그가 '사람'이었다는 역설에서 나온다. 그가 신이었다는 것을 보여줄 수 있는 유일한 표지는 그 '도' 죽는다는 사실, 그럼으로써만이 그는 죽음을 이긴 자(부활)가 되지 않았나.

그러나 표현에 유의하자. 시인은 지금 '양파가 된다'고 말하는 것이 아니다. 그는 "양파를 심는다"고 말하고 있다. 그것은 예수가 죄의 세계(지상)를 노숙자의 신세로 겪었던 것이지, 죄의 노예가 아니었던 것과 비슷하다. "너는 양파야"라는 언술은 "어깨를 오그리고 오그려 발끝을 오그리고 오그려 쥐가 나도록" 양파를 심음으로써 양파의 부조리를 완강히 겪어나가는 견인주의를 말하는 것이지, 양파 자체가 된다는 뜻은 아니다.

눈여겨볼 대목은 "구두보다 꽉 조이는 구두점을 찍"는 이 과정에서 오히려 "양파는 좌우로 멀어져"간다는 언술이다. 그러므로 중요한 것은 "구두보다 꽉 조이는 구두점을 찍"는 것처럼, 어떠한 거짓 희망에도 의존하지 않은 채 양파의 세계를 철저히 겪는 일이다. "나는 한점에서 가능성까지 자라"는 유일한 길은 이런 식으로만 가능하다. "양파의 이목구비를 잃어버리고 양파의 손과 발을 잃어버"리는 가능성은 이런 점에서 양파밭의 부조리, 불가능성 자체가 보존하고 있는 가능성이다. 다만 이 가능성은 불가능성의 극단에 거주하는 자, 불가능성의 한복판을 관통하는 자만이 예감할 수 있는 존재의 "한방울"이다.

이 "한방울"을 예감하는 자는 "나는 양파야"라고 말할 수 있게 된다. 이 '양파'는 존재의 빛과 이어진 궁극적 어둠을 관통한 것이라는 점에서 부정의 부정을 통해 이루어진다. 이 변증법은 "나무가 컴컴한 나뭇잎 속에서 백방을 모색"(「한방울」)하는 부정신학이다. 그러므로 이 '양파'는 "양파 같은 사람"과는 아무런 관련이 없다. 그가 "소실되지 않는 점"일 것이라는 시인의 말은 결코 틀리지 않을 것이다.

—『한국문학』 2013년 여름호

종순(從順)의 시학, 미결(未決)의 윤리

◆

정진규의 시

　욕망을 대하는 방식에 따라 인긴을 대체로 두 유형으로 나눌 수 있을 듯하다. 욕망에 몸을 맡기고 몸이 그것에 끌려가는 경우가 있다면, 또다른 방식은 욕망과의 관계에서 일정한 거리를 유지하며 주체의 절제력을 발휘하는 경우라고 하겠다. 전자를 덧셈의 욕망학이라고 한다면, 후자는 뺄셈의 욕망학이라고 말할 수 있지 않을까. 욕망의 속성을 떠올려볼 때, 또 경험적 인간학에 근거해볼 때 대체적인 인간 유형이 전자에 속한다는 사실은 부정하기 어려울 듯하다. 시인이라고 하여 특별한 육체를 소유한 존재는 아니다. 그 육체의 근거와 주변을 이루는 생활세계 역시 다를 것 없다. 시인 됨의 난처함이란 동일한 육체와 공동의 삶 속에서 욕망의 노예가 아닌 주인, 정신(말)을 매개로 몸의 주체가 되려는 어려움에 있다.

　정진규(鄭鎭圭)의 최근 시들은 뺄셈의 욕망학에 관련된다. 그러나 이 뺄셈은 어떤 '절제'나 '견인주의' 같은 지사적 자세를 취하기보다는, '자연스러움'이야말로 욕망에 끌려가지 않는 삶이라는 소신에 바탕을 두고 있다.

　맞춤 식탁 하나를 노후 선물로 받았습니다 나는 맞춤 식탁에서 밥을 먹습

니다 세상에 하나밖에 없는 원목(原木) 식탁입니다 나는 끼니때마다 생가
(生家)에서 생가 식사를 합니다 어머니 식사를 합니다 손맛 식사를 합니다
맞춤 식사를 합니다 자리가 음식을 만듭니다 자리가 사람을 만듭니다 나
는 이 자리에 앉으며부터 사람이 되었습니다 무엇을 먹느냐가 사람을 몸을
만듭니다 이 식탁에 앉으며부터 또한 우아하고 소중할 줄 알게 되었습니
다 이 귀한 식탁을 함부로 다룰 수가 없게 되었습니다 마음공부를 알았습
니다 종순(從順)을 알았습니다 오늘 아침도 반찬 두세가지 국 한그릇이 이
렇게 화려할 수가 없습니다 자족과 겸허의 아름다움을 알았습니다 자리가
사물을 만듭니다 그런 사물들이 나를 만듭니다 땅이 곡식을 만듭니다 생가
의 땅, 고추와 오이와 가지는 종순을 알고 있습니다 여자를 사랑해보니 사
랑을 먹는 식탁이 여자를 키웁니다 여자는 가꾸기 나름입니다 어떤 사랑을
멕이느냐가 어떤 여자를 만듭니다 사람 사는 집도 마음의 집도 가꾸기 나
름입니다 비워두면 폐허가 되는 게 집이지요 나는 그런 마음의 집 하나를
감추고 있습니다 참혹해서 못 볼 지경입니다 그가 비워두고 떠난 지 10년
도 넘는 내 마음의 집 한채 폐허가 된 내 마음의 집 한채 혼자 수리하며 마
음공부 10년이지만 더욱 폐허가 되는 마음공부 더욱 폐허가 되는 그리움의
집이라는 게 있습니다 그 폐허의 집이 나를 만듭니다 맞춤 폐허의 집
─「맞춤 식탁」 전문

화자에게 욕망의 노예가 아니라 주인이 되는 '자연스러운' 길은 의지
의 주인을 자처하기보다는, "사물들이 나를 만"든다는 사실을 깨닫고 그
것들로부터 배우는 "마음공부"를 수행하는 길이다. "고추와 오이와 가지"
로 이루어진 "맞춤 식탁"의 "생가 식사"는 "자리가 음식을 만"들고 "자리
가 사람을 만"든다는 깨달음을 화자에게 부여한다. 그 '자리'는 "생가 식
사"가 "땅이 곡식을 만"들며 "어머니 식사"라는 진술로 미루어보아, "사
랑을 먹는" 동시에 "사랑을 멕이"는 자리이다. 화자에게 '사랑'은 결핍이

나 욕망의 다른 이름이 아니다. 한 사물이 다른 사물을 살리고 기르고 보듬는 생명의 보편적 원리이다. 그 원리를 화자는 "종순(從順)"이라고 말한다. 이 시어는 『논어』의 '종심(從心)'을 상기시킨다. "자족과 겸허"라는 윤리적 덕목은 "사랑"이 키우고 성장시킨 사물의 보편원리이다. "마음공부"는 "사물들"을 따르는("종순") 일인 동시에 내 마음의 목소리에 호응하는 일('종심')이다. 뺄셈의 욕망학은 그러므로 나의 주체 됨을 강조하기보다는, 사물들의 "맞춤 식탁"에 나를 '앉힘'으로써 사물의 질서 안에서 주체의 윤리를 거꾸로 된 방식으로 길어올린다. 여기에서 주체는 사물들의 주인이라기보다는 사물들의 친구다.

그런 점에서 "그가 비워두고 떠난 지 10년도 넘는 내 마음의 집 한채 폐허가 된 내 마음의 집 한채"를 단순히 인간적 소회에 관한 것일 뿐이라고 치부하기는 어렵다. "맞춤 식탁"이 윤리적 주체세움과 관련한 도리(道理)의 식탁이라는 점으로 짐작할 때, "비워두면 폐허가 되는" 이 "맞춤 폐허"란 내가 '종순' 또는 '종심'하지 못했던 사물의 원리, 삶의 기율 같은 것일 수도 있을 테니 말이다. 역으로 따르지 못했던 이 회한의 "맞춤 폐허"의 존재로 인해 "그 폐허의 집이 나를 만"든다. "마음공부"란 완성되는 것이 아니라 늘 내 안의 "폐허"를 자각하고 "자족과 겸허의 아름다움을 알"아가는 도야와 정진일 것이기 때문이다.

옆집 할머니는 소생(所生)이 없으시다 생산을 못하셔서 평생 내외뿐이셨다 그렇게 해 지도록 들에 엎드려 계셨던 까닭을 이제야 알았다 나도 땅에 엎드려 보고서야 알았다 놀라운 일이다 이건 사건이래야 옳다 우리 내외는 손이 걸다는 것도 알았다 우리 내외가 모종을 내서 풀 뽑고 물 주고 거름 주고 키워서 지금 끼니때마다 따 먹는 채소가 고추, 오이, 가지, 아욱, 근대, 그리고 상추는 다섯가지가 넘는다 애호박이 주렁주렁 달려 있으며 토마토는 어제오늘 붉게 놀랐다 금방 부자가 되겠다 감자들도 오늘 아침

파보니 알이 실하게 굵다 우리 내외는 손이 걸다 옥수수도 제법 대가 굵다 붉은 수염 달고 알들이 여물어갈 날들을 생각하니 왜 있잖은가 드넓은 만주 벌판 불콰한 지주(地主)가 생각난다 평생 소생이 없으셨던 옆집 할머니께 괜히 죄송하다 어찌 사건이 아니랴, 생산(生産)! 이 소생(所生)들, 할머니의 일생을 훔쳤다 우리 내외는 손이 걸다

—「우리 내외는 손이 걸다」 전문

자족과 겸허의 아름다움을 깨닫는다는 것은 여기에는 없는 것, 곧 환영 같은 욕망을 내내 쫓아다니는 노예가 되는 것이 아니라 지금 이 자리를 긍정하는 삶의 주인이 된다는 뜻이다. 화자에게 이 긍정은 사물의 보편원리에 대한 긍정이기에, 자연의 원리에 대한 긍정인 동시에 인간적 삶의 원리에 대한 긍정이 된다. 이것은 정진규 시의 원리가 말과 사물이 원환적 사슬로 연결되어 있다는 서정시의 유비적 세계관에 기초해 있다는 뜻이기도 하다. '옆집 할머니의 소생(所生)'이 대지의 소생, "할머니의 일생"의 "생산"으로 이야기되는 이 재미있는 소품도 거기에서 나온 것이다.

이러한 긍정의 윤리는 자연스럽게 '비생명'에 대한 안쓰러운 각성으로부터 촉발한다. 단지 어떤 윤리적 주체에 관한 이야기뿐만 아니라, 정진규의 시작 원리가 비롯되는 방식을 엿볼 수 있다는 뜻이기도 하다. "우리 내외는 손이 걸다는 것도 알"게 된 것은 옆집 할머니가 "그렇게 해 지도록 들에 엎드려 계셨던 까닭"과 "생산을 못해서서 평생 내외뿐이셨다"는 사실을 알고 나서이다. 자족과 겸허, 자기 삶의 형편에 대한 긍정적 자각과 생명의 원리에 대한 경이는 이렇게 온다. 그러므로 "놀라운 일이다" "이건 사건이래야 옳다"라는 자기긍정은 "옆집 할머니께 괜히 죄송하다"는 타자에 대한 연민과 동시적인 것으로 읽혀야 한다. 시인에게 이는 자신의 시적 서정의 원리가 촉발되는 한 방식이기도 하다. "맞춤 폐허", 곁에 있는 사물, 만상에게서 배운다는 '종순'의 원리는 여기에도 있다.

통도사(通道寺)에 갔다 추녀와 추녀들이 서로 밀어올리고 섰는 허공들 뒤뜰 깊게까지 따라갔다가 무작정 그 허공들 받들고 서 있는 무작정(無作亭) 한채를 보고 왔다

———「무작정」전문

이 시작 원리는 「무작정」에서도 드러난다. "추녀와 추녀들이 서로 밀어 올리고 섰는 허공들"은 '하늘'을 향하고 있을 터. 이 허공들의 하늘이 바로 '도(道)가 통하는 절'이라는 뜻의 "통도사(通道寺)"의 하늘이다. 허공들의 하늘은 '도(道)'의 메타포이다. 화자는 그 "허공들 뒤뜰 깊게까지 따라"가서, "무작정 그 허공들 받들고 서 있는 무작정(無作亭) 한채를 보고" 온다. 도와 통하기 위해서 필요한 주체의 자세가 '무작정'이며, 그것은 순리에 근거한 사물(의 원리를) 의심없이 "깊게까지 따라"가는 태도이다. 이것은 '도리(道理)', 즉 도와 통하는 사물을 '따라가는' 길의 의미이기도 하다. 시인에게는 이 사물의 원리가 곧 삶의 도리이고 시작 원리이다.

이렇게 이해하고 보면 「해마다 피는 꽃, 우리 집 마당 10品들」에서 마지막 "10품"이 하필이면 "풀꽃들, 이름이 없는 것들"로 끝나는 것도 그 나름의 시적 무의식이 작용하고 있는 순서라고 할 수 있을 것이다. "이름 없는 것들"이야말로 "무작정 그 허공들 받들고 서 있는 무작정"이 아닌가. "이름 없는 것들은 어둠속에서 더 어둡다". 어두운 것(어둠)은 지워짐의 경계에 있다는 뜻일 수도 있으나, 이 경계에 맞닿은 어둠이 노장(老莊)의 직관처럼 언뜻 드러난 '도'의 얼굴일 수도 있지 않겠는가.

장미 전문가가 아닌 다음에야 흰 장미에 익숙하지 않을 것이다 붉은 장미의 담장을 흔히 지나다녔거나 붉은 장미밭에 익숙할 것이다 그런 여자를 안아보았거나 가슴에 안고 있을 것이다 우리 집 담장은 흰 장미 덩굴로 덮

여 있다 그대가 사랑의 絶糧農家로 겨울을 통과하고 있는 마을이다 피가 떨어진 그대의 사랑의 병원으로 하얗다 피가 없는 장미, 아니다 하얀 피가 담장을 철철 넘쳐흐른다 흰 눈이 펑펑 내려 쌓였다 찌는 듯한 한여름에도 내려 쌓이는 흰 눈발들, 검은 오버코트의 깃을 세우고 검은 기차에 오르는 네가 거기에 있다 천박을 감행한다 네가 잠시 돌아보며 기쁘지 않은 웃음을 웃는다 그런 웃음의 이름을 나는 모른다 슬픈 웃음이라는 것도 있다고 해야 하나 내가 말한 비애의 따뜻함과는 다른 웃음, 내리는 흰 눈발에서 하얀 향기가 뿜는다 어떤 향기? 너무 짙다 천박을 감행한다 하얀 피에서 나는 향기, 배고픈 향기, 사랑 수혈을 참지 못하면 다 천박해지는 것일까 이미 나도 검은 기차를 타고 있다 이 한여름에 피가 없는, 하얀 피가 철철 넘쳐흐르는 흰 장미 기차를

—「장미 기차」 전문

「장미 기차」는 이번 신작 시집의 백미이다. 시인도 어쩌지 못하는 욕망의 "미결" "미수"(「참음, 교활한」)의 심리적 현실이 매력적인 서정의 언어로 펼쳐진다. 시적 언어의 매혹은 도를 '따르는' '종순'의 길에도 있지만, 그 길에서 고뇌하는 순간에 더 극적으로 나타나기도 한다.

이 시의 묘미는 장미의 빛깔에 서린 사랑의 영광과 상처의 기억에 있다. "붉은 장미의 담장을 흔히 지나다녔거나 붉은 장미밭에 익숙"한 "장미 전문가"는 "그런 여자를 안아보았거나 가슴에 안고 있"는 사람일 것이다. 사랑의 영광을 뜻한다는 점에서 "붉은 장미"는 전형적인 6월의 장미이다. 반면 "흰 장미"는 "사랑의 絶糧農家로 겨울을 통과하고 있는 마을"에 덮인다. 사랑이 끊어진 마을에 핀 이 "흰 장미"는 "한여름에도 내려 쌓이는 흰 눈발들", 한여름도 겨울처럼 느끼는 이의 상처의 장미이다. 그래서 이 장미는 "하얀 피"로 "담장을 철철 넘쳐흐른다". "흰 눈발들"은 "검은 오버코트의 깃을 세우고 검은 기차에 오르는 네가 거기에 있"는 기억

과 겹친다. 상처의 증상은 상처의 기억과 구별되지 않는다. 이 진술 뒤에 이어지는 "천박을 감행한다"는 말은 기억과 증상을 구별할 수 없는 누추한 인간현실에 대한 화자의 자조를 표현한다.

이 자조는 묘하게도 매혹의 핵심이다. 그러나 두번째로 반복되는 "천박을 감행한다"는 진술에 의해서라고 해야 한다. "검은 기차에 오르는 네가" 사랑의 상처를 주었고, 나는 거기에서 "하얀 피"를 철철 흘린다. 하늘에는 한여름에도 "흰 눈이 펑펑 내려 쌓"인다. 상처의 기억과 기억의 상처는 서로 구분되지 않지만, 사랑의 신비는 여전히 "흰 눈발에서 하얀 향기" 그것도 "너무 짙"은 향기를 제거하지 못한다는 사실에 있다. "흰 장미"는 그런 점에서 그냥 피가 아니라 "사랑 수혈을 참지 못하"는 욕망의 피다.

사물의 도리를 따르려는 '종순'의 시인에게도 사랑은 어쩔 수 없는 인간의 현실이다. 실은 이 누추한 인간현실을 인정하는 것이 어쩌면 사물의 도리인지도 모른다. 네가 "검은 기차"를 타고 떠날 때, 그 기억과 단절하지 못하고 여전히 나 역시 "검은 기차"를 '따라' 탈 수밖에 없다는 사랑의 리얼리즘. "사랑 수혈"을 받을 수 있는지의 여부와 상관없이 사랑의 현실에서 그 기차는 어차피 늘 "하얀 피가 철철 넘쳐흐르는 흰 장미"일 수밖에 없다는 사실을 괴롭게 수락하는 일. "사랑의 絶糧農家"에만 "흰 장미 기차"가 통과하는 것이 아니다. 사랑은 언제나 '조금 더'의 수혈을 필요로 하는 '흰 장미 기차'가 아닌가. 그 현실에서는 한여름에도 항상 흰 눈발이 펑펑 날린다.

김수영(金洙暎)은 "사물의 우매와 사물의 명석성"(「공자의 생활난」)이 동일한 사물의 생리라고 말했다. 정진규의 시에서라면 "천박을 감행"할 수밖에 없는 주체의 실존이 바로 '사물의 우매'이다. 사랑과 시의 현실에서는 "이런 미결이 이런 미수가 나는 왜 이렇게 좋을까"(「참음, 교활한」)라는, '우매'와 '천박의 감행'조차 지극한 윤리가 될 수 있다.

— 정진규 『무작정』, 시로여는세상 2014

우리는 죽음의 무게를 뺏기고 싶지 않다

김행숙의 시

폐가의 뜰, 나는 더이상 인간의 삶을 원하지 않는다

　가장 낮은 몸을 만드는 것이다

　으르렁거리는 개 앞에 엎드려 착하지, 착하지, 하고 울먹이는 것이다

　가장 낮은 계급을 만드는 것이다, 이제 일어서려는데 피가 부족해서 어지러워지는 것이다

　현기증이 감정처럼 울렁여서 흐느낌이 되는 것이다, 파도는 어떻게 돌아오는가

　사람은 사라지고 검은 튜브만 돌아온 모래사장에……
　　　　　　　—「저녁의 감정」(『에코의 초상』, 문학과지성사 2014) 부분

전통적인 철학적 인식론이나 형이상학에서 '기분'은 논구의 대상이 아니었다. 자의적이며 변덕스러운 기분은 객관적 성찰의 여지를 가지지 못한 지극히 자의적인 주관적 감정의 영역이라는 것이다. 그러나 하이데거는 '기분(Stimmung)'에 대해 다르게 이야기한다. '기분'은 인간 실존이 세계에 열려 있다는 것을 뜻하며, 주체의 고유한 세계 이해 방식을 보여 준다. 기분은 가변적이지만 자의적인 것은 아니다. 주체의 기분은 주체가 던져진 고유한 세계 상황에서 형성되기 때문이다. 그러므로 기분에서 궁극적으로 드러나는 것은 주체의 임의적 감정 상태가 아니라, 실은 주체가 던져진 세계의 정황이다.

김행숙(金杏淑)의 「저녁의 감정」은 2014년 한국 문단에서 발표된 가장 감동적인 시 중의 하나이다. 이 시의 감동은 시적 화자의 '개인 감정'이 '시대 감정'이라 할 만한 지점과 자연스럽게 포개짐으로써, 주관이 좀더 보편적인 시의 윤리로 확장되고 거기에 닿아 있다는 점에서 나온다. "피가 부족해서 어지러워지는""현기증"은 "감정처럼 울렁여서 흐느낌"이 된다. 화자의 어지러움은 "흐느낌", 즉 깊은 슬픔이라는 감정 층위와 연동된다. 그런데 이 현기증과 흐느낌의 이유는 "사람은 사라지고 검은 튜브만 돌아온 모래사장"의 언급으로 인해 시대적 슬픔을 동시에 암시하는 슬픔이 된다. 누가 보더라도 검푸른 "파도"의 출렁임과 "모래사장"은 그 앞에서 망연자실하고 오열했던 2014년의 우리 시대를 자연스럽게 떠올리게 하기 때문이다.

눈여겨볼 것은 주체가 제어할 수 없는 현기증에 화자는 주저앉을 수밖에 없는데, 이때 화자의 주저앉음이 "가장 낮은 몸을 만드는 것"이기도 하다는 사실이다. 그리고 "가장 낮은 몸을 만드는 것"이 곧 하나의 지극한 시적 윤리를 암시하는 일이 된다. 그것은 극도의 어지러움증과 슬픔의 세계 상황에 주체를 전적으로 개방하는 일이며, 그것으로부터 나오는 자연스러운 포즈는 "사람은 사라지고 검은 튜브만 돌아온 모래사장"을 가득 채운 세상의 슬픔을 고스란히 내 슬픔으로 받아들인다는 뜻이기도 하기 때문이다. 여기에서 주체의 포즈는 "가장 낮은 몸을 만드는 것"이며, 그것은 세상의 죄악에 대해 "가장 낮은 계급"이 되는 일과 다르지 않다. "으르렁거리는 개 앞에 엎드려 착하지, 착하지, 하고 울먹이는" 모습은 짐승만도 못한 '높은 계급'의 인간들이 저지르는 세상의 죄에 대해, 짐승보다 아래의 자리로 내려와 인간의 죄를 대속하려는 시인의 시적 기도와 다른 것이 아니다.

그 여름의 끝에서도 내게서 사람과 닮은 구석을 찾아냈다면 손님이여, 너는 아무 데나 들러붙는 인간 그림자에 끌려 여기까지 왔구나. 다만 너는 쓰러지고 싶을 뿐, 내게서 자란 초록빛 거뭇거뭇한 칼날들이 네 발목을 핥으면 너는 네 목소리부터 부러뜨려야 한다. 나는 인간 목소리를 원하지 않는다. 나도 한때 귓가에 기쁨의 잔물결을 일으키는 노랫소리를 즐겨 들었으며…… 그러던 어느날 그토록 화사한 봄의 뜨락에서 화약 냄새처럼 사라지는 비명 소리를 듣게 되었다. 같은 목구멍, 같은 혀가 갈라져 다른 하늘로 올라가는 몇갈래의 길을 보았었다. 나는 더이상 인간의 길을 원하지 않는다. 많은 것이 엉켜 있지만 우리는 그것을 사랑이라고 부르지 않는다. 나는 인간의 등뼈와 어깨, 음식과 촛대를, 가볍게 휘파람을 불던 봄 소풍과 가을 소풍을…… 더는 원하지 않는다. 인간의 말과 꿈을 더는 원치 않는다. 그러나 그 여름날 불꽃같은 덤불이 사위어가도 끝끝내 내가 어떤 사람을 붙들었다면 손님이여, 그 사람은 누구인가. 아아, 여기까지 떠밀려온 난파선이여, 이방인이여, 나의 벗이여, 너도 언젠가 밤마다 곡괭이를 내리쳐 가슴팍을 뻐개고 죽은 사람을 네 안에 들였구나. 쾅, 쾅, 쾅, 쾅, 못질을 한 관으로 변태하여 걸음을 새로 배웠구나. 나는 가슴을 열고 싶지 않다. 우리는 죽음의 무게를 뺏기고 싶지 않다. 나는 내가 목격한 인간의 삶을 원하지 않는다. 내게 와서 쓰러지는 손님이여, 이제 울음을 그친 나의 손님이여, 이제 막 지

상에 닿아 깨지는 마지막 눈물방울이여, 묘비 없는 묘지여,

— 「폐가의 뜰」(『시로여는세상』 2015년 여름호) 전문

출간된 지 얼마 안된 시집 『에코의 초상』에서도 나타나는 것처럼 김행숙의 최근 시들을 이해하는 데에 도움이 될 만한 한 독법이 있다면, 「저녁의 감정」의 저 '감정'이 시적 화자의 자의적이고 변덕스러운 주관이 아니라, 주체와 세계가 맺는 존재 정황을 드러내는 '기분'임을 아는 일이다.

「폐가의 뜰」에서 "그토록 화사한 봄의 뜨락에서 화약 냄새처럼 사라지는 비명 소리"와 "같은 목구멍, 같은 혀가 갈라져 다른 하늘로 올라가는 몇갈래의 길" 이후 "귓가에 기쁨의 잔물결을 일으키는 노랫소리"는 더이상 들리지 않는다. 존재 정황이 뒤바뀐 이 결정적 사건 이후, '나'는 '폐가'가 되었다. 하지만 '나'가 "나는 인간 목소리를 원하지 않는다"고 말할 때, "나는 더이상 인간의 길을 원하지 않는다"고 말할 때, 그리하여 "인간의 말과 꿈을 더는 원치 않는다"고 말할 때, 이는 단지 과거와 달라진 현재의 '폐가' 상황을 신세한탄 하는 것이 아니다. '인간'을 부정하는 '나―폐가'의 목소리는 단호하다. 그것은 듣고 보아왔던 '인간의 목소리' '인간의 길' '인간의 말과 꿈'이 지닌 허위를 이제야 알게 된 존재 자각의 상황을 암시하는 듯하다. 그것은 든든한 기초가 있다고 믿어왔던 "인간의 삶"이 속절없이 무너지는 순간에 대한 충격과 환멸을 담고 있다.

'폐가'가 된 사물은 더이상 "인간의 삶을 원하지 않는다"고 말한다. '폐가'는 폐가 이전의 '한때'를 달콤하게 회고하는 것이 아니라, 번듯해 보였던 그 시절의 인간세계조차 실은 허위가 아니었는가 질문하고 있다. 사물('나―폐가')로부터 촉발된 이 질문이 삶이 아니라 "죽음의 무게를 뺏기고 싶지 않다"고 질문하고 있다는 점에서, '폐가'의 환멸은 "비명 소리" 이후를 사는 우리 시대 "인간의 삶" 전체를 겨냥하고 있다.

까마귀 전망대

　공중으로 날아가는 풍선을 보면 신비롭습니다. 손바닥만 한 고무풍선에 공기를 모으면 점점 부푸는 것, 점점 얇아지는 것…… 꼭 잡고 있던 아이의 손을 놓치면 영영 잃어버리는 것……

　추운 겨울밤 손바닥을 오므려서 그렇게 할 수 있다면……

　길거리의 가난한 사람들이 지붕 위로 둥둥 떠오를 거예요. 이들은 언젠가부터 마음에 공기가 가득해진 사람들이었어요. 지붕 위에서 수레를 잃은 노점상과 지갑을 잃은 취객이 대화를 나누는 중이에요. 두사람은 허공에서 잠시 얼어붙은 허깨비 같습니다. "어디로 가야 할지 도무지 발길이 떨어지지 않았습니다." "나는 집으로 가는 길을 모르겠습니다."

　　　　　　　　　　　　―「1월 1일」(『문학동네』 2015년 봄호) 부분

　「1월 1일」에서 우리 시대 '인간의 삶'은 "공기를 모으면 점점 부푸는" "고무풍선" "점점 얇아지는 것" "꼭 잡고 있던 아이의 손을 놓치면 영영 잃어버리는 것"으로 암시된다. 삶은 공허하게 부풀기만 하고 실질을 가지지 못하며, 간절한 기도는 이루어지지 않고 상실감만을 양산한다. 사람들(의 삶)은 공중으로 날아가는 풍선처럼 "허공에서 잠시 얼어붙은 허깨비" 같다. 달력의 '1월 1일'은 새로운 출발의 시간을 지시하지만, 주체들은 "어디로 가야 할지 도무지 발길이 떨어지지 않"고, "집으로 가는 길을 모르"는 공허함과 상실감에 젖어 있다. 이 기분이 근본적으로 드러내는 것은 주체들의 감정이라기보다는 이 기분의 시간 지평이 되는 '1월 1일'의 세계 정황이다.

저 나뭇가지에 앉은 까마귀를 전망대라고 생각해봅시다.

다른 나뭇가지로 옮겨 앉은 까마귀를 다른 전망대라고 생각해봅시나.

당신의 나뭇가지가 부러지면, 당신의 전망대가 무너졌다고 탄식하기로 합시다.

한그루 나무가 뿌리째 뽑히면, 얼마나 많은 눈동자들이 한꺼번에 눈을 감았는지 온 세상이 다 캄캄해졌습니다.

숲이 불타고 있습니다.

단 하나의 거대한 눈동자처럼 활활 타고 있습니다.

불이라면, 불의 군주라고 하겠습니다.

"오늘따라 서울의 야경이 너무 아름다워."

불빛에 도취한 연인의 독백이 독재자의 것처럼 느껴져 나의 사랑이 무서워졌습니다.

—「다른 전망대」(『문장웹진』 2015년 1월호) 전문

이상(李箱)의 「오감도」를 연상시키는 이 '전망대'는, 이상의 투시도가 그러했던 것처럼 우리 시대 '서울'을 내려다보고 있는 까마귀의 시선이다. 의미심장한 것은 "당신의 나뭇가지가 부러지면, 당신의 전망대가 무너"지는 것이며, "한그루 나무가 뿌리째 뽑히면, 얼마나 많은 눈동자들이 한꺼번에 눈을 감았는지 온 세상이 다 캄캄해졌"다고 진술하는 대목이다. 이 시에서 "까마귀"는 우리 시대 서울의 전망대이며, 그 전망대는 서울을 목격하고 증언하는 시선이다. 이 시선이 목격하고 증언하는 서울은 현기증과 흐느낌과 화약 냄새와 비명 소리와 공허와 상실감으로 가득 찬 '인간의 삶'이다. '불타는 숲'이다.

그러나 역으로 말해서 목격자와 증언자마저 존재하지 않는다면, 까마귀 전망대마저 무너져버린다면, 우리 시대에 관한 존재론적 '기분'은 그

리하여 우리 시대 '인간의 삶'은 드러나지 못할 것이다. "온 세상이 다 캄캄해"질 것이다. 우리 시대를 '불타는 숲'으로 증언하는 이 시는 "단 하나의 거대한 눈동자처럼 활활 타고 있"는 숲의 현실에 대한 목격자가 되고 그것을 증언하는 일 자체가 주체들이 내던져진 세계에 대한 최소도덕이라고 이야기하는 듯하다. "오늘따라 서울의 야경이 너무 아름다워"라고 말하는 연인의 독백이, 북한 땅을 보러 가서는 "별빛이 갈 길을 환히 밝혀주던 시대는 얼마나 행복했던가"(「통일 전망대」, 『문학동네』 2015년 봄호)라고 말하는 당신의 말이 "독재자의 것처럼 느껴져 나의 사랑이 무서워"지는 것은 그런 까닭이다. '폐가' '불타는 숲'에 내던져져 있지만, 한쪽에서는 '아름다운 야경'과 맥락 없는 밤하늘의 별자리를 읊조린다. 전망대는 '통일'되지 못하고 분열되어 있으며, 한 전망대는 '다른 전망대'의 시선을 공유하지(이해하지) 못한다. 시인의 절망은 어쩌면 세계 자체라기보다는 "보이지 않는 것을 보러"(「통일 전망대」) 가는 사이인 '연인들의 공동체'에서마저 붕괴되어버린 '통일 전망대'에서 비롯되는 것일지도 모른다. 두 연인, 나와 당신은 한 시대에서도 다른 기분에 젖어 있으며, 그것은 그들이 각각 놓여 있는 세계가 전혀 다르다는 사실을 보여준다. 그들은 다른 생각 속에서 다른 세계를 살고 있는 것이다.

뜨거운 어둠은 검은 새떼들의 영지에

500원짜리 동전을 주우려고 허리를 구부리다 말고 또 생각에 빠졌다, 나 오며…… 동전 중에서 제일 큰 동전, 그쯤은 나도 안다. 100원짜리 동전이 세상에 나온 첫해에 나는 태어났다. 1원짜리 동전이 시장에서 사망한 그해, 내가 훔친 동전들로 상점에서 무엇을 살 수 있었나, 무엇은 절대 살 수 없었나. 내가 흘린 동전을 잠시 쥐었던 주인의 손들은 몇개, 몇백개, 몇천개

둥근 고리로 이어지며 어딘가에서, 작은 주먹을 쥔 아기들이 울면서 태어나듯 아직도, 불어나고 있을까. 다들 잘 살고 있나요?

　나는 왜 동전 생각만 하는 걸까. 내 사랑이 꺼지다, 마지막 숨소리처럼 불이 붙으려고 하는데……

　"흐린 뒤 맑음"이라고 했는데…… 나는 유리창처럼 서서 날씨는 계속해서 변한다고 중얼거렸다. 그래서 우리는 일기예보를 궁금해하지만 그렇군, 누구의 말도 다 믿지는 않는다고 중얼거렸다.

　그쯤은 나도 안다, 알아도 어쩔 수 없는 것을 나는 또 생각하기 시작한다.

　　　　　　　　　　──「생각하는 사람」(『시로여는세상』 2015년 여름호) 부분

　시적 화자 '나'는 "500원짜리 동진을 주우려고 허리를 구부리다 말고 또 생각에 빠졌"으나, 이 생각은 '당신'의 생각의 동선과는 달리 100원짜리 동전 이하의 동전들에 대한 연상으로 계속 이어진다. 그 연상은 "동전 중에서 제일 큰 동전"이 아니라 그보다 작은 동전들의 세계다. 겨우 무엇을 살 수 있거나, 무엇은 절대로 살 수 없는 것들의 세계. 그 동전을 잠시나마 쥐었던 적이 있는 이들의 세계, "작은 주먹을 쥔 아기들"의 세계.

　"동전 중에서 제일 큰 동전"이 500원짜리 동전이라는 사실을 "그쯤은 나도" 알지만, "우리는 그것을 사랑이라고 부르지 않는다"(「폐가의 뜰」). 대신 "알아도 어쩔 수 없는 것을 나는 또 생각하기 시작한다". 김행숙의 이번 신작시와 근작시에서는 이 단념 없는 의지와 끊어지지 않는 연상의 욕망이 그 자체로 시인의 윤리를 이룬다. 시인의 이 부질없는 의지와 단절되지 않는 욕망의 흐름은 500원이 지배하는 세계, 아름다운 야경을 지배하는 현실원칙을 부식시키면서 때로는 그와는 다른 방향으로 계속 확장되고 침투하며 운동하기 때문이다. 때로 이것은 만족을 원하는 쾌락원칙 '너머'로까지 나아간다. "쾅, 쾅, 쾅, 쾅 못질을 한 관으로 변태하여 걸음을

새로" 배우는 이 흐름은, "죽음의 무게를 뺏기고 싶지 않"음으로써 목숨을 부지하는 데 모든 것을 내건 "인간의 삶을 원하지 않는다"(「폐가의 뜰」). "작은 주먹을 쥔 아기들"의 세계를 향하는 시인의 의지와 욕망은 그러므로 현실원칙도 쾌락원칙도 넘어선다.

> 우리는 저녁 여섯시에 약속을 하자.
> 풀잎마다 입술을 굳게 닫아걸었으니
> 풀잎은 녹슨 열쇠처럼 지천에 버려져 있으니
> 그리운 얼굴들을 공중에 매달고
> 땅 밑에 가라앉은 풀들을 일으키자.
> 우리 혀를 염소의 고독한 뿔처럼 뾰족하게 만들고
> 서둘러, 서둘러서 키스를 하자.
> 가장 깊은 곳까지 내려가 찔리자. 찌르자.
> 입술이 뭉개져 다 없어지도록
> 저녁 여섯시에 흐르는, 흐르는 피
> 젖은 내장을 꺼내어
> 검은 새떼들을 저 하늘 가득하게 불러 모으자.
> 이제 우리는 뜨거운 어둠을 약속하자.
> ──「해질녘 벌판에서」(『시로여는세상』 2015년 여름호) 전문

시인의 생각들이 멈추기를 그치지 않는 이 '너머'는 목숨을 부지하는 데 전부를 거는 낮의 세계, 생존의 시간, 한낮의 '인간의 삶' 영역이 아니다. 시인의 "저녁 여섯시에 약속"은 "저 나뭇가지에 앉은 까마귀"(「다른 전망대」)의 시간을 향해 있는 간절한 서원이다. 그 서원은 "검은 새떼들"의 하늘에 속한다. 또는 그 영역을 향해 있다. 인간의 대낮, 인간의 말 너머에서 까마귀의 혀와 눈은 "고독한 뿔처럼 뾰족"하다. 우리가 거기에 닿는

길은 "가장 깊은 곳까지 내려가 찔리"는 것, 또는 "가장 낮은 몸을 만드는 것" "가장 낮은 계급을 만드는 것"(「저녁의 감정」) 외에는 다른 방법이 없다.

　거기에 무엇이 있는가. "저녁 여섯시에 흐르는 피"가 "젖은 내장"과 함께 있다. 마르지 않고 젖은 것, 차갑지 않고 뜨거운 것, 그러므로 죽지 않는 참생명은 '인간의 길' '인간의 삶'에는 없다. 그 너머에 있거나 "가장 깊은 곳"에만 있다. 마치 예수가 '나는 이 세계에서 오지 않았다'거나, 화가 파울 클레가 '내가 머물 곳은 이미 죽은 자들과 아직 태어나지 않은 자들 사이이다'라고 했던 것처럼. 시인은 그곳이 "검은 새떼들"의 영지에 있으며, 그곳에 거주하는 참생명과 시의 윤리를 "뜨거운 어둠"이라고 부른다.

──『시로여는세상』 2015년 여름호

도시 주변부 소년의 형이상학

◆

박판식의 시

2000년대 이후 젊은 시인들에게서 관찰되는 뚜렷한 흐름은 오랫동안 한국시의 주를 이루어왔던 농경사회적 감수성에 기반한 자연서정시가 사실상 사라졌다는 사실이다. 바꿔 말해 한국시의 또다른 축을 형성해왔던 '시적 모더니티'는 이 세대에 이르러 그들 자신의 자연스러운 '몸'이 되었다.

그러나 박판식(朴判植) 시집 『나는 나와 어울리지 않는다』(민음사 2013)는 이 세대의 온전한 '몸'이 된 '모더니티'에도 누락된 지점이 있다는 사실을 환기한다. "기차에서 바라보는 63빌딩이/기껏해야 내 상상력의 한계"(「카프리올」)라고 말하는 감수성은 대도시의 주변부, 상경(上京) 거주민의 것이라는 점에서 동세대 시들과는 다르다. 주목할 점은 이 정서가 "재봉사인 그"(「안락의자, 작별 인사」)의 것이라는 점이다. "분홍 구름과 높이가 다른 지붕"이 도시의 스카이라인에 '시크하게' 편입되지 못한 "무산계급"(「찬드라의 손」)의 시선으로 포착될 때, 그것은 전통적인 자연이나 낭만적 대상이 되지 못하며, '모던한' 도시의 기표도 되지 못한다. 그래서 '서울'은 이 시집에서 '실존적' 우수나 고독의 장소가 될 수도 없다.

"우아할 수" 없는 "식료품 가게 점원"(「우아하게」)에게 도시는 관조나 관찰의 대상이 아니라, "시체나 기형의 신체"(「결별의 불」)로서 감각되는 현실이다. 이 현실은 "점박이 돌인 줄 알고 주웠던 알은 이불 속에서/자극을 주어도 무엇으로도 태어나지 않는"(「공(球)」) 체험의 장이며, "세계는 왜 나에게 즐겁게 봉사하지 않는가"(「결별의 불」)라는 인생론을 배태하게 하는 '아르케'(궁극적 원인)다. 화자는 "서울은 형이상학 과잉입니다"(「성(聖)서울」)라고 말하지만, 이 원인으로서의 서울이 정말 '형이상학'의 대상이 아닌 것은 물론이다. 만일 이 공간이 "운명은 원하는 대로 움직여주지 않는다"(「결별의 불」)는 인생론을 가능하게 한다면, 그것은 "잠실 야구장에서 느끼는 영세적 기분"과 "스크린 경마장을 들고 나는" 것으로밖에 "구원"을 바랄 수 없는 "노동자들의 물결"(「성(聖)서울」)이 도시의 진정한 주인공이라는 화자의 '형이하학'적 체험 때문이다. "살아남은 자들은 서로의 옷을 찢어질 듯 움켜쥔 채/말없이 오열하고/사는 데 너무 지쳐서/누가 자신을 벼랑 끝에서 밀어주기만을 바라는"(「물벌레들의 하루」) 서울에서 "승려와 무장 게릴라"는 구분되지 않으며, "마르크스주의는 종교입니까 과학입니까"라는 물음은 착종되어 있다. 혁명가에게서 구도승을 보며, 정치경제학에서 구원을 찾는 이 시집의 "세계의 끝"(「찬드라의 손」)은 이런 아이러니한 도시 체험을 통해 서울이라는 형이하학적 공간을 형이상학적 세계로 '상승'시킨다.

그렇다면 그의 시는 흔히 '리얼리즘'이라고 불리는 계열의 어떤 시적 경향과 비슷하다는 것인가. 이 시집의 시적 정서는 도시 주변부 거주민(혹은 상경한 도시 정착민)의 것이며, 노동계급의 것일 뿐 아니라, 세대적으로 볼 때 "가난한 집 착한 남자애들"(「물벌레들의 하루」)의 것이라는 점에서 미묘한 차이를 드러낸다. 아니 정확히 말하면, 이 시집은 소년의 목소리를 기억하고 그 목소리를 몸에 내장한 자의 것이다. 어떻든 이 목소리 역시 도시의 주변부라는 사실에는 변함이 없다. "배수구 가장자리에서 생겨난 꿈"을 꾸며 "아이들과 정글짐을 오르내릴 때마다/사마귀 난 손이 부끄러웠"던 유년의 기억은 '죽지 않은 시간'이 되어 "나를 물고" 있는 현재라는 점에서 후일담 소설의 목소리와는 다르다. 이 '부끄러움'이 "저의 남성적 태도를 가져가버렸"(「옮기다」)다고 할 때, 우리는 이 시집에서 발산되는 모호한 정체성의 실체가 실은 계급과 성별과 세대 모든 면에서 총체적으로 꿈을 거세당한 주변부 도시 거주민의 '모더니티'와 관련되어 있다는 사실을 알게 된다. 그러므로 "얌전히 소파에 앉아 있고 아이를 낳을 수 없는 여자는/지하철에서 만난 아이에게 사탕과 과자를 준다"(「모르는 척」)는 도시적 풍경의 불모성이 의미하는 바는 단순치 않다.

"비에 젖은 채 거리를 가로지"르는 개를 보며 "갈수록 잃어버릴 길이 줄어든다"(「口」)는 넋두리에는 '잃어버린 길'을 걸어온 자의 형이하학이 전제되어 있다. 그렇다 하더라도 이 시집을 '체념'에 관한 시로 읽는 것은 곤란하다. "평균율에 관한 미감" "생존의 욕구 때문에 화가 나는" 화자는 "태어나지 않은 것들의 가벼움으로, 이상한 농담을 잘하는 동생이/있었으면, 하고 상상"(「당신의 이름이 태어난 자리」)한다. 시인은 "내 인생은 태어나지 않은 딸과 늘 동행하고 있다"고 말한다. 이 '딸'이야말로 박판식 시의 천사일 것이다. 시인은 "죽은 개는 나와 어울린다"(「나는 나와 어울리지 않는다」)고 말하지만, "신은 아마 절름발이일 것이다"(「번쩍거리다」)라는 시적 형이상학은 주변부적 삶의 불모성을 체감한 사람만이 깨달을 수 있는 신비이기도 하다. 박판식 시의 모더니티도 이 '주변부' 어딘가에 있다.

—『창작과비평』 2013년 겨울호

사랑은 잠들지 않는다

초판 1쇄 발행 / 2016년 8월 29일

지은이 / 함돈균
펴낸이 / 강일우
책임편집 / 박주용
조판 / 박지현
펴낸곳 / (주)창비
등록 / 1986년 8월 5일 제85호
주소 / 10881 경기도 파주시 회동길 184
전화 / 031-955-3333
팩시밀리 / 영업 031-955-3399 편집 031-955-3400
홈페이지 / www.changbi.com
전자우편 / lit@changbi.com

ISBN 978-89-364-6345-8 03810

* 이 책은 2015년 대산문화재단에서 운영하는 대산창작기금의 수혜를 받았습니다.